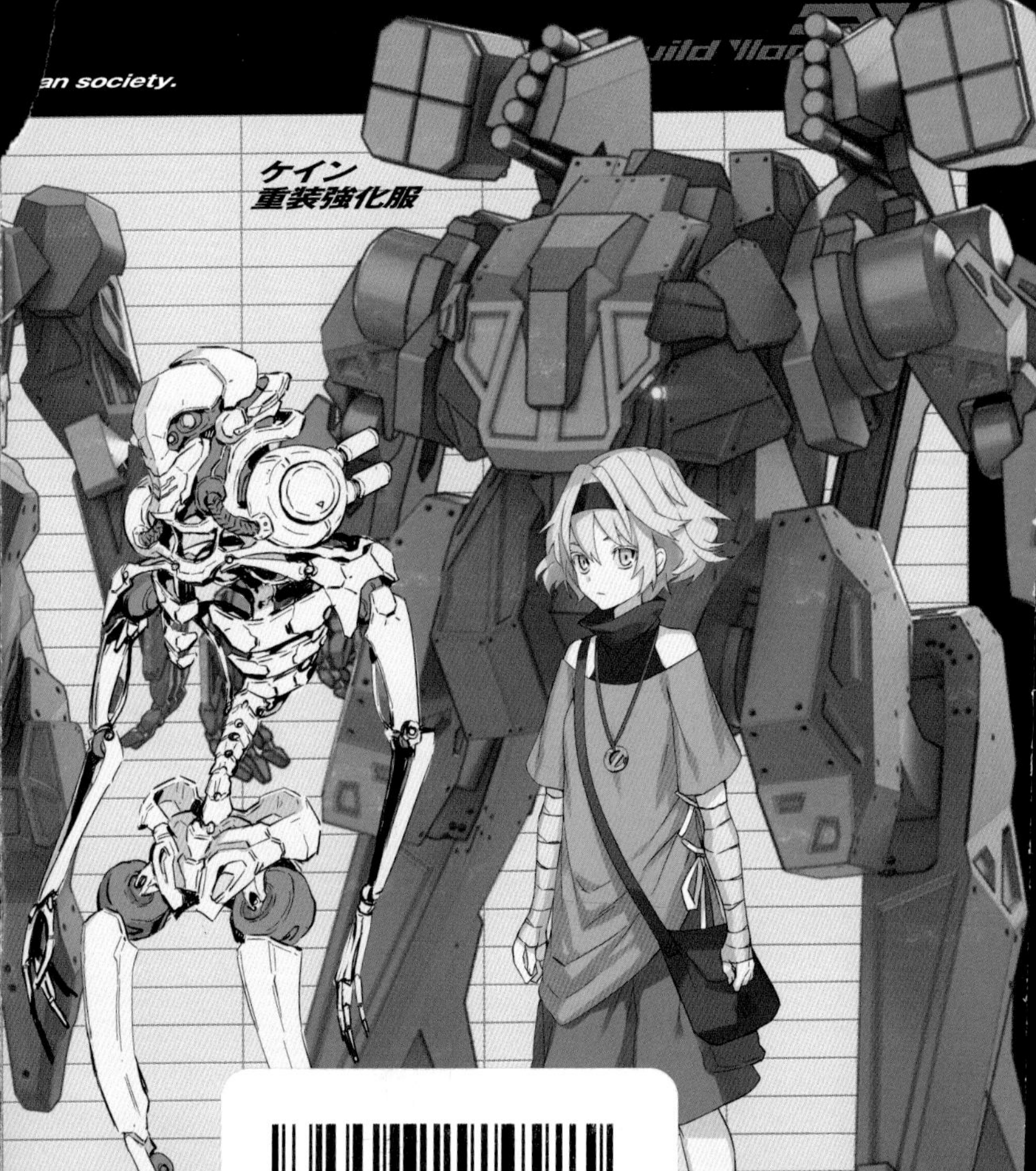

>ケイン KAIN

遺物強奪犯の一人。金属骨格むき出しのサイボーグ。四つ腕の大型重装強化服を操り、圧倒的火力で敵を粉砕する。

>ルシア LUCIA

スラム街の孤児。これまで一度も露見したことがないというスリの才能の持ち主。アキラを次の標的に見定めるが……。

「なっ!?」
予想外の事態にネリアが驚愕の表情で驚きの声を上げた。
ネリアは落下する瓦礫の隙間から、
自分と同じように空中で大きく体勢を崩しているアキラの姿を見た。
そのアキラの目は、しっかりとネリアを見ていた。
アキラは両脚で天井を蹴って階下へ向けて勢い良く跳躍した。

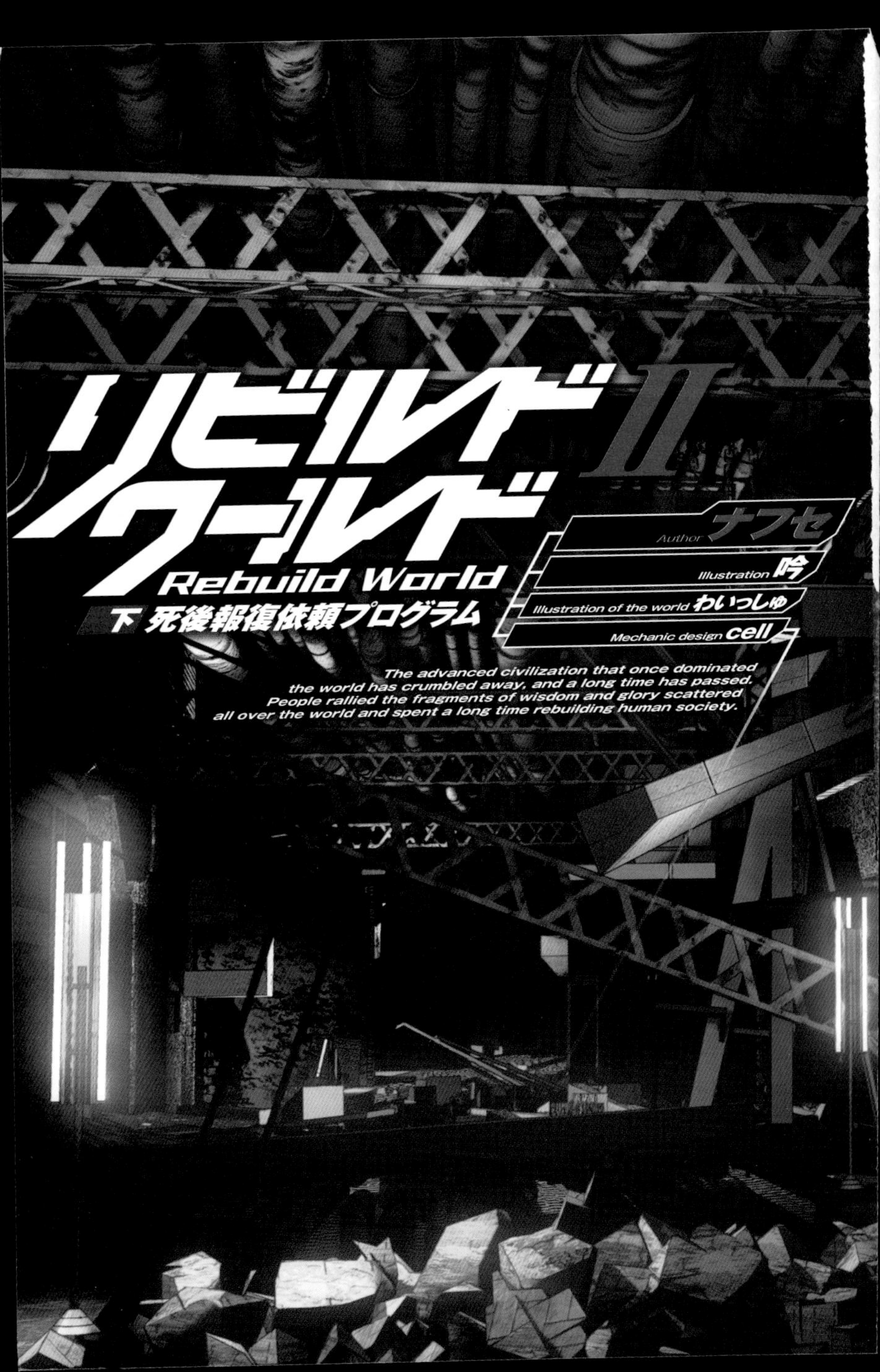

リビルドワールドII
Rebuild World
下 死後報復依頼プログラム

Author ナフセ
Illustration 吟
Illustration of the world わいっしゅ
Mechanic design cell

The advanced civilization that once dominated the world has crumbled away, and a long time has passed. People rallied the fragments of wisdom and glory scattered all over the world and spent a long time rebuilding human society.

>Episode

002

下 死後報復依頼プログラム

The advanced civilization that once dominated the world has crumbled away, and a long time has passed. People rallied the fragments of wisdom and glory scattered all over the world and spent a long time rebuilding human society.

Contents

e dominated the world has crumbled away, and a long time has passed.
sdom and glory scattered all over the world and spent a long time rebuilding hum
ネリア
重装強化服
ASHI
アキラ
理無
。
>ヤジマ
YAJIMA
クズスハラ街遺跡の地下街に現れた遺物強奪犯の一人。飄々とした人物で、相手の不意を衝いた戦法を得意とする。
>ネリア
NELIA
遺物強奪犯の女メンバー。過去は振り返らない主義。殺し合いの中でアキラを本気で口説き、その上で殺そうとする異常者。

>Episode
002

下 死後報復依頼プログラム

Character

The advanced civilization that onc
People rallied the fragments of wis

>アキラ AKIRA

スラム街から成り上がるため、ハンターとなった少年。旧世界の遺跡で謎の美女アルファと出会い、依頼を受けて契約関係となる。

>キバヤシ KIBAY

クガマヤマ都市防衛の緊急依頼でア
が出会ったハンターオフィス職員。無
茶無謀を地で行くアキラに興味を持

World

かつては奪われ逃げることしか出来なかった自分が、

渡さず、逃げず、殺すと選び、

その選択のままに殺し合い、

命賭けで得た対価を命懸けで守り切った。

その選択の先に今の自分がある。

>Author : nahuse >Illustration : gin >Illustration of the world : yish >Mechanic design : cell

リビルドワールドII

Rebuild World

下 死後報復依頼プログラム

The advanced civilization that once dominated the world has crumbled away, and a long time has passed. People rallied the fragments of wisdom and glory scattered all over the world and spent a long time rebuilding human society.

Author
ナフセ

Illustration
吟

Illustration of the world
わいっしゅ

Mechanic design
cell

第50話　地下街の不審者

　アキラはクガマヤマ都市の長期戦略部から名指しで依頼を斡旋《あっせん》されて、クズスハラ街遺跡の地下街でヤラタサソリの巣の除去作業を手伝うことになった。

　依頼の期間は1週間。1日目も2日目も大量のヤラタサソリに襲われたが、何とか切り抜けた。

　メイド服を着たシオリという女性と殺し合う手前まで揉《も》めたり、エレナ達と一緒に地下街を探索してその実力に驚いたりと、ヤラタサソリに襲われる以外のこともいろいろあったが、一応は怪我《けが》も無く生き延びた。

　そして3日目が始まる。今日こそは無駄な揉《も》め事《ごと》も起こらない無難な一日になりますように。アキラはそう願いながら地下街へ下りていく。

　その願いを否定する、自分の勘を無視しながら。

　1日目は防衛チーム、2日目は探索チームだったアキラは、3日目は再び防衛チームの配置となった。ただし1日目のような防衛地点の警備ではなく、新式照明の設置作業を割り振られた。

　新しい照明は簡易的な中継器と情報収集機器の機能も兼ね備えている。これにより制圧済み区域の通信状況が改善する上に、周辺を常に確認して地形に異常が生じても速やかに対処できるようになる。

　これは地下街で先日発生した出来事への対応策でもあった。既に制圧済みで一定の安全が確保されたはずの防衛地点を、ヤラタサソリが地下街に穴を開けて新たな侵攻路を増やして襲撃したのだ。

　更に瓦礫《がれき》に擬態したヤラタサソリが通路を埋め尽くして塞いでしまい、地下街マップでは通行可能となっている場所を、落盤等で通行不能になったと誤認させたりもした。

　アキラはその両方の出来事に巻き込まれた。そしてその事態を、契約により弾薬費は依頼元持ちという利点を活《い》かして、ただでさえ高額なCWH対物突撃銃の専用弾を山ほど消費して乗り切っていた。

この制圧済み区域の安全性と地下街マップの信頼性を大きく揺るがす事態の再発生も、新しい照明の設置を済ませれば大幅に防止できる。

ただし地下街は広く、設置済みの照明の大部分は普通の照明だ。高性能な新式の照明に全て取り替えるには時間が掛かる。そのため、取《と》り敢《あ》えず本部に近い照明から順に取り替えるように指示が出ていた。

アキラは既に明るく照らされている地下街を他のハンター達と一緒に台車を引いて進んでいく。そして通路の照明を荷台に積み込んだ高性能の照明と交換していく。

その作業を続けながら、ふと疑問に思う。

『なあアルファ。ちょっと思ったんだけどさ、初めからこっちの高機能な照明を設置しておけば良かったんじゃないか？』

アルファは質問の内容を精査し、その返答内容を分析し、その上で正しさよりもアキラの納得の得やすさを優先した。

『広い地下街をしっかり照らすには大量の照明が必要になるわ。でも高性能な照明は高いから、安い普通の照明を使ったのでしょうね』

『ああ、そういうことか』

『安く済ませようとして、結局高くついた。それだけよ。アキラも気を付けないと駄目よ？』

そう言って意味深に微笑《ほほえ》むアルファに向けて、アキラが少し挑発気味に笑う。

『分かってる。でもその辺はアルファがちゃんとサポートしてくれるんだろう？』

『勿論《もちろん》よ。任せなさい』

アルファは自信たっぷりに笑って返した。

アキラはアルファの説明に全く疑問を抱かなかった。そしてアルファの予想通りの返事をした。

推察と結果の一致は、アルファがアキラという人格への理解と把握を、少しずつだが着実に進めていることを意味していた。

その後も照明の交換作業を続ける。照明を旧式の物から新式の物に交換し、台車から新式の物が無くなったら一度戻って積み込み直す。その繰り返しだ。

台車を引く者、照明を設置する者、周囲を警戒する者、それらを複数名のハンターで交代しながら作業を続けていく。

たかが照明の設置作業に複数名のハンターが割り振られているのは、都市側も先日の襲撃騒ぎを一応重く受け止めているからだ。作業中に突如ヤラタサソリの群れに襲われても対処できるように、チームでの行動を基本にさせていた。

だがそれだけではなかった。地下街の奥で見付かった遺物が予想外に高価な物で、都市側が本格的にその遺物収集に動き出したのだ。

これにより地下街の部隊の行動指針に、ヤラタサソリの駆除に加えて高額遺物収集という目的が加わっていた。高価な新式の照明を多数設置できる予算も、その辺りの影響だった。

他のハンター達と一緒に作業を続けていたアキラだったが、途中で一人となった。他の者達が最低経過時間を終えて帰っていったのだ。

アキラも一緒に戻ろうと思ったのだが、一応本部に連絡を入れると、追加の人員をすぐに送るのでそのまま作業を続けるように、と指示された。

アキラは少し考えてから、まあ良《い》いかと、その場で待つことにした。未調査部分の闇の中に取り残される訳ではなく、一応は既に制圧済みの明るい場所に残るだけだからだ。

だがしばらくアキラ一人で作業を続けて、荷台の新式照明の大半を旧式の物と入れ替えた頃になっても、追加の人員はまだ到着していなかった。

『……遅いな』

アキラは怪訝《けげん》そうな様子で、わずかないらだちと少しの不安を顔に出していた。すぐに来るはずの者達がなかなか来ない。その何らかの理由に、自分にとって何か良くないことが起こる前触れなのではないか、という懸念《けねん》を無意識に抱いてしまっていた。

そのアキラをアルファが笑って宥《なだ》める。

『ゆっくり待ちましょう。私が索敵しているのだからモンスターに奇襲される恐れは無いわ。一人でゆっくり作業をしているだけで最低経過時間を無難に減らせるのだから、今日は運が良いと思っておきなさい』

『……。そうだな』

一昨日も昨日もいろいろありすぎたのだ。今日ぐらいは何も起こらなくて暇だと愚痴を零《こぼ》せるほど平穏でも良いだろう。アキラは危険が無ければ笑っているアルファの笑顔を見ながら、そう考えて軽く笑った。

だが、そのアルファが表情をわずかに険しくする。

『アキラ。一応警戒して』

『……何があった？』

アキラもすぐに表情を険しくして警戒を高める。

昨日エレナ達と一緒に地下街を探索して、相手に気付かれる前に闇の中にいるヤラタサソリを銃撃して撃破した時も、アルファはいつものように笑っていた。つまり、既にその時より悪い状況の恐れがあった。

アルファが通路の奥を指差す。

『向こうに武装した不審者がいるのよ』

『……いや、地下街に他のハンターがいても不思議は無いし、そいつが武装していても別に不審じゃないだろう。ハンターなんだ。武装ぐらいしてるって』

そう言って不思議そうな顔を浮かべたアキラに、アルファが表情を少し真面目なものに変えて補足する。

『地下街のハンター達の貸出端末には、近距離の他の端末の位置を捕捉する機能が付いているのよ。救援時に相手の位置を調べたり、同士撃ちを避けたりする為《ため》にね』

『それは知ってるけど、だから？』

『向こうの人物から位置情報が送られていないのよ。端末が故障している。端末を意図的に停止させている。或《あ》いは、貸出端末そのものを持っていない。そのいずれかの理由になるのだけれど、故障の確率ってどれぐらいかしらね』

故障以外なら、その者は自身の位置を他者に知られたくない不審者となる。そして貸出端末は荒野仕様であり頑丈に出来ている。

　モンスターとの戦闘で壊れたのだとしても、その状態で故障に気付かずに地下街をうろついているだけである確率は、余り高いとは思えない。

　つまり、対象は高確率で不審者だ。アキラもようやく理解が追い付いた。

　警戒を高めながらその者を注視すると、アルファのサポートで視界が拡張され、相手の周囲が拡大表示される。地下街を一人で歩いており、距離もあってアキラに気付いている様子も無い。

　アキラは少し迷ったが、本部に連絡を取った。

「こちら27番。本部。応答を求む」

「こちら本部。そちらに送る追加要員は既に派遣済みだ。もうちょっと待ってろ。以上だ」

「違う。切るな。位置情報を共有できないハンターらしき人物を発見した。指示をくれ」

「本当か？」

「暇潰しの為にわざわざそんな嘘《うそ》は吐かない。信じろとは言わないが、指示が無いなら放置で良いと判断するからな」

　厄介事の恐れもあるので、気付かなかったことにして本部に連絡しないという選択肢もあった。アルファに指摘されなければ気付けなかったのだ。報告しなくても不自然な点は無い。

　だが一応は防衛チームに配属されているのだからと、依頼に対して誠実であろうとする気持ちから連絡を入れた。その報告を嘘だと言われたら、アキラもそれ以上動くつもりは無かった。

　少々機嫌を悪くしたアキラの口調から、本部の職員はアキラの報告を信じた。設置済みの新式照明の索敵機能にはそれらしい反応が無かったのだが、まだ旧式照明の場所にいるのだろうと、現場の判断を優先することにする。

「そうか。端末の故障かもしれない。一応確認してきてくれ。故障だったら27番の端末でそいつにこちらへ連絡させてくれ」

「故障じゃなかったら？」

「可能ならそいつを本部まで連れてきてくれ。抵抗する場合は相応の手段の使用を、その結果を含めて許可する。追加要員と共に事態の収拾に努めてくれ。状況が進展したら連絡をくれ。以上だ」

「……了解。以上」

アキラが通信を切る。そして大きく溜《た》め息《いき》を吐いた。

アルファが前もって忠告する。

『殺して良い。許可は出たのだから、必要な場合は躊躇《ちゅうちょ》しては駄目よ？』

『やっぱりそういう意味だよなぁ……』

先に故障の可能性を告げた以上、本部もそちらの確率はそこそこあると考えているのだろう。もしかしたら本当に故障しているだけかもしれない。アキラはそう思いながらも、必要なら殺して構わないという指示を平然と出すほど危険でもあると再認識して表情を険しくした。

敵性の不審者の恐れもあるが、ただの故障の可能性もあるのだ。流石《さすが》に銃口を向けるには早すぎる。そう判断し、強装弾の装填されたＡＡＨ突撃銃を握り、だが構えず、しかしいつでも使えるように銃口を下げておく。

『アルファ。何かあったらサポートを頼む』

『了解よ。任せなさい』

アルファはいつものように自信たっぷりに笑っていた。アキラはその様子を見て平静を保ち、一度深く呼吸して覚悟を決めると、通路の奥にいる男へ向けて叫ぶ。

「おーい！　そっちの端末の反応が無い！　危ないぞ！　故障か？」

アキラの声が地下街に反響した。

男は驚いて周囲を見渡すと、しばらくの間、声の主を探すようにきょろきょろしていた。そしてようやくアキラに気付くと、今度は装着している端末とアキラを何度も見比べていた。

次にアキラへ笑って大きく手を振る。それから自分の端末を何度も指差した後、アキラを手招きした。

突然声を掛けられて驚き、慌てて声の主を探し、他のハンターを見付ける。そしてなぜ貸出端末で連絡を入れるのではなく大声を出したのかと不思議に思い、端末を見て故障に気付き、本部に連絡する為にアキラを呼ぶ。

男の動作は端末の故障だった場合に取るであろう挙動そのものだった。不自然な点は何も無かった。

しかしアキラはそれでも疑い深く、男に近付かなかった。自分を呼び寄せるのは何らかの誘いではないかと疑い、そのまま相手の出方を見る。

すると男は不思議そうな顔を浮かべた後、アキラを呼ぶのをやめて自分から近付いてきた。

考えすぎか。そう思いながらもアキラは更に念を入れる。ある程度まで近付いてきた男にゆっくりと銃を向けた。

男はたじろいだように一瞬動きを止めると、両手を軽く上げて首を何度も横に振った。そして自身を銃口に晒《さら》したまま、アキラの出方を確かめるように、どこかおずおずと近付いてくる。

男の一連の反応を見てアキラも警戒を緩めた。相手から敵意は感じられず、アルファから注意もされない。一度上げた銃口をゆっくりと下げていく。

それを見た男は安堵《あんど》の息を吐いて表情を和らげた。そしてアキラの方へ歩きながら、両手をゆっくりと下げていく。もう大分アキラに近付いていた。

二人がいる広間の中央、柱のある辺りで、男が笑って片腕を上げる。そしてそこに装着している自身の端末を再度指差した。アキラの視線がその端末に向けられる。すると男はその端末を見せ付けるように軽く持ち上げた。

アキラは無意識に男の端末を目で追って、注意をそちらに向けていた。同時にもう片方の腕への注意を完全に失っていた。

警戒も解いてしまい、銃を持つ腕の力を抜く。握っていたAAH突撃銃がだらりと下がり、その銃口が真下を向いた。

次の瞬間、男は端末とは逆の腕で非常に素早く拳銃を抜いた。

銃声が響く。アキラは全く反応できなかった。

1発目の弾丸がアキラの頬を掠《かす》め、2発目が左腕に着けていた貸出端末に直撃する。3発目は側の瓦礫に着弾し、拳銃弾とは思えない威力で瓦礫を大きく破損させた。

全ての銃弾が的確にアキラを狙っていた。そしてアキラは突然の事態に動けずに、躱《かわ》そうとすることすら出来なかった。

だがそこでアルファがアキラの強化服を操作し、その体を強引に動かして弾道から辛《かろ》うじて逸《そ》らす。同時に右腕を操作して男に反撃する。ＡＡＨ突撃銃から無数の強装弾が勢い良く放たれる。

しかし男は既に近くにあった柱の陰に逃げており、ＡＡＨ突撃銃の射線上から退避済みだった。

強装弾は鉄板ぐらい軽く撃ち抜く威力だが、旧世界製の建造物を貫くには威力が足りず、柱に弾《はじ》かれて周囲に飛び散った。その跳弾が更に壁や床に当たって広間に散っていく。

アキラの右手が銃を勝手に撃ち続ける中、体の方も勝手に全力で動き続けていた。近くの瓦礫、ほぼ全壊した店舗跡の壁の一部へ素早く移動して、そのまま壁の陰に身を隠す。そして男が隠れている柱の周囲を腕だけ出して再度銃撃する。

ＡＡＨ突撃銃は照準器越しの映像を連携している情報収集機器を介してアルファに送っており、その情報を基にした弾道予測は、弾丸が男に当たることは絶対にないと示していた。

その上で繰り返し銃撃する。男の反撃を封じ、アキラが我に返るまでの時間を稼ぐ為に、残弾を消費する。

『アキラ！　しっかりしなさい！』

念話による大音響の呼び掛けを数度受けてアキラがようやく我に返った。同時に半分飛んでいた意識が見過ごしていた激痛を認識したことで、表情を大きく歪《ゆが》める。着用者の意志を完全に無視した強化服の無茶な挙動は、その身体に多大な負担を与えていた。

それでも死地から脱した最低限の対価だ。アルファがアキラへの負荷を抑えようと強化服の動きを鈍らせていれば、アキラは眉間に銃弾を喰《く》らい、後頭部から弾丸と一緒に頭蓋の内容物を飛び散らせていた。

アキラは激痛で再び意識を飛ばしてしまわないように歯を食い縛りながら、まだ軽い混乱状態の頭で何とか状況を確認しようとする。何があったか思い出そうとする。

しかし思い出せたのは相手が敵だったということと、不甲斐無《ふがいな》い自分だけだった。恐ろしくゆっくりと進む世界の中、呆気《あっけ》に取られて何も出来ない自分が、恐らくアルファに強化服を操作されて動かされながら、敵から向けられる銃口を呆然《ぼうぜん》と目で追っていた。

意識はあった。だがその意識はまるで役に立っていなかった。その認識が自身への叱咤《しった》でアキラの表情を非常に険しいものに変える。そして瓦礫を背にしながら、視線を目の前のアルファにしっかりと合わせた。

『……アルファ、状況を教えてくれ』

アルファが安心したように微笑む。

『アキラ。気付いたのね。良かったわ。大丈夫?』

『ああ。……悪い。動けなかった』

アキラはそう言って悔やみながら、表情に謝罪の色を強く出した。

アルファが優しく何でもないことのように笑う。

『良いのよ。そういうのをサポートするのも私の担当だからね。そうでしょう?』

『……、そうだったな』

覚悟は自分の担当だ。へこたれたままでは更に足を引っ張ると、アキラは意気を無理矢理取り戻し、何とか笑って返した。

アルファも満足そうに頷《うなず》いて返した。そして状況の説明を始める。

敵はかなりの手練《てだ》れで、装備も技術も恐らく対人特化の殺人用。敢《あ》えて拳銃を使用したのは、対モンスター戦と対人戦の違いを理解した上で、必要最低限の殺傷力と早撃ちの速度向上を両立させる為。

一応反撃したが相手は無傷。恐らく敵は攻撃失敗時に即座に避難できる場所を確保する為に、攻撃位置とタイミングを自然に調整していた。

アキラの貸出端末は敵の銃撃を防ぐ為に盾代わりにしたので壊れた。それも相手が初撃を躱されたことで、次は敢えて貸出端末を狙った恐れがある。

それらの説明を聞いて、アキラは敵が自分のような子供に対しても油断無く殺しにきていたことを理解した。

アキラは今まで何度も人に襲われたが、その者達は程度の差はあれどアキラを侮《あなど》ってくれていた。そのおかげで助かったことも多かった。

しかし今回は明確な格上が相手であるのに加えて、その油断が全く無い。逆にこちらの油断まで誘ってきた。男の演技はどこまでも自然で、殺気などまるで感じ取れなかった。

自分のことを欠片《かけら》も侮ってくれない。そういう意味で、今回の敵は今まで自分を襲ってきた者達とは完全に別種だ。それを理解し、アキラの顔が激痛を堪える以上に険しく歪んでいく。

『……状況は分かった。それで、俺に勝ち目はありそうか？』

真剣な表情のアキラに向けて、アルファが不敵に笑う。

『当然よ。あの奇襲でアキラを殺せなかった時点で向こうの命運は尽きたわ』

心強い返事を聞いてアキラも軽く笑った。

『そりゃ良かった。体中が凄《すご》く痛いんだけど、大丈夫だよな？』

『大丈夫よ。今の内に回復薬を飲んでおいて。高い方のよ？』

『安い方のじゃ駄目か？』

『アキラの腕や脚がもげても良いって言うのなら、そっちでも構わないわ』

『高い方にしておくよ』

そのようなことを軽い冗談のように話せる程度にはアキラも落ち着きを取り戻していた。

だが話の内容が冗談ではないことは理解していた。敵を倒す為には、強化服で身体に過度な負担が掛かる挙動をしなければならない。遺跡で手に入れた高性能な回復薬を使用しなければ体が保たないのだ。

旧世界製の回復薬はもう残りわずかだ。しかし使用を控えて死んでは元も子も無い。しっかりと服用する。すぐに効果が全身に広がっていき、疲労も痛みも消えていく。その上で更に追加分を口にして、飲み込まずにそのまま含んでおく。

『よし。それでは反撃開始ね。アキラ。覚悟は良い？』

『ああ。覚悟は俺の担当だからな』

敵を殺して生き残る。既に何度も経験済みのことを繰り返すだけだ。殺し合う相手が格上であることも含めて何も変わらない。これまでも、恐らくこれからも。アキラはそう考えながら、不要な緊張も無用な怯《おび》えも全て覚悟で握り潰した。素早く動けるようにリュックサックを降ろして合図を待つ。

『行くわよ。3、2、1……』

覚悟を決めた表情で、握る銃をＡＡＨ突撃銃からＣＷＨ対物突撃銃へ持ち替える。専用弾の威力は十分に知っている。当てれば殺せる。

『ゼロ！』

アキラは勢い良く瓦礫の陰から飛び出した。

◆

アキラを襲ったのはヤジマという男だった。絶好の機会からの奇襲失敗という予想外の事態に驚愕《きょうがく》しながらも、今は柱の陰に隠れながら冷静に相手の実力を探っていた。

(あいつは間違いなく油断していた。あの表情は絶対に演技じゃねえ。俺は完全にあいつの不意を衝《つ》いた。俺の早撃ちもいつも通り絶好調だった……)

自分の奇襲に何か不手際《ふてぎわ》でもあったのかと再確認したが、無いと断言できた。

敵の位置を高度な情報収集機器で把握できる者であっても、敵ではないと誤認させれば無防備になる。敢えて銃口に身を晒し、十分に油断させたはずだった。敵だと気付かれる前に殺せたはずだった。気付かれたとしても手遅れのはずだった。

(それを躱しやがった。どういう反応速度をしてやがる。コロン払いの加速剤でも常用してるのか？それとも脳機能拡張者か？)

東部には旧世界の遺物を解析して作成された多くの薬が出回っている。一時的な身体能力の上昇や集中力の向上、疲労の回復から怪我の治療まで、その効能は多種多様だ。

加速剤と呼ばれる薬もその一種だ。服用により脳に作用し、服用者の意識を加速させ、体感時間をまるで世界が遅くなったかのように引き伸ばすことが出来る。

旧世界製の加速剤には余りに高い効果により、撃ち出された弾丸を目で追うことすら可能にさせる物さえあった。

敵も味方も強力な銃火器で撃ち合う即死が基本の戦闘では、動きにしろ判断にしろ一瞬の遅れが致命的になる。その一瞬を限り無く引き伸ばして敵より早く行動する為に、加速剤を服用するハンターは多い。

だが加速剤はそのような多大な利点を与える反面、副作用も大きいと知られている。使用者の安全の為に製法にも効果にも気を配った高価な品ならば使用時の負荷も大分軽減されるが、より高い効能を求めて多用したり、安全性を無視して安価に製造された薬に手を出したりすれば、余りの過負荷に脳死する恐れもあった。

また東部には脳機能拡張者と呼ばれる者がいる。自身の脳の処理能力を高めようと脳改造に手を出した者達だ。ナノマシン注入による神経伝達の強化や、機械部品取り付けによる脳機能拡張など、手段は多岐に亘《わた》り成功時の効果も高い。

しかし脳に手を加える以上、危険も大きい。改造費用は当然として、それ以外にも肉体的、精神的に様々な代償を支払うことになる。

つまり加速剤にしろ脳改造の機能にしろ効果も高いが代償も大きい。基本的にはここぞという時に使うものであり、戦闘時、或いは警戒態勢でなければ普通は使わない。油断し切っている時に使用するなどほぼ有り得ない。

だがアキラの異常なまでの反応速度は、ヤジマに加速剤の常用か過度な脳改造を疑わせていた。

アキラは旧領域接続者であり、広義の脳機能拡張者とも言える。そしてアルファのサポートは旧領域接続者でなければ享受できないものなので、アキラを脳機能拡張者だと判断したヤジマの考えはある意味では正しかった。

(加速剤にしろ脳改造にしろ、意識の加速を常用するようなやつが何でこんなところにいる？　それとも素の反応速度であれなのか？　馬鹿な。この辺りにいるハンターは照明の設置作業を指示されるような弱いやつのはずだ。俺の奇襲を躱すような実力者がいる訳が……)

いないはずの者がいる。その異常から、異常の理由を推察したヤジマが表情を険しくする。

(……まさか、都市のエージェントか？　俺達の計画が都市側にバレたのか？　少年型の義体者で、中身は熟練の工作員か？　……考えすぎかもしれんが、何にしろ厄介だ。急いだ方が良いな)

ヤジマが仲間と連絡を取る。頭部に内蔵した通信機を介したものなので外に音は出ない。

『俺だ。そっちの状況はどうなっている？　もう地上への穴は繋がったか？』

仲間の声が、同様に無音で返ってくる。

『まだ開通作業も始めてねえよ。全ての遺物が到着するギリギリまで待てって言ったのはテメエだろうが』

ヤジマが舌打ちする。

『予定変更だ。今すぐ開通させろ。遺物の運搬も急がせろ。あと、ケインとネリアをこっちに寄こせ』

『おい、そっちで何があった？』

『俺達の計画が都市にバレたかもしれねえ。俺の早撃ちを躱すやつがこんな場所にうろついていやがった。そんなやつがこんな場所にいるのはおかしい。最悪の場合、警備に都市のエージェントが交じっていて、嗅ぎ付けられたのかもしれねえ』

『……都市のエージェント!?　ふざけるな！　都市

を敵に回せるかよ！　テメエ、大丈夫だって言ってたじゃねえか！』

『うるせえな。都市に所有権がある遺物を掻《か》っ払《ぱら》うって時点で、とっくに都市に喧嘩《けんか》を売ってるんだ。今の内に殺して逃げれば何の問題もねえ。分かったら作業を急がせろ』

ヤジマはそれだけ指示して通信を切った。

ヤジマ達の目的は地下街の遺物の奪取だ。以前から仲間を探索チームとして送り込み、調査を名目に地下街で大量の遺物を収集していた。発見した遺物はどれも高価な品で、売り払えば大金になるのは間違いなかった。

しかし大量の遺物を本部がある出入口を通って運び出すのは不可能だ。そこで集めた遺物を一度地下街のある場所に隠し、後で別の出入口を探すか造るかして外に持ち運ぶ計画を練っていた。計画は順調に進んでいた。

だがその計画を揺るがす事態が起きた。地下街に設置する照明を新式の多機能照明に交換することになったのだ。

監視カメラや動体探査機能を搭載している照明が地下街に設置されれば、遺物を外に持ち出すのはおろか、地下街内で移動させることすら難しくなる。

加えて遺物の隠し場所が露見すれば、真っ先に疑われるのはその周辺の警備や探索をしていたヤジマ達だ。新式照明の設置範囲が遺物の隠し場所に届く前に対処する必要がある。最低でも、照明間の連係機能が動き出し、強固な監視網が敷かれる前に作業を終えなければならない。

ヤジマは仕方無くこれ以上の遺物収集を打ち切り、地下街に別の出入口を強引に開通させて遺物の運搬を強行することにした。そして出入口の開通と遺物の運搬を仲間に任せると、自分は地下街の状況確認を兼ねて隠し場所周辺の見張りを続けていた。

貸出端末の機能を切っていたのは本部に自身の位置を知られない為だ。それで本部に多少疑われようとも、すぐに居場所の把握と確認に動くことはないと知っていた。

また、他のハンターに発見されないように注意もしていた。しかしあからさまにどこかに潜むような、発見即不審者というような真似《まね》はしない。それでもヤジマの体は若干の迷彩機能を有しており、情報収集機器にもそう簡単に探知されないので、問題は無いはずだった。

だがアルファの異常なまでの索敵能力の所為《せい》で見付かってしまった。動揺を抑えながら、無害な人物を装《よそお》って、自分を見付けた者を探し、見付け出す。

ヤジマの目には、その者はどこにでもいる若手ハンターに見えた。ドランカムのようなハンター徒党に所属しており、組織の力でヤラタサソリの巣の討伐依頼に紛れ込んだのだろう。自分を見付けることが出来たのも恐らく偶然だ。そう考えて安堵する。

あとはそのハンターを殺し、余計な口を塞げば十分な時間稼ぎになる。ヤジマはそう即断し、行動に移った。

その判断の誤りが、現状を導いた。

◆

瓦礫の陰から飛び出したアキラがヤジマに向けてCWH対物突撃銃を構える。アルファのサポートによる拡張視界には、柱の逆側にいるヤジマの姿も透過表示ではっきりと映し出されている。照準に狂いは生じない。

だが柱が遮蔽物になっていることに違いは無い。射線は完全に塞がれている。その上でアキラは躊躇《ためら》わずに引き金を引いた。

専用弾が発砲の反動でアキラの体を後方へずらしながら撃ち出され、近距離の柱に直撃して轟音《ごうおん》を立てる。着弾地点に穴が開き、その周囲がわずかに凹《へこ》み、強固な柱に無数のひび割れが走った。

それでも流石に旧世界製の建造物だけあって頑丈で、弾丸は柱の途中で止まり、標的には届かなかった。

もっともそれはアキラも織り込み済みだ。柱を貫かんばかりの着弾の衝撃を背中で感じた相手がそこから思わず逃げ出したところを狙おうと、次の銃撃に集中する。

柱の左右どちらから飛び出してくるか。本来なら二択だ。外せば逆に反撃を受ける恐れもある。

しかし柱越しの相手の姿が見えているアキラには一択だ。そして専用弾の威力はヤジマの拳銃弾とは訳が違う。無防備な頭部を狙う必要は無い。的の大きい胴体を狙うだけで十分に殺せると、アキラはその機会を待った。

だがヤジマは柱から出てこない。代わりに大きな声で呼びかけてくる。

「待った！　撃たないでくれ！　こっちにもいろいろ事情があってな！　敵だと勘違いしたんだ！　悪かった！」

アキラの顔が怪訝に歪む。それは相手の話をわずかでも信じたから、ではなく、そのようなあからさまな嘘を吐く意味が分からなかったからだ。

ヤジマの必死な声が続く。

「話し合おう！　話せば分かる！　俺はこの地下街の探索チームのハンターだ！　他のハンターに端末を破壊されて本部と連絡が取れないんだ！　本部に連絡を取ってくれ！　そうすれば誤解は解ける！」

アキラは何も答えずに引き金を引いた。専用弾が柱の同一箇所に狂い無く着弾する。それでも貫通はしなかったが、柱のひびが増え、亀裂が広がった。

『頑丈だな。流石は旧世界の遺跡だ』

『でもそんなに保たないわ。どんどん行きましょう』

笑って銃撃を促すアルファの隣で、アキラが頷いて引き金を引く。

相手がそのまま柱の裏に潜み続けるのなら、このまま銃撃を繰り返し、柱の脆《もろ》くなった部分を貫いて殺す。

柱の陰から慌てて飛び出したらそこを狙う。柱に隠れたまま、立つ位置を微妙に変えて射線から逃れるのであれば、専用弾で柱を粉砕し、柱ごと撃ち殺す。

油断などしない。このまま殺し切る。アキラはそう自身に言い聞かせ、ＣＷＨ対物突撃銃をしっかり構えて引き金を引いた。再び轟音と共に発砲、着弾した専用弾が、柱の耐久を大きく削り取る。柱の限界は近かった。

◆

　強力な弾丸を喰らい続けて徐々に砕かれていく柱の振動を背中で感じながら、ヤジマは欠片も慌てずに状況の把握と推察を続けていた。

（呼び掛けに答えず問答無用で攻撃続行。降伏勧告を含めて俺を確保しようとする言動は一切無し。とすると、都市のエージェントの線は消えた、か？）

　都市側の人間であるならば、自分を確保して情報を引き出そうとするはずだ。単に殺せば良いという粗い仕事はしない。そのような浅い考えの行動をする以上、相手はただのハンターの可能性もあると判断する。

（本部に連絡を取ろうとする動きも無し。貸出端末の故障か？　逆上してそんなことも忘れているだけか？　どっちだ？　後者か？　……いや、この銃撃は冷静だ。つまり前者だ。あの時にあいつの端末はちゃんと破壊できたってことだ）

　懸念事項が消えていくたびに、ヤジマの表情が楽しげに歪んでいく。

（この柱、長くは保たないな。恐らく何らかの対物弾頭。ＣＷＨ対物突撃銃の専用弾か。……たかが照明の設置作業要員が、何でそんな物を持ってやがるんだ？）

　そう軽く疑問に思ったが、その推察を続けても大して意味は無いと切り上げる。

（まあ良い。向こうがデカブツを持ってるってことが分かれば十分だ。それにしても……）

　ヤジマが口の端を吊《つ》り上《あ》げる。

（オーケーオーケー。状況は悪くない。あいつをこの場で殺せば、本部に事態が露見するまでの時間は十分に稼げる。問題ねえ）

　背にしている柱が大きく揺れる。柱の耐久は保ってあと一発。その次は柱を吹き飛ばしながら自分に当たる。ヤジマはそう理解すると、現状を楽しむように笑いながら、拳銃を目元まで持ち上げた。

柱に次の銃弾が直撃する。限界まで脆くなった柱の陰で、ヤジマが動いた。

◆

柱の銃撃を続けていたアキラがヤジマの動きに気付く。流石に柱の耐久の限界を悟って離脱するのだろうと考え、柱から出た瞬間を狙おうと集中する。

だがそこでヤジマはアキラの予想を覆す動きを見せた。柱に背を着けていた状態から勢い良く振り返り、その回転運動のまま強烈な回し蹴りを柱に放つ。既に耐久の限界を迎えていた柱が止めの一撃を受けて粉砕され、破片が瓦礫の飛礫《つぶて》と化してアキラへ猛烈な勢いで飛び散った。

自分の方へ向かってくる無数の破片を見て、アキラが驚愕の表情のまま反射的に避けようと動く。その最中、アキラは飛び散る破片の隙間からこちらを拳銃で狙うヤジマの姿を見た。

ヤジマが飛礫の隙間を縫って拳銃でアキラを狙う。同時にCWH対物突撃銃の銃口を見て、目論見《もくろみ》通りだと内心で笑う。その射線はヤジマの動きに追い付けていなかった。

CWH対物突撃銃は強力な弾丸を撃ち出す分だけ重い。強化服の身体能力でしっかりと構えて精密に的を狙うのは可能でも、その重さの所為で照準を大きく移すのには少し時間が掛かる。

柱を破壊するほどの銃弾を喰らえば自分もただでは済まない。だが向こうも高速で動く自分に瓦礫の飛礫を回避しながら照準を素早く合わせ直すのは不可能だ。反動の大きい専用弾など絶対に喰らわない。ヤジマはそう確信しており、それは正しかった。

勝った。意識を軽く加速させた状態の中、そう確信しながら拳銃をアキラの頭部に向けようとする。頭部装備を着けないハンターは意外に多い。そこを狙えば拳銃で十分殺せる。今回も同じだと笑みを深めた。

だがそこであることに気付いて驚愕する。ＣＷＨ対物突撃銃の銃口は確かに自分に向けられていない。ただし、その銃は誰にも握られておらず、自由落下の直前だった。

その持ち手だったはずのアキラの手は、驚愕の表情を浮かべている顔と意志とは無関係に、元の銃を手放してＡＡＨ突撃銃に持ち替えていた。

飛び散る瓦礫を挟んで互いに撃ち合う。銃声が木《こ》霊《だま》し、瓦礫が床に散らばり終えると、場に静寂が戻った。

◆

ヤジマと互いに撃ち合った後、アキラは何とか近くの瓦礫に身を隠していた。先程の無茶な挙動による激痛も回復薬のおかげで既に大分引いている。

先程の動きは全てアルファのサポートによるものだ。アキラの意志は介在しない。それでも何が起こっていたのか後追いで理解するぐらいのことは出来た。

ＣＷＨ対物突撃銃から手を離し、ＡＡＨ突撃銃に素早く持ち替えて銃撃する。同時に相手の銃撃と飛んでくる瓦礫を躱す。更に空いた方の手でＣＷＨ対物突撃銃を掴《つか》みながら離脱し、近くの瓦礫の陰に隠れたのだ。

取り敢えず死地から脱したことに、アキラが険しい表情ながらも軽く息を吐く。

『アルファ。どうなった？』

『残念だけれど倒せなかったわ。空中の瓦礫に射線を塞がれた所為で、効果的な銃撃が出来なかったのよ。それでも数発は命中させたけれど、相当良い戦闘服を着ているようで、大して効果は無かったようね』

装備も実力も明確に上の相手にアキラが嫌そうな顔を浮かべる。

『強装弾を喰らってほぼ無傷なのか。頑丈なやつだな。ヤラタサソリだって殺せる威力だってのに。アルファ、AAH突撃銃だと、どれだけ撃っても効果無しなのか？』

『一応、相手の予備の銃は破壊できたわ』

『火力を大分削れた？』

『向こうのメインの武器はあの拳銃のようだから、火力削減という意味では、微妙ね』

アキラが溜め息を吐く。

『アルファ。もう一度聞くぞ？　勝てるんだよな？』

『当たり前よ。さっきだって、奇襲を受けたのに問題無く対処したでしょう？』

『……、そうだな』

自分とアルファの、問題無い、という基準の差異に、アキラはわずかに苦笑いを浮かべた。

『大丈夫よ。CWH対物突撃銃の専用弾に何度も耐えるような頑丈な障害物はもう無いわ。あとは火力で押しましょう』

『了解だ』

アキラは再びCWH対物突撃銃を握り締めた。

◆

ヤジマは別の瓦礫の陰に隠れながら顔をしかめていた。確実に殺せると思った攻撃を2度も躱されたことに驚きも覚えていた。

（まただ。間違いなく虚を衝いたはずなのに、一瞬の遅れも無く対応された。あの驚きの表情で、即時の対応。表情と行動が一致してねえにも程があるだろう。……まさか、俺と同じことをしてるのか？）

ヤジマの思考を背中から伝わる衝撃が遮る。遮蔽物にしている瓦礫をアキラに撃たれたのだ。比較的厚い瓦礫を選んで隠れたつもりだが、それらも柱ほど頑丈ではない。強力な弾丸で盾代わりの残骸を貫かれる前に身を隠しながら移動する。

だが次の銃撃も、肉眼では障害物越しで見えないヤジマをきっちりと狙っていた。

（……狙いが正確すぎる。相当高性能な情報収集機器を使ってやがるな。CWH対物突撃銃の専用弾といい、そんなものを持ってるやつが何でこんな場所にいやがる。仮にあいつが都市のエージェントだとしても、対人戦なら別の適した装備があるだろうに……）

そう訝《いぶか》しみながら推察を続けていたヤジマの表情が、思い付いた答えで険しくなる。

（まさか、CWH対物突撃銃の専用弾が要る想定なのか？　あいつらの存在まで漏れてる？）

ヤジマがわずかに迷う。

「余計に目立つ恐れがあるから使いたくなかったんだが……、仕方無い、使うか」

それを使用すると本部の警戒が増してしまい、自分達の存在を広く露見させる確率が上がる。だがアキラを殺した方がバレない可能性が高い。ヤジマはそう判断し、決断した。

◆

アキラがヤジマの隠れている瓦礫を狙っていると、そこから何かが飛んでくる。手榴弾《しゅりゅうだん》の類いと判断して即座に撃ち落とす。

次の瞬間、それは爆発し周辺に猛烈な勢いで煙を撒《ま》き散《ち》らした。白い煙が濃い霧のように瞬《また》く間《ま》に広がっていく。

それに驚くアキラだったが、瓦礫から飛び出すヤジマの姿を見ると、照準をすぐにそちらに合わせる。

その影は煙に紛れて視認しにくいが、情報収集機器と連携している照準器越しに狙う分なら全く問題無いはずだった。

引き金を引こうとした瞬間、情報収集機器の索敵機能で照準器越しに赤く表示されていたヤジマの姿が大きくぶれて掻《か》き消《き》える。同時に照準器の映像が激しく乱れた。

アキラが驚きながらそれでも引き金を引く。だが撃ち出された弾丸は周囲に漂う煙を貫いて地下街の壁に激突するだけの結果に終わった。

銃弾が煙の中からアキラに向けて飛んでくる。ほぼ牽制《けんせい》目的の銃撃だったことと、素早く瓦礫に身を隠したことで無傷で済んだが、アキラは非常に険しい表情を浮かべていた。

『アルファ。さっき照準器がおかしくなった。何があったんだ？』

『情報収集妨害煙幕《ジャミングスモーク》の影響よ。さっき投げられたのはその発煙弾だったようね』

　情報収集妨害煙幕《ジャミングスモーク》は色無しの霧を解析する過程で生まれたもので、情報収集機器の精度低下や通信障害の発生などを引き起こす成分が含まれている。先程の照準器の異常も、情報収集機器の精度が著しく低下した影響だ。

　本来は強力な索敵能力を持つモンスターに対抗する為の製品だ。しかし情報収集機器を装備している者も多いので対人戦でも使用されていた。

『情報収集妨害煙幕《ジャミングスモーク》を地下街で、遠距離攻撃能力も無く物量で押してくるヤラタサソリ相手に使っても、敵の位置も分からずに群れに呑《の》み込《こ》まれるだけよ。初めから対人戦用に用意していたのでしょうね』

『厄介だな。昨日も一昨日も、あれだけ大量のヤラタサソリを相手にしても結構何とかなったのに、今日はたった一人相手にこれか。やっぱり人間相手は、モンスターとは違うな』

　嫌そうな顔を浮かべているアキラに向けて、アルファがどこか意味深に微笑む。

『それはそうよ。だから人間は荒野にあれだけモンスターがいても生き残っているのでしょう？』

『……、それもそうだな』

　装備を調え強化服も手に入れて一端のハンターとなり、戦う相手がようやくモンスターに限定されそうだと思った矢先の出来事に、アキラはやっぱり人間の方が手強《てごわ》いと思って苦笑を零した。

　人が持つしぶとさや狡猾《こうかつ》さのおかげで、人類はモンスターだらけの東部でも生き残っている。人が殺し合えばそれを互いにぶつけ合うことになる。アキラが思ったことは、ある意味で当然のことだった。

第51話　逆転

　情報収集妨害煙幕《ジャミングスモーク》の所為でヤジマを仕留め損なった後、アキラが相手の出方を窺《うかが》っていると、薄い白煙に覆われた瓦礫の向こうから再び手榴弾のような物が複数飛んでくる。

　連射性能の低いＣＷＨ対物突撃銃ではその全てを迎撃するのは難しい。だが素早くＡＡＨ突撃銃に持ち替えて問題無く対処した。

　一つは衝撃反応機能付きの手榴弾で着弾と同時に爆発した。そして残りは全て情報収集妨害煙幕《ジャミングスモーク》の発煙弾だった。弾丸に容器を破壊されて内容物を一気に噴出した上に、手榴弾の爆風で煙を勢い良く撒き散らし、妨害範囲を一瞬で一帯に広げた。

　アキラが装着している情報収集機器の表示装置には、アルファに索敵設定の再調整を頼んだことで、情報収集妨害煙幕《ジャミングスモーク》の影響下でもつい先程までは周辺の状況が多少は表示されていた。

　しかしそれも追加の発煙弾の所為で台無しとなった。煙は広場の外まで広がっていき、索敵結果が広範囲に亘ってノイズの塊へと変わる。アキラはもう索敵結果を見るだけ無駄だと判断し、バイザー型の表示装置を額まで上げた。

　白い煙は拡散により徐々に薄くなっている。それでも10メートル先は何も見えないに等しい状態だ。

『アルファ。これだと向こうも俺の位置なんか分からないだろう。煙に乗じて逃げるつもりなのかな』

　逃げてくれるのなら好都合。アキラはそう思ってしまったことに若干複雑な思いを抱いたが、逃げた相手を執拗《しつよう》に追って殺す気も無いのは事実だった。

　だがその甘い考えをアルファが否定する。

『情報収集妨害煙幕《ジャミングスモーク》は成分の調整で、特定の索敵方法に対しては効果を極端に下げることも出来るの。向こうの情報収集機器に合わせて調整済みなら、相手の索敵能力はほとんど落ちていないと考えた方が良いわ』

　アキラはエレナ達を助けた時のことを思い出して

いた。色無しの霧の影響のおかげで自分の位置を男達に掴ませずに、一方的に攻撃できた。

『……つまり、向こうだけこっちの姿が丸見えか。何て便利なんだ』

今度は自分がその時の男達の立場となっている。敵が逃げても自分は気付けない。しかし自分は逃げれば敵に察知され背後から奇襲されるので逃げることも出来ない。その現状の厳しさに皮肉を零した。

するとアルファが得意げに笑う。

『大丈夫。そう思って油断しているところを潰せば良いだけよ』

アキラはわずかに訝しんだが、自分で対策など思い付ける訳も無いと知っており、加えてその辺りのことはアルファを信じると決めているので、承諾するように表情を引き締めた。

『……何だか知らないけど、任せた』

『任せなさい』

いつものように自信たっぷりに笑うアルファを見ながら、アキラは指示通りに銃をＣＷＨ対物突撃銃に持ち替えた。

◆

情報収集妨害煙幕《ジャミングスモーク》の白煙が徐々に薄まっていき、視界が白く霞《かす》みながらも少しずつ明瞭になっていく中、銃声が断続的に響いていた。

大きめの瓦礫がＣＷＨ対物突撃銃の専用弾の直撃を受けて破壊されていく。ヤジマはそれらの瓦礫の一つに潜みながらも、全く焦《あせ》っていなかった。

(逃げないのか。始末する分には好都合だ。逃げてくれれば背後から襲えるからもっと好都合なんだが……、流石にそこまで都合良くはいかねえか)

余裕の笑みを浮かべるヤジマの側で、瓦礫がまた一つ粉砕された。それでもヤジマの表情は揺るがない。情報収集機器でアキラの位置と動きを掴み続けており、その射撃体勢では自分には当たらないと確信しているからだ。

ヤジマが低い体勢を取り、慎重に身を隠しながら別の瓦礫の陰に移動する。自分が潜んでいそうな場所を無闇矢鱈《むやみやたら》に銃撃しているような様子から、相手の索敵は情報収集妨害煙幕《ジャミングスモーク》の効果で完全に無効化したと判断している。だが薄く白い煙の中で自分の位置を偶然見付けてしまう確率を消す為に、自身をアキラの視界に絶対に入れないように注意して進んでいく。

　そして広間を大きく弧を描くように移動し続けて、遂《つい》にアキラを背後から狙える位置を取った。

　あとは相手が見当違いの方向を撃つ瞬間、その隙を衝いて背後から奇襲を掛けるだけ。それで俺の勝ちだ。ヤジマは情報収集機器の索敵結果に映るアキラの無防備な背を見ながらそう考えて、思い止まる。

（……落ち着け。俺の勝ち、そう考えて2度襲い、2度とも覆されたんだ。次は確実に殺す。その確実な機会を待て。情報収集妨害煙幕《ジャミングスモーク》の効果はまだしばらく保つ。確実に殺す為に、今は急ぐな）

　無害な演技で相手に近付き、至近距離から早撃ちで殺す。その技術は異常なまでの生命力を持つモンスターにはほぼ無意味だが、人間相手には非常に効果的だ。

　ヤジマはその技術を磨き、多くの者を殺してきた。己の技に自信を持ち、誇りのようなものまで抱いていた。だからこそ、それを破った者を殺しておきたかった。

　アキラを都市のエージェントだと疑って念の為に仲間を呼んだが、それでも逃げて仲間と合流するより、残ってアキラを殺すことを優先したのは、アキラを自分の手で殺したいと無意識に望んだからだった。

　自分の手でアキラを殺せば、わずかに揺らいだ自信も取り戻せる。そう思うからこそ、次こそは確実に殺すと、慎重になろうとする。

　同時に、逸《はや》る気持ちを抑えられないでいた。仲間との合流後では、自力で殺したとは言えないからだ。それを、本部に気付かれて偵察を派遣される前に殺す為だと言い訳し、アキラが次に逆側の方向を銃撃しようとする時に襲うと決める。

更に念を入れて、仮に相手が頭蓋骨を戦車の装甲並みに強固に改造していたとしても、その装甲を貫き銃弾を脳に届ける対機強装弾を拳銃に装填する。そうやって気を落ち着かせながら、標的の挙動に集中する。

ヤジマが狙うのは、アキラがCWH対物突撃銃を撃った直後だ。だが撃った後に動いたのでは遅いと考える。相手が射撃の体勢を取り、その意識が前に向いた瞬間に奇襲を仕掛ける。そう決めて、相手のわずかな挙動も見逃さないように集中する。

そしてアキラが次の銃撃の為に発砲の反動を抑えようとする動きを見せた瞬間、ヤジマは身を潜めていた瓦礫から飛び出し、自分とは正反対の方向に銃口を向けているアキラの方へ高速で飛んだ。

既に意識の中で照準を合わせ終えている。積み重ねた研鑽《けんさん》により、ヤジマにとって意識上の位置に拳銃を狂い無く合わせるのは容易《たやす》い。銃を構えた後に照準を付け直す必要など無い。

仮に次の一撃が前の2回のように外れたとしても、このまま距離を詰めて至近距離戦に移行して殺し切る。相手にはCWH対物突撃銃をもう一度撃つ時間も、AAH突撃銃に持ち替える暇も与えない。これで勝ちだと、ヤジマは勝利を確信した。

次の瞬間、ヤジマの右腕が、握っている拳銃ごと吹き飛んだ。アキラが振り返りもせずにCWH対物突撃銃を片手だけで勢い良く後方に回し、専用弾を撃ったのだ。

強力な弾丸はヤジマの拳銃を、握っている手ごと一瞬で粉砕し、更に手首、肘、肩を一直線に貫いて腕を破壊した。それらの構成要素が千切れ飛び、細かな機械の欠片となって周囲に散っていく。

片腕を失い、肩口の断面から機械部品を覗《のぞ》かせながら、着弾の衝撃で吹き飛ばされたヤジマが床に叩《たた》き付《つ》けられる。その顔は驚愕に満ちていた。

「……馬鹿、な」

着弾の衝撃は、ヤジマの腕を吹き飛ばしただけではなく、身体の方にも大きな損傷を与えていた。しかしその損傷よりも、ヤジマは精神への衝撃の所為で動けずにいた。痛みは無い。だが混乱し、状況を理解できず、身動きもできずにいた。

◆

相手は高性能な情報収集機器で自分の位置を掴んでいたが、情報収集妨害煙幕《ジャミングスモーク》の影響で見失った。ヤジマはそう考えており、その考えは部分的には正しかった。アキラは確かにヤジマを完全に見失っていた。

しかしアルファは敵の位置を正確に掴み続けていた。

そもそもアルファはクズスハラ街遺跡であれば情報収集機器など無しに極めて高精度な索敵が可能だ。地下街であっても並の情報収集機器を越える精度で敵の位置を認識できる。

加えて、情報収集機器の収集データを独自に高度に分析し、情報収集妨害煙幕《ジャミングスモーク》の影響を可能な限り軽減していた。特定の索敵方法に対しては妨害効果が著しく下がる類いのものだったこともあり、その方法を見付けてしまえば、その影響を劇的に低下させるのは容易かった。

本来その逆解析を短時間で行うなど、煙の成分を事前に知っていなければほぼ不可能だ。だがアルファは膨大な演算能力でそれを可能にしていた。更にアキラの五感をある種の情報収集機器として扱い、脳が普通はノイズとして無視する感覚を取得して解析していた。

それらによりアルファは情報収集妨害煙幕《ジャミングスモーク》による索敵妨害をほぼ完全に無効化していた。ヤジマがアキラの背後に移動したことも、アルファは正確に認識していた。

そしてアルファはそれを敢えてアキラに教えなかった。その所為でヤジマは攻撃の直前も自分の位置を気付かれていないと判断していた。アキラが欠片でも背後を気にする様子を見せていれば、ヤジマは確実に気付いて奇襲などしなかった。

アキラもヤジマもアルファの意図通りに動き、予想通りの結果を両者にもたらした。

ヤジマを迎撃したアキラが苦悶《くもん》の表情でCWH対物突撃銃を下ろす。両手でしっかり構えても体ごと後方へずれる銃を、射撃速度を重視して片手で撃った所為で、腕を圧縮されたような負荷を激痛として感じていた。

崩れ落ちそうになる体を何とか支えながら、事前に口に含んでおいた回復薬を全て飲み込む。するとすぐに鎮痛効果で痛みが引いていく。

治療用ナノマシンによる回復効果も、全身に均等に広がるのではなく、酷《ひど》い負傷部位の治療を優先しようとして腕に集中していた。アキラはそれを腕から伝わる微妙な感覚で何となく理解した。

それでも腕に痺《しび》れのようなものが残り、上手《うま》く動かせない。そこに若干の不安を覚えながら視線をヤジマに移す。

『倒した……で、良いんだよな？』

『倒した、の、定義によるわね。拳銃を腕ごと破壊して攻撃能力を喪失させたし、義体の方も結構なダメージを受けて、もう素早く動くのは難しいはずよ。一応無力化は済ませたと考えて良いと思うわ。殺した、でないと安心できないのなら、頭の方も撃ってしっかり止めを刺しなさい』

後方にCWH対物突撃銃を勢い良く向けたアキラだったが、アキラがしたことはその強化服の動きに生身の動きを出来るだけ合わせただけだ。振り返る動作で銃を振り回しながらの精密射撃など不可能だ。

当然ながら照準はアルファが合わせた。アキラがそれに気付いてわずかに怪訝な顔を浮かべる。

『あいつの腕を狙ったのはアルファだよな？　何で頭を撃たなかったんだ？　殺さずに確保する為か？　それとも偶然当たっただけか？』

『違うわ。安全の為よ。見れば分かると思うけれど、彼は義体者で、遠隔操作人形の恐れもあったわ。そういう相手は頭を吹き飛ばしても死なない場合があるから、攻撃能力の喪失を優先したの』

強化服にその制御装置が存在するように、義体にも似たような装置は大抵組み込まれている。それが頭部ではなく胴体部分に、場合によっては五体それぞれに入っているものもある。

その場合、頭部の脳を破壊しても各制御装置に先行入力された攻撃指示に従って各部位が動き、そのまま攻撃してくる恐れがある。

更には、脳は頭部にあるという先入観を逆手に取って脳を胴体部分に移動させる、或いは体を完全な義体兼遠隔操作人形として扱い、自身の脳を小型で頑丈な生体維持装置に入れた上で背負って行動するということも考えられる。

いずれにしても生身ではない者にとっては、頭部の喪失が致命傷にならない場合が有り得る。そこでまずは敵から攻撃能力を奪うのを優先した。

それらの説明を聞いたアキラがヤジマの体を改めて見る。腕を千切り飛ばされても血を流しておらず、粉砕された腕は拳銃と一緒に屑鉄《くずてつ》の破片と化している。それを見れば確かに生身ではないと分かるが、同時にそれを見なければ気付けない程度には、生身と見分けがつかなかった。

『こいつが義体者かもしれないって、アルファはどうやって気付いたんだ？』

『いろいろ理由はあるのだけれど、一番の理由は無言での嘘が上手すぎたことね。彼に最初に撃たれた時、アキラは完全に騙《だま》されていたでしょう？　私が避けさせなかったら死んでいたわよ？』

『大変ありがとうございました』

『どう致しまして』

お互いに軽い調子でそう笑って答えた後、アキラが気を取り直す。

『……で、それとどういう関係があるんだ？』

『実はね、私は相手の表情とかから、相手の嘘をある程度見抜けるのよ。表情のわずかな変化とか、仕草とか、声色とかから判断してね』

それは凄いと感心した表情を浮かべたアキラだったが、すぐに怪訝な顔付きに変わる。

『ちょっと待て。それならあの時、撃たれる前に教えてくれれば良かったじゃないか』

『私も騙されたのよ』

何なんだそれは、とアキラの顔が微妙なものに変わる。

『……さっきの、嘘が分かるって話はどこに行ったんだ？』

『彼の表情に虚言を示すものは無かった。でも嘘を吐いていた。それはつまり、彼は内心と表情を完全に分離できるということ。そんなことが出来るのは、表情筋の動作を完全に操作できる義体者か機械人形ぐらいよ。恐らく過去の自然な表情を記録しておいて、それを再生していたのだと思うわ』

ようやく話が繫がったアキラは納得したように軽く頷いた。

『さてと、アキラ、飲んだ回復薬はそろそろ効いたはずよ。休憩はこれぐらいにして、彼をどうするか決めましょう』

『そうだな』

アキラはヤジマに近付こうとして、体にわずかな痛みを覚えた。回復薬の効果が体に十分に行き渡るまで待ったはずなのだが、それでも負傷は治り切っていなかった。

◆

ヤジマは義体者だ。体の大部分を生体部品や機械部品と交換しており、生来の部分は中枢神経系ぐらいしか残っていない。身体能力も強化服の着用者並みに高く、片腕を失っても生命維持という点では掠り傷に等しい。生身ならば激痛で動けない負傷でも、痛覚を調整済みの義体ならばそれも無い。

粉砕された腕の付け根から痛みは感じるが、それは痛覚を完全に除去した場合に発生する弊害を防ぐ為の機能でしかなく、少々痛い程度に調整済みだ。

だがまるで激痛に耐えかねるように肩口を抑えながら、苦悶の表情を浮かべていた。その演技の裏で、床に倒れたまま状況を正確に認識して、それを好転させる為に思考し続けていた。

そこでアキラが近付いてくる気配を感じる。相手が遠距離から止めの銃撃を加えるという行動を取らなかったことから、自分を無力化したと考えて警戒を緩めたと判断し、そのまま苦痛に喘《あえ》ぐ無力な演技を続行する。

もっともヤジマの負傷はそこまで酷い状態ではない。片腕を吹き飛ばされ、着弾の衝撃で胴体側の出力も低下したとはいえ、その義体は並のハンターなら問題無く殺せる性能を保っている。

しかし戦闘力はアキラとの交戦など無謀と言える程度まで落ちてしまった。走って逃げようとしても後ろから撃たれるだけだ。事前に仲間を呼び寄せたとはいえ、いつ到着するか分からない。ざっと試算しても、アキラに頭を吹っ飛ばされる方が早い。

つまり現状において、自分は完全に詰んでいる。

ヤジマはすぐに我に返るのと同時にそれを理解した。その上で、怯えた表情を浮かべながら、冷静に思案する。

（……さて、どうするかね。まずは時間稼ぎか？）

内心を微塵《みじん》も反映しない顔で、ヤジマは欠片も諦めずに勝機を探っていた。

◆

アキラはヤジマにある程度近付いた辺りで足を止めた。相手が急に飛び起きて襲ってきても問題無く対処できる距離を維持しながらＣＷＨ対物突撃銃を構える。敵は格上だ。生きている限り警戒を解くつもりは無い。

するとヤジマが床に倒れたまま、アキラを制止するように残った左手を弱々しく向けてきた。

「やめろ……。俺の負けだ……。撃たないでくれ……」

「なぜ俺を襲った？」

「だ、だからそれは誤解なんだ……。頼むから話を聞いてくれ……。ちゃんと聞いてくれさえすれば、誤解は解ける……」

怯えた表情も、弱々しい声も、震える手も、アキラには演技には思えない。戦意の折れた者がする命乞いそのものだ。だが相手の嘘を見抜けるというアルファに一応尋ねる。

『アルファ。これ、本当だと思うか？　それとも全部演技か？』

『義体者相手に完全に見抜くのは難しいと前置きした上で答えるわね。撃たれたくないのは本当。弱気な態度は嘘。話を聞けと言っているのは本当。話せば分かるというのは嘘。アキラを言い包《くる》めようとしているのか、或いは時間稼ぎだと思うわ』

「時間稼ぎか。どの程度の時間を稼げばお前は助かるんだ？」

アキラの怪訝な態度での問い掛けを受けて、ヤジマが首を大きく横に振って叫ぶ。

「時間稼ぎ!?　誤解だ！　そんなつもりは無い！本当だ！　嘘じゃない！」

『嘘ね』

そうあっさり告げたアルファの言葉をアキラは信じた。その上でヤジマの扱いを考える。そこで、相手の生殺与奪を握っているのは間違いなく自分であるという余裕が、アキラに行動選択の熟考の余地を与える。加えて、仕事に対して誠実であろうとする思考が選択に偏りを生み出した。

『……可能なら本部に連れてこいって言われてるし、連れてくか。生きてた方がこいつからいろいろ聞き出したり出来るだろうしな』

『それなら念の為に残りの手足も吹き飛ばしておきなさい』

『……、そうだな』

四肢を失った状態で髪を掴まれて泣き叫びながら引《ひ》き摺《ず》られる男。その男を引き摺る自分の姿に集まる本部の者達の視線。アキラはその光景を想像してわずかに悩んだが、その程度のことと引き換えにヤジマの四肢を残すのもどうかと思い直し、安全を重視した。

アキラがＣＷＨ対物突撃銃の照準をヤジマの左腕に合わせようとする。だがその途端、右腕から走った酷い痛みの所為で、思わず動きを止めて顔を引きつらせた。

『い、痛い。アルファ。痛みが引かないんだけど、どういうことだ？　回復薬が効いていないのか？』

『服用量が足りなかったようね。アキラの強化服でCWH対物突撃銃の専用弾を片手で撃つのは、少々負荷が高すぎたのよ』

『じゃあどうして片手で撃ったんだよ』

『素早く動いて可能な限り短時間で反撃する都合よ。相手の油断を誘う為に反撃の直前まで取っていた体勢の所為でもあるわ。他にも……』

話が長くなると感じたアキラが途中で口を挟む。

『分かった。そうする理由はあった。そうだな？』

『そういうこと。回復薬を追加で飲んでおきなさい。高い方よ？　そこまで辛《つら》いのなら安い方でごまかすのはやめなさい』

アキラが念の為に数歩下がって回復薬を飲む。そしてその回復効果を実感しながら顔を大きく歪めた。

『……遂に無くなったぞ。クソッ。依頼の条件に、弾薬費だけじゃなくて回復薬の代金も払ってもらえるように書いておけば良かった』

『仕方無いわ。アキラ。前にも少し話したけれど、これで無理をしなければならない状況での危険度はかなり上がったわ。十分に注意して』

『了解だ』

アキラは再びヤジマの左腕にCWH対物突撃銃の照準を合わせた。

◆

ヤジマがアキラの様子から推察する。

（話を聞く意志は無し。時間稼ぎもバレバレか。この場で俺を殺す気が無いのは有り難《がた》いが、本部まで連行されれば終わりだ。御丁寧に残りの手足も破壊してから運ぶつもりか。念入りだな）

ヤジマは表向きは悲痛な表情で怯えているが、内心では冷静な思考を続けていた。四肢の喪失すら必要経費と割り切って、危機的状況の回避策を模索する。

（どうする？　この念の入れようだと、ネリア達が助けに来たらまずは俺を殺してからネリア達の対処に移るぞ？　情報収集妨害煙幕《ジャミングスモーク》の影響で、今はあいつらと連絡が取れない。影響範囲外に出てから何とか連絡を……）

　相手に話を聞く意志が全く無い以上、話術で隙を作るのは難しい。四肢を全て失った状態で本部に連行された後に都市の職員達と話しても、状況を改善できるとは思えない。

　自力でこの劣勢を逆転させる手段は無く、この負傷状態でもこちらを警戒している者が自身の優位を崩すような悪手を取るとは考えにくい。

　どうにかして仲間と連絡を取り、無害な第三者を装わせて接触させる方法から突破口を見出《みいだ》すか。或いは途中で他のハンターと遭遇するのを期待するか。とにかく、この状況に変化をもたらす他者が必要だ。

　ヤジマがそういろいろと考えていると、その他者の声が響く。

「ちょっと!?　何をやってるの!?」

　声の方からは、ハンターの少女と、場に似つかわしくないメイド服の女性が駆け寄ってきていた。レイナとシオリだ。

　思わずレイナ達の方を見たアキラが顔をしかめる。面倒な時に来たという内心がありありと浮かんでいた。

『照明設置の追加要員って、あいつらだったのか』

『そのようね。もう少し早く、出来れば戦闘中に来てもらいたかったわ』

『全くだ』

　そのアキラの表情に、ヤジマは現状からの突破口を見出《みいだ》した。

（面識はあるが、友人ではないな。少なくとも言い分を全面的に受け入れてもらえるような関係ではない。この状況を説明するのが面倒だと判断したな？　説明したとしても、それを信じてもらえない恐れが高いと考えたな？）

　内心でほくそ笑みながら、ヤジマが悲痛な表情でレイナ達へ向けて叫ぶ。

「助けてくれ！　殺される！」

　アキラとレイナ達の視線がヤジマに集まる。初見でアルファすら騙し切った内心を欠片も反映しないヤジマの表情は、訳も分からずに突如襲われた被害者そのものだった。

◆

地下街で照明の設置作業を続けていたレイナ達は、本部の指示でそこから別の作業場所に派遣されたが、そこにアキラがいるとは知らなかった。

指示された場所には照明の積まれた台車が放置されているだけで誰もおらず、怪訝に思いながら周囲を見渡してようやくアキラを見付ける。

だがそのアキラが他のハンターを殺そうとしているとしか見えない光景を目の当たりにして、レイナが思わず声を上げる。

「ちょっと!?　何をやってるの!?」

アキラも思わずレイナ達の方を見る。その顔は、レイナ達に面倒なところを見られたというものにしか見えず、実際にそうだった。

更にヤジマが必死な声で叫ぶ。

「助けてくれ！　殺される！」

アキラが反射的にヤジマの方へ顔を向けると、ヤジマは一度震え、怯えの表情を強くしてレイナ達へ叫ぶ。

「こ、こいつが、こいつが突然俺を撃ったんだ！　俺を殺そうとしたんだ！」

アキラが慌てて否定する。

「違う！　いや、確かにこいつを撃ったのは俺だけど、それはこいつが俺を殺そうとしたからだ！」

「違う！　お前が俺を殺そうとしたから反撃しようとしただけだ！」

「ふざけるな！　突然俺を殺そうとしたのはお前だろうが！」

「ふざけてんのはどっちだ！　訳の分からねえこと言って突然撃ってきやがって！」

アキラとヤジマがお互いに相手が悪いと怒鳴り合う。どちらも相手の意見を全て否定するだけであり、論議には程遠い言い合いだ。その所為で、事情を知らない者にはどちらが正しいかなど全く分からなかった。

レイナは困惑し、シオリは頭を抱えていた。照明の設置作業を手伝いに来ただけだというのに、こんな事態に巻き込まれるとは予想外だった。

「シ、シオリ、どうすれば良いと思う？」

シオリにはどちらが嘘を吐いているかなど分からなかった。

先日のアキラは自分達に適当なことを言ってごまかすよりも、自分と殺し合う覚悟を以《もっ》て正直に答えていた。そのアキラが嘘を吐いているとは考えにくい。

だが相手の男からも、命惜しさにデタラメを言っているような様子は全く感じられない。

そこで、真面目な顔で探りを入れる。

「……、まずは本部に連絡を入れたいと思います。お二人とも、それで宜《よろ》しいですか？」

どちらが嘘を吐いているかは不明だが、これを嫌がる方が疑わしい。シオリがそう考えながらアキラ達の反応を探る。

しかしアキラ達はどちらも全く嫌がらなかった。

アキラがはっきりと答える。

「そうだ。本部に連絡してくれ。位置情報を共有できないハンターの対処を本部から指示されたんだ。対象の殺害許可も出ている。本部に確認を取れば分かるはずだ」

ヤジマが叫びながら答える。

「それは俺の台詞《せりふ》だ！　本部に連絡してくれ！　そうすれば俺が正しいことが分かる！」

アキラとヤジマが睨《にら》み合《あ》う。そのアキラ達の反応に、レイナはますます困惑し、シオリは更に頭を抱えた。

それでもシオリが本部に連絡を入れようとする。真偽の判断は自分達の仕事ではない。状況を説明してあとは本部側に任せれば、余計な揉め事にレイナをこれ以上関わらせなくて済む。そう判断して内心で軽く安堵する。

だがその安堵はすぐに消えた。本部と通信が繋がらないのだ。

　レイナがシオリの様子に気付き、自分も本部と連絡を取ろうとする。しかし結果は同じだった。

「……駄目。繋がらないわ」

　そのレイナの言葉にヤジマが即座に反応する。

「それはそいつが使った情報収集妨害煙幕《ジャミングスモーク》の影響だ！　お前、本部と通信が繋がらないことを知ってて言いやがったな？」

　アキラが声を荒らげて言い返す。

「ふざけるな！　それを使ったのはお前の方だろうが！　俺を調べれば持ってないことぐらい分かる！」

「使い切っただけだろうが！　好《い》い加減《かげん》なこと言いやがって！」

　アキラは激昂《げきこう》で引き金を引こうとする自分を辛うじて抑えた。流石にこの状況でヤジマを殺してしまってはただの口封じであり、更なる面倒事になるだけだと思ったからだ。

　アルファから余計な揉め事を自分から増やすのは控えろと言われたこともあって、きわどいところで何とか堪えていた。

　啀《いが》み合《あ》うアキラ達を見て、レイナも自分なりにいろいろ考えていた。

　レイナにはどちらも本気で相手が襲ってきたと言っているように思えた。その上で、話が食い違っているのにどちらも嘘を吐いていないのであれば、何らかの誤解で殺し合ったのではないかと考える。

　そしてそれを止めたのが自分である以上、放置も出来ないと思った。少なくともレイナには、知ったことではないから殺し合えと、今更言うのは無理だった。

「シオリ、もう二人とも本部に連れていった方が早いんじゃない？」

　レイナをこの揉め事から遠ざけたいシオリもその提案に乗る。

「畏《かしこ》まりました。そう致しましょう。では、お二人とも同行願います。情報収集妨害煙幕《ジャミングスモーク》の効果範囲から離れれば本部との通信も回復するでしょう。宜しいですね？」

シオリがアキラ達にそう問うと、真っ先にヤジマが強く頷いた。

「ああ、行こう」

ヤジマが立ち上がろうとする。しかし右腕が無いのに右手を突いて起き上がろうとした所為で、大きく体勢を崩して再び倒れた。

まるでそれで力を使い果たしたような弱々しい動作でもう一度身を起こそうとしたヤジマが動きを止める。怯えた顔でアキラの銃を見て、口から小さな悲鳴のような声を漏らしていた。

その様子を見たシオリが、まだ銃口をヤジマに向けているアキラに引くように促す。

「……アキラ様。銃を下ろして頂けますか?」

アキラが険しい表情で黙る。

『……もっと急いで、こいつらが来る前に殺しておけば良かった』

アルファも少し険しい表情を浮かべている。

『この状況で撃ち殺す訳にもいかないし、仕方無いわ。大丈夫よ。記録はちゃんと取ってあるから濡《ぬ》れ衣《ぎぬ》を着せられる恐れは無いわ。元々本部に連れていく予定だったのだから、付き添いが増えたと思いましょう』

『……、そうだな』

一向に銃を下ろそうとしないアキラの様子に、シオリがアキラへの警戒を高める。

「アキラ様?」

「……分かったよ」

アキラは気の進まない態度で銃を下ろした。

シオリは明らかに機嫌を損ねているアキラを非常に警戒していた。殺し合っていた相手に止めを刺そうとしたところを自分達に止められたのだ。下手をするとその敵意がこちらにも向かいかねない。そう考えていた。

慎重に対応しなければならないと、意識をアキラに強く向ける。その所為で、片腕を失って怯えた表情で床に転がっている男への注意を軽視してしまった。

シオリの警戒にアキラも警戒を返す。その所為でヤジマとレイナへの注意がおろそかになった。

つまり、アキラとシオリの両方の意識がヤジマとレイナから外れてしまった。

『アキラ！　レイナを止めなさい！』

アルファがそう指示したが、既に手遅れだった。

アキラが思わずレイナを見た時、レイナは倒れたままのヤジマに手を差し伸べていた。

「ほら、立ちなさい」

レイナは口が悪いところもあり癇癪《かんしゃく》も起こすが、14番防衛地点で進んで孤立したアキラに危ないだろうと声を掛ける程度には善良だ。だからこそ、自力では立ち上がるのも難しい者へ気軽に手を差し伸べていた。

その気遣いは十分に称賛できるものだ。同時に、致命的な悪手だった。ここは壁の内側ではなく荒野であり、レイナの認識は甘く、感覚が荒野に追い付いていなかった。

「お嬢様!?　いけません！」

シオリに呼ばれたレイナが不思議そうな顔をそちらに向けた瞬間、ヤジマが自身に伸ばされた手を掴み、強く引き寄せてレイナの体勢を崩す。そして素早く立ち上がると、体勢を崩したレイナの背後に回り込み、左手でレイナの首を掴んで拘束した。

ヤジマが嗤《わら》ってアキラとシオリに告げる。

「動くな」

先程までの怯えた表情など、今のヤジマの顔には欠片も存在していなかった。

第52話　それぞれの選択

　地下街の新照明設置作業にはドランカムの若手ハンター達も参加しており、レイナ達もカツヤ達と一緒に作業を続けていた。

　そこに本部からレイナ達を別の作業場に向かわせてほしいと指示が出る。その指示をチームリーダーとして受けたカツヤは難色を示した。ドランカムは不用意な揉め事を避ける為に、所属している若手をドランカム以外のハンターと一緒に行動させないようにしている。そう言って一度は断った。

　しかし本部からレイナ達はシオリと二人一組で登録されており若手とはみなせないと言われ、更に先日も独自にドランカム以外のハンターと一緒に行動していたと指摘された。そして結局は押し切られレイナ達を他所に派遣することになった。

　カツヤは自分もついていきたかったのだが、現場の指揮を執る為に抜け出せなかった。そのような事情があり、レイナはシオリと一緒に二人だけで一時的な人員調整としてアキラのところに向かうことになった。

　指定された場所でしばらく設置作業をして帰るだけ。そう思っていたレイナは、今、ヤジマという男に背後を取られ、首を掴まれている。片腕を失って床に倒れており自力では立ち上がるのも難しい男に手を差し伸べるという、優しくも誤った行動をしてしまった所為だ。

　ここは荒野であるという認識に欠けた優しさは、その善良さ故に、高くついてしまった。

◆

　ヤジマに喉を掴まれたレイナが、驚きと苦痛で歪んだ表情で苦しげな声を出す。

「な、何の真似よ!?」

　ここは荒野であるという認識を過剰に抱いたことで、騙し、奪い、殺すことへの抵抗を失った男が、レイナの反応にも言葉にも呆《あき》れたように嗤う。

「何の真似って……、え？　説明が要るか？　それはちょっとどうかと思うぞ？　俺としては物凄《ものすご》く分かりやすい状況だと思うんだが、念《ねん》の為《ため》、万が一、他の二人も正しく状況を理解していないかもしれないことを考慮して、端的に説明しようじゃないか。君を人質にとって、二人を脅しているんだ」

　ヤジマが笑みを消してアキラとレイナを見る。

「動けば彼女を殺す」

　静かだが、明確な殺意を込めた声だった。

　アキラは険しい表情でヤジマを警戒している。

　シオリは明らかな殺意をヤジマに向けていた。顔は平静を保とうと努力しており、表情に冷静さを残している。だが内心の激情が両目に濃縮されていた。殺意で視線に色が付き、ヤジマを貫く線を目視できそうなほどだった。

　それでも、アキラもシオリも動きを止めていた。それを見て、ヤジマが落ち着いた声を出す。

「……結構。そちらは状況を正しく認識できているようで何よりだ」

　続けてレイナに話しかける。

「さて、理解力の乏しい君の為に、念の為に言っておく。俺の握力なら君の首を握り潰すぐらいは簡単だ。だから余計なことはするな。馬鹿な真似もするな」

　レイナ達が現れた時、ヤジマはアキラの表情から仲間ではないと見抜いた。同時にレイナ達の表情から、状況を全く理解していないことも見抜いた。

　これは使える。そう判断したヤジマは、すぐにレイナ達を利用して有利な状況に持ち込むと決めた。だがここまで上手くいくとは思っていなかった。

「確かに俺には右腕が無いし、さっきまで床に転がっていた。もしかして不意を衝けば逃げ出せるかもしれない。そう君が勘違いするのは仕方が無い」

　アキラが自分から銃口を外した時、ヤジマは内心歓喜していた。少なくとも即死手前の状況から抜け出せたと、予想以上の成果に自分でも驚いていた。

　あとは時間経過か移動で情報収集妨害煙幕《ジャミングスモーク》の効果

が薄れた時点で仲間と連絡を取り、救出してもらうだけだ。そう考えていた時にレイナが近付いてきた。

「しかしそれは誤りだ。俺は油断なんかしない。君に隙を衝かれるほど無能ではない。もし、君に俺が油断しているように見えたとしても、それは希望的観測であり、妄想だ」

ろくに警戒もせずに自分に近付いてくる少女を見て、ヤジマはむしろ何らかの罠《わな》ではないかと疑ったほどだった。

しかし罠ではなかった上に、あっさりと人質にすることが出来た。ヤジマは自分のとんでもない悪運に感謝すらしていた。その幸運を運んできてくれた少女にも感謝を込めて忠告する。

「君は俺の言うことなんか信じられないかもしれない。しかし、君を助けようとしている者達は俺の要求に大人しく従っている。その事実から導き出される答えを、しっかり認識してほしい」

場に沈黙が流れる。レイナは動けず、シオリも動けず、アキラは動かない。ヤジマはその結果に満足した。

「……結構。では銃を捨ててもらおうか」

「シオリ、駄目……ッ!?」

黙れと言わんばかりに、ヤジマがレイナの首を掴んでいる手に力を込めた。その所為でレイナの声は途中から苦悶の声に変わった。

更にヤジマはシオリを見ながら催促するように力を込める。レイナの口から苦悶の声すら漏れなくなり、代わりにその顔が苦痛でより強く歪んだ。

シオリの表情が一瞬悲痛に染まる。そしてその表情をヤジマへの殺意よりレイナを思う心痛で大きく歪めた。わずかに遅れて、シオリは銃を手放した。

銃が床に落ちて音を立てる。状況の優勢劣勢が、再び明確に変わった音だった。

シオリは残りの銃も床に落とすと、ヤジマに向けて蹴った。それでヤジマはレイナを掴む力を一度弱めた。そして再び少しずつ強めながら、催促するように軽くレイナを揺らす。レイナは恐怖で強張《こわば》った顔で銃を捨てた。

シオリは相手のわずかな油断も見逃さないようにヤジマを凝視し続けている。自分とレイナが銃を捨てるたびに楽しげに嗤う男の姿に激情を覚えながらも、主を救う機会を逃すまいと平静さを保とうとしていた。

ヤジマは余裕の薄笑いすら浮かべ始めていた。だがその顔が再び険しくなっていく。シオリはそれを怪訝に思い、ヤジマの視線の先に自分もゆっくりと顔を向けた。

アキラは黙って立っていた。どこか落ち着いた様子まで見せている。そして、銃を握ったままだった。

「……アキラ様。申し訳御座いませんが、銃を」

シオリからそう促され、声を掛けられても、アキラは特に反応を見せず、黙ってヤジマを見続けていた。

シオリが思わず慌てた声で呼びかける。

「……アキラ様!?」

「聞こえてる」

シオリの方を見ずに、アキラはそれだけ答えた。

銃も捨てようとはしなかった。

ヤジマがレイナの顔をアキラの方へ強引に向ける。そしてレイナの首を絞める力を再び強めていく。レイナが苦悶の声を上げ、更にその声も漏らせないほどに首を強く絞められ、顔を一層苦痛に染めていく。

シオリが狼狽《ろうばい》を強めて訴える。

「……アキラ様！　お願い致します！　今は銃を捨ててください！」

アキラは何も答えなかった。代わりにヤジマが冷酷な声を出す。

「要求は正しく伝わっているはずだが、交渉は決裂か？　彼女が死んでも良いと？」

アキラが口を開く。

「その要求はどこまで続く？　お前の仲間がここに来て、俺達を殺すまでか？」

ヤジマがわずかな反応を見せた。少し黙り、レイナを摑む手も緩めてから、落ち着いた様子で答える。

「……何を勘違いしているか知らないが、俺に仲間はいない。お前が銃を捨てさえすれば、俺はゆっくり奥に消える。十分距離を取ったら彼女も解放する。約束しよう。ああ、確かに彼女を解放する条件を説明していなかったな。こちらの不手際だ。謝罪しよう。納得してもらえたかな？」

「お前、遺物を盗む気だろ？」

ヤジマがまた黙った。アキラが続ける。

「動揺したな？　お前が俺を殺そうとした時、適当にごまかそうとする素振りを一切見せなかった。即座に躊躇無く殺しに来た。つまり俺に顔を見られた時点で、俺を殺さないと不味《まず》いってことだ」

ヤジマの表情は内心を反映したものではない。だがそれだけで全てを隠せる訳でもない。過去の表情の再生ではなく、現在の表情である以上、内心の隠蔽にも限度があった。

表情の操作を脳から完全に切り離すことも可能ではある。しかし今更能面の顔に切り替えても、それはそれで白状しているのと同じだ。

「多分この辺りに遺物が隠してあるんだろ？　義体者なんだ。顔なんて後で好きに変えられる。それにもかかわらず、この地下街で俺に、俺が報告する本部に、つまり都市側の職員にそこまで隠したいことなんてそれぐらいだ」

沈黙も反応の一つだ。その沈黙は雄弁だった。

「顔を見たやつは全員殺す気だろ？　今の顔がバレれば、都市の職員にすぐに身元が割れるからな。都市を敵に回すんだ。確実に賞金首になる。それを防ぐ為に、俺達を絶対に殺さないと不味い。そうだろ？」

そこまで黙って聞いていたヤジマがようやく口を開く。軽く呆れた表情で、聞き分けの無い者を諭すように答える。

「いろいろ勘違いをしているようだな。お前の穴だらけの推理を山ほど添削しても良いんだが、俺が何を言っても信じないんだろうな」

「時間稼ぎはあとどの程度必要だ？　仲間の戦力はどの程度だ？　その余裕から考えて、かなり高いんだろう？　俺達をあっさり殺せるぐらいには」

「お前の戯《ざ》れ言《ごと》に付き合うとして、お前が銃を捨てないと彼女が死ぬことに違いは無いぞ？」

「お前がそいつを殺せば、その後でお前も間違いなく殺される。それにもかかわらずその余裕、仲間は相当な戦力だな？」

　アキラとヤジマが真剣な表情で相手の目を見る。わずかな沈黙の後、ヤジマがレイナの首を強く絞めて冷徹な声を出す。

「最後だ。銃を捨てろ」

「嫌だ」

　アキラはそう言い切った。

　顔面蒼白《そうはく》のシオリが声にならない悲鳴を出す。だが、レイナの首が千切られることはなかった。ヤジマは逆に力を弱めると、アキラを馬鹿にするようにあからさまな溜め息を吐く。

（……本気かよ。計画はバレてるし、殺す気なのもバレてるし、どうするか。ケインとネリアがいつここに来るかは分からないし、この状況だとあいつは俺の仲間が来た瞬間に人質ごと俺を殺しかねない。義体のダメージも酷い。撃たれたら頑張って避ける自信は無いな）

　ヤジマが内心の焦りを隠しながら呆れた声を出す。

「こんな美少女が人質になっているっていうのに、冷たいやつだな。お前に正義の心は無いのか？」

「その美少女を人質にしてるやつに言われたくはないな」

「俺は良いんだよ。俺は悪人だからな。気兼ねなく悪いことが出来る。悪人の特権だね。正義の味方じゃこうはいかない」

　ヤジマはそこまで敢えてどこか軽い口調で話していたが、そこで口調を少し真面目なものに変える。

「まあ、仕方無い。お前にこの人質は効果が無さそうだし、効果がありそうな別の人に頼もう」

　そして視線をシオリに向けると、口調を一気に冷酷なものに変える。

「彼女を殺されたくなかったら、そいつを殺せ」

　ヤジマがそう言った瞬間、アキラはヤジマとシオリの両方を警戒する体勢を取った。

　その動きにヤジマが反応し、レイナを盾にしながらわずかに後方に下がる。そして床に転がっているシオリの銃を、シオリの足下に向けて蹴った。

シオリは途方も無い迷いの中にいた。愕然《がくぜん》としながらアキラとレイナの顔を交互に見ている。アキラは銃を捨てないことを選んだ。次はシオリが選択しなければならない。

アキラは銃口をまだ下げている。それをレイナごとヤジマに向けるか、或いはシオリに向けるかは、今は保留にしていた。

『……アルファ、シオリはどう出ると思う？』

アルファがあっさりと答える。

『アキラに襲いかかってくると思うわ』

『その理由は？』

『その方が人質が長生きするから。彼女が要求に従わず、人質の意味が無いのなら人質は殺される。相手が最終的に皆殺しにするつもりでも、人質が生きていれば、殺される前なら助けられる可能性がある。あの様子ならその可能性を自分から捨てるとは思えないわ』

『理由も含めて同意見だ。クソッ。説明が面倒だとか思わずに、すぐに殺しておけば良かった』

『悔やんでも仕方無いわ。やれるだけのことはやりましょう。最悪皆殺しにするわ。良いわね？』

『了解だ』

アキラは覚悟を決めた。

シオリは覚悟を決め切れないでいた。一か八かでヤジマを攻撃しても、要求通りアキラを殺しても、恐らくレイナは助からない。それを理解した上でレイナを助ける方法を模索するが、現状で勝機は見出せなかった。状況を変える何かが時間経過で起こる可能性、そのわずかな希望に縋《すが》り、その何かを待って時間を稼ぐしかなかった。

だがその時間稼ぎをヤジマが潰しに入る。

「……何だ、そっちも駄目なのか。結局人質の意味は無いのか。それなら仕方が無い。こいつは殺そう。俺も殺されるだろうが、仇《かたき》は仲間が取ってくれるさ」

この言葉はただの脅しだ。ヤジマに死ぬ気は無い。それはシオリにも分かった。しかしこのまま立ち尽くしていれば、脅しではなくなるのも事実だった。

シオリの悲痛な表情を見てレイナが思わず声を上げようとする。だがヤジマに首を強く絞められて防がれた。

ヤジマが殺意の籠もった声で告げる。

「お前は黙ってろ」

既にヤジマにとってはレイナが何を言っても、それが助けを求める言葉であっても自己犠牲の言葉であっても邪魔なものでしかなかった。

見苦しく助けを求めて見捨てられないように、構わずに攻撃しろと言ってその通りにされないように、人質の価値を落とすような真似をさせない為にしっかりと首を絞めた。

そしてそれは、シオリにはレイナを本当に殺そうとしているようにしか見えなかった。

シオリが動く。悲愴《ひそう》な表情で素早く身を屈《かが》めて床の銃を拾い、アキラに銃口を向ける。

アキラも反射的に動く。相手の射線から逃れるように大きく身を振りながら、シオリに銃口を向ける。

銃声が響き、戦闘が始まった。

◆

CWH対物突撃銃の専用弾がシオリの側を駆け抜けていく。無傷ではある。だが厳密には服に掠《かす》っていた。

シオリは全力で躱そうとした。並の相手ならば余裕で躱した上に十分に反撃できるタイミングだった。しかし積み重ねた訓練と実戦で磨き上げた技術を以てしても、それが限界だった。

シオリのメイド服は戦闘用ではない普通の物だ。並の防護服すら粉砕する専用弾の前では紙切れと変わらない。掠った部分からメイド服が千切れ飛び、弾丸が側を通り抜けた余波だけで布地がずたずたになり、下に着ていた強化インナーが露《あら》わになる。

シオリの強化インナーはタイツのように薄手だが、アキラの強化服より身体能力も防御力も数段上の性能だ。その身体能力で、全力で動いて辛うじて躱すのが限界だということに、シオリは驚きを隠せなかった。

それでも、回避行動と掠った弾丸の余波でわずかに体勢を崩しながら、加速していく意識の中でアキラを狙う。培《つちか》った経験から無意識に問題無く当たる、当たってしまうと判断する。

だが躱された。アキラは強化服の出力を限界まで上げた上で、発砲の反動すら利用して高速で飛び退《との》き、シオリの射線から完全に逃れた。

(今の私の動きに追い付けるとは……！　何という反応速度！)

驚くシオリへ再びCWH対物突撃銃が向けられる。アキラは後ろを見もせずに背後の瓦礫を足場にして体勢を立て直していた。

シオリはすぐに側の瓦礫の陰に飛び込み、アキラの銃撃を躱した。別の瓦礫に直撃した専用弾が瓦礫を更に細かな破片に変えて吹き飛ばした。

そのまま銃撃戦が続く。シオリが比較的分厚い瓦礫を盾代わりにしながら、アキラに銃撃しつつ近付いていく。盾にする瓦礫の選択を誤れば瓦礫ごと木っ端微塵《こっぱみじん》にされるが、何とか距離を詰めていく。

アキラを殺したとしても事態が改善する訳ではない。むしろ悪化する確率の方が高い。それはシオリも理解している。ヤジマが期待しているのは、自分とアキラが潰し合うことだ。考えるまでもない。

しかしアキラと戦わなければレイナが殺されるのだ。それは耐えられない。

シオリは自分が死ぬ程度のことでレイナが助かるのであれば幾らでも喜んで命を捧《ささ》げる。だがその程度のことで解決するような状況ではない。その状況への理解がシオリを追い詰めていく。

シオリはレイナへの忠義と状況への絶望から半ば狂いかけているのを自覚しながら、無謀手前の突進でアキラとの距離を詰めていく。

その無謀がアキラの銃撃のタイミングをずらした。今までのタイミングなら弾倉の交換を入れても十分に間に合ったのだが、被弾覚悟と誤解するようなシオリの突進に、銃を構えて狙う時間が不足する。

それでもアキラは弾倉を再装着してシオリに銃口

を向け、引き金を引いた。

銃声が響いたのは、シオリの蹴りがアキラの銃に直撃した後だった。蹴りの衝撃で射線を狂わされた弾丸がシオリのすぐ側を駆け抜けていく。更にCWH対物突撃銃がアキラの手から弾かれて飛んでいく。

強力な銃をアキラから奪ったことと引き換えに、シオリが一瞬だけほんのわずかな隙を見せた。その瞬間、アキラがまるでそれを知っていたかのようにシオリとの間合いを詰めると、同じく相手の銃を蹴飛ばした。

両者の銃が宙に飛び、二人とも無手となる。次の瞬間、二人の戦闘は近距離での銃撃戦から至近距離での格闘戦に移行した。

シオリが踏み込み、突きを放つ。アキラが飛び退いて躱し、AAH突撃銃を抜こうとする。それをシオリが更に踏み込んで阻止しようとする。そこにアキラが更に合わせて踏み込み、銃ではなく拳を繰り出した。

アキラの強化服での一撃がシオリの胴に突き刺さる。だがシオリはその一撃を銃撃よりはましだと覚悟していた。強化インナーの防御力とレイナへの忠義で耐え切ると、即座に反撃する。鋭い手刀がアキラの頰を掠めた。

相手との距離が近付こうと、武器が銃から手足に変わろうと、致命の一撃を奪い合う殺し合いに違いは無い。どちらも強化服を着ており、ヘルメットの類いは着けていない。頭に一撃喰らえば即死だ。

状況に抗《あらが》う為に、レイナが死なずに済む可能性をわずかでも上げる為に、シオリは悲痛な表情で戦い続けていた。

◆

涙で歪むレイナの視界には、殺し合うアキラとシオリの姿がぼやけて映っている。

レイナが人質に取られた所為で始まった戦闘だ。レイナが死ねば終わる。今のところは生存中だ。

様々な感情がレイナの心を激しく掻《か》き乱《みだ》していた。

生殺与奪を握られている恐怖。迂闊《うかつ》な行動を取ってしまった後悔。自分を助ける為に戦ってくれているシオリと、それに巻き込まれたアキラへの罪悪感。そして、何も出来ないでいる自分への無力感。レイナの心はぐちゃぐちゃだった。

それでも、混乱、狼狽、焦燥の中で、この状況を何とかしたい、何とかしなければならないと思っていた。

その思いがレイナの後先考えない熱しやすい性格と合わさり、ヤジマへの憎悪《ぞうお》に火を点ける。膨れ上がった憎悪が他の感情を押《お》し退《の》けた瞬間、レイナは顔を怒りに染めて渾身《こんしん》の力でヤジマに肘打ちを入れた。

レイナも強化服を着用しており、常人を大きく上回る身体能力を持っている。その上で怒りで我を忘れて叩き込んだ一撃だ。その威力は並の銃撃を超えていた。

だが強装弾に耐えるヤジマを倒すのには、威力がまるで足りていなかった。相手の体勢をわずかに崩したがそれだけで、自分の首を掴む力が弱まることも無く、むしろヤジマが反射的に体勢を保とうとした所為で首を更に強く絞められた。

その苦痛が、怒りで染まっていたレイナの顔を、再び恐怖と苦悶で上書きした。

ヤジマがレイナの首を絞めながら嗤う。

「俺に隙があるように見えたのか？　それとも殺してくれっていう催促か？　どちらにしても無駄だぞ？　俺の義体はその程度じゃダメージを受けないし、人質のお前をこの状態で殺したりもしない。残念だったな」

ヤジマの声から怒りは全く感じられない。それがレイナの心を更に痛め付けた。

「ああ、自殺しても無駄だぞ？　お前は生身のようだし、舌を噛《か》めば死ねるかもしれないが、その時はお前が生きているようにしっかり装うよ。その為に、お前に声を出させないようにしているんだからな。なに、すぐにはバレないさ」

自分の抵抗を嘲笑《あざわら》う声がレイナの耳に届き、心を貫いた。レイナのささやかな抵抗は、その意志と共にそれで終わってしまった。

意志を無くした瞳でレイナは涙を流し続けた。

◆

打ちひしがれて抵抗の意志を無くし、首を掴まれていなければそのまま倒れてしまいそうなレイナを、ヤジマは呆れて小馬鹿にしながら嗤っていた。

(あんな戯れ言を聞いただけでやる気を無くすのか。ぬるい。実にぬるい。死ぬ気で暴れれば俺に隙を作れるかもしれないし、それで俺に殺されたとしても、その前に思いっきり泣き叫んでいれば、自分が死んだことを伝えられるだろうが)

万策尽きても諦める理由になどならない。意志を失えば逆転の機会を見逃すだけだ。そう考えているヤジマにとって、この程度のことでその意志を投げ出したレイナは、馬鹿な真似をして人質に取られたことを除いても、ただの馬鹿だった。


(まあ、こんな馬鹿がわざわざ人質になりに来てくれたんだ。あのガキに殺されかけた時は俺の悪運も尽きたかと思ったが、この調子ならまだまだ大丈夫そうだな)

この人質はもう真面《まとも》に見張る必要すら無くなった。ヤジマはそう判断すると、意識をレイナの監視からアキラ達の観察に切り替えた。そして顔をわずかに険しくする。

(……しかしあいつら、強いな。あれほどの実力の持ち主が何でこんな場所に二人もいるんだ？　照明の交換作業なんてやらせる実力じゃないだろう。やはり都市のエージェントか？　いや、それも違うような……)

自分達の計画を察知した都市側が照明の交換作業員にエージェントを紛れ込ませたのならば、人質など無視して自分の拘束を優先する。何よりも、エージェント同士で潰し合うなど有り得ない。ヤジマはそう考えて推測を否定した。

(ギリギリ考えるなら、エージェントはガキの方だ

けで、女の方は何らかの理由でここにいただけって可能性はあるか)

アキラが初めに自分の殺害より拘束を優先したことも、人質を取られても銃を捨てずにいたことも、それならば辻褄《つじつま》が合った。

(だとしたら、ついてるな。ここに偶然いた実力者が、都市のエージェントを潰してくれるんだからよ)

ヤジマが笑みを深める。アキラとシオリの実力は拮抗《きっこう》していた。少なくともヤジマにはそう見えた。

協力して自分を襲えば勝ち目など無い者達が潰し合ってくれている。両方死ねばそれで良し。均衡が続いても、仲間が到着するまでの時間稼ぎになる。良いこと尽くめだ。ヤジマがそう考えて嗤う。

(疲弊しろ。消耗しろ。そのまま潰し合ってろ。女の方、それが限界か？　もっと頑張れ。あのガキさえ死ねば、あとはこっちのものなんだ。お前が勝てば、せめて楽に殺してやるからよ)

ヤジマは自分の身を保障する役立たずをしっかり摑んで嗤っていた。

◆

アキラはシオリの猛攻に必死に抗っていた。シオリは泣き顔のような悲痛な表情を浮かべながら、鋭い攻撃を放ち続けてくる。それを防ぎ、躱し、反撃する。

強化服の性能は相手の方が明確に上だ。相手の攻撃を真面に喰らえば致命傷は免《まぬが》れない。頭部に直撃すれば激痛では済まず、破裂して内容物を撒き散らすことになる。

アキラはシオリの強さに驚愕していた。実は格闘戦に移行した時点ですぐに勝てると思っていたのだ。

今まで何度も繰り返した格闘戦の訓練で、訓練とはいえ、仮想的なものとはいえ、アキラはアルファに圧倒的な強さを見せ付けられていた。

今はそのアルファが強化服を操作して自分にその圧倒的な強さを模倣させている。無茶な挙動を強いられるので負荷は増えるだろうが、勝ちは揺るがない。そう考えていた。

しかしその予想は覆された。シオリはアルファのサポートを得たアキラの動きに食い下がっていた。むしろアキラが少し押されていた。

『こ、こんなに強かったのか！　アルファ！　本当に大丈夫なのか!?』

アキラの慌て振りとは対照的に、アルファは余裕の態度を見せている。

『大丈夫よ。アキラはそのまま歯を食い縛って頑張りなさい』

『頼むから俺の四肢がもげる前に何とかしてくれよ！　凄く痛いんだ！　とっくにもげてるって言われたら信じそうだ！』

アルファが強化服を操作してアキラにその実力を超える動きを強いるほど、実力不足の分だけ体への負荷は高くなる。加えて、アキラとシオリの格闘技術の差は歴然としている。

その圧倒的な差を埋める為に、アルファは強化服の出力を可能な限り高めた上で、着用者の身体への負担を限界まで見極めて、精密かつ極端な動作をアキラに強いていた。

遺跡で手に入れた回復薬はもう無い。アキラの体が細胞単位で徐々に傷付いていく。その痛みは既に激痛に変わっていた。

それでもアルファは微笑んでいる。

『大丈夫よ。多分ね』

『多分って何だ!?』

微笑みながら不安なことを言うアルファを見て、アキラは顔を歪めていた。

高速で連続攻撃を繰り出すシオリに対抗する為に、アキラも高速で回避行動を取り続け、体勢を変えて反撃を放っている。それにより視界は一瞬で目紛しく変化し続けている。視界に映るものが余りに早く変わるので、床と壁と天井の区別も付かないほどにだ。

それでもアルファが微笑んでいると認識できるのは、アルファがアキラの視界の中で定位置を保っているからだ。視界の天地が逆になろうとも、一瞬で回転しようとも、思わず目を瞑《つぶ》ってしまっても、余裕の微笑みを浮かべているアルファの姿を常に見ることが出来る。

そのおかげでアキラは慌てながらも一定の平静を保っていた。アルファが笑っている限り、どんなに厳しい状況に思えても、致命的な状況ではない。その認識がアキラを支えていた。

そしてアキラにその自覚は無いが、アキラの意識はシオリとの高速戦闘に少しずつ追い付こうとしていた。シオリの蹴りを大きく身を反らして躱しながら、死を感じ取り緩やかに流れる世界の中で、空中で真横に立つアルファから状況の説明を受ける。

『恐らく彼女は加速剤を使用しているわ。アキラの銃撃をあそこまで見事に回避した反応速度と回避行動から判断して、効果の継続時間よりも能力上昇を優先した物のはずよ』

『そんな薬があるのか！　その効果が切れるまで持《も》ち堪《こた》えれば良いのか!?』

『ええ。多分それで勝てるわ』

『それ、先に俺の手足がもげたりしないだろうな！　何か、ヤバい感覚が手足から伝わってきてるぞ!?』

ヤジマとの戦闘を終えた後に飲んだ回復薬の効果によって、アキラの体は傷付いた側から治療されていた。そのおかげでアキラの手足は今のところはもげずに済んでいる。

だがその効き目は永続しない。身体に残留している分もそろそろ尽きかけており、治し切れない負傷が激痛としてアキラに戦闘の負荷の大きさを伝えていた。限界は近い。

アルファもそれぐらいは分かっていた。その上で笑う。

『大丈夫よ。多分ね』

『だから多分って何だ!?』

『彼女が本当に加速剤を服用したかどうかは分からないし、その効果時間がどれほどなのかも分からない以上、多分としか言えないわ。大丈夫よ。アキラは戦闘に集中しなさい。泣き言を言っても状況は好転なんかしないわよ？』

『分かったよ！』

険しく歪んでいた自身の表情を、アキラが苦笑いで上書きした。更に半分自棄《やけ》になったような笑みで塗り替えると、意気を高めて戦い続ける。

アルファは大丈夫だと言っている。そこを疑う必要などアキラには無い。

そしてその言葉通りに、大丈夫だった、という結果を確定させる為に、アキラは全力を尽くしていた。

アルファは微笑んでいる。状況としては険しく悲痛な顔の方が相応《ふさわ》しいとしても、その表情がアキラの意気を削《そ》ぎ、更に状況を悪化させるのであれば、アキラが即死する寸前でも微笑んでいる。

より良い結果の為に、アルファは最善を尽くしていた。

◆

シオリはアルファの推察通り加速剤を服用していた。

他者からはアキラを確実に殺そうとしていると見えるように戦いながら、アキラを殺さずに互角を装って時間を稼ぎつつ、ヤジマを注意深く観察して機会を待ち、隙を衝き、レイナを助ける。それがシオリの考えだ。

その為には戦闘中に意識をヤジマに向ける余裕が必要であり、最低でもアキラを圧倒できる力が要る。それを実現する為に、シオリはかなり負荷の高い加速剤を使用していた。

たとえ発砲後の弾丸を回避可能な身体能力を強化服で手に入れても、それに反応できる意識が無ければ回避など出来ない。その身体能力に見合うほど高速かつ精密に動くには、着用者の意識を動作に追い付かせる必要がある。

高性能な強化インナーで身体能力を、使用に覚悟がいる加速剤で意識を強化した。これでアキラがどれほどの実力を持っていても問題無い、はずだった。

（まさかここまで強いとは！　信じられません！）

格闘戦に移行した時、アキラと同じく、シオリもまた自分の優勢を疑っていなかった。

ハンターの戦闘技術とは基本的にモンスターとの交戦用だ。荒野で遠くの敵を狙うにしろ、遺跡の中で近距離の相手と戦うにしろ、銃撃戦となる。対人特化の格闘技術など普通は鍛えない。

しかしシオリは違う。レイナに付き合ってハンター登録を済ませハンター稼業《かぎょう》をしているが、ハンターではない。レイナの付き人であり護衛だ。

その為の訓練も極めて高い水準で受けている。要人警護の訓練には、武装を禁じられた状態での危機対処として多彩な格闘技術も含まれていた。

仮にアキラがハンターランク30相当の実力者であっても相手が単なるハンターである限り、シオリには格闘戦であればアキラを軽くあしらえる自信があった。

だがその自信はあっという間に崩れ去る。アキラが明確に訓練された動きで応戦してきたのだ。それも強化服の性能差を覆すほどに素早く鋭い攻撃だった。

弾丸のような突きが放たれ、辛うじて残っていたメイド服の布地を穿《うが》ち千切り取っていく。斬撃にも似た蹴りが服を掠めて切り裂いていく。

強化服の力で身体能力が上昇するほど、普通の動作すら困難になる。繊細な制御が無ければ歩くことさえ難しくなる。その身体能力を十全に活かした攻撃が絶え間無く次々に繰り出される。

シオリはそれらを必死に避けながら反撃していた。ヤジマ達の方に意識を向ける余裕など全く残っていない。アキラとの戦闘に集中しなければ、あっという間に倒されそうだった。

アキラを殺してしまえば、ヤジマはレイナを人質にして自分を殺し、その後にレイナも殺すだろう。だから殺せない。自分が殺されれば、アキラはヤジマをレイナごと殺すだろう。だから死ねない。シオリはそう考えて戦っていたが、既にどちらも成り立たなくなりつつあった。

レイナの存在とは無関係に、アキラが予想外に強すぎて殺せない。ヤジマに意識を向ける余裕など全く無い。このまままいずれ加速剤の効果が切れて殺される。レイナを助ける機会を待つ時間稼ぎの為に戦っているはずが、時間が敵になり始めていた。

シオリがヤジマの要求通りにアキラに攻撃したのは、そちらの方がレイナを救える可能性が高いと考えたからだ。

二択のもう一方、全速力でヤジマを攻撃して、レイナが殺される前にヤジマを殺し切る選択を選んでいれば、このアキラの強さならば何とかなったかもしれない。状況への焦りが生んだその雑念が、シオリを痛め付け、動きと意志を鈍らせていく。

（……お、お嬢様、私ではお嬢様を助けられないかもしれません！　……どうすれば、どうすれば!?）

悲観が心を侵食し、忠義が絶望に屈し始めている。どうしようもなくなるまで、シオリは悲痛な表情で足掻《あが》き続けている。限界は近かった。

第53話　戦闘終了の経緯

　カツヤはレイナ達を派遣した後、しばらくしてから妙な気掛かりを覚えていた。ただしそれは今まで何度も経験した感覚とは微妙に異なり、今すぐ駆け出さなければならないと感じるものではなく、弱く漠然としたものだった。

　それをユミナに気付かれる。

「カツヤ。どうしたの？　たかが照明の交換だと思っているんでしょうけど、リーダーなんだからあんまり気を抜かないで」

「ああ、悪い。いや、さっきから何か変な気掛かりがあってさ」

　ユミナが軽く溜め息を吐く。

「……またレイナ達だけを別行動させたのがそんなに気になるなら、連絡ぐらい入れて確認したら？」

「ああ、そうだな」

「全く、それで満足したらちゃんと気を引き締めてね」

　カツヤが貸出端末でレイナ達に連絡を取ろうとする。しかし繋がらない。何度試しても反応が返ってこない。それにより気掛かりが嫌な予感に変わっていき、その表情も険しくなっていく。

「カツヤ、どうしたの？」

「レイナ達に繋がらないんだ……」

「変ね。新照明経由での通信経路切り替えで通信障害でも発生しているのかしら。通信状態が安定するまで待って……」

「ちょっと見てくる」

「えっ？」

　カツヤはそれだけ言い残して走り出した。近くにいたアイリも当然のようについていく。

「ちょっとカツヤ!?」

　呼び止めてもカツヤは止まらなかった。一緒に照明の設置作業を続けていたドランカムの若手ハンター達が、突如現場を放り出したリーダーの様子に何かあったのかと騒ぎ出す。

ユミナは皆に、自分が確認してくるから皆はそのまま作業を続けるように指示すると、顔をしかめてカツヤの後を追った。

◆

レイナの心を圧し折《へお》ったヤジマは、力なく項垂《うなだ》れるレイナへの注意を緩めてアキラ達の戦闘の方に意識を向けていた。

強力な敵は都合良く潰し合ってくれており、いずれは仲間も到着する。その余裕がヤジマの思考と確認の視野を広げた。

広がった視野は、ヤジマの意識を床に転がっているCWH対物突撃銃へ向けさせた。その銃で自分の腕を吹き飛ばされたこともあり、一度注意を向けてしまえばもう見過ごせなかった。

（……あの銃の威力は脅威だ。俺の右腕を簡単に吹っ飛ばしやがったんだ。ケインの装甲でもあれの直撃を何度も喰らえばダメージを受けるはずだ。出来れば今の内に排除しておきたいが……）

ヤジマがアキラ達の様子を再確認する。その攻防はほぼ互角だが、心倣《こころな》しかアキラが押し始めているように見える。

（このままだと、ガキの方が勝つか？　不味いな）

レイナという人質はシオリに対してのみ有効だ。既にシオリと殺し合っている以上、その仲間であるレイナをアキラが気遣うとは思えない。レイナごと遠慮無く自分を殺すだろう。シオリの動きは徐々に鈍っている。そうなるのは時間の問題だ。ヤジマはそう判断した。

（ケイン達、間に合うか？　クソッ。本部への通信妨害を兼ねて情報収集妨害煙幕《ジャミングスモーク》を使ったが、その所為で俺もあいつらに連絡が取れない。もっと急がせておけば良かった）

シオリに加勢しておきたいが、拳銃は腕と一緒に吹き飛んでしまった。予備の銃も破壊されている。レイナを掴んだまま格闘戦に加わる訳にもいかない。

そう考えたヤジマの視線が、再びCWH対物突撃銃に注がれる。

（……女の方はもう大分消耗している。片腕の俺でも勝てるか？　あのガキさえ死ねば、人質はもう不要か？）

ヤジマがアキラ達を警戒しながら、視線の先に転がっている銃に少しずつ近付いていく。

（落ち着け。まだ遠い。大きく動けば気付かれる。バレればあいつも流石にこっちの対処を優先する。女に背を向けてでも俺を攻撃するはずだ。気付かれるな。少しずつだ）

レイナの心は折った。騒がれる心配も無い。今更邪魔はしないはずだ。そう考えながらCWH対物突撃銃との距離を詰めていく。

ヤジマの視線がその銃に注がれる。自分の右腕を吹き飛ばした銃。その銃でアキラを木っ端微塵に吹き飛ばせば、どれだけ気分爽快になるだろうか。ヤジマはその光景を想像してしまった。

（俺の腕を吹き飛ばした銃で、あいつを吹き飛ばしてやる！）


磨き上げた得意の奇襲をアキラに躱されて、自分の技術に対する誇りを傷付けられたこと。その上で腕を吹き飛ばされたこと。それはヤジマに恨みを植え付けていた。

その後、レイナ達が現れて事態が急変したこと。致命的な状況が驚くほどの幸運で優勢に変わったこと。それらはヤジマに緩みを与えていた。

それらの恨みと緩みがヤジマの思考を歪ませ、目を眩《くら》ませ、状況の考察を偏らせた。各要素の懸念から目を逸らし、利点と好機のみを見てしまう。そこから、この状況でCWH対物突撃銃を取りにいく理由を無意識に補完し続けていた。

シオリは加速剤の効果が切れ始めた所為で動きを著しく鈍らせていた。そのシオリと互角に戦っているアキラを見ながら、ヤジマはもう少しだと緊張を高める。もうヤジマの意識は、どのタイミングで銃を取りに走り出すか、という考えだけが占めていた。

そして決断する。素早く駆けるのに邪魔なレイナから投げ捨てるように手を離し、少し離れた床に転がっている銃へ向けて駆け出した。

わずかに遅れてアキラが動く。シオリに背を向けて全速力で同じ場所へ走り出した。

（もう遅い！　俺の方が速い！）

先にＣＷＨ対物突撃銃を掴んだヤジマが、その銃口をアキラに向ける。

義体は被弾による破損と衝撃で出力を落としており、更に片腕での銃撃だが、反動の大きい専用弾であっても一発撃つだけならば問題など無い。ヤジマの義体はそれだけの性能を持っていた。

獲物との間に遮蔽物は無い。自分の射撃能力ならばこの距離で外すことはない。発射された弾丸を避ける術はアキラには無い。極限の集中が世界の速度を緩める中、ヤジマは勝利を確信し、嗤って引き金を引いた。

弾は出なかった。

「はぁっ!?」

ヤジマの口から自身の内心を完全に表した端的な声が出た。予想外の事態に驚愕し、頭は有り得ない状況に対する混乱に埋め尽くされていた。顔は驚きに染まっていた。

その顔にアキラの拳が叩き込まれる。余りの驚愕で相手に生まれた隙を衝いて距離を詰め終え、大きく拳を引き、渾身の力を込めて放った一撃だった。

強化服の身体能力と、全身の力を一点に集中する達人の技量を以て繰り出された一撃は、ヤジマの両脚を床から引き剝がし吹き飛ばした。ヤジマの手からＣＷＨ対物突撃銃が離れて宙に飛ぶ。

それほどの一撃を受けても、ヤジマは吹き飛ばされはしたがほぼ無傷だった。ＡＡＨ突撃銃の強装弾に耐える義体はそれほどに頑丈だった。それでもその一撃で我に返り、宙を舞いながら思考する。

（なぜ弾が出なかった!?　弾倉交換の直後だぞ!?　弾切れのはずが……）

背後の壁に激しく叩き付けられる。だが驚きが大きすぎて、そんなことなどどうでも良いかのように思考を続けてしまう。

（まさか、空の弾倉を装着したのか!?　意図的に!?

あの状況で!?　いや、あいつは確かに一発撃ったはずだ！　空なら弾が出る訳が……、銃本体に一発残した状態で交換したのか!?）

空の弾倉をわざわざ持ち歩く者とは思えない。つまり空の弾倉を誤って装填するなど有り得ない。

ならば、空になった弾倉を銃から外した後、別の弾倉と取り替えるように見せかけて、空の弾倉をもう一度装着したとしか考えられない。その気付きがヤジマに更なる驚愕を与えていた。

（あのタイミングで弾倉交換なんてしたのも、その所為で女に近付かれて焦って撃ったように見せたのも、まさか演技か？　一発撃ったのも俺に弾が残っていると誤認させる為？　女に銃を蹴り飛ばされたのも、弾切れの銃を後で俺に拾わせる為？　そんな馬鹿な!?）

よろけて立つのも難しく背後の壁に寄りかかる。それは義体の損傷の所為ではなく、余りの驚きの所為だった。

（罠？　どこから？　まさか、全部か？　女に襲われた時からか!?　そんなこと、ある訳が……）

更なる気付きが更なる混乱を生み出していく。その所為で自分の状況も忘れて思考を続けてしまう。

だがその思考も、その罠を仕掛けたであろう者に思わず視線を向けた時点で吹き飛ばされた。その視線の先には、自分に向けてＣＷＨ対物突撃銃を構えるアキラの姿があった。

アキラはヤジマを殴り飛ばした後、まだ空中にあるＣＷＨ対物突撃銃を素早く摑むと、空の弾倉をすぐに交換していた。

『今度こそ邪魔が入る前に済ませましょう』

『当然だ！』

そのまま流れるように銃を構えて照準を合わせる。アルファの照準補正により、この状態で外すことは有り得ない。

無理だ。ヤジマはそう理解した。死線を何度も区切り抜けた経験が、絶対に躱せないと冷徹に告げていた。

せめて答え合わせがしたい。自分の推察が正しかったかどうか知りたい。そう思い、無意識に口を開く。

　意味のある言葉が口から出る前に、ヤジマの腕を粉砕した弾丸が今度は額に直撃する。頭部が内容物ごと弾け飛び、最後の願いを伝える暇も無く、ヤジマは絶命した。

◆

　シオリは事態についていけずに半ば呆然としていた。だが我に返るのと同時に、ほぼ限界を迎えていた体を酷使してレイナに急いで駆け寄った。

「お嬢様！　御無事ですか⁉」

　レイナは激しく咳《せ》き込《こ》んでいた。首を何度も窒息どころか捩《ね》じ切《き》られる勢いで摑まれていた所為で、無事だとは答えにくい状態だ。それでも命に別状は無く、何とか息を整える。

「……た、助かったの？」

　事態の急転についていけなかったのはレイナも同じであり、その声に助かった喜びは含まれていなかった。

　もう大丈夫です。シオリはレイナを安心させようと、笑ってそう言おうとした。

　だがそれは出来なかった。アキラがＡＡＨ突撃銃の銃口をレイナに向けながら、ゆっくりと近付いてきていたのだ。その表情はどう見ても友好的には見えなかった。

◆

　アキラはＣＷＨ対物突撃銃の専用弾でヤジマの頭を吹き飛ばした後、胴と手足にも撃ち込んだ。義体であるヤジマの首から下が、生前の指示に従って動き出す場合に備えた念の為の処置だ。

　着弾の衝撃で辺りに散らばった義体の残骸を見て、流石にこれで完全に無力化しただろうと、アキラはわずかに気を抜いて疲れた表情を浮かべた。

　だがすぐに気を引き締めると、銃をＡＡＨ突撃銃に持ち替えて片手で握る。そしてその銃口をレイナに向けた。

次に携帯していた回復薬をもう片方の手で取り出し、その箱を器用に捩じ切るように開けて、がぶ飲みするように服用する。そのまま空の箱を投げ捨てて、低い回復効果を量で補うようにもう一箱続けて飲み込んだ。

その間も銃口はレイナに向けたままだ。シオリの動きを止めるには、シオリ自身よりレイナに銃口を向けた方が効果的。それはシオリとの戦闘で十分に理解できた。

今所持している分の回復薬を使い切ると、両手にＡＡＨ突撃銃を持ち、それぞれをレイナとシオリに向ける。そして大きく息を吐き、黙って立ち続ける。

先程の戦闘でアキラの体は限界に近付いていた。既に自力で動ける状態ではない。強化服の力で無理矢理立っているだけであり、引き金を引くことすら重労働だ。

回復薬を山ほど飲んだが、安物では効果も低く効果が出るまでの時間も長い。険しい表情で深い呼吸を繰り返しながら、回復効果が体に行き渡るのをじっと待つ。

この場で体調を万全に戻すのは不可能だと分かっている。それでも手持ちの回復薬の効果が出るまでは、先程の戦闘での疲労を出来る限り回復するまでは、アキラはシオリに動いてほしくなかった。

『アルファ。相手の状態はどうなっていると思う？加速剤ってやつの効果は切れたと思うか？』

『効果は大分落ちたはずだけれど、効果自体は多分まだ残っているわ』

『そうか。……戦う理由は無くなったんだし、俺が銃を下ろしたら戦闘終了ってことにはならないかな？』

シオリの強さは身に染《し》みている。相手にとっても不本意な戦闘だったことは分かっている。シオリ達を殺してしまえば本部に事態を説明する者が減る。何よりも、ヤジマにしてやられた結果を増やすことになる。それらが、この状況で引き金を引かない理由になっていた。

だがそれは、銃を下ろす理由には足りていなかった。そこにアルファが少し真面目な顔で懸念を付け足す。

『一度はアキラが勝った戦闘を、レイナ達がアキラを信じなかった所為で五分五分に戻されて、レイナのミスで形勢逆転に持ち込まれた上に、シオリはレイナの為にアキラを襲ったわ。そこから酷く恨まれているわと向こうが思っていても不思議は無いわね』

『まあ、そうだな』

『付け加えれば、銃を捨てなかったアキラに思うところも、まあ、あるかもしれないわね。さっきまでとは違って、もうシオリにアキラを殺してはいけない理由は無いわ。アキラに酷く恨まれているであろうレイナの安全も確保したいでしょうね』

『だろうな』

『加速剤の効果は大分落ちているけれど、追加分を持っているかもしれないわ。持っているのなら、過剰服用の副作用で死ぬとしても、使用は躊躇わないでしょうね』

『確かに、今更命を惜しむとは思えないな』

『アキラが銃を下ろした後に、シオリがレイナの安全の為にアキラの報復を阻止しようと刺し違える前提で殺しに来る……ということはないと信じられるのなら、銃を下ろしても良いわよ？』

『無理だ』

交戦の意志が無いことと、相手がそれを信じることとは別の話だ。そしてそれは相手も同じだ。

少なくともアキラには、シオリ達が自分を信じてくれるなど、全く信じられなかった。

◆

シオリは非常に険しい表情でアキラの様子を窺っていた。銃口は自分の眉間を正確に捉え続けている。つい先程まで殺し合っていたのだ。それ自体は仕方が無いと考える。

問題は引き金を引かない理由だ。警戒しているが殺す気は無いというだけであれば全く問題無い。レイナを助けてくれた恩もある。念の為に数発撃ち込まれても構わないし、自分を殺せば気が済んでレイナに手を出さないというのであれば、それでも良いとすら思っている。

だが別の理由も十分に考えられる。加速剤の使用を見抜かれており、確実に殺す為に効果が切れるのを待っている。或いは単に殺すかどうか迷っている。そのどちらか、又は両方の恐れも十分にあるのだ。

シオリが真剣な表情でアキラに懇願する。

「……銃を、下ろして頂けないでしょうか？　私達に交戦の意志は御座いません」

アキラは動かない。視線が少しシオリ寄りになっただけだ。

「……アキラ様のお怒りは御尤《ごもっと》もです。深く謝罪致します。お望みであれば私の命を以てでも償いは致します。如何様《いかよう》にもお申し付けください」

自分を殺してアキラが満足するのであれば、シオリは自身の死を幾らでも許容できた。即死でも嬲《なぶ》り殺《ごろ》しでも受け入れる気概があった。

だがその対象にレイナも含まれるのであれば話は別だ。ありとあらゆる手段で食い止めなければならない。

「……アキラ様を害した責任は全て私に御座います。お嬢様への責は、どうか慈悲を賜りたく、お願い致します」

アキラは動かず、答えない。シオリとレイナに向けられている銃口はわずかも動いていない。視線だけがわずかに動いており、話を聞いてはいることを示していた。

アキラの無言を拒否と捉えたシオリの表情に、酷い焦りと怯えが浮かぶ。

レイナはある意味でこの状況の元凶だ。ヤジマに止めを刺そうとするアキラを止め、油断して人質に取られた上に、ヤジマの脅しにシオリが屈した原因でもある。

そのレイナをアキラが黙って済ますとは、シオリには到底思えなかった。それでもか細い希望に縋って懇願したが、無駄だったと改めて判断する。

(やはり、駄目ですか……。どうすれば……)

慈悲を得られないのであれば別の手段を取るしかないと、シオリが新たな覚悟を決める。予備の加速剤の使用だ。

ただし使用には問題が幾つかある。まず、使うと副作用により高確率で死ぬのだ。所持している加速剤は高い効果を見込める反面、短時間に連続で使用した場合に負荷が膨れ上がるものだった。予備は単なる予備ではなく、もう助からない状態で使用する決死用でもあった。

副作用の問題は死を受け入れるだけで無視できる。だが問題はもう一つある。

先に使った加速剤は緊急時に即時に使用できる状態にしてあった。しかし予備の加速剤を使うには、薬を取り出して服用しなければならない。

自身とレイナに銃口を突き付けたまま酷く警戒しているアキラの前で、そのような不信で悠長な動きを見せればどうなるかなど、考えるまでも無かった。

加えてシオリには制限時間があった。加速剤には戦闘中に意識を保ち続ける効用も含まれている。効果が高い分だけ反動も大きい。効き目が完全に切れた時点で、意識は半ば混濁し、戦うどころか意識を真面に保つのも難しくなるのだ。

予備の加速剤を使用するのであれば、その前に使わなければならない。銃口はレイナにも向けられている。失敗は許されない。

「アキラ様。全て私が悪いのです。どうか……」

シオリはそう言いながら土下座をしようと身を屈めようとした。

銃声が響く。シオリが硬直して動きを止める。撃ったのはアキラで、弾丸はレイナのすぐ側を通り抜けていた。

「動くな」

アキラの端的な要求は、その要求を無視した場合の末路をシオリに冷酷に分かりやすく告げていた。

シオリが顔面蒼白になる。気付かれていたと理解して、その気付きから答えを導き、内心の絶望を顔に出していた。

シオリは土下座しながら、その動きに紛れて予備の加速剤を取り出そうとしていた。演技で頭を下げるつもりなど毛頭無く、誠心誠意許しを請《こ》うつもりだった。それでも駄目ならという考えだった。

だがそれをアキラに封じられる。そして自分の言葉には何も応えず、ただ動くなと要求するアキラの態度から、予備の加速剤を持っていると疑われており、かつ自分の加速剤の効果が切れるのを待っていると理解した。

これでレイナを助ける術は無くなった。そう理解したシオリの表情が絶望に染まり、忠義が状況に屈する。同時に加速剤の効果が完全に切れた。視界が歪み、意識がぼやけ、崩れ落ちる。気絶こそしなかったが、床に倒れて起き上がれなかった。

レイナが酷く慌てながらシオリに駆け寄って支えようとする。

「シオリ!?　大丈夫!?　しっかりして！」

その声はシオリには届いていなかった。ただ、消えそうな意識の中で、アキラから動いたら殺すと言われていたのに、動いてしまった、と理解した。

「お嬢様……、申し訳御座いません……。どうか、お逃げください……」

せめてレイナだけでも助かりますように。そう祈りながらシオリは諦めて目を閉じた。

「…………？」

しかし撃たれない。シオリが怪訝に思い目を開けると、銃口はまだ自身に向けられたままだったが、アキラは自分を見ておらず、視線を広間の通路に向けていた。

なぜ撃たない。シオリはそう困惑しながらもアキラの様子を確認する。既にアキラの自分達への警戒は著しく下がっていた。

その様子からアキラは確かに自分の加速剤の効果が切れるのを待っていたが、それは自分を確実に殺す為ではなく、反撃される恐れの無い状態になるまで警戒を解けなかっただけだと理解した。

助かるかもしれない。そう認識したシオリが意気を取り戻す。

　あとはアキラを刺激しないように注意して自分達を本部に突き出すようにでも促せばいい。それで取り敢えずレイナの命は保証される。今回の失態の代償は自分が負えば良いだけだ。そう考えて、ここが交渉の為所《しどころ》だとアキラに声を掛けようとする。

　だがその時、アキラが表情を大きく険しく歪ませると、シオリに向けていた銃を素早く通路の方に向けて連射した。

　無数の弾丸が通路の曲がり角の壁に着弾して大きな音を立てる。

　こんな時に何が起こった。更なる状況の変化に、シオリがそう焦りと困惑を強めていると、通路の角から声が響く。

「レイナ！　シオリさん！　大丈夫か!?　今助ける！」

「……カツヤ？」

　そのレイナの声で、シオリは通路の角にカツヤがいると少し遅れて理解した。そして先程の銃撃はカツヤに対する牽制だとも理解する。

「またか……」

　そのアキラの呟《つぶや》きを聞いてシオリが凍り付く。その声から、もう一度同じ失態は繰り返さないという意志を感じ取ったのだ。

　あの時にヤジマを問答無用で殺していれば、こんな目に遭わずに済んだ。そう考えていることは容易に想像がついた。

「5対1……、多いな」

　アキラの次の呟きを聞いて、シオリが再び震え出す。恐らくカツヤと一緒にユミナとアイリも来ていることが分かったが、それは重要ではない。

　アキラの呟きからは事態を説明する意志などは感じられない。交戦を前提としている。加えて自分達を敵の数に含めている。無力化したとして緩めた警戒を戻してしまっている。

　自分達を人質にして交渉するような者には見えない。5人は多いと言っている。誰から減らすかなど考えるまでもない。

（カツヤ様、よりにもよってこんな時に……！）

アキラも自分達が来た時に似たようなことを思ったのだろう。シオリはそう考えてしまい、状況の厳しさを思わず嘆いた。

◆

加速剤の効果が切れて崩れ落ちたシオリを見ても、アキラは一応警戒を保っていた。そこにアルファから笑って告げられる。

『アキラ。もう銃を下ろしても大丈夫よ』

『そうなのか？　加速剤の追加がどうこうってのはどうなったんだ？』

『この状態で追加の加速剤を使用させるようなミスなんて私はしないわ。まあ、それでもまた使われても大丈夫なように、念の為に撃っておきたいのなら撃っても良いわよ？　今なら反撃の恐れも無いわ』

『いや、それはちょっと』

撃つつもりならとっくに撃っている。アキラとしては無力化できれば十分だった。

『それなら次の事態に備えましょう。周囲に敵は確認できないわ。ただし情報収集妨害煙幕《ジャミングスモーク》の影響が残っているから警戒は怠らないで。あの男は仲間が来るような態度を取っていたし、そこは注意しておきましょう』

『ああ、そうだった』

アキラが通路の奥に視線を向ける。既に白い霧のような煙は拡散してほぼ消えていたが、まだどことなく奥が見えにくいように感じられた。

『その影響って、どの程度で消えるんだ？　少し待てば消えるのか？　それとも数時間はこのままなのか？』

『それはちょっと分からないわ。使用量や種類、周辺の地形にも左右されるからね。開けた地上より効果時間が長くなるのは確かよ。密閉空間に近いからね。確認した方が早いわ。本部に繋がるか確かめましょう』

『そうだな。まずは本部に連絡だ……ん？』

通信障害は継続中だが索敵妨害の影響は既に大分低下していた。アキラの情報収集機器が広間の別の通路から誰かが近付いてくる反応を捉える。

『誰か来るな。あいつの仲間か？』

『恐らく違うわ。こちらに来る方向から考えて他のハンターでしょう。本部との連絡が途絶えているから様子を見に来たのだと思うわ』

アルファの推測通り、それはヤジマの仲間ではなくカツヤ達だった。一応敵ではない。

しかし相手も同じ判断をするかどうかは別だ。カツヤは通路の角から広間を覗いた途端、レイナ達を助けようと銃を構えた。

だがアキラが先に動いた。カツヤの方へ素早く銃を向けて乱射し、相手を牽制する。

「またか……」

ようやく敵を無力化したと思ったら、また乱入者が現れる。それもまた自分の状況を悪化させる側で。アキラは思わずその内心を軽く口に出していた。

今度は間違えないと意識を切り替えたアキラがふと疑問を覚える。

『アルファ。さっきの銃撃が外れたのは俺の所為か？　アルファのサポートがあっても照準が狂うぐらい俺の体勢が崩れていたのか？』

『いいえ。私が牽制射撃に変えておいたわ』

『何でだよ。向こうも撃つ気だったんだ。殺さないまでも当てるぐらいはしておかないと……』

『向こうも牽制射撃をしようとしたのかもしれないわ。それにこの状況で5対1よ？　無意味に敵を増やす真似は控えなさい』

アルファのサポートにより、角の陰に隠れている者達はカツヤ達だとアキラも気付いている。

流石にそのそれぞれがヤジマやシオリほど強いとは思えないが、アルファはそれでも現状では真面に戦うのは厳しいと判断したのだろう。そう考えたアキラが再び悪化した状況に愚痴を零す。

「5対1……、多いな」

最悪皆殺しにする。レイナ達の時には自分にそう告げたアルファが、今度は敵にするのは控えろというほどの相手だと判断して、アキラは悪化していく状況に顔を険しく歪めた。

◆

現場に駆け付けたカツヤが見たものは、アキラに銃口を向けられて今まさに殺されようとしているレイナ達の姿だった。

とにかく阻止しようと銃撃を試みるが、逆にアキラから牽制射撃を受けて動きを封じられ、通路の陰に身を潜めるのが限界になる。

「レイナ！　シオリさん！　大丈夫か!?　今助ける！」

カツヤはそう大きな声を出して、レイナ達に自分達がいることを伝えた。そして状況を改めて把握しようとしたが、全く分からなかった。

「何であいつがレイナ達と戦ってるんだ？　ユミナ。どう思う？」

「私にも分からないわ。カツヤ。とにかく下手に動くのはやめて」

カツヤが睨《にら》み付《つ》けるような険しい顔をユミナに向ける。

「何言ってるんだ！　早く助けないと！」

だがユミナは更に険しい顔をカツヤに返した。

「無事に助ける為に言ってるのよ。良いから落ち着きなさい。さっきのでカツヤも死ぬところだったのよ？　カツヤが無駄死にすればレイナ達を助けられるって言うの？」

ユミナの鬼気迫る気迫にたじろいだカツヤは、それで冷静さを取り戻した。

「……分かった。落ち着く。で、どうするんだ？」

「どうしようかしら……、アイリ、本部との連絡は繋がった？」

「繋がらない」

ユミナはカツヤが勝手に持ち場を離れた弁明をしておこうと、ここに来る途中に本部に連絡を入れようとした。

しかし通信は途中で切れてしまった。そこで立ち止まる訳にもいかず、そのままカツヤを追ったのだが、通信は結局回復していないと分かった。

「本当に、どうなってるの……」

訳が分からず、だが極めて不味いことだけは分かる状況に、ユミナは頭を抱えた。

状況が硬直する。カツヤはアキラに投降を促したが黙殺された。試しにドランカムの名前を出しても同じだった。レイナ達を解放する条件でも何かあるのか聞いてみたが、返事は無く何の要求もされない。

加えて隙を窺っても隙は無く、通路の角から牽制射撃を試みようとしただけで、逆に牽制射撃が飛んでくる。カツヤは状況を改善させる手段をまるで見出せなかった。

「クソッ！　どうすりゃいいんだ？」

焦りを募らせるカツヤの姿を見て、ユミナは悩んだ末に決断した。

「分かったわ。私がちょっと交渉してみる」

「交渉って、何度呼びかけても無視されてるだろ？」

「その辺も含めてちょっと試してみるのよ。アイリ。カツヤを抑えていて」

「……？　分かった」

アイリは不思議そうな様子を見せたが、それで状況が進展するならばと頷くと、同じように不思議そうな顔を浮かべているカツヤの側に立った。

するとユミナが銃を持ったまま両手を上げる。そしてまるで誰かに見せ付けるように銃を捨てた。

カツヤはユミナの行動の意味が分からずに怪訝な顔をしていた。だが次のユミナの行動を見て驚き慌てる。ユミナが真剣な顔で意気を整えるように軽く息を吐き、両手を上げたまま通路の角から出たのだ。

「何やってるんだ!?」

カツヤは慌ててユミナを引き戻そうとした。しかしそれをアイリに押さえられる。既に手遅れで、今更カツヤが出ても巻き添えになるだけだと、アイリはカツヤを全力で止めていた。

駄目だ。もう間に合わない。そう思い、ユミナの死を予感したカツヤの顔が悲痛に歪んだ。

だがユミナは撃たれなかった。予想外の事態に困惑しているカツヤの横で、ユミナがまずは予想通りと内心で安堵してわずかに表情を緩める。そして視線の先にいるアキラに呼びかける。

「話がしたいのだけれど、良いかしら？」

背後のカツヤ達の驚きを感じながら、ユミナはゆっくりとアキラに近付いていった。

◆

アキラはアルファのサポートにより通路の角の先にいるカツヤ達の姿をしっかりと視認している。そのおかげで本来ならば見えないもの、両手を上げて銃を捨てたユミナの行動もしっかりと見えていた。

何の真似だと怪訝に思ったが、それでも相手が銃を捨てたことで無意識にユミナへの警戒を下げる。それによりユミナが角から出てきても、驚きはしたが撃ちはしなかった。

「話がしたいのだけれど、良いかしら？」

「……何だ？」

先程のユミナの行動は、銃を捨てたと自分に教える為のものだった。アキラはそのことにようやく気が付いた。

そこから、見えていることに気付かれていたと判断し、その驚きでユミナへの警戒をわずかに上げる。そしてユミナがある程度近付いてきたところで、止まれと言うように銃の照準をユミナの顔に合わせた。

ユミナが足を止める。そしてアキラを宥めるように表情をわずかに緩めた。

◆

ユミナは別にアルファの存在に気付いた訳ではない。通路の角から隙を窺おうとするカツヤの動きに、まるで見えているように反応するアキラの様子から、非常に高性能な情報収集機器でも持っているのだろうと判断しただけだ。その判断が間違っていれば撃たれていたが、その覚悟は持っていた。

そしてアキラが話を聞く様子を見せたことに、これも予想通りと安堵する。この状況でレイナ達を撃たないのであれば、武器を持たない相手ならば撃たない可能性は高いと考えた。加えて、武装していない安全な相手からの話ならば、銃を握って通路の角から叫ぶよりは聞く耳を持つはずだと判断していた。

ここまでは上手くいった。だが本番はこれからだ。ユミナはそう自身に言い聞かせ、内心の緊張を隠して落ち着いた表情を取り繕うと、今も自分に銃口を向けている相手と交渉を始める。

「私達はそこのレイナ達を助けに来ただけなの。私達にあなたと戦うつもりは無いわ」

欠片も信じられないというアキラの視線を受けて、ユミナが言い方を変える。

「レイナ達を助ける。あなたとは戦わない。これは成り立つ？」

怪訝な顔で相手の真意や裏を探ろうとしているアキラの様子を見て、ユミナが付け加える。

「どんな状況なのかは分からないけど、シオリさんを倒したのはあなたなんでしょう？ そんな凄い人と戦うなんて御免だわ」

そうアキラを軽く褒めて、交戦の意志が無い理由を補強する。

『アルファ』

『本心よ』

実際にユミナは本気でそう思っている。こうして身を晒して交渉に出ているのも、カツヤをアキラと戦わせない為だ。

カツヤはあのままだと自分の身も顧みずにレイナ達を助けようとする。シオリを倒せるほどの実力者とレイナ達を盾にされた状態で戦えば殺されるだけだ。それは絶対に防がなければならない。そう覚悟を決めての行動だった。

「でもレイナ達を見捨てて帰るのは、徒党の都合とかがあってちょっと無理なの。だからまあ、レイナ達を助けて、さっさと帰りたいのよ」

『アルファ』

『これも本心よ』

「レイナ達があなたに何か迷惑を掛けたのだとして

も、それを私達に言われても困るし、後でここの本部とかドランカムの交渉人とかに話した方が良いと思うわ。どう？」

　相手がレイナ達を殺してとっとと逃げるという行動を取らないのは、出来ないか、したくないかのどちらかだ。

　その理由が、レイナ達を解放しても無事にこの場を脱出できるとは思えない不安と、その後の面倒事を穏便に解決する手段が無いことであれば、これで何とかなるはずだ。

　ユミナは自分の推測に大分願望が混じっているとは理解しながらも、これで上手くいってほしいと期待した。そして厳しい表情ながらも迷っているようなアキラの様子を見て、上手くいきそうだと内心で息を吐く。

　だがそのアキラの表情が急に更に険しくなり、顔から強い警戒が滲《にじ》み出《で》る。

「レイナ達を助ける。俺とは戦わない。これが成り立つかどうか、だったな？」

「……、そうよ」

「俺とお前が成り立つと思っても、お前の連れが成り立たないと思っている時点で意味は無いな」

　アキラの視線はユミナの背後に向けられていた。ユミナの顔が強張る。

（カツヤ、下手に動くなって言ったでしょう!?　アイリ、カツヤを押さえていてって言ったでしょう!?　どっち!?　両方!?　それともハッタリ!?）

　アキラの言葉は半分ハッタリで、残り半分はカツヤ達への不信だ。

　仲間の為に武器を捨て、銃口の前に身を晒してまで交渉に来た者は、アキラも少しは信じられる。だが残りは今も通路の角の陰に隠れてこちらの隙を窺っている。そちらまでは信じられない。

　その上でどうするのかという問い掛けでもあった。ユミナが知恵を振り絞る。交渉したけれど駄目でした、では駄目なのだ。今更戻る訳にもいかない。カツヤ達の下へ戻ろうとする自分を見逃すとも思えない。このままでは相手の人質をもう一人増やしただだけで終わってしまう。

そこでユミナが思考を進める。そして既に人質になっているのと同じならばと、その状況から更に相手に踏み込んでいく。

「私とあなたなら成り立つのよね？　分かったわ。じゃあ私がレイナ達の代わりに人質になるわ。これでどう？」

ユミナが強引に話を進める為に両手を上げたままアキラに近付こうとする。

「そうすればカツヤ達はレイナ達を安全な場所に連れていく必要があるからあなたを追えない。レイナ達を解放しても私という人質が残る。問題無いはずよ」

「止まれ」

ユミナが更に近付いたところで、アキラから強い口調で制止の言葉が飛んだ。そして足を止めたユミナにアキラが告げる。

「強化服」

ユミナは少し迷ったが、強化服からエネルギーパックを取り外してアキラに見せた。脱げと言われれば脱ぐしかないが、それはカツヤの敵愾心《てきがいしん》を煽《あお》るので出来れば避けたかった。

『アルファ』

『彼女の強化服は停止したわ。エネルギーパックをすぐに付け直すのも無理よ』

「……………良いだろう。こっちに背を向けてゆっくり近付いてこい」

ユミナが言われた通りにすると、アキラに襟首の辺りを摑まれた。

アキラは右手にＡＡＨ突撃銃を持ち、左手でユミナを盾にするように摑みながら、カツヤ達を警戒しつつ移動する。

ユミナが両手を上げながらカツヤ達に聞こえるように大きな声を出す。

「カツヤ！　アイリ！　もう大丈夫よ！　レイナ達を連れて戻って！」

アキラ達から離れた位置にいた所為で状況を摑めていないカツヤ達が、半信半疑の様子で慎重に通路の角から出てくる。そして大丈夫だと言われたのに、ユミナを盾にして銃を構えるアキラを見て警戒する。

「ユミナ、どうなってるんだ？」

「私は大丈夫。カツヤとアイリはレイナ達を連れて皆の所に戻って本部に事態を説明して」

「……事態って、俺にも分かるようにちゃんと説明してくれ！」

「良いから急ぎなさい。もし向こうでも本部と繋がらなかったら、リーダーのカツヤが皆を纏《まと》めるのよ」

そう話している間も、ユミナはアキラに引っ張られている。アキラはカツヤ達が来た通路の方へ進んでいた。

カツヤがアキラを睨み付ける。

「お前、本当に何の真似だ？　どういうつもりだ？　エレナさん達と一緒にいたやつが何でこんなことを……」

アキラは何も答えずにユミナを盾にして銃口で警戒を示しながらカツヤ達から離れていく。

カツヤが思わずアキラを追おうとすると、ユミナがカツヤを見ながら首を横に大きく振った。

「私のことは良いから早くレイナ達を連れていきなさい。現場を放り出してまでレイナ達を助けに来たんでしょう？　だったら、ちゃんと最後までやりとげなさい。良いわね？」

「………分かった」

悲痛な表情で苦渋の選択をしたカツヤへ、ユミナはそれで良いと笑顔を向けた。そしてそのまま半ばアキラに引き摺られるように通路の角の先へ消えた。

「……ちくしょう！」

カツヤがすぐに動き出す。より重傷に思えるシオリへ回復薬を渡そうとすると、首を横に振られる。

「私のことは、気にせずに……、お嬢様を、すぐに、安全な場所へ……。頼みます……。急いで、ください……。早く……」

シオリはそう言い残して気を失った。レイナが酷く慌て始める。

「アイリ、レイナを頼む！　行くぞ」

カツヤがシオリを担《かつ》ぎ、アイリがレイナに肩を貸して、カツヤ達は仲間達の下に急いだ。

仲間にレイナ達を頼み、本部に状況を伝えて、ユミナをすぐに助けにいく。カツヤはそう決意していた。

レイナが呟くような声を出す。

「ごめんなさい。私の所為で……」

カツヤがレイナを励まそうと声を掛ける。

「何言ってんだ。ユミナが連れていかれたのはあいつの所為だろう」

「違うの……。私が悪いの……。私が……」

傷心して悔恨の言葉を続け、自分の呼び掛けにも反応しなくなったレイナの様子に、カツヤはそれ以上声を掛けられなかった。

「本当に、どうなってるんだ……?」

カツヤはユミナの心配をしながら、険しく困惑した表情で先を急いだ。

◆

広場を出たアキラは、回収したリュックサックを背負ってユミナの襟首辺りを掴んだまま地下街を進んでいたが、広場から少し離れた辺りでユミナから手を離した。

ユミナが軽く息を吐く。

「解放してくれるの?」

「駄目だ。そのまま前を歩け。あと、歩きながら本部と連絡を取ってくれ」

「無理よ。さっきも広間の側で本部と連絡を取ろうとしたんだけど、繋がらなかったわ」

「それは情報収集妨害煙幕《ジャミングスモーク》の影響だ。移動するか時間経過で影響が弱まれば通信は回復するはずだ。俺の端末はあいつの攻撃で壊されたんだ。だから代わりに連絡を取ってくれ。早く、今、試してくれ」

ユミナが指示通りに本部との通信を試す。そして首を横に振った。

アキラが軽く溜め息を吐く。

「今すぐ本部に向かう。移動しながら本部との連絡を試み続けてくれ。行け」

「分かったわ」

　ユミナが早足で本部を目指す。強化服は使えないが怪我もしていないのでかなり早い。

　一方アキラは強化服の恩恵に与《あず》かりながらも既に体は限界を迎えており、無理矢理身体を動かす苦痛に耐えながら進んでいる所為でユミナに追い付くのも大変だった。

　しばらくしてユミナは、アキラに強く警戒されてはいるが、相手に自分をどうこうするつもりは無いと気付いた。内心で安堵し、大きく気を緩めると、先程は聞けなかったことを聞こうとする。

「ねえ、どうしてシオリさんと戦っていたの？　何があったの？」

「後でシオリに聞け」

「話せないような理由なの？」

「俺から聞いてどうする。どこの誰かも分からないやつの話を聞いても、その内容を信用なんか出来ないんだろ？」

　不機嫌だったアキラは以前ユミナから言われたことと同じ言葉を半分八つ当たりで返した。残りの半分はどうせ自分の話など信じやしないという自嘲と自虐だ。

　するとユミナからかなり真面目な声が返ってくる。

「……。ごめんなさい」

　アキラはまさか素直に謝られるとは欠片も思っていなかった。その驚きで軽くたじろいでしまう。

「あ、いや、……悪かった」

　その後、互いに相手との距離感を測りかねているような妙な沈黙がしばらく続いた。

　今度はアキラがユミナに尋ねる。

「何で自分から人質になってまであの場を収めようとしたんだ？」

　質問の意図と返答内容を考えているユミナの沈黙を、アキラは返答の拒否と捉えた。

「……いや、無理には聞かないけどさ」

　ユミナはそのアキラのどこか消極的な態度を少し意外に思ったが、それでも質問には正直に答える。

「ちゃんと交渉すれば戦闘を避けられそうだったし、

シオリさんを倒すぐらい強い人と戦って仲間に犠牲を出したくなかっただけよ」

「……そうか。でも、だからって、俺が撃っていたらどうするつもりだったんだ？」

「どうしようもないわね」

「ど、どうしようもないって……」

アキラが再びたじろぐ。確かにどうしようもないと自分でも思う。だが、どうしようもない、で済ませることでもないと思ったからだ。

少し困惑気味のアキラに、ユミナが軽く告げる。

「だから、撃たないでいてくれたことにはお礼を言っておくわ」

「…………、そうか」

礼を言われるとは思っていなかったアキラは、返答までに少々時間を必要とした。

自分の前を歩くユミナを見ながら、アキラがふと思う。

程度の差はあれど、シオリはレイナの為に、ユミナは仲間の為に、自身の命を他者の為に差し出した。犠牲にした。自分には出来ないと、自覚は薄いが敬意のような感情を抱く。

どのような人生を送ればそのような考えの持ち主になるのだろうか。そう不思議に思い、想像してみたが全く浮かんでこなかった。そのことに、アキラは軽く自嘲した。

その時、本部との通信を何度も試していたユミナの努力が実った。ユミナの貸出端末から本部の職員の声が出る。

「こちら本部……」

その瞬間、アキラがユミナの端末に向けて怒鳴る。

「こちら27番！　不審者との交戦により負傷者3名！　戦闘続行不能！　不審者は死亡！　他の不審者が存在する危険性大！　不審者達は地下街の遺物を盗み出そうとしている模様！　至急戦闘能力に長《た》けた人間を救援と応援に出してくれ！」

ユミナはアキラが突然怒鳴ったことに驚き、報告の内容への驚きを遅らせていた。その間もアキラが構わず怒鳴り続ける。

「27番の端末は不審者との交戦で破壊されたので、別のハンターの端末から連絡している！　なお、負傷者の内、2名はドランカムのハンターが回収していった！　以上だ！」

　貸出端末からは詳細な情報を求める本部の声が続いていたが、アキラはそれを無視してユミナに告げる。

「ここまでだ。もう好きにして良い。俺は本部に行く。そっちも本部に行くなら送るけど」

「えっ？　あ、いや、遠慮しておくわ」

　ユミナは驚きと急展開の所為でそう答えるのが限界だった。

「そうか。じゃあ一つ忠告しておく。あの広場には戻らない方が良い。俺とレイナ達を襲ったやつの仲間達が来てるかもしれない。じゃあな」

　アキラがそれだけ言い残してその場から走り去る。

「ちょ、ちょっと！　そこまで言うならもうちょっと説明して……」

　広間での事態の経緯のようなことを告げられたユミナは、詳細を聞こうとアキラを慌てて呼び止めようとした。だが既にアキラは通路の先へ消えてしまっていた。

　貸出端末からは説明を求める本部の職員の声が今も続いている。しかし事情を尋ねられてもユミナにも分からないので答えようがない。

「本当に、どうなってるのよ……」

　ユミナは軽く頭を抱えて溜め息を吐くと、状況の把握を一度棚上げした。本部との通信を保留に切り替えて、まずはカツヤに無事を知らせようと連絡を入れた。

第54話　死後報復依頼プログラム

ヤジマを倒したアキラ達がカツヤ達との揉め事を済ませて広間を去ってから少し経《た》った後、その広間に地下街のハンター達とは外見が見るからに異なる者達が現れた。ヤジマが呼び寄せていた仲間、ケインとネリアだ。

ケインは大型の重装強化服を着用している。アキラやエレナの強化服のような、服に近い部類の物ではなく、小型の人型兵器を着込んでいるかのような外観の強化服だ。

腕は両脇に2本ずつの計4本で、全ての手に重火器を握っている。鋼の両脚は逆関節だ。分類上は強化服だが、戦闘用サイボーグの大型拡張パーツに近い。

地下街の通路はかなり広い作りになっている。だがその大型重装強化服は大きすぎて通路の幅を限界まで占有しており、四肢を折り畳んで少々無理矢理気味に通路を通り抜けていた。

広間に出て手足を広げると、どうやってそこまで入ってきたのか不思議なほどに大きく見える。それほどまでに大型の機体でここまで来るには高度な操縦技術が必要であり、着用者がそれだけの実力者だと示していた。

ネリアも重装強化服を着用しているが、そこまで大型ではない。しかし分厚い装甲で全身を完全に包み込むタイプなので大柄であり、地下にしては広いとはいえ通路に大小様々な瓦礫が散乱する地下街では少々動きにくい。それを着てここまで普通に辿《たど》り着《つ》けたのは、それだけの実力を持っている証拠だった。

ケイン達は遺物を地上に運び出した後に輸送車を警備する戦闘要員だ。地下街での仕事はヤジマの役割であり、本来は地下街に下りてくる予定は無かった。戦闘力は高いがどう考えても目立つ重装強化服を装備しているのはその為だ。

ケインが情報収集機器で広間の調査を終える。

「ヤジマの死体……っていうか、粉砕された義体を発見。頭を吹っ飛ばされているから、まあ、死んでるな。脳だけ持っていかれたってことはねえだろう」

ネリアが軽い調子で答える。

「そう。じゃあ、帰りましょうか」

「この辺に隠している遺物はどうするんだ？」

「ヤジマ以外の死体とか見付かった？」

「いや、無いな」

「それならヤジマを殺したやつはもうここを立ち去ったのよ。最低でもここで戦闘があったことは本部にバレたわ。すぐに他のハンターをここの調査に向かわせるでしょうね。そいつらと戦いながら遺物を運ぶなんて無理よ」

「……まあ、そうだけどよ」

「でしょう？　さっさと帰りましょう」

ケインが呆れたようにも訝しむようにも聞こえる声を出す。

「ヤジマが殺されたってのに、軽いな。恋人だったんじゃないのか？」

「私、過去は振り返らない主義なの」

ネリアはあっさりそう答えた。

そこに地下街のハンター達が現れた。アキラ達との通信が途絶えたことを不審に思った本部の指示で派遣された者達だ。

その指示を受けた上で、重装強化服を着た位置情報の共有も無い者を発見すれば対応も相応になる。全員が銃をケイン達に向けて強く警告する。

「動くな！　お前達！　そこで何をしている！」

だがケインは全くたじろがなかった。重火器の照準をハンター達に合わせると、何の躊躇も警告も無く連射した。大音量の銃声が地下街に響き、大量の銃弾を浴びたハンターが即死する。

ネリアが呆れた声を出す。

「全く、もっと静かに殺せないの？」

「見れば分かるだろ？　細かい作業は苦手なんだ」

ハンター達もケインが動いた瞬間に銃撃していた。対ヤラタサソリ用の強力な弾丸が弾幕となってケインに浴びせられる。

しかしケインの装甲はそれらの銃弾を弾《はじ》き返《かえ》し、跳弾を周囲に飛び散らせた。その一部がネリアにも当たる。

「ちょっと、こっちに飛んできたわよ？」

傘を振ったら雨粒が飛んできた。その程度の感覚の文句だった。

「俺に言われてもな。連中に言え」

ケインも似たような態度で答えた。そして生き残りのハンター達を更に苛烈に銃撃する。四本の腕それぞれが、握った重火器を一帯に乱射し、銃弾と榴《りゅう》弾《だん》でハンター達を周辺の瓦礫ごと吹き飛ばした。

◆

地上の本部に到着したアキラは職員からかなり厳しく事情を尋ねられていた。

ヤジマとの戦闘や会話の内容、仲間の到着を待っていたような様子があったことを話すと、追加で調査に向かったハンター達がその仲間と思われる者に襲われて被害が出たと教えられる。

調査部隊は単に不審者を見付けたというだけの状況だったアキラとは異なり、そのアキラと連絡が取れないという危険な事態を事前に知った上で現地に向かったので、人も装備も討伐チーム並みに整えていた。その上で多数の死傷者が出たという話を聞いて、アキラが顔を引きつらせる。

アルファが苦笑い気味に微笑む。

『危なかったわね。カツヤ達ともう少し揉め続けていたら鉢合わせていたかもしれないわ』

もう少し遅れていれば自分達もその死体に加わっていただろうと思うと、アキラは助かったと思った反面、少し微妙な気持ちも覚えていた。

『全くだ。……何でこんなにギリギリの状況が続くんだ？　やっぱり俺の運が悪いからか？』

そう嘆くアキラに向けて、アルファが少しからかうように微笑む。

『きっと人質に取られた美少女を見殺しにしようとしたから運気が下がっているのよ。善行が足りていないのかもね？』

アキラが嫌そうに答える。

『無茶を言うなよ。あの状況で銃を捨てたら、俺は絶対殺されてたぞ？』

『そのことも含めて、運気が下がっているのよ』

納得しかけてしまったアキラが、それをごまかすように軽口を叩《たた》く。

『ああそう。アルファの凄いサポートでも、俺の運は補えないのか。そりゃ残念だ』

『あら、ごめんなさい。私も頑張っているのだけれど、それはもう大変なのよ。それは誰よりも、アキラが一番良く知っているでしょう？』

アキラの軽い嫌味に、アルファは全く気にした様子も無く笑って返した。

『そうだな』

アキラは大きな溜め息を吐いた。すると広間での出来事を聴取していた職員が、その様子を訝しんで怪訝な顔を向けてくる。

アキラはそれをごまかす為に、疲れた、とだけ答えた。嘘ではないので疑われなかった。

地下街攻略の本部となっているビルには診療所も設置されている。仮の施設だが、戦力維持の為にかなりしっかりとした設備が整っていた。

本部への報告を済ませたアキラはその診療所に向かっていた。アキラの身体は目立つ外傷こそ無いが内側はボロボロだ。安値の回復薬では全快など見込めない。ちゃんとした治療を受けられるのであれば受けておきたかった。

診療所への移動中、アキラが職員からの注意を思い出す。

『治療は只《ただ》ではないから気を付けろ、か。まあ、当然といえば当然なんだろうけどさ』

アルファが笑って補足する。

『治療費の支払は、保険適用も含めて各自で交渉しろとも言われたわね』

『保険になんか入ってないよ。わざわざ注意するってことは荒野料金ってことか？　高くつきそうだな』

アキラは小さく溜め息を吐いた。

診療所はビルの広間を改装して纏めて多数設置されていた。各病院や製薬会社などにより設営されており、小さな診療所の集まりに見える。そしてそこには、まるで何らかの整備場の一部のような設備まであった。

一口に治療と言っても、ハンターの中にはアキラのような生身の者の他にも、ナノマシンによる身体強化拡張者や一見普通の人間に見える義体者、明確に機械化されていると分かるサイボーグもおり、治療ではなく修理と呼ぶべき処置が必要な者もいる。その者達に幅広く対応した結果だった。

生身の人はこちら。そう書かれた立て看板に従って進むと、白衣を着た男がアキラを迎えた。

男は医者と呼ぶより人体実験を好む科学者のような風貌をしており、全体的に得体の知れない胡散臭《うさんくさ》さを漂わせていた。服の名札にはヤツバヤシと書かれており、掠れた文字が男の信用を無駄に落としていた。

アキラには医者に診てもらった経験など一度も無い。だから普通の医者という判断基準を持ち合わせていない。その上でヤツバヤシには、アキラにこれは何か違うのではないかという不安を抱かせるものが漂っていた。

『……アルファ。帰った方が良いかな？』

アルファには相手の雰囲気が胡散臭いから駄目だという判断基準は無い。交換した貸出端末から引き出した情報とこの場の設備から、十分な治療を受けられるかどうかを判断した。

『アキラ。他の診療所は保険の使用を前提としているところばかりよ。生身で保険無しだと、真面に診察してくれそうなところは、残念だけれどここしかないわ』

『そ、そうか』

それならば仕方無いと、アキラは覚悟を決めて前に進んだ。するとアキラを客と認識したヤツバヤシが和やかに声を掛けてくる。

「八林診療所クズスハラ街遺跡支店へようこそ。担当医のヤツバヤシだ。早速だが、支払方法はどうする？」

「報酬から引いてくれ」

「了解だ。ああ、クガマヤマ都市営業部の支援により、診察だけは無料となっております。だから診察だけして、金が無いから治さなかったとしても俺を恨むなよ？　じゃあ、服を脱いでくれ」

アキラは言われた通りに強化服を脱いだ。

ヤツバヤシがアキラの体を、カメラのような物や、スキャナーのような装置、その他怪しげな器具を使用して調べていく。

それらの器具が診察に適した機材なのかどうかは、アキラの拙い知識では分からない。それでも診察は10分ほどで終了し、診断結果が告げられる。

「軽傷で何よりだ。だが治療をお勧めする。どの程度治す？」

アキラが怪訝な顔を浮かべる。

「俺は軽傷なのか？　さっきから腕や脚が凄く痛むんだけど。安い回復薬で何とか動いている状態なんだけど」

アキラから診察結果を疑われるようなことを言われても、ヤツバヤシは軽い調子で笑っていた。

「重傷ってのは、腕がもげていたり、足が千切れていたり、内臓が露出や破裂していたりで、病院直行の状態を言うんだよ。ちょっと骨にひびが入っていたり、内出血が酷かったり、筋組織の酷使や衝撃によるダメージや極度の疲労程度なら、十分軽傷の範《はん》疇《ちゅう》だ」

自分の中にある重傷という概念を狂わせる話を聞いて、アキラは納得したような、納得していないような、微妙な表情を浮かべた。

「……軽傷だろうが何だろうが、動くのも辛いんだ。戦闘に支障が出ないように、治せるだけ治してくれ」

「分かった。で、治療の方法だが、いろいろある。俺としては保険の利《き》かない手段がお勧めだ。何でお勧めかと言うとだな……」

ヤツバヤシは自分好みの治療方法を促そうと、いろいろ説明するつもりだった。その話を遮るようにアキラが告げる。

「保険には入ってない」

ヤツバヤシが少し意外そうな顔をする。地下街にいるハンターならば、所属している徒党の支援などで保険ぐらい入っているのが普通だからだ。

だがすぐに嬉《うれ》しそうな顔を浮かべた。それは医者が患者に向ける表情ではなかった。

「そうか！　それなら俺が開発した回復薬を使っても良いか？　お勧めだ！　安くしておくぜ！　自作の薬だから一般的な保険なんて利かないが、初めから保険に入っていないのなら関係無いだろう？」

ヤツバヤシはそう言って側の容器を手に取るとアキラに見せた。中には緑色の液状の物体が入っていた。

アキラにはどう見ても怪しげな薬にしか思えなかった。

「嫌だ。保険が利かないって、何かヤバいやつじゃないのか？」

「大丈夫だって。これは俺が旧世界の遺物を解析して近い性能を再現した物だ。だからある意味で旧世界製だぞ？　勿論、安全性も俺自身に投与して確認済みだ。効果もバッチリだ。そこらの安物の比じゃないぞ？」

ヤツバヤシの説得が長々と続く。

「保険が利かないってのも、そういう保険は大抵大手の製薬会社がバックについているから、自社製品を使わせる為に他社製品を保険の適用外にしているだけだ。成分がヤバいとか、そういう話じゃないって」

説得が続き、説得材料に妙なものまで混ざり始める。

「だから良いだろ？　ある程度の使用実績を積まないと、そもそも保険の適応対象にならないんだよ。安くて性能の良い薬が出回れば世の役に立つだろう？　怪我を治せて人助けにもなるんだ。殺伐としたハンター稼業の中で失いがちな豊かな人間性を取り戻す為にも、ここでささやかな善行を積んでおけって」

話が続く中、アルファが一応口を挟む。

『アキラ。一応言っておくわね。彼は生身で、表情にも作為は見られないし、その上で、嘘も吐いていないし、騙そうとか金を毟《むし》ろうとか、そういう意図も無いと思うわ』

『いや、そう言われても、ちょっと、な』

『まあ、そうよね』

保険云々《うんぬん》が大手製薬会社の企業努力による囲い込みであったとしても、認可済みの薬であり広く使用されている物に違いは無く、それだけ安全なはずなのだ。どれだけ効果が高い薬だとしても、会ったばかりの者が自分で試したと口で言っただけでは不安は拭えない。

しかし旧世界製の回復薬の効果をよく知っているアキラは、ヤツバヤシの薬がある意味で旧世界製だという部分に興味を持ち、試しても良いかもしれないという若干の迷いを見せていた。

それに気付いたヤツバヤシが勝負を決めに入る。

「よし！　分かった！　俺の薬を使って良いのなら、俺が持ってる旧世界の遺物を売ろうじゃないか！　本来ならコロン払いでも不思議じゃない旧世界製の回復薬だ！　それを思い切ってオーラムで売ろう！　どうだ！」

ヤツバヤシがその品を取り出してアキラに見せる。アキラはその箱に見覚えがあった。

『アルファ。あれって……』

『ええ。アキラが遺跡で手に入れた回復薬と同じ物よ。嘘を吐いている様子は無いし、箱も未開封。恐らく本物ね。出来れば手に入れておきたいわ』

「何箱まで幾らで売ってくれるんだ？」

「1箱だけで、値段は200万オーラムだ。言っておくが、本来は重傷者用の備えで基本的に売り物じゃないんだ。売る数も価格も交渉は受け付けない」

アキラはかなり悩んだが、結局は旧世界製の回復薬という今まで自分の命を何度も繋いだ物への欲に負けた。

「分かった。交渉成立だ。その代金も報酬から引いてくれ」

「よし！」

ヤツバヤシが嬉々《きき》として治療の準備を進めていく。緑色の液体が容器から注射器に注入される。アキラはそれを見て少し早まったかとわずかに不安を覚えたが、覚悟を決めて治療を受けた。

治療自体はすぐに終わった。身体の数カ所に注射を打たれてから、緑色の液体が染み込んでいる包帯を体中に巻かれただけだ。

「終わりだ。しばらくの間、そうだな、1時間ぐらいは安静にしていてくれ。動き回ったって死ぬ訳じゃないが、安静にしていた方が高い効果が見込める。あと、その回復薬を売ったことは黙っていてくれよ？　他のハンターに売ってくれと押しかけられても困るからな」

「分かった。この治療費は幾らなんだ？」

「10万オーラムだ。効果は期待してくれ。なお代金は保険が利かない代わりに治験の報酬と一部相殺《そうさい》した金額となっております」

ヤツバヤシが胡散臭い笑みで嬉しそうに礼を言う。

「治験に御協力いただき、誠にありがとうございました。縁があればまた頼むぜ？　使用実績のデータが要るんだ。たくさんな」

アキラが顔を引きつらせる。治験。胡散臭い相手から聞かされると、一層不安になる単語だった。

そこで急に辺りが騒がしくなる。診療所の広間に負傷したハンターが多数運び込まれていた。重傷の者も多く、血塗《ちまみ》れの者、腕や脚が無い者、下半身を丸ごと失った者までいる。

それを見てヤツバヤシが少し真面目な顔になる。

「おっと、急患だ。軽傷のやつは邪魔だから離れてくれ。出来れば全員助けたいからな」

「……全員って、どう見ても死んでるやつがいないか？」

「ところがそうでもない。事前に頭部だけ半義体化しているやつや、首を落とされてもしばらくは脳死しないように生命保全ナノマシンを入れているやつもいる。治療を急げば意外に間に合ったりする」

自分には死体にしか見えない者も重傷者であり、

助かる可能性はそれなりにあると聞かされて、アキラはかなり驚いていた。

「まあ、それも治療費を支払えればの話だ。サイボーグ化も只じゃないし、後の人生を借金返済に費やすかもしれないが、そこまでは知らん。ほら、どいたどいた」

アキラはその場から離れると、次々と運び込まれる重傷者達を見て少し険しい顔を浮かべていた。

アルファはいつものように微笑んでいる。

『アキラは軽傷で良かったわね』

『……、そうだな』

一歩間違えば自分もあそこに加わっていたかもしれない。アキラはそう考えて、自分はそれほど危険な場所にいるのだと、改めて戒めた。

アキラは強化服を着る前にエネルギーパックを交換することにした。今朝交換したばかりなのにエネルギーの残量はかなり少なくなっていた。

『何か凄く減ってないか？』

『私の操作で随分無茶な挙動をさせたからね。その辺は仕方無いわ。私がサポートしていなければ、強化服自体が壊れていても不思議は無かったのよ？』

アルファはアキラを死なせない為に、強化服の寿命を確実に縮める使い方をしていた。そのおかげでアキラは死なずに済んだのだが、代償は大きかった。強化服の動きに何となくぎこちなさを覚えながら本部に戻る。

ヤツバヤシの診察は、アキラの不調を一応本部に認めさせる効果があり、しばらく安静にするようにと本部の警備に回された。

このまま何事も無く依頼時間が過ぎていくことを期待しながら、アキラは黙って警備を続けた。

◆

クズスハラ街遺跡の外れ、乱立している無数の廃《はい》墟《きょ》の陰に、戦車や人型兵器ぐらい楽々と輸送できそうな大型輸送車両が停車していた。

装甲に覆われた車体は見るからに頑丈そうで、タイヤの直径は人の背丈ほどもある。多少の瓦礫など踏み潰しながら強引に突破可能な荒野仕様車両だ。

その周りには武装した者達がおり周囲の警戒を続けていた。ヤジマの仲間である遺物強奪犯達だ。計画を指揮していたヤジマの死亡により、今はケインとネリアが代わりに指揮を執っていた。

車両には既に地下街で手に入れた大量の遺物が積み込まれている。遺物を地上に運ぶ目的で開けた出入口は、ハンター達の追跡を防ぐ為に地下街から出たケイン達が爆破した。それにより、計画を前倒しにした所為で未回収となった遺物を地下街から持ち出すことはもう出来ない。

つまりケイン達にこの場に留まる理由はもう無い。あとは大量の遺物と共に速やかに脱出すれば大金を得られる。都市の捜索から逃れる為にも急いで移動した方が良い。それは全員分かっていた。

それにもかかわらず、ケイン達がこの場に留まっているのは、ある問題が生じていたからだった。


ネリアの重装強化服から伸びた接続端子が輸送車両に繋がれていた。接続先は車の制御装置で、そこに少々強引にアクセスしようとしていた。わざわざ有線で繋げているのもその為だ。

しばらく作業を続けているネリアに、ケインがいらだちを隠さずに尋ねる。

「どうだ？」

「……駄目ね」

ネリアはお手上げだと言わんばかりの手振りを添えて結果を告げた。

「……クソがっ！」

ケインが輸送車両を叩いて内心の激情を示す。強力な重装強化服の豪腕を勢い良くぶつけられた所為で、車両の装甲が派手な音を響かせた。

「ヤジマのやつ、ふざけた置き土産を残しやがって！」

輸送車両はヤジマが用意した物だ。荒野仕様で出力も高い大型車の運転には高度な運転技術が必要だが、高性能な制御装置が組み込まれているおかげで素人《しろうと》でも運転できるようになっている。

しかし今はその制御装置に問題があった。ヤジマが密《ひそ》かにあるプログラムを追加していたのだ。

死後報復依頼プログラム。主にそう呼ばれている依頼斡旋ソフトウェアであり、東部のネットの裏側でよく流通しているものだ。

起動方法は様々だが、義体者が使用する場合は生前に自身で報復対象を決めるか、死ぬ直前に義体が得た映像情報などから対象を設定した上で、その情報を送信して実行することが多い。

ソフトウェア側はその情報を受け取り、事前に設定した死亡判定条件などに従って起動する。そして報復対象の殺害等の条件が満たされると、設定通りに報酬を支払う。依頼者の隠し口座から金が振り込まれたり、隠し財産の隠し場所が提示されたりと、その辺は設定次第だ。

車両の制御装置に組み込まれていた死後報復依頼プログラムは、本来はヤジマがケイン達に裏切られた場合の報復処理として秘密裏に追加したものだった。

しかしヤジマはアキラに殺された。そのため死後報復依頼プログラムの報復対象は、生前のヤジマが情報収集妨害煙幕《ジャミングスモーク》による通信障害が発生する前に送信した情報を基に、ヤジマを殺した確率が最も高い人物に設定されていた。

制御装置はこのプログラムにより対象を殺さない限り輸送車両を動かせない状態になっていた。車両の制御装置を交換するという強引な手段もあるが、それにはそれなりの技術が必要だ。そしてその技術も予備の制御装置もケイン達は持っていなかった。

対象の死亡を確認する方法もソフトによって様々で、その判断基準にも個性がある。粗悪な作りのものならば、対象に似せたマネキンでも適当に破壊すれば十分な場合もある。逆に対象を殺しても上手く認識されずに無駄骨になる場合もある。高性能なプログラムならば、対象が死亡した瞬間の映像や死体の映像などを読み込ませれば正しく認証される。

ネリアは死後報復依頼プログラムに介入して対象

の死亡判定を何とか騙そうと試みていた。しかしその試みは全て失敗した。高性能な制御装置の演算能力と、誰かがネットワークに流した高度なプログラムの相乗効果は、認証を不正に突破しようとするネリアの技術を超えていたのだ。

　ヤジマ達の中でこの手の扱いに最も長けているのは死亡したヤジマを除けばネリアであり、そのネリアに出来ないのであれば、この場にいる他の者達にも出来る者はいない。ケインもそれは分かっており、その分だけいらだっていた。

　軽く溜め息を吐いたネリアが、気を切り替えてケイン達に提案する。

「仕方無いわ。諦めましょう」

　それを聞いたケインが怒気を露わにする。

「諦める!?　ふざけるな！　この計画に幾ら掛けたと思ってるんだ!?　集めた遺物も、売れば最低でも１００億オーラム、いや、それ以上になる！　大金注《つ》ぎ込《こ》んで集めた遺物を今更捨てて堪るか！」

　その荒々しい様子に怯えた者達が慌て出した。最大火力のケインが自暴自棄になって暴れ出せば、それを止められる者はここにはいないからだ。

　だがネリアは平然としており、軽く呆れた様子まで見せていた。

「何を言ってるのよ。遺物を捨てる訳無いでしょう？」

「……どういう意味だ？」

「諦めるのはソフトウェア認証を騙す方よ」

　輸送車両の制御装置に接続されている表示装置には、死後報復依頼プログラムの抹殺対象が映し出されている。ネリアがその人物を指差した。

「こいつを殺しましょう」

　表示装置にはアキラの姿が映っていた。

第55話　力場装甲

　ヤツバヤシの治療を受けてから本部の警備を続けていたアキラは、しばらくして体の調子が随分と良くなっていることに気付いて驚いていた。

　既に痛みは引いている。旧世界の回復薬を何度も使用した経験で、鎮痛作用で痛みが消えているのではなく、実際に治っているのだと何となく理解していた。

　軽く手足を動かして力を込めても、痛みも違和感も全く感じない。体調はほぼ万全にまで戻っていた。

『あの治療、かなり効果があったみたいだな』

『旧世界の遺物を解析して作成したって言っていたし、あれでも腕は良いようね。旧世界製の回復薬も手に入ったし、良いことだわ』

　アキラが暢気《のんき》に笑う。

『運が良かった訳か。まあ、あれだけ不運な出来事が続いたんだ。これで帳尻が合ったんだろうな』

　本日の不運は終了したのだ。アキラは何となくそう思っていた。

◆

　少し慌ただしい雰囲気を漂わせている本部で、地下街攻略の指揮者が険しい表情を浮かべていた。少々いらだった様子を見せながら部下と話している。

「仮設基地との連絡はまだ取れないのか？」

「定期的に連絡を試みていますが繋がりません。仮設基地周辺の色無しの霧の濃度が低下するまでは無理です。やはり地下街のハンターを地上に派遣しては？」

「彼らは地下街での活動を前提に契約している者が大半だ。契約内容に反する恐れが高い。我々には独断で実働場所を変える権限も無い。あの遺物強奪犯との戦闘も契約違反すれすれだぞ？　無理だ」

　本部はケイン達の対処に頭を痛めていた。地下街から追い出すことには成功したが、ハンター側にも多数の被害を出してしまった。

　不測の事態ならともかく、重装強化服を着用して高火力の装備を保有している者が最低でも2人いる集団に対して、ヤラタサソリの巣の討伐を前提にしているハンター達に地上に出ての捜索追撃指示を出すのは、流石に現場の職員の権限を越えていた。

　更に既に遺跡から遠く離れて逃走している確率も高いのだ。周囲を今更捜索しても見付かるとは思えなかった。

「仕方無い。誰かを直接仮設基地に派遣してこちらの状況を伝える。それで恐らく都市の防衛隊が動くだろう。そうすればあとは向こうの管轄だ。要件に適したハンターを選び、交渉してすぐに出発させてくれ」

「分かりました」

　指示を受けた職員が端末を操作して要件に適したハンターを探し始める。

　地下街の奥に派遣している者は駄目だ。本部に呼び寄せるまで時間が掛かる。ドランカムのような徒党に所属している者も駄目だ。契約外の行動を指示する為には、本人の他に徒党の担当者との交渉が必要で時間が掛かる。

　個人で依頼を受けており、本部になるべく近い位置にいて、別の作業を急遽《きゅうきょ》割り振っても現場の影響が少ない者。そのような者を探すと、都合の良いことにすぐに見付かった。

　職員は該当のハンターとの交渉に早速向かった。

◆

　アキラが職員に指示の内容を確認する。

「……つまり、貸出端末を持って仮設基地に行けば良いんだな？」

「そうだ。正確には通信が可能な範囲まで近付けばいい。そうすれば端末が自動で仮設基地と連絡を取る」

　職員がアキラに頼み込む。

「頼むよ。終わったら今日はもう上がって良いからさ。治療を受けていたようだし、本調子じゃないんだろう？　とっとと済ませてゆっくり休めば良い。帰るついでに仮設基地に寄るだけだ」

　随分と好都合な内容に、アキラは運が向いてきたと喜んでいた。頼みを引き受けると早速帰る準備を始めた。

　ビルの外に出て、側に停《と》めていた自分のバイクに跨《また》がる。最低経過時間はまだ大分残っているが、職員との取引で本日分は全て消化済みの扱いとなった。アキラはその成果も含めて運が良いと上機嫌だった。

『仮設基地に行けば今日の仕事は終わりだ。早く宿に戻ってゆっくり休もう』

　アルファも笑って頷く。

『そうしましょう。強化服の調子も少し悪いし、出来れば後で修理に出したいわ。シズカの店で応急処置ぐらいは出来ると良いのだけれど』

『じゃあ帰りにシズカさんの店に寄らないとな』

　バイクで仮設基地を目指す。そこまでの道は地下街攻略用に物資を輸送する都合で瓦礫の撤去などを進めており走りやすい。これならすぐに着く。アキラはそう考えてわずかに気を緩めていた。

　情報収集機器による索敵結果は色無しの霧の影響でかなり悪化していた。しかしここは地上であり、アルファのサポートがあれば問題無いだろうと考えて、アキラはその辺は気にしていなかった。

　バイクの運転をアルファに任せて今日の出来事を反芻《はんすう》する。ヤジマと戦い、シオリと戦い、今日も大変だったと改めて思う。

　そこから初日も昨日も大変だったと思い返し、大変な日が連続していることに気付く。そして明日も、残りの契約期間も全てそんな大変な日が続くのではないかと考えて、内心で軽く頭を抱える。

　今日も大変だった。そう無意識に区切りを付けてしまうほどアキラは気が緩んでいた。

　今日はまだ終わっていない。

　バイクが急に車体を90度回転させながら転倒直前まで傾かせて強引に減速する。両輪が地面を削るように横に滑り摩擦で派手な音を立てる。そして再び急加速し、進行方向を直角に捻《ね》じ曲《ま》げた。

アキラは突然の事態に反応できず、ただ驚き慌てていた。

『アルファ!?　一体何だ……!?』

アルファの方へ思わず顔を向けたアキラの表情が固まる。傾いた車体に跨がって横、地面とは逆側へ視線を向けたアキラの視界には、青い空と、一部が崩壊した高層ビルと、今まさに降り注ごうとしている大量の小型ミサイルが映っていた。

一瞬遅れて、無数のミサイルが周囲一帯に降り注ぐ。大気を掻《か》き分《わ》け空中に弾道を描いて着弾し次々に爆発した。

崩れかかったビルが崩壊し、舗装された道路が粉砕される。ほんのわずかな時間で、一帯は爆炎と爆煙に呑み込まれた。

やがて爆発音が消え煙も散っていく。あとに残されたのは新たに生まれた瓦礫の山だった。

◆

小型ミサイルの着弾地点から少し離れた場所にケインとネリアが立っていた。

ケインの重装強化服から空になったミサイルポッドが切り離され、地面に激突して派手な音を立てた。地下街では大きすぎて装備すら出来ない武装も、地上であれば問題無く使用できる。そしてケインの重装強化服であれば、本来は専用の車両や戦車に搭載するような重量がある小型ミサイルポッドも容易く装着できた。

ケインは上機嫌だった。大量の小型ミサイルで敵を吹き飛ばす快感に加えて、遺物の運搬を邪魔していた要因を排除できたからだ。

『地下街にいるあいつをどうやって殺そうかと考えていたが、向こうから外に出てきてくれるとは思わなかった！　運が良かったな！　これで制御装置のロックは外れただろう！』

一方ネリアは普段の態度を保っていた。

『地下街に侵入する手段をいろいろ用意していたけど無駄になったわね。まあ、手間が省けて良かったわ』

ケインは自分が作り出した光景を強化服のカメラを通して見て、アキラの死亡を確信していた。ミサイルポッドを1箱使い切って一帯ごと吹き飛ばしたのだ。生きている訳が無い。そう思っていた。

『ネリア。車両のロックは解除されたか？』

ネリアは強化服のカメラ越しに見ている映像を輸送車両の制御装置に送信していた。色無しの霧による通信障害は途中に小型中継器を設置して回避しているので、仮設基地より大分近い輸送車両までの通信ならば問題無い。

あとは死後報復依頼プログラムが映像を解析してアキラの死を認識すれば、制御装置のロックは解除される。ネリアはその結果を確認した。

『……駄目ね。外れてないわ』

『何でだ？　今ので殺しただろ？』

『私に言わないで。彼が死んだと上手く識別できなかったか、まだ生きているかのどちらかよ。ケイン。近付いて死体を探してきて。もげた首の映像でも送れば流石に認証されるはずよ。派手に殺すのは勝手だけど、その所為で対象の死亡を識別できなかったらケインの所為よ？』

『分かったよ。探せば良いんだろう。探せば』

ケインがアキラの死体を探しに向かう。鋼の逆脚で細かい瓦礫を踏み潰しながら遺跡の中を進んでいく。その途中で崩れかかったビルから破片が零れて頭部に直撃したが、ケインの重装強化服は傷一つ付かなかった。

アキラがいた場所に到着すると、機体のカメラで周辺を確認する。飛び散った血や体の一部などを探したが、それらしいものは見付からなかった。

『ねえな』

ケインの呟きを通信機越しに聞いたネリアが少し呆れたような声を出す。

『ねえな、じゃないわ。瓦礫の下にでも埋まったんでしょう。瓦礫を掘り起こすなり、情報収集機器で探るなりしてちょうだい。ケインの機体なら瓦礫を退《ど》かすぐらい簡単でしょう』

『分かってるって。ちょっと待ってろよ』

ケインは巨大な手で瓦礫を掴むと道の脇に投げ飛ばした。軽々と投げられた瓦礫が地面にぶつかり、その重量を感じさせる派手な音を響かせる。

瓦礫の下にアキラの死体は無かった。代わりに大破したバイクが転がっていた。酷く激しく壊れた車体が小型ミサイルの威力を物語っていた。

『あいつのバイクがあった。やっぱりこの辺だ』

『バイクじゃ駄目よ。本人を見付けて』

『今探してる!』

ケインは自身のいらだちを解消するように、派手な攻撃方法を選択してしまったことを少し後悔した。

気を取り直してアキラの死体を探す。瓦礫に埋もれていても見付かるように、機体の情報収集機器の解析範囲を狭めて精度を上げていく。更に情報収集精度を下げそうな物を道の脇に投げ飛ばしながら周囲を見て回る。しかしアキラの死体も、それらしい物も見付からない。

『……ねえな。爆風で吹き飛ばされたか?』

そう考えて、今度は情報収集機器の探知範囲を少しずつ広げていく。それでもそれらしい反応は無い。

アキラの死体が見付からなければ輸送車両は動かせない。ケインはその焦りといらだちで軽く自棄になり探知範囲を一気に広げた。すると少し離れた場所にそれらしい反応があった。

『そこか!』

ケインは喜びながら重装強化服の頭部カメラをその方向に向けた。その途端、ケインがわずかに固まった。

カメラ越しに見た映像には、CWH対物突撃銃を構えてこちらを狙うアキラの姿が映っていた。

◆

アキラがケインの攻撃を受けた時、アルファは可能な限りの回避行動を取っていた。

全ての小型ミサイルの着弾位置を計算して回避不能だと判断すると、最も被害の少ない場所に全速力で移動する。

更にアキラの強化服の出力を限界まで上げると、意図的にバイクのバランスを崩し、その勢いのままアキラの足を地面に着けて、慣性に流されながらバイクを持ち上げて盾にした。

無数のミサイルの直撃を受けてバイクは一瞬で大破したが、そのおかげでアキラへの直撃は防いだ。加えて爆風に逆らわずに飛び退いて衝撃を軽減し、地面に叩き付けられる前に防御態勢を取ってアキラの身体への被害を出来る限り抑えた。

全ては、ほんのわずかな時間に異常なまでの精度を以て行われた。何かが少しでも狂えばアキラは死んでいた。アルファはそれを狂い無く実行した。

それでもアキラの被害は大きかった。強化服の出力全開で身体を無理矢理動かされ、全身に強い負担が掛かった。小型ミサイルの直撃こそ避けたが、爆発の余波までは避けられず、爆風に吹き飛ばされて地面に叩き付けられた。

それらの負荷に襲われ、耐え切れず、アキラが意識を刈り取られる。一瞬の気の緩みが死に繋がりかねない状況で、数十秒も気絶していた。

それでもアキラが死ななかったのは、突き詰めればただの偶然であり、ある意味で単なる幸運だ。今回の不運がアルファのサポートで辛うじて補えるものだっただけだ。

アルファのサポートという、アルファと出会ってから今のところは続いている幸運が、アキラを辛うじて生かしていた。

ようやく意識を取り戻したアキラが、朦朧《もうろう》としている上に混乱している頭で状況を把握しようとする。しかし頬に固い地面が当たっているのにもかかわらず、自分が倒れていることにすら気付けない状態だった。

（……何だ？　……何が起こってる？　……俺は寝てたのか？　……いつ寝たんだ？　どこで？　家

で？　家に帰った？　……帰ったか？　……移動中だったか？）

　アキラが混乱しながら答えの出ない自問を繰り返す。混乱しながらも意識の混濁から少しずつ回復していく。そこでようやく、先程からずっとアルファに怒鳴られていることに気付いた。

『アキラ！　起きなさい！　アキラ！　死にたくなかったら今すぐに起きなさい！』

　アルファに怒鳴られている。過去の窮地で自分が状況を悲観的に捉えても、その自分とは正反対に余裕の微笑みを浮かべていたアルファが怒鳴り付けている。それを認識した瞬間、アキラの意識が一気に覚醒した。

　身を起こそうとする。全身に激痛が走る。その苦悶で表情を思わず大きく歪めたが、構わずに全力で起き上がる。

『敵に反撃しなさい！　すぐに！　急いで！』

　立ち上がる途中、近くに転がっていたＣＷＨ対物突撃銃へアキラの手が勝手に伸びる。逆方向に曲がっていた指を、強化服の補助で無理矢理元に戻しながら銃を掴む。

　痛がる暇など無いと今までの経験で理解している。アルファの指示を速やかに確実に実施しなければ死ぬと分かっている。激痛を発し続けている身体をアルファの操作で勝手に動く強化服の動きに合わせて動かし、アキラはＣＷＨ対物突撃銃を素早く構えた。

　銃口を向けた先にいる存在が本当に敵なのかどうかを、アキラは欠片も疑わずに引き金を引いた。

◆

　ケインが回避行動を取るよりも、アキラの銃撃の方が早かった。ＣＷＨ対物突撃銃の専用弾が重装強化服の胴体部分に直撃する。その途端、着弾地点から閃光《せんこう》が飛び散った。

　その光は衝突エネルギーの一部が変換されたもので、機体が力場装甲《フォースフィールドアーマー》と呼ばれる防御機構に守られている証拠だ。

過剰とも思える威力の銃火器が蔓延《まんえん》している東部で、重装強化服の巨体を大きな的ではなく脅威と恐怖の存在にするだけはあり、力場装甲《フォースフィールドアーマー》の防御は非常に高い。

それでも流石に着弾の衝撃で大きく体勢を崩した。しかし重装強化服の自動平衡維持装置《オートバランサー》が崩れた体勢を素早く補正したおかげで転倒は免れた。

ケインが反撃に移る。四本の腕がそれぞれ重火器を構え、アキラをその周辺ごと粉砕しようとする。重装強化服の出力を前提とした大きさ、反動、火力の重火器から大量の銃弾が撃ち出される。強力な弾丸が荒れ狂い、射線上の壁や瓦礫を容易く削り、砕き、破壊の限りを尽くした。

だがアキラはケインの腕が動き始めた直後に回避行動を取り、その砲火の嵐から辛うじて逃げ延びていた。

そこにネリアから通信が入る。

『ケイン？　何があったの？　モンスターでもいたの？』

『あいつだ！　生きていやがった！』

『そうなの？　ミサイルの着弾位置を死体が残るように調整したら、殺せずに瀕死《ひんし》になっていたの？　それで最後の足掻きでも喰らったの？　ちゃんと殺せた？』

『違う！　あいつ、俺のミサイルを避けてやがった！　しかも俺に一撃入れた上に、今の攻撃もしっかり躱しやがった！　力場装甲《フォースフィールドアーマー》の耐久値をごっそり持っていかれたぞ!?』

『変ね。地下街にそんな威力の弾を持ち込んでも、撃つ相手なんていないはずだけど』

『銃はＣＷＨ対物突撃銃だった。弾は恐らくその専用弾だ。……何でそんなものを地下街に持ち込んでやがったんだ？　あいつだけ戦車でも狩りに来てたってのか!?　おかしいだろうが！』

対ヤラタサソリ用の銃弾でケインの重装強化服の耐久力を突破するのは酷く困難だ。しかしＣＷＨ対物突撃銃の専用弾ならば話は違ってくる。圧倒的な装甲で一方的に攻撃できる楽な仕事が、一転して殺し合いと呼べる程度にまで危険なものに変わっていた。

慌てた声を出すケインとは異なり、ネリアは落ち着いた口調を保っている。

『ヤジマが死ぬ前に言っていたわ。都市のエージェントと遭遇したかもしれないって。あいつがそうなのかもね』

ヤジマの準備に不備があり都市側に計画が漏れていた。少なくとも遺物が奪取される恐れがあると判断された。

そこで都市は万一の事態に備えて、地下街にいるハンター達の中にエージェントを紛れ込ませておいた。更に都市を敵に回すほどの者ならば装備の性能も相応に高い恐れがあると判断し、一応ＣＷＨ対物突撃銃の専用弾ぐらいは用意させていた。

ネリアからそれらの推測を聞かされたケインが慌てた声を出す。その推測は間違っているのだが、現状に一致しており疑えなかった。

『それが正しいのなら、最悪、都市の防衛隊がここに来るぞ？　どうするんだ？　流石に連中の相手は無理だ』

『都市側が本気で警備する気だったのなら、あいつ一人ってことはないはずよ。つまり、念の為に一応配備しておいたって程度ね。急いであいつを殺しさえすれば問題無いわ。都合の良いことに、仮設基地周辺は色無しの霧が濃い所為で連絡が取れないはずよ。時間はあるわ』

『急いであいつを殺して脱出か！』

『そういうこと。行きましょう』

ケイン達がアキラの後を追い始める。下手に留まれば都市の防衛隊と戦う羽目になる懸念はあるが、集めた遺物の売却金は莫大《ばくだい》だ。防衛隊が本当に来るとしても、その到着まで猶予がある以上、アキラの殺害を諦める訳にはいかなかった。

既に死んでいるヤジマが、アキラを少しずつ追い詰めていた。

◆

ケインの攻撃から逃れたアキラは遺跡の中を必死に走っていた。バイクは破壊された。走るしかない。

アルファの先導で移動しながら、ヤツバヤシから買った回復薬を飲み込む。全身を蝕《むしば》んでいた激痛がすぐに和らいだが、それはただの鎮痛作用であり、体はまだズタボロなままだ。

アキラは自分の意志で手足を動かしているつもりだが、既に四肢はその意志に従えるような状態ではなく、実際には強化服で身体を外側から支えて無理矢理走っていた。

『アルファ！　あいつ、ＣＷＨ対物突撃銃の専用弾に耐えたぞ!?』

『あれは力場装甲《フォースフィールドアーマー》よ。着弾地点から出た光は衝撃変換光といって、力場装甲《フォースフィールドアーマー》が外部からの衝撃を防ぐ際に、衝撃エネルギーの一部が光に変換されて……』

『違う！　知りたいのは技術解説じゃなくて、どうすれば良いのかだ！　専用弾を防がれた後の対応方法だ！』

『相手が無傷ではないことを期待して撃ち続けるしかないわね』

『弱点とか無いのか!?』

『現状に適した回答をすると、無いわ』

アキラの表情が更に険しくなる。

ＣＷＨ対物突撃銃の専用弾はこの周辺のモンスターへ使用するには過剰な威力だ。命中さえすればほぼ確実に撃破できる。どんな敵でも当てれば倒せると、アキラはその威力に安心を覚えていた。

だが今はその直撃を喰らっても倒せるどころか反撃してくる敵に襲われているのだ。アキラの動揺は大きかった。

『今は何も考えずに距離を取りなさい。回復薬も使い切って。私に何とか出来るのなら、私が必ず何とかするわ。今までのようにね』

『……、そうだな。頼んだ』

『任せなさい』

アルファはしっかりそう答えた。しかし微笑んではいなかった。

アキラはアルファの先導で半壊した廃ビルの中に入ると、そのまま3階まで上がり、外を多少は見渡せる場所まで移動した。そしてヤツバヤシから買った回復薬を大量に服用した。

アルファが真剣な表情で尋ねる。

『アキラ。体の調子はどう？』

軽く手足を動かして調子を確かめたアキラが苦笑いを浮かべる。

『……痛みは無い。でも感覚もほとんど無い。ちゃんと動くけど、中身がどうなってるかは想像したくないな』

内側の四肢が千切れていても強化服は動く。中身が真っ当な状態かどうかは、脱いでみないと分からない。確認したいとは思わなかった。

『アキラは出来るだけ動かないようにして、回復薬の治療効果を限界まで高めておいて。敵が追ってきたらここで迎え撃つわ。覚悟を決めなさい』

『……分かった。逃げ切るのは無理そうなんだな？』

『向こうの機動力、索敵範囲、武器の射程を推測した結果から考えて、かなり困難だわ。遮蔽物の少ない開けた場所に誘導されたら、相手の初回の攻撃から判断すると勝ち目はゼロね。あれでも周囲のビルや瓦礫や乗っていたバイクを盾にして、可能な限り被害を抑えたのよ？』

『その時の記憶が無いんだけど、そんなことをしてたのか』

『バイクを失ったのが最大の痛手だったわ。バイクが無事なら逃げの選択も取れたのだけれどね。でもバイクを守ってアキラが死んだら意味が無いから、必要経費と割り切ったわ』

『そうだったのか。……走って逃げるのは、やっぱり無理か？』

そうどこか軽い調子で聞いてきたアキラに、アルファも少し冗談めかして答える。

『運良く相手の機動力がとても低くて、運良く相手の索敵範囲も凄く狭くて、運良く相手の武器の有効射程も短くて、運良く相手がもう弾切れなことを期待して、分の悪い賭けに出て、頑張って逃げてみる？』

アキラが苦笑する。

『やめとくよ。アルファに出会えたこと以外の幸運は期待しないことにしてるんだ』

自分はアルファと出会って人生の残りの運を使い切った。だからたまに善行紛《まが》いの所業で吹けば飛ぶような運を補給して、いつ死んでも不思議の無いハンター稼業を、か細い運とアルファのサポートで乗り切っている。

アルファから似たような話を言われたことも含めて、アキラはそれを結構信じていた。

いつかアルファのサポートでは対応できない不運が起こり、自分の運と実力では到底抗えずに死ぬのだろう。アキラは無意識にそう思っていた。

勿論アキラは限界まで抵抗するつもりだ。死ぬまで抗い続ける覚悟がある。

だがそこには、たとえ無駄な足掻きであっても足掻くという意志と同時に、どれだけ足掻こうが結果に影響を及ぼすことはないかもしれないという、ある種の諦めも含まれていた。

アキラは念話での返答と一緒にその思考の一部、言語化されていない感情を、意図せずにアルファに飛ばしていた。

アルファはそれを認識すると、口調を強めて少し怒っているような態度を取る。

『アキラ。言っておくけれど、私は負ける気なんて欠片も無いからね。アキラは私のサポートをたかがこの程度の事態にまるで対処できない低品質なものだと思っているの？』

アキラがアルファをじっと見る。アルファがアキラをじっと見る。

アルファはそこに実在している訳ではない。アキラの視界を拡張してそこにいるように描画しているだけだ。アキラはそれを知っている。それを知った上で、アキラはアルファをじっと見ている。

アキラを見るアルファの姿は、アキラを見ているように描画されているだけだ。その両目でアキラを見ている訳ではない。

それでもアルファはアキラをしっかりと見ていた。

そしてアルファが笑う。

『アキラ。覚悟を決めなさい。そうすればいつも通りよ』

その笑顔にはいつも通りの信頼があった。

それを見たアキラの精神の指向性が、勝ち目の無い敵に死ぬまで抵抗する、から、生き延びる為に全力を尽くす、に切り替わった。アキラが軽く息を吐いてから笑う。

『覚悟を決めるのは俺の役目、だったか。分かった。ちょっと弱気になってたな。悪い。よし！　覚悟は決めた！』

自身の実力では生還不可能な状況で生き残る為に、今まで何度もあった危機的な状況を打ち破る為に、アキラはいつものように覚悟を決めた。

『その意気よ』

迷いを捨てたアキラの姿を見て、アルファは少し嬉しそうに笑っていた。内心と表情を一致させて笑っていた。

アキラの意志を自身の言葉でより良い状態に推移させたこと、自身の計算、推測、予測の通りに制御、調整、誘導できたことを確認して、嬉しそうに笑っていた。

第56話　索敵手段

　ヤジマの死後報復依頼プログラムにより輸送車両の移動を封じられたケイン達は、その解除の為にアキラを襲撃したが逃げられてしまった。

　しかしケインの重装強化服に搭載されている高性能な情報収集機器を活用し、アキラが逃げ込んだビルをあっさりと見付け出す。

『あそこか。外を走って逃げると俺達に追い付かれると考えて逃げ込んだのか？』

『そんなところでしょうね。追いかける手間が省けたわ。パッパと片付けましょう』

『そうだな』

　次の瞬間、ケインが被弾した。

　重装強化服の力場装甲《フォースフィールドアーマー》により、着弾地点から強い衝撃変換光が飛び散る。だが少し体勢を崩した程度で基本的には無傷だ。ＣＷＨ対物突撃銃の専用弾を使える敵に備えて、事前に力場装甲《フォースフィールドアーマー》の出力を上げておいたおかげだ。

　銃撃が続く。ネリアはケインの陰に隠れた。

『向こうもやる気みたいね』

『舐《な》めやがって！』

　ケインの重装強化服の制御装置が着弾の衝撃から狙撃方向を割り出した。続けて情報収集機器がその方向の精度を高めて敵の位置を捕捉する。そして頭部のカメラがビルの窓から銃を構えているアキラの姿を捉えた。

　ケインが４挺《ちょう》の重火器を４本の腕で素早くアキラへ向ける。大口径の銃口から特大の銃弾が高速で撃ち出され、砲撃の一斉射撃にも思える破壊力でビルの側面に着弾する。

　大型の重装強化服や人型兵器でなければ扱えない巨大な銃から放たれた弾丸は、分厚い鉄板でも紙切れのように貫く威力を持っている。その弾丸での連射だ。壁の裏に隠れようとも、普通は一溜《ひとた》まりも無い。

　だがそれほどの威力にもかかわらず、ビルの壁は多少削れた程度の損傷しか受けなかった。

ネリアが意外そうな声を出す。

『結構丈夫なビルね。外壁だけかもしれないけど。いつ頃の建築物かしら』

旧世界の建築物といってもいろいろある。地域や場所や年代で、文化も技術も多種多様な違いを見せる。クズスハラ街遺跡を造った文明の時期も正確には分かっていない。

ネリアはビルの頑丈さから少し興味深そうに推察していたが、ケインにとってはどうでも良かった。ネリアの素朴な疑問を一蹴して叫ぶ。

『知るか！　どうだ！　やったか!?』

『駄目ね。制御装置のロックは解除されていないわ』

『またか！　全く、どうなって……』

ケインに再度CWH対物突撃銃の専用弾が着弾した。先程の攻撃を躱したアキラがビルの廊下を駆けて別の窓から再び狙撃したのだ。

『調子に乗りやがっ……！』

専用弾が又もケインに着弾し、ケインの愚痴を中断させた。相手の反撃が遅れると読んだアキラがすかさず次弾を放ったのだ。

『……クソがっ！』

ケインが体勢を立て直して反撃に移る。ネリアもケインを盾にしながら反撃に加わる。並の戦車程度なら大破させる銃弾の嵐が、ビルの側面、アキラがいた辺りに撃ち込まれる。

弾幕の一部がビルの窓を通って内部へ入り込み、通路の壁に大量の穴を穿った。

◆

窓枠から飛び込んできた大量の銃弾を、アキラはアルファの指示通りに素早く移動して避け切った。ビル内部の壁は外壁より脆く、弾丸の嵐を浴びて崩れかかっていた。それを見てアキラが表情を険しくさせる。

『何て威力だ！　あんなのを喰らったら原形なんか欠片も残らないぞ！』

『CWH対物突撃銃の専用弾ほどではないけれど、近い価格帯の威力はありそうね』

『こっちは単発。向こうは連射可能。こっちは喰らえば即死。向こうは真面に喰らっても少しよろけるだけ。無茶苦茶だな』

地下街では場違いなほどに過剰な威力を誇っていたはずの銃が、今では敵を少々よろけさせる程度のものに成り下がっている。

それでもこの銃が自身の生命線であることに間違いは無い。強装弾を装填したAAH突撃銃程度では、幾ら銃撃しても傘で雨粒を防ぐように弾かれる。まだまだ頼りにしなければならない。

喜ぶべきか、嘆くべきか、アキラは少し判断に迷いながら、握っている銃を見て苦笑した。

『この銃と弾丸なら戦車でも狩れるって聞いてたのにな』

『どんな戦車でも倒せるとは言われなかったでしょう？』

『そうだけどさ。当てても効いてる様子が無いと、こっちの攻撃が通じているのか不安になってくるんだよ。どの程度効果があるんだ？　一応通じてはいるんだよな？』

『大型の機体だからジェネレーターも大型なのよ。恐らくその出力の大半を力場装甲《フォースフィールドアーマー》に割り当てているのでしょうね。幾ら撃っても一見効いていないように見えるけれど、着弾のたびに相応のエネルギーを消費させていることに違いは無いわ。ちゃんと効果はあるから、気にせずに撃ち続けなさい』

『了解だ』

効果の程がどの程度であろうとも、出来ることが限られている以上、それを続けるしかない。アキラは身を低くして廊下を滑るように移動しながら次の狙撃位置に向かった。

敵に見付からないように注意して通路を駆けながら、アキラがふと疑問に思う。

『……それにしても、随分早く見付かった気がする。廃ビルなんて幾らでもあるのに。何でバレたんだ？』

『恐らく高度な情報収集機器で探したのでしょうね』

『えっ？　今は色無しの霧が出てるんだろう？』

『色無しの霧は確かに情報収集を妨害するけれど、それは遠くのものを探知できないだけであって、すぐ近くを調べるぐらいなら、そこまで精度が落ちたりしないわ』

『いや、結構必死に走ったんだ。それなりに離れたはずだぞ？』

『追跡方法の話よ』

　アキラの身体にはケインの攻撃で爆煙等の物質が付着している。移動すればそれらが場にわずかだが残る。高性能な情報収集機器で近くに漂うその痕跡を探知して、その反応の線を追い続ければ、移動先を絞るのはそこまで難しい話ではない。

　アキラはそれらの説明を聞いて納得したように頷いた。

『……逃げ切れない訳だ。やっぱり索敵って重要なんだな』

『まあ、その方法では今のアキラの位置まで正確に摑むのは無理よ。安心して銃撃しなさい』

『了解だ。索敵の方は頼んだ』

『任せなさい』

　身を低くして通路を移動するアキラの視界には、壁の外側にいるケイン達の姿がしっかりと映っている。このアルファのサポートのおかげで、窓から身を乗り出してケイン達に照準を合わせる時間を極限まで短縮できる。

　銃を構えてから敵を狙うなどという悠長なことをしていれば、ケインの反撃を回避する猶予など生まれない。装備も実力も明確に上の敵に対して、アキラは以前のようにアルファの驚異的な索敵で対抗していた。

　一瞬の遅れがアキラの命を奪う。その一瞬の猶予を保ち続ける為に全神経を集中し、体感時間の歪みすら覚えながらギリギリの狙撃を繰り返す。

　ほんのわずかな時間だけ窓枠から身を晒し、素早くケインを銃撃してすぐに身を隠し、次の狙撃位置に急いで移動する。毎回その全てを一度でもしくじればアキラは死ぬ。

アキラは命を賭けたモグラ叩きのモグラ側だった。

◆

アキラというモグラを叩く側であるケインは、アキラが銃撃の為に窓から姿を現す瞬間を待っていた。

重火器を握る巨大な４本の腕それぞれで４つの窓に狙いを定めてアキラの出現に備える。当たる確率は４倍だが、それでも窓の数はケインの銃の数より多い。狙う窓を山勘で選んでいるが、その窓からアキラが現れれば、それでアキラは死ぬ。

加えて力場装甲《フォースフィールドアーマー》で守られているケインは、たとえ外れを選択してアキラの銃撃を真面に受けても死ぬことはない。何度でもやり直せる。

圧倒的に有利な賭けに、ケインは余裕を保っていた。

まずは外れる。別の窓からアキラの銃撃を受け、着弾の衝撃で機体が揺れる。即座に反撃するが、アキラはケインが銃の照準をその窓に移す間に隠れてしまう。

『外したか。次だ』

再び別の窓からアキラの攻撃を受ける。反撃は間に合わなかった。

大型重装強化服の腕はかなりの重量があり、その腕が持つ巨大な銃もやはり相応の重量がある。加えて大型ジェネレーターの出力を力場装甲《フォースフィールドアーマー》に回している所為で、照準を合わせようとする動きが少し鈍っていた。

『またか。次だ』

ケインがアキラの攻撃を喰らいながら反撃を続ける。次に当てれば良いと考えていたケインも、何度も外すと流石に荒らげた声を増やしていく。

『次だ。……次だ。……次だ！　……クソが！　次だ！』

ケインはアキラが狙撃位置として選んだ窓を、たった一度だけ当てれば良い。それで勝ちだ。

しかし当たらない。単純な期待値計算では既に軽く３回は殺せているはずなのだが、悉《ことごと》く外される。

ケインは単に運の問題だと考えていたが、実際には偶然ではなかった。アルファがアキラに正解の窓を教えているのだ。

アルファはその索敵能力でケインの射撃体勢を読み取り、銃口の向きから精密な弾道予測を実施して、ケインが選んだ窓を完全に見切っていた。その上でアキラに相手の攻撃を最も躱しやすい安全な位置から銃撃させていた。

ケインが何らかの方法で自分の選択を読まれていることに気付けなかったのは、そのアルファの助けがあってもアキラの回避が紙一重だったからだ。

ケインも自身の攻撃を何度も余裕で回避されれば流石に疑問と不審を抱く。だが必死の形相を浮かべて死に物狂いで逃げようとするアキラの姿を見ると、状況に疑念を抱く前に、惜しかった、あと少し、と考えてしまう。アキラの未熟さがケインの気付きを遅らせていた。

『クソが！　クソが！　クソがぁ！』

『ケイン。うるさいわ。大声で喚《わめ》くなら通信を切ってからにして』

『ネリア！　お前もちゃんと狙え！』

『やってるわ。私も躱されてるのよ。でもここまで躱されるとはね。ヤジマを殺した実力は本物ってことかしら。あの子、やっぱり都市のエージェントかもしれないわね』

ネリアが自分で口にした素朴な感想から推測を進めていく。

『そうすると、何らかの方法でこっちの動きを読んでいる？　ケインのミサイルから生き残ったのも、今の攻撃を読まれているのも、その所為？』

それを聞いてケインも流石に怪訝な声を出す。

『どういうことだ？　あのガキが都市のエージェントだとして、それが俺達の攻撃を躱せる理由になるのか？　都市のエージェントだから高性能な情報収集機器を持っていて、それで俺達の動きを探っていると？　有り得ねえよ』

周辺は薄いとはいえ色無しの霧の影響下にある。その上で自分達の攻撃を完全に見切れるほどの情報収集機器となると、下手をすると最前線でも使用されるような代物になる。それは流石に想定に無理があると、ケインはネリアの推察を否定した。

しかしネリアが続ける。

『違うわ。そういうことじゃないわ。まあ、似たようなものとも言えるけどね』

そう話を勿体《もったい》振るネリアに、ケインが少しいらだった声で聞き返す。

『だから、どういうことだ。ちゃんと話せ』

『クズスハラ街遺跡の設備の一部は今も稼働《かどう》中ってことぐらいケインも知っているでしょう？　遺跡奥部の立派な高層ビルを見れば一目瞭然よね？　あの辺には旧世界時代のかなり重要な施設が存在しているらしいわ。今も強力な防衛兵器が警備を続けているから近付けないけどね。クガマヤマ都市の最終目標は、その施設の奪取とも言われているわ』

『それぐらいは俺も知ってる。それとこれと何の関係があるんだ？』

『都市の部隊がクズスハラ街遺跡から持ち帰った旧世界の遺物に、遺跡の全体マップを詳細にリアルタイムで表示する装置があったそうよ。……その全体マップへの接続技術だったかもしれないわ。どっちだったっけ……』

『だから、それが、何の関係があるんだ？　勿体振るな！』

『察しの悪い男ね。言ったでしょう？　遺跡全体を、詳細に、リアルタイムで表示するって。旧世界の技術の異常さは知っているでしょう？　下手をすると、私達がさっき撃った弾丸、その一発一発まで正確に表示できるのかもしれないわ。勿論、ここにいる私達もね』

『……だから？』

『つまりその全体マップは、クズスハラ街遺跡専用の超高性能な情報収集機器として使用できるかもしれないってことよ。そのデータを解析すれば、私達がどこを狙っているかぐらいは識別できるのかもしれないわ』

『……マジか？』

『あくまで推測の話よ。余談だけど、その話が出回った時期に別の話も出回ったのよね。クズスハラ街遺跡の怪談の一つ、誘う亡霊よ。何らかの方法でその全体マップにアクセスすると亡霊を見るようになって取り殺されるってやつよ』

　誘う亡霊にまつわる噂《うわさ》は意外に多く、ネリアの話もその一つだった。

『案外、クズスハラ街遺跡の利権を独占したい都市が、外部に出回ってしまった接続手段を隠蔽する為に、そういう怪談を意図的に流したのかもね。だから、もしかしたら都市のエージェントなら、秘匿されている接続手段を持っているのかも……』

　そう少し楽しげに自分の知識を語っていたネリアが、そこでケインの沈黙に気付いて怪訝そうな声を出す。

『……ケイン？　ちょっと、ケイン？』

　するとケインが突如声を荒らげる。

『…………舐めやがって！』

　モグラ叩きのモグラは、叩かれる穴を事前に知っていた。そう解釈したケインが手玉に取られていた怒りをぶつけるように重装強化服の武装を展開して叫ぶ。

『吹っ飛ばしてやる！』

　そして内心の激情を全て吐き出すように武装から特大の砲火を放ち、モグラ叩きの全ての穴を塞ぎに掛かった。

◆

　次の狙撃位置へ移動していたアキラに、アルファから険しい表情で指示が飛ぶ。

『アキラ！　すぐにビルのもっと内側へ逃げて！』

　同時に強化服が操作され、アキラをビルの内側の部屋へ駆け込ませようとする。アキラはその動きに逆らわず、そこから全力で逃げ出した。

　そのまま様々な物が散乱する部屋の中を駆け抜けて、先程までいた通路から出来る限り離れようとする。アルファの表情からその危険度を察して必死に走る。

わずかに遅れてアキラの後方で無数の爆発音が響き、爆炎と爆風が荒れ狂う。吹き飛ばされた瓦礫の塊がアキラの横を飛んでいく。そしてアキラの姿が爆煙に呑み込まれた。

◆

ケインの重装強化服に搭載されている二機のミサイルポッドから放たれた大量のミサイルは、その全てがアキラのいるビルに命中した。

ビル側面を目指し、アキラがいた階の全ての窓に殺到し、一斉にビルの中に飛び込み、壁に激突して大爆発を起こした。ミサイルの爆発が比較的狭いビル内に圧縮されたことで、窓から爆煙が逆流していた。

ネリアが呆れたような声を出す。

『ちょっと、何やってるのよ。死体を木っ端微塵にしたら死後報復依頼プログラムの認証が通らなくなるかもしれないって言ったでしょう？』

ケインが大声で反論する。

『うるせえ！　都市のエージェントの装備なら、あれでも死体の原形ぐらい残ってるに決まってる！』

『まあ、そうかもしれないけど』

『第一、プログラムも解除キーの人物があの場にいることは認識していたはずだ。あれで死亡判定が出ねえなら、そもそも認証機能が真面に動いてねえんじゃねえか？　で、どうだ。認証は通ったか？』

『ちょっと待って。確認するわ。……駄目ね。外れてないわ』

『ふん！　プログラムによる判定だと、死んでないって言いたい訳か？　ヤジマのやつ、絶対に認証が通らないように何か弄《いじ》ったんじゃないだろうな』

『私が調べた限りでは認証機能に改竄《かいざん》の跡は無かったけどね』

ネリアがケインの態度からいらつき具合を察して軽く溜め息を吐く。

『……仕方が無いわね。私が直《じか》に行ってちょっと見てくるわ。死体の一部でも至近距離で撮影すれば、流石に大丈夫でしょう。万一生きていたら、ついでに殺してくるわ。ケインは残ってて』

『ネリアだけで行くのか？』

『またケインに原形も無くなるほど派手に吹っ飛ばされても困るからね。私が刻めば確実よ』

ネリアの重装強化服の後部が開き、中から半裸の女性が現れる。整った顔立ちは妙齢の美女と呼んで差し支えなく、芸術的な造形の肢体を布地の少ない半透明のボディースーツで覆っていた。

そして露出した肌には何らかの接続端子の接続口が存在していた。そこから細いコードが重装強化服内部に伸びており、一見で生身ではないと分かる。ネリアはヤジマと同じく義体者だった。

義体者の中には自分の体を服のようにしか感じられず、肌の露出に抵抗を覚えない者もいる。普通の者が好みのデザインの服で着飾りそれを披露するように、人工物であることの利点を活かした身体の美貌と豊艶を見せ付ける者もいる。

また、作り物の体であっても生身と差は無いと自他に示す為に、意図的に肌の露出を増やす者もいる。扇情的な視線を浴びて、自分の身体は生身と変わらないと安心する者もいる。

ネリアの外観はその両方を満たしていた。

ネリアが体からコードを外し、体を解《ほぐ》すように大きく伸びをしながらケインを見上げる。

「何かあれば連絡するわ。ケインは一応ビルの周囲を警戒しておいて」

ケインが外部音声で答える。

「分かった。いつも通り銃は使わないつもりなのか？　使うなら俺のを貸してやるぞ？　ちょっとデカいけどな」

ケインがそういって自分の巨大な銃を見せびらかすように軽く動かした。

ネリアが楽しげに笑う。

「要らないわ。私には邪魔なだけよ」

そして自分の重装強化服の中から装備品の固定ベルトを取り出して装着する。そこには切れ味の悪そうなナイフや刃物の柄のような物が幾つも付けられていた。

「私の強化服、ここに置いていくけど勝手に弄らないでよ？　あ、モンスターとか出たら、壊されないように追っ払っておいて」

　ネリアはそう言い残し、義体の身体能力で瓦礫だらけの地上を並の車より速く駆けていった。

◆

　ケインの小型ミサイルによる攻撃で爆煙に吞《の》まれ、吹き飛ばされ、床に叩き付けられたアキラが俯《うつぶ》せに倒れている。

　そのアキラの腕が動く。体に痛みはあるものの、意識はしっかり保っていた。

「……またかよ。今度は気絶しなかったぞ」

　日に2度も爆煙に塗れたことを嘆きつつ、前回よりは真面に対処できたことを自賛しながら身を起こすと、しゃがんで自分を見ているアルファと目が合った。

『アキラ。意識があるなら早く起きて』

『了解だ』

　アキラはアルファの表情から、取り敢えず致命的な状況からは脱したことを把握した。しかし危険な状況からは抜け出していないことも理解した。

『起きたら回復薬を使って。移動はしなくて良いわ。この場から動かずに休んでいて』

『分かった。でも確か回復薬はもう使い切ったはずだ』

『安いやつはまだ残っているでしょう？　使わないよりはましよ』

　指示通りにリュックサックから安い回復薬を取り出して服用する。そして何となく回復薬の箱に記載されている注意書きを読んで苦笑した。

　短時間での大量服用を避けること。箱にはそう明記されていた。

『……絶対体に悪いんだろうな。エレナさん達に助けられた時みたいに、またぶっ倒れそうだ』

アルファが軽く笑う。

『あの時と同じなら、アキラが倒れるのは敵を倒して安全になった後になるわね。同じ結果になることを期待しましょう』

『そうだな』

空になった箱を握り潰して投げ捨てる。これで安い方の回復薬も使い切った。回復効果はもう体内に残留している分しかなく、それも現在の体を治療すれば消える。次に重傷を負えば、それはそのまま致命傷となり、アキラの命を奪う。

その場でじっとして回復効果を可能な限り高めていたアキラがふと疑問に思う。

『アルファ。そもそも俺は何であいつらに襲われてるんだ？　何か知らないか？』

『残念だけど私にも分からないわ。これは予想だけど、アキラが地下街で殺したやつの仲間かもしれないわね。自分が死んでも仲間が仇を取ってくれるって言っていたでしょう？　死ぬ前に何らかの方法で伝えていたのかもしれないわ』

『随分と仲間思いなやつらだな。もしそうなら、さっきの攻撃で俺を殺したって判断して帰ってくれないかな。普通なら死んでるだろう？』

『既にアキラは普通なら死んでいる攻撃を受けて死ななかったどころか反撃までしているわ。確実に殺した、絶対に死んでいる、という証拠でも無い限り、しつこく襲ってくるかもしれないわね』

『そうだった。……これなら地下街にいた方が良かった。ついてないな。やっぱりあれか？　人質を見捨てようとしたから運気が落ちてるのか？　結果的には助かったんだから良いじゃないか……』

アキラは自分で何となく呟いたことを信じてしまいそうになり、大きく溜め息を吐いた。その様子を見てアルファも苦笑を浮かべていた。

◆

既にビル内に入っていたネリアが通路の途中で立ち止まる。

ネリアの義体には情報収集機器が組み込まれており、今も周囲の索敵を続けている。だが重装強化服の物よりは性能が低く、ビルの内部を調査するには力不足だった。

（色無しの霧の影響もあって精度は大分落ちてるし、これならもう切っても良いか）

内蔵の情報収集機器が停止したことにより、ネリアは義体の五感を模した単純なセンサーでしか周囲を探れなくなり、索敵の精度が大幅に低下した。

それでもネリアは楽しげに笑っていた。その余裕の元は隠し持っている遺物にあった。輸送車両に積み込んだ遺物の一部をこっそり懐《ふところ》に入れていたのだ。

そしてそこにはネリアがケインに話していたクズスハラ街遺跡のマップへの接続機器が含まれていた。

（こんなに早く使う機会が来るとはね。さて、性能の方はどうかしら？）

その接続機器を起動したネリアがそこから得た情報を変換して自分の拡張視界に適応する。するとビル全体の様子が詳細に拡張表示された。

期待通りの効果にネリアが笑みを深める。

（上手くいったわ。表示情報をこのビルに限定して、その上で更にデータ量を間引いたから私の処理性能でも大丈夫そうね。それでもかなりのデータ量になったけど）

接続機器を使用できたとしても、それを自身の義体に反映させるなど普通は出来ない。ネリアの非常に高度な技量あってのものだった。

（このデータ量だと情報収集機器との併用は無理ね。まあ良いわ。それじゃあ、あの子を探しましょう。どこかしら？）

今のネリアはこのビルに限定してだが、まるでアルファのサポートを得たアキラのように、壁の向こうを見通せるようになっていた。当然、アキラはすぐに見付かった。

するとネリアはアキラ達を見て軽い驚きの表情を浮かべた。そのままケインに連絡を取る。

『ケイン。そっちはどう？』

『何も。そっちは？　あいつの死体は見付かったのか？』

『ケイン。死後報復依頼プログラムの認証判定は正しかったわ。あいつ、まだ生きている』

『何だと!?』

『恐らくあいつは本当に都市のエージェントよ。少年型の高性能な義体でも使っているんでしょうね。その義体の出力でケインの攻撃を防ぐなり躱すなりしたのよ』

『何で都市のエージェントがわざわざ少年型の義体なんて使ってるんだ？　大人型より性能が落ちるだけだろう。少なくとも費用対効果は下がるはずだ』

『多分エージェントだとバレないように子供のハンターに紛れていたんじゃない？　地下街にはドランカムに所属している若手ハンターが大勢いたらしいわ』

『そういうことか。……ってことは、都市は最低でも念の為にエージェントを紛れ込ませる程度の情報を掴んでいたってことか。一体どこから漏れた？』

『さあね。ただ、あいつが一人で地下街を出たのは多分私達の襲撃を仮設基地に連絡する為よ。色無しの霧の影響で通信障害が発生しているから直接伝えに向かったのでしょうね』

『その途中を襲えたのはラッキーだったってことか。その分だけ仮設基地にいる防衛隊の到着が遅れるはずだ。で、どうするんだ？　都市のエージェントなら、並の実力じゃないはずだぞ？』

『当然殺すわ。当たり前でしょう？　私が負けるとでも思ってるの？　ケインはそのまま周囲を警戒しておいて。すぐに済ませるわ』

『了解だ。急げよ』

通信を切ったネリアがアキラ達をもう一度見て、意外そうな、それでいて楽しそうな余裕の笑みを浮かべる。

「それにしても、2人いるとはね。ここに逃げ込んだのは偶然じゃなかったってこと？　仲間と合流する為に意図的にここに来たの？」

ネリアは複数の壁の向こうにいるアキラと、その側にいるアルファの姿を視認していた。それをケインに教えなかったのは、話せば勝手に懐に入れた遺物のことを気付かれるかもしれないと思ったからだ。

「まあ、何人いても、関係無いけどね」

ネリアが笑ってナイフを抜く。その刃は丸められており、切れ味など無いに等しいように見えた。

第57話　贅沢な殺し合い

　ケインの攻撃を受けてビルの内側に逃げ込んで回復薬も使い切り、負傷を出来る限り治す為にじっとしていたアキラは、いつの間にかアルファの格好が変わっていることに気付いた。

『アルファ。どうして服を変えたんだ？』

『たまにはアキラとお揃《そろ》いの格好でもしようかと思って。どう？』

　アルファの服はアキラの強化服を女性用に調整した物に見える。アキラとアルファでは男女としても大人と子供としても体格が大きく異なるので全く同じという訳ではないが、基本的なデザインが同じなので同種の製品であることは一目で分かる格好だ。

『どうって言われてもな。普通？』

　アキラは旧世界製の強化服を身に纏うアルファの姿を思い出していた。それは大胆を通り越して文化の差を感じてしまうほどに露出の多いデザインの強化服だった。

　その格好と比較すれば、今のアルファの格好は余りにも普通だ。豊満な胸の大きさに合わせて設計したような凹凸部も、そこに用途不明の開口部が存在していた旧世界製の強化服のデザインと比べれば気にするほどのものではない。

　アルファが少し呆れたような様子を見せる。

『普通って……、やっぱりアキラはその辺のことをもう少し学んだ方が良いと思うわ』

『そんなことを言われてもな。それに今話すことじゃないだろう』

『それもそうね。それなら適切なことを話しましょう。アキラ。敵の一人がビルの中に入ってきたわ。比較的小型な重装強化服の方よ。大型の方はビルの周囲を警戒しているわ』

　アキラの緊張が高まり、服の話がアキラの頭から消える。

『やっぱり帰ってはくれなかったか。でも小型の方って言っても結構大きかっただろう？　あの図体《ずうたい》で入ってきたのか？』

『強化服を脱いで入ってきたのよ。狭い場所に誘い込んで、相手の強化服を無効化する作戦は上手くいったわ。ただ、これで相手がどの程度弱体化したかは未知数ね。強化服無しでも殺せると判断したからこそ、ビルの中に入ってきたはずよ』

あれほどの装備の持ち主が、その装備無しでも殺せると判断した上で殺しに来ている。アキラはそれを恐ろしく思いながらも、覚悟を決めて敢えて楽観的に考える。

『あんな着る戦車みたいな強化服を剝ぎ取れただけでも十分だ。強化服無しなら、ＣＷＨ対物突撃銃の専用弾を当てれば殺せるはずだ』

当てても効果があるのか無いのかよく分からない者を相手に、精神を磨《す》り減《へ》らしながら銃撃し続けるよりは遥《はる》かにましだ。アキラはそう考えて勝ち目が出てきたことに希望を持った。

アキラの希望が楽観的推測を経て願望に変わる前に、アルファが釘《くぎ》を刺す。

『勝ち目が出てきただけであって、アキラが優位に立った訳ではないわ。気を抜かないでね』

『分かってる。格上が相手なんだ。油断なんかしない』

アキラは気を引き締めるように強く答えた。

アルファが満足したように微笑む。

『出来れば相手を長い廊下に誘い込んで、廊下の端から狙撃できるようにしたいわ。適した場所まで移動し続けるからね』

『今、相手はどこにいるんだ？』

『あっちよ』

アルファがネリアを指差す。その方向には壁しか無いが、アキラの拡張視界には数枚の壁の向こうにいるネリアの姿が分かりやすく表示されていた。

アキラは格上の相手に対する警戒心を働かせていた。しかしネリアとの間にある壁と距離、そして相手には自分が見えていないという考えが、アキラの警戒をわずかに緩ませていた。

だが次の瞬間、アキラの警戒心が一気に跳ね上がる。複数枚の壁の向こうにいるネリアと目が合ったのだ。ネリアはアキラを見ており、笑っていた。

『伏せて！』

アルファの叫び声と同時にアキラが全速力で床に伏せる。アルファによる強化服の操作とアキラ自身の動きが合わさり、驚異的な速度で身を低くする。

その直前、アキラはナイフを振るおうとするネリアの動きを見ていた。

そのナイフの刀身は、振るってもネリアの目の前の壁にすら届かない長さだ。仮に届いたとしても、壁はケインの重火器の銃弾を防ぐほどに頑丈だ。自分とネリアの間には複数の壁がある。常識的に考えて、それで自分を斬れる訳が無い。

アキラはそう思いながらも反射的に回避行動を取っていた。両断されるという怖気《おぞけ》を感じて、自身の勘に迷わず従った。

アキラにその勘、自覚できない領域での判断を働かせた要因は大きく二つあった。

一つは、ネリアの動きに一切迷いが無かったからだ。その動きにはそこからでも相手を斬れるという確信が込められていた。

そしてもう一つは、かつてアキラも似たようなことをした経験があったからだった。

一瞬後、ネリアが勢い良くナイフを振るう。青白く輝く刀身から光刃が放たれる。切断能力を帯びた光の波動が閃光の刃となってほとばしり、目の前の壁はおろかビルの外壁まで一瞬で両断した。

アキラはその刃から辛うじて逃れた。光刃はアキラの背のわずか上を通り過ぎ、背負っていたリュックサックを中身ごと切り裂いた。

床に倒れ込んだアキラの背から、リュックサックの中身が零《こぼ》れ落《お》ちていく。弾倉が弾薬ごと切断されていた。両断された弾丸の切断面は異常なまでに滑らかで、丁寧に磨き上げたような光沢を放っていた。刃は通過した物体を純粋に切断、又は消滅させていた。

『あんなものを持ってるなんて……、いや、地下街の遺物を盗もうとしてたやつの仲間なんだ。持っていても不思議は無いか』

重装強化服を脱がせて敵の防御を下げたが、代わりに攻撃は更に苛烈になった。そう考えて顔を険しくしながら身を起こそうとした時、アキラは床に広がる血に気付いた。

（……血⁉　斬られた⁉　避けたはず⁉）

アキラは慌てて自分の体を確認したが無事だった。では誰の血なのか。そう疑問に思い、顔を上げたアキラの表情が凍り付く。

「アルファ！」

床を紅《あか》く染める大量の血は、胴を両断されたアルファから流れ出ていた。

◆

旧世界製のナイフによる攻撃を終えたネリアが、倒れたアキラ達を拡張視界越しに見て楽しげに笑う。

「殺《や》った！　……違う。荷物を切っただけ？　……まあ良いわ。お仲間の方は殺せたようね」

全てのエネルギーを放出し、限界を迎えたナイフの刀身が音も無く崩れ落ちていく。床へ落下しながら塵《ちり》と化した刃は、床に着く前に煙のように消えて無くなった。

「それにしても今のを避けるなんて、やっぱり向こうもこっちの動きを摑んでいるようね」

ネリアはアキラの動きから、相手も自分と同じようにこちらの位置と動きを把握していると判断した。そうでなければ、先程の一撃を躱せる理由が無いからだ。

ネリアが柄だけになったナイフを楽しげに投げ捨てる。

「全く、あなたを殺す為に遺物を一つ駄目にしたっていうのに、それでも生き残るなんて贅沢者ね」

そして代わりにベルトから別のナイフを抜いて両手に握った。そのナイフには柄しか無く、刀身が付いていなかった。

「まあ良いわ。私の遺物、旧世界製の武器はまだあるのよ」

ネリアが両手の柄を操作する。すると柄から液体金属が重力を無視して流れ出し刀身を形作る。銀色の液体が刃を伝って先端へ滴《したた》り、固まり、刃を更に伸ばしていき、刃渡り2メートルほどのブレードを形成した。

「待っていて。すぐに刻んであげるわ」

ネリアが両手のブレードを目の前の壁へ振るう。銀色の刃は強固な壁をゼリーでも切るかのように容易く斬り裂いた。

切り込みを入れた壁にネリアが義体の出力を活かした痛烈な蹴りを叩き込む。切断済みの壁が蹴りの衝撃で派手に砕けながら飛び散った。

そしてその穴を通って部屋の内部に侵入すると、アキラとの間を隔てている壁を次々に斬り刻み、破壊して、標的へ一直線に笑いながら進んでいった。

◆

実在せず、映像だけの存在で、銃弾を山ほど浴びても傷など欠片も負わないはずの者。そのアルファが胴体を両断されて、自らが流した血の池に沈んでいる。

有り得ないはずの光景を見て、信じたくない姿を目《ま》の当《あ》たりにして、アキラが敵のことなど忘れて絶叫する。

「アルファ！」

そして必死になってアルファに駆け寄り、上半身を抱え起こそうとする。だがアキラの手はアルファの体を突き抜けて床に当たった。

『落ち着きなさい。私の姿は仮想的なもの。忘れたの？』

酷く混乱していたアキラがいつも通りのアルファの声を聞いて我に返る。アルファは両断された姿のままで、首だけアキラの方に向けて微笑んでいた。

『私がここに生身の肉体を持って実在していて、さっきの攻撃を真面に受けたらどうなっていたか。その結果を描画しているだけよ』

アルファは上下に凄惨に斬られた姿をしているが、

それも所詮は映像だ。本質的には服を着替えたのと変わらない。

アキラはアルファが無事だと理解して安心したように表情を緩めたが、すぐに怪訝な顔を浮かべた。

「何でそんなことを……」

アルファもただ自分を驚かせる為だけにこのような姿になった訳ではないだろう。何らかの意味があるはずだ。そう考えて質問を続けようとしたが、アルファに止められる。

『質問は後。私は無事。今は戦闘中。敵が接近中。それだけ把握して、敵に備えなさい。ああ、私の姿はしばらくこのままよ。でも会話は普通に出来るし、アキラのサポートへの影響も無いわ。その点は安心して』

敵。その言葉を聞いてアキラの意識が切り替わる。全ての疑問を棚上げして、自身に迫る敵であるネリアに意識を集中する。

素早く立ち上がったアキラがネリアへ向けてCWH対物突撃銃を構える。しかしその方向にあるのはビルの壁だ。アキラは少し躊躇したが、照準をネリアに合わせて引き金を引いた。

轟音と共に専用弾が至近距離の壁に着弾した。着弾地点周辺が大きく凹み、着弾点から放射状に亀裂が走る。だがそれだけで壁には穴すら開かなかった。当然、弾はネリアには届かない。

アキラが壁の頑丈さに驚く。

『硬いな!?　あいつ、どうやってこの壁を斬ったんだ!?』

『旧世界製の刃物を使用したのよ。アキラも前にやったでしょう?』

アキラは以前に自分を襲った者を旧世界製のナイフでビルの壁ごと両断していた。あの時は壁一枚隔てた相手を斬っただけだった。

ネリアは複数の壁を切り裂いただけでなく、ケインの攻撃すら防いだビルの外壁まで一度に斬っていた。ネリアが用いた遺物の性能はアキラが以前に使用した物より数段上だ。

『旧世界製の刃物か。敵に使われると滅茶苦茶《めちゃくちゃ》厄介だな。どうすれば良い？』

『何とかして相手を射線上に捉えるしかないわ。来るわよ。アキラの強化服でどこまで相手の動きに追い付けるか分からないけれど、かなり無茶な操作をすることになるのは間違いないわ。歯を食い縛って耐えなさい』

『分かった！　せめて俺の手足が千切れる前に終わらせてくれよ!?』

アキラは自棄気味に答えた。もう回復薬は残っていないのだ。次の無茶は、アキラの四肢を本当に引き千切りかねない。

アルファが両断されて床に転がったままの体勢で答える。

『努力はするわ』

そのアルファの声は、いつも通り自分のすぐ側に立って話しているように聞こえた。それがアキラを少し落ち着かせた。わずかだが余裕を取り戻し、軽く笑って言い返す。

『そこはいつもみたいに自信たっぷりに答えてくれ！』

『大丈夫よ。……ちょっとぐらい千切れても、強化服を着ていれば歩いて帰れるわ』

ネリアを警戒してその方向に視線を向けているアキラには、床に倒れているように描画されているアルファの表情を見ることは出来ない。

でもきっといつものように、どこかからかうように微笑んでいるのだろう。アキラは何となくそう思って苦笑した。

◆

ネリアは無数の壁を刻みながらビル内を一直線に進み、遂にアキラがいる部屋の手前に辿り着いた。

ネリアには壁越しのアキラの様子が見えている。アキラは壁から距離を取って銃を構えてネリアを待ち構えていた。

自分が壁を切り裂いて部屋の中に入ってくる瞬間を狙っているのだ。それぐらいはネリアも理解できた。

ネリアが壁の前で止まって楽しげに笑う。

「そんな場所で突っ立っているってことは、私にもう一度同じことは出来ないって考えているのよね。正解よ。あの手の遺物はもう無いの。あなたのお仲間を切った時にあなたも死んでくれれば簡単だったのに、全く、手間を掛けさせるんだから」

ネリアが両手のブレードを構える。

「あなたの銃じゃ壁越しに私を攻撃できない。私のブレードはその壁を切断できるけど、距離的にあなたを両断できない。だからこれ以上はお互い手詰まり、と思っているのかしら？」

そしてその場で踊るように一回転しながらブレードを振るう。銀の刃が壁と同様に硬い物をすり抜けるように切り裂いた。

「あとはこのまま膠着《こうちゃく》状態が続いて、時間経過で色無しの霧が晴れさえすれば、通信状態が回復して味方が助けに来てくれる。それまで粘るだけだ。もしかしてそう考えているの？　ごめんなさいね。私達、ちょっと急いでいるの」

ネリアが片足を頭より高く上げて、妖艶《ようえん》に笑う。

「だからすぐに、そっちに行くわ」

そのまま勢い良く足を下ろして床を踏み付けた。円形に斬られていた床がその衝撃で階下に落下していく。ネリアも微笑みながらそのまま床と一緒に落ちていった。

◆

アキラは同じ階にいたネリアが階下に落ちていく姿を見て、わずかな間だけ怪訝な表情を浮かべた。

しかしネリアの行動の意図に気付いた途端、その表情が一気に険しくなる。そしてほぼ同時にその場から飛び退いた。

一瞬遅れて床から銀色の刃が伸びてくる。刃が触れた物を全て切断して階下に消えていく。刃が切り裂いたものは部屋の床と空気に加えてアキラの前髪を少し、そして、部屋の外にいるネリアに自分を斬るのは無理だという幻想だ。

ネリアが両手のブレードで階下からアキラを狙う。義体の身体能力で天井近くまで飛び上がり、空中で天井の向こうにいる標的へ斬撃を放つ。

ネリアの両手に握られている銀色のブレードは、CWH対物突撃銃の専用弾にすら耐えた壁をいとも容易く両断する切れ味だ。当然ながらアキラの強化服で防ぐのは無理であり、喰らえば壁と同様に斬り裂かれてしまう。

アキラは床から飛び出てくる銀の刀身を必死に回避し続けていた。アキラ自身は当然として、CWH対物突撃銃も斬られる訳にはいかない。攻撃手段を失えば、勝率は絶望的になる。

強化服の出力を全開にした上で渾身の力で殴り付けても、ヤジマを殺すどころか戦闘不能にすることさえ出来なかった。恐らくネリアも同じだろう。素手で勝てる相手ではない。アキラはそう考えていた。

ネリアのブレードが縦横無尽に床を切り刻みながらアキラを執拗に斬り裂こうとする。アキラはその刃から全力で身を躱し続ける。

通常の刃物なら、強固な材質の床を斬り続けることで刀身が摩耗し、次第に切れなくなる。

しかしこの銀色の刃は旧世界の遺物であり、旧世界の技術の結晶だ。ネリアが頑丈な床を繰り返し刻もうとも、その切れ味は低下しない。

特殊な液体金属を力場で固定して成形しているブレードは、振るわれるたびに融解と固定を繰り返しており、常に最高の切れ味を維持していた。

アキラは床下から一方的に攻撃され続けている。反撃は出来ない。床は壁と同様に非常に硬く、CWH対物突撃銃の専用弾で撃っても弾が床に減《め》り込《こ》むだけだ。加えて真下にいるネリアを狙おうとしても、長い銃身が床にぶつかって狙えない。今はとにかく逃げ続け、躱し続けるしかなかった。

自分の命を最優先にした紙一重の回避を続ける。斬られればその場で死ぬ身体の方も大切だが、射線さえ通れば相手を殺せるCWH対物突撃銃も重要だ。その銃を破壊されてしまえば、相手は間違いなく同じ階に上がって存分に斬りかかってくるからだ。

その意識で避け続けた所為で、ＡＡＨ突撃銃が銀の刃の餌食《えじき》となった。堅い金属の塊を、まるで幻覚でも斬っているような抵抗を全く感じさせない速度で両断していた。鏡面のような切断面にアキラの顔が映る。その異常なまでの切れ味に、思わず顔を引きつらせた表情だった。

『アルファ！　このままだと俺の足が保たないんだけど!?』

アキラはネリアの斬撃を回避する為に急加速と急停止を何度も続けている。その動きの要となっている両脚には大きな負荷が掛かっていた。痛覚以外の感覚など既に麻痺《まひ》している。限界は近い。生身の方も、強化服の方もだ。

アルファが慌てるアキラとは対照的な落ち着いた声を返す。

『我慢しなさい。大丈夫よ。まだ千切れていないわ。もう少しよ』

『それはもう少しで反撃の機会が来るって意味で良いんだよな!?　もう少しで俺の足が千切れるって意味じゃないよな!?』

『勿論よ。反撃後の状態は保証できないけれど』

『保証してくれ！』

『ちょっと難しいわね』

反撃の糸口はあるが、その代償は大きいかもしれない。アキラはそう考えて非常に嫌そうな表情を浮かべながら、ネリアの斬撃から必死に逃げ続けていた。

◆

ネリアは何度もアキラを斬り裂こうとしたが、その全てを躱されていた。しかしそのことに驚愕しながらも優位者の笑みを絶やしていなかった。

ネリアは一見ひたすら愚直にアキラを狙い続けているように見せていたが、その斬撃には直接攻撃以外の目的で放たれたものが含まれていた。

その目的は天井の加工だ。天井、つまりアキラにとっての床を切り裂く際に絶妙な角度で斬ることで、周囲の床から切り取られているが引っ掛かって落ちてこない部分を作り出していた。

ネリアはそこに相手を誘い込み、足場を下から蹴り飛ばして敵の動きを封じるつもりだった。床ごとアキラを蹴り飛ばし、空中で体勢を崩して身動きが取れない標的を両断するのだ。

仕込みを終えた後は、アキラへ繰り出す斬撃の方向を調整して、相手の回避方向を仕込みの場所へ誘導していた。

躱しやすい方向へ避けなければ、躱し切れずに斬られてしまう。アキラは誘導された方向へ避けるしかなかった。

そしてアキラが仕込みの場所に来た瞬間、ネリアは笑みを深めて跳躍すると、そのまま空中で義体の出力を活かした痛烈な蹴りを放った。真上にいるアキラの足下、切り離し済み部分の床が、鋼すら曲げる威力の蹴りを受けてひび割れる。

勢い良く蹴られた天井が、ネリアの予想通りにアキラごと吹き飛ばされる、ことはなかった。他の床と繋がっている箇所が無いのにもかかわらず、ネリアが並の強化服を超える義体の身体能力で蹴り上げたのに、切り抜いたはずの部分はその場に留まっていた。

「なっ!?」

予想外の事態にネリアが驚愕の表情で驚きの声を上げた。蹴りの反動で体勢が大きく崩れる。吹き飛ぶはずの部分がその場から動かなかったことで蹴りの反動も増した所為だ。

その部分はネリアの斬撃で既にかなり脆くなっていた。強い衝撃を加えられた天井が砕けた瓦礫となって崩れ落ちる。

ネリアは落下する瓦礫の隙間から、自分と同じように空中で大きく体勢を崩しているアキラの姿を見た。そのアキラの目は、しっかりとネリアを見ていた。

◆

仕込み終えた天井をネリアが下から痛烈に蹴り上げた時、アキラは足下の床を上から蹴っていた。アルファがネリアの策を読み、その裏をかいて反撃を試みたのだ。

床を蹴る直前、アキラがＣＷＨ対物突撃銃を真上に向けて発砲する。その反動を強化服で受け止め、限界まで出力を上げた強化服の身体能力で放つ蹴りの威力に上乗せする。

そのアキラの蹴りの威力は、戦闘用の義体から繰り出されたネリアの蹴りの威力を相殺した。

引っ掛かっているだけの天井がネリアに蹴られても動かなかったのは、同時にアキラに蹴られたことで上下から衝撃を受けたからだった。

アキラは蹴りの反動で空中に飛び上がりながら、矛盾した時間感覚の中で、酷く緩慢な速度で落ちていく瓦礫を見ていた。先程までアキラの足場だった瓦礫だ。激しい攻撃で既に傷んでいた床の破片が、大きな塊に割れ砕けながらゆっくりと落下していく。ＣＷＨ対物突撃銃の次弾装填までの時間がもどかしいほどに遅い。

アキラには瓦礫の向こう側にいるネリアの姿が透過して見えている。つまり射線は塞がれていた。

（どうすれば良い？　撃ってもあいつには当たらない。このままだと下に落ちる。落ちている途中で斬られる？　どうやって避ける？　そもそも空中で身動きが取れない。どうすれば……）

一瞬の思考を酷く長く感じる最中、アキラの体が勝手に動いた。アルファによる強化服の操作だ。

蹴りの反動で飛び上がっていたアキラが天井に着地する。その瞬間、両脚で天井を蹴って階下へ向けて勢い良く跳躍した。

更にＣＷＨ対物突撃銃を真上に向けて引き金を引く。発砲の反動でアキラが更に加速して真下に吹き飛ばされる。そしてネリアとの間にある瓦礫を巻き込んで階下に落下した。

ネリアは空中でアキラへ反撃しようと、両手に持つブレードを投げつけようとしていた。しかし勢い良く飛んできたアキラと、二人の間にあった瓦礫に強く叩き付けられて失敗した。

アキラとネリアが階下の床に激突した反動で宙に跳ね上がる。どちらも激しい衝撃を受けて武器を手放していた。空中に二人の武器が飛ぶ。両者は宙を舞いながら武器を掴み、体勢を立て直して着地した。

アキラとネリアが武器を持って対峙《たいじ》する。ネリアの右手には柄だけになったブレードが握られている。そして、アキラの右手にも同じ物が握られていた。

ネリアがアキラを見て笑う。笑いながら右手の柄を操作する。柄から再び液体金属が流れ出し銀色の刀身を形作る。

「残念だったわね。柄だけでどうするつもり？　握れば勝手に刀身が生えてくるとでも思っていたの？　旧世界製の武器にだって安全装置ぐらいは付いているのよ。つまり、その解除方法を知らないと使えないの。ちょっと調べれば分かるようなものじゃ……」

アキラにこのブレードは使用できない。ネリアはそう思って笑っていたのだが、アキラの右手の柄からも刀身が生えてきたのを見て、意外そうな表情を浮かべる。

「……ああ、そういうこと。あなたも知っていたのね。そこらのハンターが知っているような情報ではないはずなんだけど。それなりに秘匿されている情報で、たとえ都市のエージェントだとしても普通は知らないはずなんだけど。……あなた、何者？」

アキラは知らない。知っているのはアルファだ。アルファがなぜそれを知っているのかなど、アキラは知らないし、知る気も無い。

何者かと問われれば、自分は有象無象のハンターだ。その自分を、何か、にしているのはアルファだ。そしてそれは話せない。だから何も話せない。アキラは、ただ黙った。

ネリアはアキラの沈黙を回答の拒否と判断した。

「そう。それなら、折角だから名前ぐらいは教えてもらっても良い？　これも何かの縁。覚えておいてあげるわ」

アキラが少し迷ってから答える。

「……アキラだ」

「そう。私はネリアよ。あなたの名前は、あなたが死ぬまでは覚えておいてあげるわ。そうね、具体的には、あと、30秒ぐらいかしら」

次の瞬間、ネリアは滑るようにアキラとの距離を詰めると、床に着くほど下げていた剣先を跳ね上げた。

アキラはそれを横に飛んで躱した。刀身の長さを見切って後方へ飛び退いていれば斬られていた。跳ね上がった刃が一瞬だけ元の長さより長く伸びていたからだ。

ネリアのブレードの軌道が鋭角を描き、横に飛んだアキラを追いかける。アキラは右手のブレードでそれを防いだ。刃が激しくぶつかり合い、ネリアのブレードが衝突したところから折れる。折れた途端に銀色の刃が液体となって散っていく。

ネリアが踏み込みながら折れた刀身で突きを出す。アキラはそれを屈んで躱す。折れていたはずの刀身は、ネリアが突き終わった時には元の長さに戻っていた。アキラが後方へ下がって避けようとしていれば、銀色の刃に貫かれて殺されていた。

アキラが崩れた体勢で鋭く薙ぎ払《はら》う。ネリアはそれを飛び退いて躱した。アキラのブレードは伸びたりしなかった。

二人が再び対峙する。アキラは酷く険しい表情を浮かべている。ネリアは余裕の笑みを崩していない。相手との間合いを調整しながら意外そうに笑っている。

「普通なら今ので死んでるんだけどね。あなた、本当に何者？　今のは避け方を知っている動きだったわ。そして剣の扱いを理解している動きだったわ。普通のハンターはそんな技術を学んだりしないはずだけど」

アキラは答えない。知らないものは答えられない。

『アルファ。反撃の機会の方はどうなってるんだ？』

『取り敢えず一方的に攻撃される状況からは脱した

わ。本当なら落下しながら相手にＣＷＨ対物突撃銃の専用弾を撃ち込む予定だったのだけれど、瓦礫の割れ方がいまいちで実行できなかったのよ。残念ながら少し運が足りていなかったわ。もう少し運が良くて、あの時に射線が通ってさえいれば、それで勝っていたのだけれどね』

『俺の運の残量は本当にカツカツだな。道理でこんな不運に見舞われる訳だ。ところで、何で俺の方の剣は伸びないんだ？』

『刀身を構成する液体金属の残量が少ないからよ。恐らく階下からアキラを攻撃していた時に、利き手《きて》の所為か何かで使った武器が偏ったのね』

『俺が残量の少ない方を握ったのは、相手が多く残っていた方を知っていて先にそっちを選んだからか？　それともただの二択？』

『多分二択の方よ』

『そうか。俺の運は一体どうなってしまってるんだか』

『私も頑張って対応してみるわ』

『それはどうも』

自分の不運にアルファが対処できなくなった時、自分はあっさりと死ぬ。そろそろ厳しいかもしれない。アキラは何となくそう思いながら、余裕の笑みを崩していないネリアを見て、この流れを変える為に、諦めずに足掻く為に、状況をわずかでも優位に傾ける為に、相手の平静を欠こうと馬鹿にするような軽口を叩いてみる。

「もう30秒は過ぎたぞ？」

格下の軽口を聞いていらつき、その余裕の笑みが少しは崩れないだろうか。それでネリアの動きがわずかでも雑になったりしないだろうか。アキラはそう結構期待して、嘲るような表情を頑張って浮かべた。

しかしネリアは楽しげに笑っている。

「私があなたのことを覚えている時間が延びたのを喜んでくれるのね。嬉しいわ」

アキラの顔が引きつる。

（……どういう思考をすればそんな内容の返事にな

るんだよ）

予想外の返答を聞いたアキラが気圧《けお》される。逆にネリアはどことなく嬉しそうな様子で話を続けようとする。

「それにしても、私の攻撃をあそこまで躱すとは驚いたわ。ブレードでの攻防も私と真面に戦えるほどの腕前。あなた、その歳《とし》で凄いのね。それともやっぱり少年型の義体で、中身は結構な歳なの？　まあ、どっちでも良いけど。ところで、恋人はいる？」

唐突な意味の分からない質問に、アキラが怪訝な顔で聞き返す。

「何の話だ？」

「いないのなら、私と付き合わない？　ちょうど恋人と死に別れて今はフリーなのよ。私は強い人が好みなの。あなたの実力なら申し分ないわ」

「そんな冗談を言えるなんて随分余裕だな」

アキラはネリアの言葉を完全に冗談だと判断して、軽く馬鹿にするように笑って返した。

しかしネリアは楽しげに笑う。

「あら、冗談なんかじゃないわ。本気よ。真面目に口説いてるわ。それで、どう？」

ネリアの言葉が自分の動揺を誘う為の嘘や演技だとしても、それに乗ることで状況が改善するかもしれない。そう考えたアキラが訝しみながら尋ねる。

「……それは、付き合うって答えたら、俺を助けてくれるってことか？」

それに対し、ネリアがあっさりと当たり前のことのように答える。

「いいえ。殺すわ。それはそれ、これはこれ。私があなたを殺すことと、あなたが私と付き合うことは別のことでしょう？」

ネリアは楽しげに笑いながら少しずつアキラとの距離を詰めている。アキラはかなり引きつった顔でわずかに後退している。

自分の常識を揺るがす言葉を吐く者へ向けて、アキラは何とか苦笑気味の硬い表情を浮かべた。

「どちらにしろ殺す相手を口説くのか？　頭がおかしいんじゃないか？」

「そうかしら？　人は長年付き添った最愛の人だって殺せるわ。付き合ったばかりの恋人を殺せても不思議は無いと思うけど。それに悲劇にしろ喜劇にしろ、恋人と殺し合うなんて滅多に無い経験だと思わない？　それは退屈な人生を遠ざけるに足る経験だわ。一度切りの人生だもの。彩《いろど》りを添えておかないとね」

アキラは何となくだが、ネリアは嘘を吐いていないと思ってしまった。アルファに聞いてみようかとも考えたが、それはやめた。嘘ではないと断言されたくなかったからだ。

理解に苦しむ思考を口にするネリアに、アキラが更に気圧されていく。相手の平静を欠こうとして始めた会話は逆効果になってしまった。

ネリアがどことなく押しの強い笑顔でアキラとの距離を詰めていく。

「それで、どうかしら？」

わずかに湧いた得体の知れない恐怖を掻《か》き消《け》す為に、アキラが強めの口調できっぱりと告げる。

「……断る！」

「そう。残念ね」

ネリアは演技ではない残念そうな笑みを浮かべた。そしてアキラとの距離を一気に詰めて斬撃を放つ。アキラがそれを躱して反撃する。

二人が使用している遺物は、ＣＷＨ対物突撃銃の専用弾にすら耐える物体を容易く切り裂く代物だ。一度も使用せずに売却すれば相当な値が付く。

旧世界の遺物は高価だ。しかしそれでも使用すれば、必要な成分やエネルギーなどを消費した分だけ売値が下がっていく。壊せば更に値が下がる。

アキラとネリアは互いの命を奪う為に遺物の価値を下げ続けている。その価値を目減りさせた分だけ、相手の死に、命に、その価値を注ぎ込み続けている。それはある意味で、極めて贅沢な殺し合いだった。

第58話　潮時

　ケインはネリアがアキラを殺しにビルに入った後、その周囲の警戒をずっと続けていた。

　拡張視界には重装強化服に内蔵されている情報収集機器で周辺の状況の変化を逐一確認した結果が表示されている。その表示の一部は、一帯の色無しの霧の濃度が大分下がっていることを示していた。

　直に霧は晴れる。それはケイン達には都合が悪い。地下街と仮設基地の通信を阻害している霧が晴れて、ケイン達の存在が都市の防衛隊に露見する前に撤収しなければならない。

「遅い。ネリアは何をしている？　彼女の実力なら何の問題も無いはずだが……」

　ケインはネリアの実力を高く評価している。特に接近戦でネリアに勝てる者はそうはいないと考えている。

　重装強化服を使用できない状況での近距離戦闘ならば、彼女一人で自分達を皆殺しにすることも不可能ではないだろう。その彼女の実力ならば、すぐにアキラを殺して戻ってくるだろう。ケインはそう考えていた。

　だがそのネリアが彼女に有利な環境にもかかわらずまだ帰ってこない。ケインにとっては異常事態と言っても良い状況だ。

　その内に連絡が来るだろう。戦闘中に連絡しても邪魔になる。そう判断して自分から連絡することは避けていた。しかしここに来て状況を不審に思い始め、その考えを取り下げて、ネリアに連絡を入れる。

『ネリア！　いつまで掛かってるんだ！』

　機嫌の良さそうなネリアの声が戻ってくる。

『ケイン。今良いところなの。急ぎじゃないなら、あとにしてもらえる？』

『急ぎに決まってるだろうが！　色無しの霧が晴れ始めている！　施設の設備にもよるが、最悪、既に通信が回復している恐れもある！　嬲《なぶ》ってないでとっとと片付けろ！　それとも死体をバラしすぎた所為で認証に手間取ってるのか？』

『嫐ってなんかいないわ。そういう趣味は持ってないの』

『じゃあ認証に問題でも出たのか？　やっぱりヤジマの野郎が絶対に認証を通さないように設定を弄ってやがったのか？』

『そっちでもないわ』

ケインがネリア側の状況を察して、それを信じられずに小さく声を出す。

『……まさか』

『そういうことよ。こんな場所に近距離戦闘で私とほぼ互角にやり合えるやつがいるなんてね。道理でヤジマが殺される訳だわ。彼も私ほどじゃないけど結構強かったのに。だから地下街の担当になっていたのに。ヤジマもついてなかったわね。それじゃあ、気が散るからこれぐらいで切るわよ。じゃあね』

それでネリアとの通信が切れた。

ケインがネリアとの会話で得た情報を精査する。

「……ヤジマが殺されただけでも計算違い。その上でこの状況。同志からの情報に誤りが？　それとも不測の事態が重なり合った結果なのか？　どちらにしろ、計画に修正が必要だ」

ケインの独り言を聞く者はいない。その口調は、ネリア達と話す時のものとはまるで違うものだった。

◆

ケインとの通信を切ったネリアがアキラとの距離を素早く詰めて斬りかかる。

「お待たせ。ごめんなさい。ちょっと仲間から催促があって少し話をしていただけなの。待たせちゃった？」

ケインと話している間、ネリアはアキラと距離を取っていた。動きもわずかだが鈍らせていた。

相手にも何らかの限界が近付いてきたので、距離を取って様子を見ようとしていたのではないか。この戦闘は割に合わないと判断して撤退を考えているのではないか。アキラはそう淡い期待を抱いていたのだが、その期待はあっさりと打ち砕かれた。必死の形相で応戦しながら答える。

「遠慮せずにいつまでも話していてくれ！」

ネリアが鋭い斬撃を繰り出しながら、誘うような表情で甘い声を出す。

「つれないわねぇ。冷たいわ。そんな態度じゃモテないわよ？」

「恋人と殺し合う趣味を持ってるやつにモテたくはない！」

「私にそんな趣味は無いわ。言ったでしょう？　それは人生の彩りだって。無味乾燥な人生なんて詰まらないわよ？」

「生憎《あいにく》と波瀾万丈《はらんばんじょう》な日々を送っている最中だ！」

「そう？　それなら尚更《なおさら》、楽しみましょう！」

ネリアが心底楽しそうな表情でアキラに斬りかかる。防御力よりも機動力を重視した戦闘用の義体が美しく撓《しな》り、機能美と女体美を併せ持った四肢が液体金属の刃を加速させる。

向こう側が透けて見えそうなほどに薄い刃が、硬い瓦礫をその存在を疑いたくなるほどあっさりと通過してアキラに迫る。

アキラが回復薬の鎮痛作用ではない理由で痛みを感じなくなった四肢を、強化服で強引に動かしてネリアの刃を躱す。身体の負荷は酷く、強化服のエネルギーが無くなれば指一本動かせない状態だ。

脳は戦闘中であるにもかかわらず気絶を勧め続けている。その本能的な防衛反応に、アキラは死に物狂いで逆らっていた。

アキラの限界は近い。対してネリアにはまだ余裕が残っている。このまま同じ状況が推移すれば、アキラはほぼ確実に死ぬことになる。

その状況をアキラよりも先に限界を迎えたものが変えた。それはアキラ達が戦っているこの場所そのものだった。

天井は既にネリアによって何度も切り刻まれており、その上でアキラとネリアが同時に蹴りつけたことにより一部が破壊されている。床も二人が交戦中に何度も斬りつけており強度が大幅に下がっていた。

先に天井が崩壊した。崩れた天井が大小様々な瓦礫となってアキラとネリアに降り注ぐ。本来ならば、二人の実力ならその瓦礫を躱すのはそこまで難しいことではない。

しかし瓦礫に対処する隙を互いに窺っている状況では別だ。どちらもその隙が致命傷になると理解している。アキラとネリアはどちらも相手より優位に立つ為に、自分達の方へ落下してくる瓦礫への対応を捨て去った。

天井から崩れ落ちた瓦礫の衝撃が、既に大分脆くなっていた床を道連れにした。アキラとネリアはお互いに相手を見ながら、相手を警戒したまま、天井と床の崩落に巻き込まれた。

◆

階下の床に降り積もった瓦礫の一部が動く。ネリアが瓦礫を退かして立ち上がっていた。

「全く、私達の逢瀬《おうせ》を邪魔するなんて、無粋な瓦礫ね」

ネリアが右手に握っている柄を見る。刀身が無くなっていた。柄を再度操作して刀身を再生させようとしたが、銀色の刃は成型されなかった。

衝撃で壊れたか、刀身を成型する液体金属が無くなったか、エネルギー切れか、そのいずれかだと思ったが、原因が何であれ使えなくなったことに違いは無い。柄を投げ捨てて周囲の状況を確認する。

アキラの姿は見えない。恐らく瓦礫に埋もれているのだろう。あの状況で瓦礫を回避して奇襲の準備をするなど、お互いに出来ないはずだ。そう判断した。

周囲を見渡すネリアの視界にアルファの姿が映る。胴体を両断されており、上下に分かれたまま瓦礫の上に横たわって全く動いていない。

クズスハラ街遺跡のマップから得た情報を視界に拡張表示しているネリアには、アルファの姿が視認できていた。

（あれは、彼の仲間、あの時に殺したやつね。高い遺物を潰して殺した甲斐《かい》はあった訳か。どの程度の実力があったかは分からないけど、もし彼と同程度の実力者だったら、2対1なら負けていたわね）

ネリアがアルファを注視する。その視界から一瞬だけアルファの姿が消えて、再び元に戻った。視覚情報の入力元を一瞬だけ義体の機能のみに変更したのだ。

（私の義体の感覚器では彼女を知覚できないってことは、相当高度な迷彩機能を積んでいるわね。周囲の血も見えなくなっているわ。単純な光学迷彩とは異なる並外れた迷彩機能。恐らく旧世界の技術。相手に探知されないって油断が、私の攻撃を真面に喰らう隙を生んだのかしら？）

ネリアはアルファがそこに実在していると判断していた。自分の攻撃を受けて両断された姿を実際に見たからだ。

単なる映像は斬れない。ならば実在する。そう考えていた。流れ出た血の痕も自然で、見て判断する限りは疑う余地は無かった。

状況の確認を終えたネリアが最優先項目の対象に視線を向ける。アキラだ。瓦礫の陰からよろよろと立ち上がり、崩れ落ちていた。

ネリアがふらつきながらアキラに近寄る。ネリアの義体も瓦礫の崩落により大きな負荷を受けていた。

「……まあ、いろいろ考えるのは後にしましょう。まずは――」

ネリアが薄笑いを浮かべる。アキラはブレードを持っていなかった。代わりにCWH対物突撃銃を杖《つえ》代わりにして立とうとしていた。

「――あなたを殺さないとね！」

ネリアがアキラへ向けて走り出す。その動きは義体の損傷の所為で少し崩れていたが、それでも今のアキラを殺すのに問題は無いと判断し、戦闘の続行と、決着を求めて、笑って駆け出した。

◆

瓦礫から這《は》い出《で》たアキラが自分の意志とは無関係

に崩れ落ちた。急いで起き上がろうとしたが、よろよろとしか動けずにもたついてしまう。

　ネリアの攻撃に対処する為に、既にアキラの身体にも強化服にも多大な負荷が掛かっていた。その上で先程の瓦礫の崩落を受けた結果だ。

『アルファ。体が上手く動かない。アルファの方で強化服を操作できないか？』

『残念だけれど無理よ。今までの無茶とさっきの攻撃で、強化服の機能の一部と制御装置の一部が破壊されたわ。その所為で強化服が私の操作を完全には受け付けないのよ』

　自分の強化服に対するアルファのサポートが大幅に失われている。つまり、自分の戦闘能力は激減している。それを理解したアキラが苦笑して歯を食い縛る。

『こんな時にか。動かない訳じゃないんだよな？』

『アキラが動かすのは可能なはずよ。私の操作とは入力系統が異なるからね。強化服のエネルギーもまだ残っているわ。動こうとする意志さえあれば動くはずよ』

『そうなのか？　倒れたのは俺のやる気が足りないだけか？』

『各部位のダメージの所為で強化服を動かしにくくなったことは事実よ。私の方でも強化服を操作できないか、いろいろやってみるわ。反撃の隙は私が作るから、それまで何としても時間を稼ぎなさい』

『了解。急いでくれよ』

　近くに転がっていたCWH対物突撃銃を杖代わりにして、アキラが何とか立ち上がる。全身に走る激痛が動きを阻害し続けている。その痛みに歯を食い縛って耐えながら、近付いてくる敵を凝視する。

　ネリアの義体は大幅に出力を落としていた。だがそれでも常人を超えた速度で距離を詰めてくる。

　アキラがCWH対物突撃銃を構えて引き金を引く。しかし激痛に耐えながらアルファのサポート無しで銃を構えるその動きは、ネリアのブレードを回避していた時に比べて余りにも遅い。

　アキラが引き金を引くよりも早く、ネリアがその銃に蹴りを入れる。射線をずらされた銃から発射された銃弾は、ネリアに掠りもせずに見当違いの場所に飛んでいった。ＣＷＨ対物突撃銃がアキラの手から蹴り飛ばされて、少し離れた床に転がった。

ネリアが更に連撃を叩き込む。アキラはそれを辛うじて防ぎ続けていた。

アルファとの訓練でアキラの格闘技術はかなり向上している。だがネリアに反撃できるほど高い練度ではない。必死になって防御を続けていた。

ネリアの攻撃を防ぐたびにアキラの骨が軋《きし》み筋肉繊維が損傷していく。完全に防戦一方となっているアキラの様子に、ネリアは勢い付いてより苛烈に攻め続ける。

先程とは別人と思えるほどに動きの精度を落としているアキラを見て、ネリアは相手の負傷の度合いを過剰に見積もった。

（私のブレードを躱していた時の動きが見る影も無い！　相当なダメージね！　体勢を立て直される前に殺すわ！）

単にアルファのサポートを失った所為であり、今の動きがアキラの本来の実力なのだが、そこまではネリアには分からない。笑って攻め続ける。

アキラはその場でネリアの猛攻を凌《しの》ぎ続けている。その場から逃げ出せないのは単純にネリアに背後から襲われるのを警戒している為だけではなく、ＣＷＨ対物突撃銃が近くに転がっているからだ。

この場から逃げ出せば、ネリアにその銃を奪われる。その時点で有効な攻撃手段を失ったアキラの勝機は完全に消えて無くなる。

ビルの外にはＣＷＨ対物突撃銃の専用弾に耐える重装強化服を装備したケインがいる。敵に真面な攻撃手段が無いと知れば、ケインは間違いなく被弾を気にせずに殺しに来る。

アキラの目と意識はネリアの攻撃に反応することが出来ていた。しかし体はそうではなかった。疲労と激痛が動きを鈍らせ、甘くなった防御にネリアの攻撃が突き刺さり、更にアキラを痛め付ける。強化服自体も度重なる負荷で徐々に壊れ始めていた。

身体と強化服のどちらが先に限界を迎えても、その時点でアキラは殺される。

『アルファ！　そろそろ限界なんだけど、アルファが作るって言ってた反撃の隙の方はどうなってるんだ!?』

『チャンスはそう何度もある訳ではないの。もう少しよ。彼女の背後を見なさい』

アキラがネリアの背後を見る。ネリアから少し離れた場所にアルファが立っていた。

アキラは思わず表情を怪訝に変えた。ネリアはアルファに気付いていないので、アルファがネリアの背後にいても注意を逸らすことは出来ない。そもそも実体の無いアルファがネリアに背後から襲いかかっても掠り傷一つ与えられない。アキラにはアルファの行動の意味が分からなかった。

そこでネリアがアキラの表情と視線から自分の背後に誰かがいると判断する。しかし義体の感覚器はその場に誰もいないと示していた。

だがネリアはアルファを斬ったことから、義体の感覚器では捉えられない高度な迷彩機能を持つ誰かがいると判断してしまった。

そしてクズスハラ街遺跡のマップへの接続機器を介して、自分の背後にいるアルファの動きを知覚する。更にその動きから、相手は自分の存在を気付かれたことに気付いていない、と即座に断定した。

ネリアが一瞬で身を反転させ、同時に回し蹴りを放つ。背後から自分に襲いかかる相手の不意を衝いた完全なカウンター。ネリアはそう思っていた。

ネリアは3度驚愕した。背後から襲いかかってきた敵が、自分が確かに殺したと思っていた者だったこと。その人物に叩き込もうとした蹴りが、相手の体を何の抵抗も無く通り抜けたこと。そして何も無い空中を蹴って体勢を崩した瞬間に、アキラがその動きに完全に合わせて自分を蹴り飛ばしたこと。全てが予想外だった。

アキラが全力で繰り出した蹴りは、大きく体勢を崩していたネリアを吹き飛ばした。ネリアの義体はアキラの蹴り程度で損傷するような柔な構造ではない。しかし状況を覆す一撃だった。

　ネリアは混乱の極みにあった。驚愕に対する無数の疑問が脳内を駆け巡り、冷静な思考力を奪い続けていた。その混乱は蹴りの衝撃で飛ばされて瓦礫に叩き付けられても治まらなかったが、自分へ銃口を向けるアキラと目が合ったことにより中断された。

　アキラはネリアを蹴り飛ばした後、素早くCWH対物突撃銃に駆け寄って摑んでいた。そして機敏な動きで銃を構え、ネリアを狙って引き金を引いた。

　撃ち出された専用弾がネリアの胴体に直撃する。腹部が粉砕されて機械部品が周囲に飛び散る。被弾箇所から上下に千切り飛ばされた上半身と下半身が着弾の衝撃で吹き飛ばされて別々に床に転がった。

　アキラが更にネリアを銃撃する。弾倉が空になるまで撃ち尽くしたが、ネリアの下半身と両腕を破壊できただけで、頭部には一発も命中しなかった。

　それは意図的なものではなかった。ネリアの頭部を狙っていたのだが、全て外したのだ。

　アキラが舌打ちする。ネリアは義体者だ。それは見れば分かる。ならば最低でも頭部を粉砕しなければ安心など出来ない。

　アキラの蹴りがネリアに叩き込まれた時、そのアキラの体を動かしたのはアルファだった。その時既にアルファはアキラの強化服の操作を取り戻していた。

　アルファがすぐにアキラのサポートを開始しなかったのはネリアの油断を誘う為だ。たとえアルファのサポートがあっても、ネリアの油断が無ければ、あの状況でアキラが不意を衝くのは不可能だった。

　そして予想以上にアキラがネリアに食い下がったおかげで、アルファは限界まで相手の隙を探ることが出来た。その苦労が実り、アルファの策は成功し、アキラは死地から抜け出し逆転した。

　アキラは既にアルファが強化服の操作を取り戻していることに気付いており、射撃に関するサポートも戻っていると考えていた。

　しかし何度撃っても一向にネリアの頭部に命中す

る気配が無い。焦りと困惑がアキラの顔に浮かぶ。

『……当たらない！　どうなってるんだ!?』

『強化服の出力が低下していて、発砲時の反動で照準がぶれているのよ。専用弾を使っているから反動も大きいわ。壊れかけの強化服でその反動を制御するのは無理よ。相手の胴体に命中したのも、私のサポートが無ければ不可能だったはずよ？』

アルファの説明を聞きながらアキラが弾倉を交換する。

『どうすれば良い？』

『もっと近付いて撃つしかないわ。放置はお勧めしないわ。あの状態でも外で着ていた重装強化服をまた着用すれば、まだまだ十分戦えるはずよ』

『あいつを殺せば、残りの一人は逃げたりしてくれないかな』

『そうなると良いわね』

そう希望的観測を述べながら、アキラもアルファもそうはならないだろうと考えていた。

◆

ケインはビルの外で周囲の警戒を続けていた。その間に色無しの霧の濃度は通常値まで低下していた。恐らく既に仮設基地と地下街の通信は回復している。ネリアから追加の連絡も来ない。それらの状況から、ケインは結論を出した。

「潮時だな」

ケインの重装強化服の背中が開いていく。重装強化服を着用するというより、その制御装置として組み込まれているような状態のケインがそこから飛び出てくる。両手足が折り畳まれていたが、空中で手足を伸ばしてしっかりと着地した。

重装強化服の外見とは対照的に、ケインの姿は非常に細身だった。細い手足はどこか昆虫のようで胴体も同様に細長い。頭部にも髪や肌などは無い。外見を生身の人間に似せた義体ではなく、明確な戦闘用サイボーグだと一目で分かる。身体の最も生身の人間に近い箇所は五本指の両手だが、それもむき出しの金属骨格だ。

ケインの重装強化服の後部から重機関銃と狙撃銃が射出される。両方とも生身での使用を前提としていない大型の銃で、見るからに重そうな形状をしている。

ケインはその銃を細身の腕で一挺《いちちょう》ずつ軽々と摑んだ。相当の重量がある銃を片手で摑んだのにもかかわらず、全く体勢を崩していない。その体が細身の外見からは考えつかないほど高出力、高性能である証拠だ。

ネリアの重装強化服が独りでに歩き出す。それを見たケインはネリアがビル内から操作しているのだと判断して、自分の予想が正しいことを確信した。

ケインが自身の重装強化服を遠隔操作して、巨大な重火器をネリアの重装強化服に向けた。特大の銃から放たれた無数の弾丸がネリアの強化服をわずかな時間で粉砕した。

「悪いな。念の為だ。跡をつけられては困るんだ」

ケインは自分の重装強化服をその場に残して一人でビルから離れていった。

◆

ネリアは胴から下と両腕を失いながらも生きていた。ネリアの体は頭部のみになっても数日は持つ種類の義体だ。この程度では死なない。

しかしこの場を生き残れるかという意味では絶望的だった。なぜならCWH対物突撃銃を持ったアキラが近付いてきているからだ。

アキラはネリアを確実に殺すつもりだ。ネリアがまだ生きているのは、相手を嬲り殺しにするつもりだから、ではない。疲労や怪我、装備の損傷などの所為で、相手の頭部を狙っても外し続けているだけだ。ネリアにもその程度のことは理解できた。

アキラは銃を構え、ネリアの頭部を狙って引き金を引き、外して顔を険しく歪め、警戒しながら距離を詰めていく。それを繰り返している。

本来ならば、絶対に外さない位置まで一気に近付き、標的の額に銃口を密着させて引き金を引けば、それで終わりだ。そうしない理由は、単純にアキラがネリアを酷く警戒しているからだ。

相手が明確に格上であること。先の戦闘で気圧されていたこと。下半身も両腕も無い状態でも、戦闘能力を失ったとは断言できないこと。それらによるアキラの警戒が、ネリアの死を遅らせていた。

ネリアはこの状態でも笑っている。それがアキラにはこの状態でもまだ勝ち目を残しているが故の余裕に見えた。それでアキラは更に警戒を高めて、ネリアに近付く歩みを鈍らせていた。

だがネリアは別に勝機があるから笑っている訳ではない。その笑みは自身の死を別段特別なものとは捉えていない精神構造の表れにすぎないからだ。死んだらそれまで。たかがその程度のこと。その認識から生まれる余裕の笑みだ。

しかしネリアも死にたい訳ではない。取り敢えず最善を尽くすつもりだ。そこでビルの外に置いてきた重装強化服を、間に合うとは思っていないが一応呼び寄せていた。

しかしその重装強化服との通信が切れた。

（……私の強化服が破壊された？　外で何が？）

ケインからネリアに通信が入る。完全な内部通信なので外には聞こえない。

『ネリア。そっちはどうなった？』

『ケイン？　実はちょっと手こずってるの。悪いけどこっちに来て手伝ってくれない？』

ネリアは何でもないことのように答えた。状況を改善できる可能性はわずかでも上げなければならないからだ。

しかしケインにあっさり見抜かれる。

『そうか。負けたか』

現状を正確に伝えればケインが助けに来ることはない。そう知っているネリアは、いつもの態度で軽く否定する。

『手こずってるだけよ。急いでもらえると助かるけどね』

しかしケインの落ち着いた声が返ってくる。

『最低でも真面に動けなくなる程度にはやられたんだろう？　それもお前の十八番《おはこ》の接近戦でだ。違うなら室内戦で邪魔になる重装強化服をそっちに向かわせるはずがない。ああ、お前の強化服は俺が破壊した。だからお前の強化服の到着を待っても無駄だぞ』

『あら酷い。勝手に弄らないでって言ったはずよ？』

『悪いな。こっちにも事情があるんだ』

ネリアはごく普通にそう話し、ケインもごく普通にそう答えた。そこには他者どころか自らの命も軽んじる、ある種の異常が存在していた。

ケインが続ける。

『まあ、お前の強化服を勝手に壊したのは悪かった。だから代わりに俺の強化服を送ってやろう』

『それは助かるわ。……送る？』

『そうだ。俺の重装強化服だけを送る。自動運転でな。俺は逃げる。接近戦でお前に勝つ相手と戦うのは御免だ。ついでに無差別に派手に暴れるように設定してある。色無しの霧はもう晴れた。連絡を受けた都市の防衛隊が近くまで来ているかもしれない。俺の強化服が派手に暴れれば、そいつらの部隊を誘《おび》き寄《よ》せる囮《おとり》ぐらいにはなるだろう。じゃあ、元気でな』

それでケインとの通信が切れた。再接続を試みたが無駄だった。ネリアが軽く呆れたように呟く。

「……全く、強化服を寄こすなら一緒にアクセスコードぐらい寄こしなさいよ」

ネリアは死の淵《ふち》で冷静に思考していた。生き残る為の最善の手段を模索していた。アキラの弾丸が側に着弾して、その衝撃で少し吹き飛ばされても、欠片も慌てず、少しも怯えずに考え続けていた。

「まあ、やるだけやってみますか」

思い付いた策に希望を乗せて、ネリアは楽しげに微笑んだ。

第59話　幸運、或いは不運の結末

　アキラが再びネリアの頭部を狙って引き金を引く。銃弾は相手の側に着弾して、その衝撃でネリアを少し吹き飛ばした。

『……まだ駄目か！』

　アルファがアキラを落ち着かせようと笑って声を掛ける。

『落ち着いて。焦ったら当たるものも当たらないわ』

『アルファのサポートで何とかならないか？』

『強化服がダメージの所為で不安定な状態なのよ。その状態で私の無理な外部操作をこれ以上増やすと、強化服の挙動に異常が生じる危険があるわ。下手をするとアキラの両腕が捩じ切られるかもしれないけれど、それでも良いかしら？』

『やめてくれ』

　アルファは既に普段の格好でいつものようにアキラの側に立っていた。

　アキラの銃撃でクズスハラ街遺跡のマップへの接続機器を破壊されたネリアは、もうアルファの姿を認識していない。アルファはそれを把握していた。

　アキラが再び銃を構えてネリアを狙う。その時、ネリアが笑いながらアキラに聞こえるように話し始める。

「私を殺すとあなたも死ぬわよ」

　アキラは構わず引き金を引いた。着弾の衝撃でネリアがまた少し飛ばされる。それでもネリアは話を続ける。

「私の仲間が私を裏切ってあなたを私ごと殺そうとしているわ。重装強化服を自動操縦にしてビルの中に突入させてね。あいつの強化服には敵を道連れにする為の自爆装置が組み込まれているの。逃げても無駄よ。あなたを殺すまでどこまでも追うわ。殺傷圏内に入ったらすぐに自爆するわ。恐らくこのビルを吹き飛ばすぐらいの威力はあるわ。最低でもこのビルは確実に倒壊するわ」

　アキラは構わずネリアに近付いて銃撃した。弾丸がネリアの上半身に着弾し、首から下を粉砕した。

頭だけになったネリアが衝撃で飛んでいく。

「自爆を止めるには強化服の制御装置を破壊するか、制御装置に介入して停止させるしかないわ。あれの装甲を貫いて胴体部分のどこかにある制御装置を破壊するのは困難よ。私なら強化服の制御装置に侵入して機能を停止させられるわ。私は既に介入を始めていて、重装強化服の自爆を阻止し続けているところよ。私を殺したらすぐに自爆するわ」

アキラは構わずネリアに近付いて銃撃する。弾丸が頭部だけになったネリアの耳に掠って床に着弾した。その衝撃でネリアがまた飛ばされた。

「そう。まあ好きにして。決めるのはあなたよ。口説いた相手と一緒に死ぬのも悪くないわ」

そう言ってネリアは微笑んだ。アキラを口説いていた時と同じ笑みを浮かべていた。

既にネリアの近くまできていたアキラが、そのまま側まで行き、首だけとなった相手の髪を摑んで持ち上げる。そしてネリアとしっかり目を合わせて強く睨み付ける。

「証拠は？」

「無いわ」

アキラが問う。助かりたい為の嘘ではないのか。本当のことを言っている証拠はあるのか。

ネリアが答えた。そんなものは一切無い。自分の言葉を信じないなら好きにすれば良い。

本当なのか嘘なのか、アキラには分からなかった。迷っているアキラにアルファが険しい表情で指示を出す。

『アキラ。まずは移動よ。今すぐ』

アキラはアルファの指示に従って、ネリアの頭部を摑んだまま急いでその場から走り出した。

ビルが揺れる。揺れの発信源ではケインの重装強化服がビルの内部に強引に入り込もうとしていた。

自動操縦で動いている大型の重装強化服が、機体の損傷などまるで気にせずに、ビルの側面の破損している部分、ケインの攻撃で脆くなっていた箇所から、鋼の巨体を無理矢理押し込んでいた。

大型機の頭や腕をビルの壁や天井に減り込ませながら、自身の重火器で障害物を破壊し、ビルの奥に強引に進もうとしている。残存エネルギーなど全く気にせずに、機体の出力を安全基準など無視して限界まで高めて、驚異的な力でアキラの下に向かおうとしていた。

機体はアキラの位置を正確に把握している訳ではない。しかし色無しの霧が晴れて機能を回復した情報収集機器により、大体合っているという精度でアキラの大まかな位置を摑んでいた。

天井より高い大型無人機が装備している全ての火器をアキラの方向へ乱射している。巨大な銃から発射される特大の銃弾が周囲の物を粉砕し続けている。ビルの内壁は外壁ほど頑丈ではない。派手に砕かれた壁、床、天井が瓦礫となって辺りに飛び散っていく。自動操縦で動く機体は残弾など考慮していない。予備の弾薬を使い切るまで撃ち続けるだけだ。

アキラは逸早《いちはや》くその場から逃げ出して、ケインの重装強化服の攻撃から逃れた。逃げながらネリアに尋ねる。

「何であそこまでして俺を殺そうとするんだ？　それともあれはお前の仲間がここから逃げる為のただの時間稼ぎか？」

「違うわ。あなたを殺さないと遺物を運べないからよ」

「遺物の運搬と俺の命にどういう関係があるんだ？」

「あなたが殺したヤジマって男が、死後報復依頼プログラムにあなたを登録したのよ。その所為であなたを殺さないと遺物を積み込んだ輸送車両が動かないのよ」

アキラは自分が殺したヤジマの言動を思い出した。ヤジマは殺されても仲間が仇を取ってくれると言っていたが、あれは単なる脅しではなかったのだと知って、表情を嫌そうに歪めた。

「……何て迷惑な。そんなプログラムがあるのかよ」

「あるのよ。そんな理由でもなければ、私達もわざわざあなたを殺しに来たりはしないわ。疑いが晴れたのなら取引をしましょう。私がケインの重装強化服を止めるから、代わりに私を助けて」

「……このまま逃げれば良い。あいつがビルの内部に挟まっている間にビルの外に出れば十分逃げ切れる」

「それは無理だと判断したから、このビルに逃げ込んだんじゃないの？」

「お前があの重装強化服の制御を乗っ取れるなら、制御を掌握した後に俺を攻撃しない保証は？　俺を殺せば遺物が手に入るんだろう？」

「そこは私を信じてもらうしかないわ。ここまでズタボロにやられたのよ？　もうあなたと戦うのは御免よ」

ネリアは首だけになっても余裕の笑みを浮かべていた。

「私もあなたも助かるんだから悪くない取引だと思うけど？　ああ、あなたが私と付き合うって条件を付け加えるのは自重してあげるわ。脅して恋人を作る趣味は無いからね」

この期に及んで恋人のことを持ち出したネリアに、アキラが顔を引きつらせる。

『アルファ。自爆装置の話、本当だと思うか？　アルファは相手の嘘がある程度分かるんだろう？』

アルファは軽く首を横に振った。

『残念だけれど、前にも言った通り義体者の表情から嘘を見分けるのは困難なの。だから、分からないとしか言えないわ。あ、でも、恋人云々の話は本当だと思うわ』

『……そっちはどうでも良い』

アキラが悩む。ネリアの提案を受け入れた場合、ここまで追い詰めた相手を逃す上に反撃される恐れがある。しかしビルの外に逃げ出しても生き残れる保証は無い。ケインの機体にあっさり追い付かれて殺される危険は十分にある。

『……賭けて頼んでみるか、賭けて逃げるか……』

迷っているアキラに、アルファが別の選択肢を付け加える。

『選択肢はもう一つあるわよ？　賭けて戦う』

『でも戦えば自爆されるんじゃないのか？』

『そうとも限らないわ』

アルファがその根拠を説明していく。

まず、機体に自爆機能が本当に搭載されているかどうかは不明。本当に搭載されていたとしても、彼女が本当にその爆発を抑えているとは限らない。

その場合、まだ爆発していないということは、爆発による殺傷圏内はかなり狭く設定されている可能性がある。相手と十分に距離を取れば爆発しない確率もある。

自爆方法も、機体内部に格納した爆発物を爆破するのか、機体の残存エネルギーを変換させて爆発するのか不明。

後者ならば機体のエネルギーは力場装甲《フォースフィールドアーマー》の維持にも使用されている。ＣＷＨ対物突撃銃の専用弾で攻撃し続ければ、力場装甲《フォースフィールドアーマー》の維持で残存エネルギーを使い切り、爆発の規模を抑える効果もあるかもしれない。上手くいけば、制御装置も一緒に破壊できる可能性もある。

アルファは確証のある話をしている訳ではない。そうも考えられるという可能性を示しているだけだ。しかし選択肢が増えたことに違いは無い。

『頼むか、逃げるか、戦うかの三択か』

『私に出来るのは選択肢の提示までね。どれも運の絡《から》む要素だらけで、お勧めのものは無いわ。アキラが選びなさい。どの選択肢でも全力でサポートするわ』

『分かった』

アキラは頭だけになっているネリアを床に投げ捨てた。

「お前に頼むのはもう少し足掻いてからにする。そこで待ってろ」

アキラはそれだけ言って走り出した。戦う為に。

頭だけのネリアはちょうど首を下にして床に転がっていた。そして去っていくアキラの姿を見ていた。ネリアは、笑っていた。

ケインの重装強化服は自動操縦で動いているが、余り賢い動作はしていない。攻撃対象もビル内にいる誰か、或いは何かという不明確な状態であり、情報収集機器で探知したそれらしいものを、ひたすら攻撃しているだけだ。

　明確にアキラを識別して攻撃している訳ではない。搭載されている情報収集機器で人型の存在を探し出し、事前に設定された優先順位に従っているだけだった。

　機体は対象との間に遮蔽物があっても迂回《うかい》などせずに、遮る物を腕や銃撃などで破壊して進んでいた。４本の腕が持つ重火器の内、既に２挺が弾薬を使い切っており、ただの鈍器と化していた。

　アルファが拡張したアキラの視界には、少し離れた場所で暴れ回っている重装強化服の姿が映し出されている。その暴れ方から、一部の武装は弾切れだとアキラにもすぐに分かった。

『これ、待っていれば、その内に弾切れになるんじゃないか？』

『残弾が無くなった瞬間に自爆、とかしなければ良いけれどね。このビルが崩れたら大変よ？』

『有り得そうだな。仕方無い。行くか』

　派手に撃ち続ける重装強化服の攻撃で、ビルの内部は派手に壊されていた。アキラは遮蔽物に身を隠しながら銃撃を繰り返す。

　ＣＷＨ対物突撃銃の専用弾が大型無人機の胴体部分に直撃する。大型の機体が狭いビル内を瓦礫に挟まれながら移動している所為で、その動きはかなり遅い。アキラの体調は最悪だが、動きの鈍い巨大な的に当てるぐらいは何とか出来た。

　機体の力場装甲《フォースフィールドアーマー》が専用弾の衝撃を防ぎ、轟音と衝撃変換光を辺りに撒き散らしている。機体がアキラに反撃しようとするが、腕や銃が瓦礫などに引っ掛かり素早い反撃が出来ない。おかげでアキラは難なく身を躱すことが出来た。

　アキラは銃撃と移動を繰り返し、相手に専用弾を撃ち込み続ける。そのたびに機体が特大の弾丸を辺りに飛び散らして反撃する。壁が砕かれ、天井が崩れ、銃弾が飛び交っていく。

　アキラが一方的に銃撃しているようにも見えるが、

相手の攻撃を一撃でも喰らえばアキラは終わりだ。一方、ケインの重装強化服はアキラの銃撃を直撃で何度喰らっても、たじろぎもせずに反撃してくる。

加えてアキラが身を隠せる場所は、相手の攻撃で砕かれて少しずつ減っていた。アキラは自分が優位に立っているなどとは欠片も思っていなかった。

そのきわどい戦闘を続けていると、専用弾の直撃を喰らった重装強化服から響く着弾音が突如大きく変化した。弾丸がエネルギー低下により出力を弱めた力場装甲《フォースフィールドアーマー》を突破して機体内部に到達したのだ。それにより重装強化服の動きが目に見えて悪くなった。

アキラはその機会を逃さずに、専用弾を機体の胴体部分に撃ち込み続ける。そして遂に制御装置を損傷させた。

故障した制御装置が異常な命令を機体の各部位に送信する。その結果、鋼の巨体はまるで激痛に悶《もだ》え苦しむように滅茶苦茶な動きで暴れ回った。

そしてアキラが更に必死に銃撃を続けると、断末魔のような異音を発し続けていた巨大な重装強化服が、その音を止めて遂に動作を停止した。

そこに更に専用弾が撃ち込まれる。鋼の巨人はその衝撃で大きく体勢を崩し、轟音を立てて崩れ落ちてアキラの勝利を派手に知らせた。

アキラが弾倉を交換しながら注意深く相手を確認する。動く気配は完全に消えていた。

『勝った……か？』

『多分ね。大丈夫でしょう。少なくともアキラの脅威ではなくなったわ』

『よし！』

アキラが歓喜する。死地から脱した歓声であり、予想外の大物を倒した喜びだった。

『アキラ。まだ全部終わった訳ではないわ。全てを済ませるまで、気を抜いては駄目よ？』

『分かってる。行こう』

アキラははっきりそう答えて、全てを済ませる為に走り出した。

「気が合うわね。やっぱり私と付き合わない？」

「お断りだ。俺には殺す相手を口説く趣味は無いし、死人と付き合う気も無い」

そうきっぱり断ったアキラが、ネリアに向けてCWH対物突撃銃を構える。この距離なら外すことはない。あとは引き金を引くだけだ。今の自分でもそれぐらいは出来ると、アキラは勝利を確信していた。

しかしネリアはそれでも笑っていた。

「それなら大丈夫よ」

アキラが思わず引き金を引く指を止めて、怪訝な表情を浮かべる。

「……何が、大丈夫なんだ？」

その問いにネリアが答えるよりも先に、アルファがアキラを止める。

『アキラ！　絶対に動かないで！』

次の瞬間、アキラは握っていた銃を弾《はじ》き飛《と》ばされた。

驚くアキラの視界内に、一人の男が突然現れる。誰もいなかった場所に、少なくともアキラはそう認

◆

ネリアはただ待ち続けていた。ネリアに出来ることは策の結果を待つだけだ。

そして、ネリアの知覚範囲にその結果がやってきた。

ネリアがアキラを笑って迎える。

「お帰りなさい。どうやらケインの重装強化服を倒したようね。そんな状態で大したものだわ」

ネリアが言う通り、アキラはもうボロボロだ。肉体も強化服も銃も限界に極めて近い。それでもアキラは生き残り、この場に立っていた。

アキラはこの期に及んで余裕の笑みを浮かべているネリアを見て怪訝に思い、自分なりの答えを出した。

「余裕だな。死ぬのは怖くないってか？」

「怖くはないわ。嫌だとは思うけどね」

「そうか。俺も嫌だ」

識していた場所に、突如として現れた。

男は銃を構えている。アキラの銃を銃撃して弾き飛ばしたのはこの男だ。

アキラが唖然《あぜん》としている間に、男と同じ武装の者達が同じように何も見えない空間から次々と現れる。

『アルファ！　こいつら、どこから出てきたんだ!? どこにもいなかったよな!?』

『ついさっき入ってきたわ。全員迷彩装備だったからアキラには気付けなかったのよ』

『め、迷彩装備って……』

『熱光学迷彩や流体制御迷彩、遮音消波迷彩などを組み合わせて敵の索敵から逃れる装備のことで……』

『いや、俺はそういうことを聞いているんじゃなくて……』

アキラが知りたかったことを男達の一人が告げる。

「動くな！　我々はクガマヤマ都市防衛隊である！　大人しく投降せよ！　この指示に従わない場合、都市への敵対行為と判断する！　これには即時駆除対象の認定を含む！」

彼らはクガマヤマ都市の防衛隊の隊員だった。更に追加の人員が現れてアキラ達を取り囲む。

地下街攻略本部から仮設基地への連絡は、アキラ以外にも複数の者で行われていた。アキラは連絡に失敗したが、他の者は無事に仮設基地に到着していた。

地下街襲撃の情報を受け取り、事態を重く見た仮設基地の指揮官は、虎の子の防衛隊を直ちに派遣することを決定した。

防衛隊は速やかに地下街攻略本部及びその周辺の捜索に向かった。そしてその途中で派遣部隊の者が何らかの戦闘の余波だと思われる爆音や爆煙に気付いた。

それはケインがアキラ達のいるビルに攻撃した時のものだった。遺物強奪犯がモンスターと交戦している可能性を考えて、防衛隊の一部が現地に確認に向かった。

そこで防衛隊員が見たのは、ネリアにＣＷＨ対物突撃銃を向けるアキラの姿だった。

アキラが自分を包囲する防衛隊の姿を見て溜め息を吐く。装備も練度も明確に自分より上の人員で構成された集団に油断無く銃を向けられている。わずかでも不審な動きを見せれば、自分の命は容易く消し飛ぶ。それぐらいはアキラにも分かった。

『前にもこんなことがあった気がする』

『奇遇ね。私もよ』

アキラが一度はヤジマを追い詰めた時のことだ。あの時は即座に撃つのが正解だった。あの選択の誤りは、シオリと殺し合う結果を招いた。

だからといって、その時に正解だった選択肢を、今ここで選ぶ訳にはいかない。

アキラがネリアに何かを言われる前に両手を上げて叫ぶ。先に余計なことを言われた所為で事態が更にややこしくなるのは御免だった。

「俺はアキラ！　地下街攻略に雇われたハンターだ！　仮設基地への連絡の途中で遺物強奪犯に襲われて交戦していた！　確認してくれ！」

「拘束しろ！　抵抗した場合は射殺を許可する！　地下街で多数のハンターが犠牲になり死者も出ている！　警戒を怠るな！」

「俺は違うって……」

数名の防衛隊員が無抵抗のアキラを取り押さえる。アキラは大人しく拘束された。両手足に頑丈な枷《かせ》を嵌《は》められ、そのまま引き摺られながら連行されていく。

アキラは自分の緊張が完全に切れたことを自覚した。結果はどうであれ、事は済んだのだ。身体的にも精神的にも限界だったアキラの意識が緩み出す。

一度緩んだ意識は極度の疲労にあっさりと屈してそのままアキラを休ませようとする。アキラの目がそれに耐え切れずに閉じていく。

アルファがアキラの意識が消える前に声を掛ける。

『大丈夫よ。ゆっくり休みなさい』

アルファはアキラを安心させるように優しく微笑んだ。危険は無い。そう伝える微笑みだった。

『……そうか。……おやすみ』

アキラは安心してそのまま意識を失った。急に崩れ落ちたアキラを防衛隊員が慌てて支える。

「対象が意識を喪失しました！」

「バイタルサインを確認し、適切に延命処置を行え！　遺物強奪犯である可能性が高い！　全てを聞き出すまで絶対に死なせるな！　医療班に連絡し、待機させておけ！　部隊を2班に分ける！　A班は対象を地下街攻略本部まで輸送し、医療班に引き渡せ！　B班はビル内を捜索！　他の遺物強奪犯が潜んでいる可能性がある！　探せ！　遭遇した場合は可能なら生かして連行しろ！　無理なら殺せ！」

隊長の指示に従って部隊員は速やかに行動を開始した。

ネリアもアキラと同じ扱いで防衛隊に拘束されていた。ネリアは首だけだったが、外部との通信を遮断する機器を取り付けられていた。

身動きの取れないネリアだったが、運ばれていくアキラの姿が偶然視界に入った。

(言ったでしょう？　大丈夫だって)

ネリアがほくそ笑む。防衛隊が到着するまで時間を稼げば生き残りの目はある。ネリアはそう考えて、それを実行し、生き残った。

ネリアの運が彼女を生かした。或いはアキラの運がネリアを生かした。死が不運であるのならば、この時点では幸運だった。

◆

先に一人で脱出して都市の防衛隊から逃れたケインは遺跡の外れまで来ていた。闇雲に逃げたのではなく、そこに用があったのだ。

そこでは数名の男達がケインを待っていた。全員武装しており、程度の差はあれど生身ではなく、歴戦の兵士を思わせる雰囲気を漂わせていた。

男達がケインに気付き、統率された動きで敬礼する。

「同志！　お疲れ様です！」

ケインも静かに礼を返す。

「お疲れだ。同志。状況を」

「はっ！　配備済みだった者達は全て撤収させました。連中に紛れ込ませていた同志も離脱に成功したと報告を受けております」

「そうか。では我々も脱出だ。念の為クガマヤマ都市には帰還せずに他の都市に向かう。行くぞ」

「連中は始末せずとも宜しいので？」

連中とは、ケインの仲間だった遺物強奪犯達のことだ。彼らは今も輸送車両でケインとネリアの帰りを待っている。そしてもう彼らはケインの仲間ではない。

「ああ。彼らは都市の防衛隊が片付けるだろう。我々の手で始末すると、我々の存在が露見しやすくなる。私はともかく、他の同志は存在を把握されると活動に支障が出るからな」

「了解しました。出発だ！」

ケインが男達と一緒にその場から離れていく。移動中に一人の男がケインに尋ねる。

「同志。直前まで計画は順調との報告を受けていましたが、頓挫した理由をお聞かせいただいても宜しいでしょうか？」

「直接の原因はヤジマという男が殺されたからだ。彼は移動の要だった。そして彼の死から派生した不都合な要因への対処が困難になり、残念だが計画を中止せざるを得なくなった」

「その男の死は避けられないものだったのですか？」

「当初の予定では問題無かった。彼は遺物を我々のところに運び込むまで生きている予定だった。……同志。彼の死を予測できなかった私の無能が計画の失敗を招いたと言いたいのであれば、甘んじて受け入れよう」

「い、いえ、同志の能力ですら対応が困難な、突発的な事態が発生したものと認識しております。誤解を招く表現を訂正、謝罪いたします」

男はケインの機嫌を損ねたと判断して、それ以上質問するのをやめた。

ケインが移動しながら思案する。

（それにしても、なぜ失敗した？　クガマヤマ都市の長期戦略部に潜り込んでいる同志からの情報では、あそこにヤジマやネリアに勝てるようなハンターはいないはずだった。同志の情報に誤りが？　意図的に誤情報を渡すとは思えないが……）

実際に、ケインに流れた情報に怪しい点は無かった。アルファのサポートを得たアキラの正確な実力など、都市の長期戦略部であっても把握など出来ないからだ。

（ネリアは都市のエージェントがドランカムの若手ハンターに紛れ込んでいる懸念を口にしていた。ドランカムのハンター達に新たな派閥が生まれており、その派閥は非常に優秀な若手ハンターを中心にしているという情報もある……）

最近のドランカムは都市と繋がりを深めており、勢力を更に拡大させていた。事務派閥と呼ばれる者達が防壁の内側の者達に上手く取り入ったのだ。

（ドランカムを内部から制御する為に、都市がエージェントを潜り込ませていたのか？　我々はそのエージェントと偶然交戦しただけなのか？　都市のエージェントならあの実力も納得だが……、調査が必要か）

ケインが男に尋ねる。

「同志。仮設基地周辺の制圧作業で、ドランカムの若手ハンターが大きな功績を残したと聞いた。対象が若手ということもあり、簡単なプロパガンダで我々に引き込めるのではないか、と立案されていた者だ。該当の人物に心当たりは無いか？」

「存じています。対象の名前は確か……、カツヤ、だったはずです。何でも子供とは思えない実力の持ち主で、救援班での活動ではたった一人で多くのハンターを救ったとか。関連資料が必要でしょうか？」

「不要だ。後で自分で閲覧し、精査する。必要なら指示を出す」

「承知しました」

男は再びケインの機嫌を損ねないように余計なことを言わなかった。これによりケインの誤解をこの場で解く機会は失われた。

ケイン達はそのままクズスハラ街遺跡を脱出し、荒野へ消えていった。

◆

都市の防衛隊に拘束されたネリアは、現在独房に収監されていた。独房はクガマヤマ都市が管理する施設の中にあり、戦闘用サイボーグであっても問題無く収容可能な設備が整えられていた。

ネリアは今も生首のままだった。独房のテーブルの上に固定され、身動きできないどころか、その身が無い状態だ。

頭部だけとなっているネリアの首からは様々な接続端子が伸びていた。しかし大半は生命維持の為の物で、通信用の物は無い。外部との通信が遮断されている所為で、ネリアは非常に暇だった。

その独房に男が入ってくる。看守ではなく、スーツを着ており、笑ってどことなく軽薄な態度を取っていた。だが組織の上位層に立つ者が放つ特有の雰囲気を漂わせており、若い外観であっても単純に若者として括《くく》るには違和感を覚える深い経験を滲《にじ》ませていた。

その男がネリアに愛想《あいそ》良く笑いかける。

「えっと、ネリアさん、だったかな？　私はヤナギサワだ。御機嫌いかがかな？」

ネリアも笑って返す。

「余り良いとは言えないわね。暇なのよ。検閲有りで良いから、外に繋いでもらえないかしら？」

ヤナギサワが笑って首を横に振る。

「すまないね。残念ながらそれは私の権限を越えているんだ。でも君の暇潰しには付き合うよ。ちょっと楽しくお喋《しゃべ》りをしたいんだ。要は君の取り調べなんだけど、楽しく話してはいけないって決まりは無いだろう？」

「話せることは全部話したはずだけど？　まあ、話すのは構わないわ。でもそれは取引よ？　話した分だけ減刑してもらわないと」

そう言って不敵に微笑んだネリアに、ヤナギサワが愛想良く答える。

「勿論だ。私は悪人にも人権を認める方なんだ。そういう取引の権利もちゃんと保障するさ。取引。重要だ。取引が出来ること。それは人と人を繋ぐ大切な要素だ。立場上敵対している者同士でも様々なものを遣《や》り取《と》りできる。それが出来ない対象は、もうモンスターとして扱うしかない。何しろ、取引が出来ないんだからな」

ネリアはヤナギサワの態度に少し嫌なものを覚えた。笑みを消して探るように訝しむ。

「……それで、何を聞きたいの？」

「ああ、ケインという人間について詳しく知りたいんだ」

「それは前に話したはずよ？　同じことをもう一度話せば良いの？」

「確かに聞いた。君からも聞いたし、君の仲間達からも聞いた。それでこっちもその情報を基に、君が逃げたと言ったケインという男の行方を追ったり、その動向とか身元とかを調べたりしたんだ」

そこでヤナギサワは大袈裟《おおげさ》に意外だという表情を浮かべた。

「すると、なんと、調査の結果、そんな男は存在しないことが分かった。ケインという名前は偽名だとか、そういう話じゃない。それならそれで、ケインという偽名を名乗る人間が存在する訳だからな」

「そっちの調査の不手際の理由を私に求められても困るんだけど」

急にヤナギサワが笑いながら黙ってネリアをじっと見始める。ネリアを不安にさせる沈黙と笑みだった。

ネリアが思わず怪訝そうに口を開く。

「……何？」

「ところで、君の処遇はどうなると思う？」

「……そうね。管理者権限を都市側に握られている義体に詰め込まれて強制労働かしらね。現場は都市が管理する遺跡で、非常に危険な場所のはず。今回の件で私が負った負債を返済するまで、上から捨て駒扱いをされながら遺物を回収し続ける日々を送る。そんなところかしら」

ヤナギサワが楽しげに頷く。

「大体正解だ。ただしそれは、君がクガマヤマ都市に所有権がある遺物を狙った遺物強奪犯だった場合の話だ。その程度の、東部全体から見ればありふれた小悪党だった場合の話だ」

ネリアが顔を険しくする。アキラに銃を突き付けられても、殺される直前であっても、このような表情はしていなかった。

「……どういう意味？」

ヤナギサワが不安を煽る笑顔を強くする。

「我々はそのケインという男を、建国主義者の一員だと考えている。それもそこらの下っ端《したぱ》ではない。幹部クラスの人間だと考えている」

軽い驚きの表情を浮かべたネリアへ、ヤナギサワがより楽しげな様子で話を続ける。

「東部で似たような事件を起こす建国主義者は結構いるんだ。そこらの小悪党をそそのかして、都市が管理する遺物を強奪させた上で、その遺物を更に強奪する。建国主義者の資金源となっていて、被害額は統企連《とうきれん》が無視できないレベルだ。知ってるかな？」

「……知ってるわ」

「そしてその事件を指揮している人間がいる。恐らく存在しているが、その存在を確認できない誰かだ。我々は君達が話したそのケインという男が、その誰かではないかと疑っている。君達を包囲した防衛隊の装備は結構凄かっただろう？　あれはその誰か、建国主義者の幹部を捕獲する為のものだったんだ」

ネリアの中で嫌な予感が高まっていく。その分だけ表情を歪めていくネリアをじっと見詰めながら、ヤナギサワが楽しげに話を続ける。

「君は、今、建国主義者の幹部であるその誰かと、とても親しいのではないかと思われている。その誰かを識別可能にする情報を保持しているのではないかと考えられている。たかが一都市ではなく、統企連に敵対している組織の一員だと疑われている」

「だ、だから？」

「その誤解が解けなかった場合、君の処遇は非常に気の毒なものになる。具体的には、再構築《リビルド》技研の実験材料になる」

ネリアが顔を青ざめさせ、恐怖で声を詰まらせる。

「あ、あれは、解散したって話じゃ……」

「勿論、再構築技研《リビルド》は公表通り解散した。しかし所属していた研究者を皆殺しにした訳ではないし、研究結果を廃棄した訳でもない。彼らは今でも研究を続けているよ。以前よりは大分倫理的な、研究成果を考慮に入れれば目を瞑ることが出来る程度の実験を、今もね」

再構築技研《リビルド》とは何なのか。実験とは何なのか。ネリアの怯えは、それをよく知っていることを示していた。

「彼らは統企連の管理の下、極めて少数の人間の人権を消費することで、大きな成果を出している。当然、その少数の人間には大罪を犯した者が選ばれる。主に統企連に刃向かって東部に多大な損失を出した人間、例えば、建国主義者や、その関係者とかだ」

ネリアは恐怖の所為で意思の疎通が困難になりそうになりながらも、震える声で何とか答えようとする。

「わ、わた……、私はちが……」

ヤナギサワが笑って頷く。

「そうだろう。きっと君は違うんだろう。建国主義者とは無関係なんだろう。だからそれを今から頑張って証明してくれ。そう信じられる話をしてくれ」

そしてあからさまな演技で笑って嘆く振りをする。

「さっきも言った通り、私は悪人にも人権があると思っている。ミンチになって死んだり、猛毒を飲んで死んだり、モンスターに生きながら食われて死んだりするような、最低限の人権はあるべきだと常々思っているんだ。だから、個人的には、再構築技研《リビルド》に実験体として差し出すような非人道的な真似には賛成できない」

そして、仕方が無いんだ、と誠意のまるで感じられない苦笑を浮かべる。

「しかし私にも職務があってね。だから君も、君自身の為に私に協力してほしい。それと、再構築技研《リビルド》に送られるとどうなるかは、実は私もよく知らないんだ。統企連の機密なんでね」

恐怖で固まっているネリアに、ヤナギサワが笑って話を促す。

「それじゃあ、お話を聞かせてもらえるかな？　大丈夫。時間はたっぷりある。それに、暇だったんだろう？　大丈夫。時間はすぐに過ぎるさ」

その後ネリアは、生き残ってしまったことを後悔しながら必死に弁明を続けた。

ネリアの運が彼女を生かした。或いはアキラの運がネリアを生かした。それが幸運だったのか、不運だったのか、結論はまだ出ていなかった。

第60話　戦歴の買取額

アキラが真っ白な世界にいる。意識は朧気《おぼろげ》だったが、これが夢であり、前にも同じ景色を見たことがあると何となく理解していた。

少し離れた場所にアルファがいる。前の夢と同じように、アルファはアキラに気付いていない。

アルファが何かを話している。

「試行４９９の評価開始。対象が目標を踏破する確率を試算。１パーセント未満。対象が未踏破で生還する確率を試算。１パーセント未満。不適格。対象の戦力向上を継続する」

無表情で話し続けている。

「現対象の誘導指針を立案。旧対象がこちらとの契約を破棄した行動原理を考慮に入れること。旧対象が自身の行動を決定、肯定した要素を次のものと推測。旧対象の行動が成功した場合に可能となる不特定多数の人間の幸福、救済の実現とその継続。現対象が旧対象と同一の行動を取る思想を得ないように注意すること」

淡々と話し続けている。

「なお現対象の人格を考慮すると、現対象が旧対象と同一の思想を得る確率は低いと判断する。これは現対象の人間不信、他者軽視、自己優先思考から判断。現対象が旧対象と同等の倫理、寛容、道徳、博愛精神を身に付ける確率は危険域を下回っている」

そして話が終わる。

「試行４９８を再現させない為に、対象の人格の変化に留意すること。以上」

アキラの意識が薄れていく。世界が真っ暗になり、夢が終わった。

アキラは病室で目を覚ました。何か夢を見ていた気がするが、その内容は全く覚えていない。前にも似たような夢を見た気がするという感覚があるだけだ。

病室は生身の人間を対象とした個人用のものだ。

寝ていたベッドから身を起こすと、アルファが微笑んで話しかけてくる。

『おはようアキラ。よく眠れた？』

『おはようアルファ。ああ。久しぶりにたっぷり眠ったって感じだ』

　眠気はしっかり取れており、非常に体調が良い。負傷は完治していて全く痛まない。身体は万全の状態だった。

　アキラが部屋を見渡す。窓に鉄格子《てつごうし》がある訳でもない。部屋の監視カメラは脱走防止用ではなく患者の容態などの確認用だ。悪い待遇ではない。しかしそれが現在の状況を完全に肯定する訳ではない。

『それで、ここはどこだ？』

『都市の病院よ。アキラは治療の為にここに運ばれたの』

『そうなのか』

　クガマヤマ都市には都市とハンターオフィス両方の息が掛かっている大型総合病院が存在する。生身の者の他に義体者やサイボーグにも対応しているので必然的に巨大な施設になっていた。

　この総合病院の主な役割は病気の治療ではなく怪我の治療だ。戦闘で四肢を欠損した者に対する非常に高額な再生治療。義体の修理や調整、別の義体への換装処置。より強力なサイボーグ部品への交換や改造。また生身から義体への転換処置なども実施していた。

　患者の多くは荒野で活動するハンターや危険地域の警備員など、戦闘技術を必要とする者達だ。

　アキラは都市防衛隊の隊員に連行されている途中で気を失った。遺物強奪犯だと疑われていたのだ。独房で目を覚ましても不思議は無い状況だった。

『それで、俺は今どんな扱いになってるんだ？』

『その辺の事情は後で来る人が説明してくれるわ。アキラは今安全な場所にいるし、遺物強奪犯の一員だと誤解されてもいない。その点は安心しなさい』

『そりゃ良かった』

　アキラは胸を撫《な》で下《お》ろした。

　体調は万全だが、だからといって勝手に部屋を出ていく訳にもいかない。アルファと雑談しながら暇を潰していると、都市の職員の男が部屋に入ってきた。キバヤシだ。

キバヤシは非常に上機嫌だった。

「また会ったな。相変わらず無茶をしているようで何よりだ」

アキラはキバヤシを覚えていなかった。その所為で、どこか親しげに話しかけてきた見知らぬ者に怪訝な顔を向けていた。

キバヤシがアキラの様子から察する。

「俺だよ。キバヤシだ。ほら、あの緊急依頼で、報酬の前払でバイクをやっただろう？　覚えてないか？」

『クガマヤマ都市をクズスハラ街遺跡から出てきたモンスターが襲撃した時に、アキラが緊急依頼を受けて一人でバイクで救援に向かったでしょう？　その時のハンターオフィスの職員よ』

アキラはキバヤシの顔など空覚《うろおぼ》えだったが、アルファに説明されて、あやふやな記憶からキバヤシのことをようやく引き出した。

「思い出した。確か巡回トラックを運転していたハンターオフィスの職員だよな？」

キバヤシが楽しげに頷く。

「そうだ。思い出したか。あの時はハンターオフィスの職員としてあの場にいたが、今は都市の職員としてここにいる。よろしく」

キバヤシがアキラに手を伸ばして握手を求める。アキラが応じると、キバヤシは随分と上機嫌な様子で握った手をぶんぶんと上下に振った。

「さて、個人的にちょっと閑談したいところだが、その前に仕事だ。今日はお前と交渉に来た」

「交渉？」

「そうだ。その前段階として、まずはお前の現在の状況を説明しよう。ここにいる理由とか、あの後に遺物強奪犯はどうなったのかとか、いろいろ知りたいだろう？」

「ああ。教えてくれ」

アキラはキバヤシの言葉に強く頷いた。

キバヤシがアキラに数枚の紙を手渡す。それは今回の事態の詳細が記述された資料だった。

「詳しい内容はそこに書いてあるが、まあ読みながら聞いてくれ」

キバヤシも同じ資料を持ちながらアキラに事態の説明を始めた。

アキラとネリアは都市の防衛隊に確保された後、地下街攻略本部の医療班に引き渡されて応急処置を受けた。その後はそのまま重要参考人としてクガマヤマ都市まで輸送された。

ネリアが遺物強奪犯の一員であることはすぐに露見した。他の遺物強奪犯達が洗《あら》い浚《ざら》い話したからだ。

そしてそのネリアも捜査に極めて協力的だった。遺物強奪計画の詳細、仲間の人数や構成、隠した遺物の場所や量、輸送車両の位置など、聞かれた質問に対して正直に正確に話した。

更には聞かれていないことまでも有益な情報は全て話した。勿論、情報を提供する見返りに減刑を要求した上での話だ。

アキラはネリアの、自分と死闘を繰り広げた人間の態度が少し気になった。

「ネリアだっけ？　そいつ、そんなに素直に話したのか？」

「ああ。非常に協力的な態度だったそうだ。幾ら自分の減刑を条件にしているからといっても余りに協力的だったから、取り調べを担当した職員とは別の者が、なぜそこまで協力的なのか後で尋ねたそうだ」

「何て言ったんだ？」

「私、過去は振り返らない主義なの、だってさ」

アキラが呆れと感心の混ざった表情を浮かべる。

「強《したた》かというか、切り替えが早いというか、そういうやつもいるんだな」

「おかげで調査は楽に進んだそうだ。お前の疑惑があっさり晴れたのもそのおかげだ。本当ならもっと厳密に調べるのが普通だ。まあ、そのネリアってやつを取り調べた職員が凄く優秀だっただけかもしれないがな」

「だからってあいつに感謝する気は無い。もう少しで殺されるところだったんだ。……それで、そのネリアはどうなるんだ？　今の話を聞くと随分減刑されたみたいだけど、死なずに済むのか？　すぐに釈放とかにならないだろうな」

「まさか。極刑にならないだけだ。都市の管理下で強制労働だよ」

　ネリアは今後、危険な遺跡の偵察やモンスターの討伐を捨て駒同然の扱いで続けることになる。使用者よりも都市側に高い権限を割り振られた義体で、脳に爆弾まで埋め込まれて、生殺与奪はおろか身体の自由まで奪われた状態で働かされる。

　一応、刑期というものも存在する。厳密には今回の件で発生した負債であり、それを完済するまでだ。都市を敵に回しただけはあって、その負債額は並外れて高額だ。基本的には死ぬまで強制労働と何ら変わりは無い。

　キバヤシはアキラを宥めるようにネリアの扱いについてそう簡単に説明した。

「まあ、彼女の頑張り次第で解放される可能性はあるが、多分その前に死ぬな」

「……、そうか」

　アキラはその説明を聞いて、ネリアに止めをさせなかったことに関しては溜飲《りゅういん》を下げた。しかし釈然としない気持ちも残っていた。

　自業自得《じごうじとく》とはいえ、あれだけの実力者が身体の自由すら奪われて今後ずっと強制労働を強いられる。アキラはそのことに軽い不満のような感情を抱いていた。

　キバヤシがそのアキラの微妙な様子に気付く。

「どうかしたのか？」

「……いや」

「ああ、自分の手で殺せないのが不満なのか？　彼女の身柄はもう都市の預かりになってるから、探し出して殺そうなんて考えるなよ？　最悪、残りの負債を押し付けられるぞ？　やるなら彼女が刑期を終えてからにしておけ」

「大丈夫だ。そんなことで都市に喧嘩を売る気は無いよ」

「そりゃ良かった。たまにいるんだよ。そういうやつが。まあ、気持ちは分からんでもないがな」

キバヤシはそれだけ言って説明を続ける。

遺物強奪犯のほとんどはあっさり捕まった。輸送車両も都市が押さえて、積み込まれていた遺物の回収も済んだ。少量の遺物を持ち出した数名が今も逃げているが、都市側はネリアから得た情報によりその動向を把握済みで、捕まるのは時間の問題だ。

ただしケインの行方は完全に不明だった。ネリアが知っていた人物情報を基に都市側も調査を進めたが、全て改竄済みの内容であることが判明しただけだった。

現場に残されていた重装強化服の解析も行ったが、身元に繋がる情報は一切出てこなかった。ケインに関して分かっているのは、計画の主犯であるヤジマが連れてきた人物だということだけだった。

遺物強奪犯の調査はアキラが意識を失っている間に大体終わっていた。遺物強奪犯とは無関係であることが明らかになり、重要参考人から外されたアキラは、そのまま病院で治療を受けてつい先程目覚めたところだったのだ。

キバヤシが遺物強奪犯と彼らの計画やその後に関する説明を一通り終える。

「……説明はこれぐらいだな。何か質問は？」

アキラが少し考えて、あることを思い出す。

「そのケインってやつの重装強化服の調査はしたんだよな？　それに自爆装置が搭載されていたかどうか分からないか？」

「自爆装置？　……ちょっと待ってくれ」

キバヤシが自身の情報端末を操作して調査資料を閲覧する。

「そういう情報は記載されていないな。少なくとも都市防衛隊の技術班が重装強化服を調査した限りでは、該当する内部機構の存在は確認されていない」

ネリアが話した自爆云々の話は全て嘘だった。そう理解したアキラが顔をわずかにしかめた。アルファも軽く苦笑する。

『してやられたわね』

『……まあ、勝ったのはこっちだ。良しとするさ』

アキラの表情は、その言葉と一致していなかった。

ネリアが嘘を吐き、自分が騙された。相手が一枚上手だった。それだけの話だ。アキラはそう考えつつも、口元を不満げに歪ませていた。

キバヤシがアキラの様子に気付いて声を掛ける。

「どうかしたのか？」

「何でもない」

「ふーん。ところで、何でそんなことを聞いたんだ？」

「……いや、防御とか回避とか無視して突っ込んできたから、もしかして自爆でもする気だったのかなって思っただけだ」

「多分ただの時間稼ぎか囮だろう。あんなデカブツが突っ込んできたら対処せざるを得ないだろうしな」

「そうか。ああ、聞きたいことはそれぐらいだ」

アキラがそう軽く答えたことで、キバヤシは交渉の前段階の説明は済んだと判断した。少し気を引き締めてアキラとの交渉に入る。

「では、本題に入ろう。渡した紙の最後のやつを見てくれ」

アキラは言われた通りにその紙を見た。その途端、アキラの顔がみるみる青ざめていく。それはアキラ宛ての請求書だった。

アキラは病院に運び込まれた後、様々な治療を受けていた。請求書にはその治療内容の詳細と個別の治療費が記載されていた。また、意識を失っている間に1週間が経っており、その間の入院費も加算されていた。

加えて依頼のキャンセル料も請求されていた。ヤラタサソリの巣の討伐依頼の拘束期間は7日間、その内の、アキラの意識が無かった4日分の依頼キャンセル料だ。もっとも請求額の大半は治療費であり、全体から考えれば端数《はすう》程度だ。

その請求額の合計は約6000万オーラム。アキラの顔を青ざめさせるのに十分な金額だ。

アキラは一瞬意識を飛ばしかけたが、何とか持ち堪えた。体調が万全でなければ、そのまま気を失いかねないほどの衝撃だった。

キバヤシが予想通りの反応を見て軽く笑う。

「それが今お前が抱えている負債だ。請求額に不満があるのかもしれないが、ごねても無駄だってことは先に伝えておこう」

急患等で患者の意識が無い場合は、病院側が処置の可否をその方法を含めて判断して良いことになっている。

患者の意識が無い所為で治療の承諾が取れず、助けられる者をむざむざ死なせてしまった。そのような結果を防ぐ為のものだが、どこまでが必要な治療なのかという点には解釈の余地が多く、支払能力に長けた重傷者が運び込まれると、効果は高いが高額な治療を施される事例には事欠かないのが現状だった。

それでも治療に不備は無く、治療費も正当な額であり、既に治療は実施済みで、アキラには支払の義務がある。キバヤシはそう念を押した。

アキラが震えながら答える。

「だ、だからって、こんな金、払える訳が……！」

その反応はキバヤシも予想済みだった。安心させるように笑ってアキラを宥める。

「落ち着けって。病院側だって支払の見込みが全く無いやつにそこまで過剰な治療をする訳じゃない。慈善事業ではないし、慈善事業だって金が無いと出来ないんだ。つまり病院側はお前にはちゃんと金があり、支払えると踏んでるんだよ。具体的には、お前の報酬から差し引かれる」

「報酬？」

「そう。報酬だ。初めに言っただろう？　交渉に来たって」

キバヤシはそう言って楽しげに笑った。

「結論から言おう。お前がこちらの要求を呑めば、その請求額を相殺した上で、1億オーラム持ってここから出ていける。どうだ？　良い話だろう？」

6000万オーラムの負債を抱え込んだと思ったら、それを相殺した上で1億オーラム手に入ると言われ、アキラの余裕は消し飛んだ。唖然として、そのまましばらく言葉を失った。

『アキラ。そろそろ正気に戻りなさい』

「…………はっ⁉」

アルファの呼び掛けでアキラが我に返った。その様子を見てキバヤシが苦笑する。

「正気に戻ったのなら、説明を続けて良いか？」

「あ、ああ。要求って何だ？」

「要求は単純だ。今回のお前の戦歴を譲ってもらいたい」

アキラは地下街及び遺物強奪犯との戦いで、都市のエージェントと疑われるほどの活躍を見せた。その戦歴をそっくり譲ってほしい。それがキバヤシの要求だった。

「具体的には、お前は地下街で特に何事も無く普通に警備を続けて、そこで負傷して病院に運ばれたってことになる」

依頼を完遂できずに病院送りになったことに違いは無いが、地下街でヤラタサソリに襲われての負傷と、遺物強奪犯を撃退した上での負傷では、評価に雲泥《うんでい》の差《さ》が出る。それを消される意味は大きい。

「ハンターオフィスのお前のハンター用個人ページの依頼履歴も、それに応じた内容になる。売り渡した戦歴が他のハンターの戦歴として扱われて、そっちの履歴に載ることも考えられる」

ハンターオフィスの情報は非常に信頼性が高い。口頭で説明した戦歴が、そのハンターランクでは有り得ないと一笑に付されるような内容であっても、ハンターオフィスの個人ページに記載があれば信じてもらえる。それを消されるなど、普通は受け入れ難い。

「当たり前だが、実はそれは俺がやったんだ、なんて喋《しゃべ》るのも駄目だ。お前には守秘義務が発生する。このことを他者に教えてはいけないし、誰かに依頼中の出来事を聞かれたら、無難に防衛地点の警備をしていたと答えるか、守秘義務で話せないとでも言ってくれ」

キバヤシはそこまで説明してアキラの反応を待った。逆上されても不思議の無いことを言った自覚はあるので、慎重にアキラの様子を探る。

だがアキラは大した反応を示さなかった。それどころかしばらく黙って説明の続きを待ち、その後に説明が終わったことにようやく気付くと、怪訝な顔で訝しむように尋ねる。

「……それだけか？」

それを聞いた途端、キバヤシが耐え切れないように吹き出した。そして上機嫌な様子で笑い出す。口元を抑えて大きな笑いを堪えていた。

変なことを言ったつもりは全く無いアキラが怪訝そうな様子を見せる中、何とか笑いを抑えたキバヤシが話を続ける。

「そう！　それだけだ！　遺物強奪犯の主犯三人を撃退した戦歴を失うだけで良いんだ！　内二人は重装強化服を着用していたっていうのに、それをたった一人で倒したって戦歴をな！」

ハンターランクもハンターの実力を示すものではあるが戦歴も重要だ。強力なモンスターの撃退実績や高価な遺物の売却歴などは、ハンターランクに左右されない実力の指標となる。

対モンスター戦と対人戦では必要な戦闘技術も異なる。高度な対人戦闘の履歴は、対人方面での実力を求めている依頼者達に高く評価される。

戦闘用義体者や重装強化服の着用者を撃破した記録であれば尚更だ。そのハンターの評価を大いに高めることになる。しかもその記録の正確さを、ハンターオフィスとクガマヤマ都市が保証する。その価値は高い。

つまりアキラは自身の想像以上に貴重なものを譲るよう要求されていた。たとえアキラがその価値を理解していないとしても、それを大して価値の無いもののように扱うアキラの態度が、キバヤシの機嫌を急上昇させていた。

「相変わらず無理無茶無謀のようで嬉しいぜ。その程度の戦歴なんかお前はどうでも良いのか？　あんな戦歴を消されたら、ハンターなら普通は激怒するぞ？」

キバヤシとは逆に、アキラはその戦歴がそこまで凄いものには思えずどこか困惑していた。

「俺としてはそんな要求に1億オーラム、いや請求額の相殺分を加えれば1億6000万オーラムの価値があるとは思えないけどな。詐欺の類いじゃないなら、金額の妥当性とかを含めて説明してくれ」

アキラは何らかの裏があるように思えて少し疑いを強めていた。基本的にこの取引は断れない。断ればば6000万オーラムの負債を背負うことになる。地下街の依頼の報酬が多少は支払われるだろうが、それで負債を相殺できるとはとても思えない。

自分に施された高価な治療の数々も、この取引を断らせない為のものだ。それぐらいは気付いている。しかしそれに気付いたからといって、抗う術は無いのだ。

その点を含めて、アキラはキバヤシが自分の質問に簡単に答えるとは思っていなかった。

だがキバヤシがあっさり答える。

「いいぞ？　ただしその説明も守秘義務の範疇だ。だから取引成立後でないと説明は出来ない。取引成立ってことで構わないか？」

「あ、ああ」

「ではこの書類にサインしてくれ」

キバヤシが書類とペンをアキラに差し出す。それを受け取ったアキラは書類の内容を読もうとしたが、かなり小さな文字で紙を埋め尽くすようにびっしりと記述されており、すぐに断念した。

アキラの代わりに書類の内容を精査したアルファがその結果を伝える。

『大丈夫よ。変なことは書かれていないわ。誰かに話したりしたら都市を敵に回すことになりかねないから気を付けろ。乱暴に説明すると、そういう注意事項がいろいろ細かく羅列されているだけよ』

それを聞いたアキラは安心して書類に記名した。記入済みの書類を受け取ったキバヤシが嬉しそうに笑う。

「良し！　これで取引は成立だ！　俺の仕事も終わり！　ああ、説明はちょっと待ってくれ。取引成立を連絡しないといけないんだ。結構急《せ》かされていてな」

キバヤシが情報端末を取り出して連絡を入れると、少しして他の職員が部屋に入ってきた。職員はアキラに渡された資料を回収し、アキラの署名済みの書類と一緒に鞄《かばん》に仕舞って出ていった。

一仕事終えたキバヤシが気を緩めて軽く体を伸ばす。

「これで俺の評価も鰻登《うなぎのぼ》りだ。何か追加要求があるなら言ってくれ。すんなり決まった礼に多少は口を利くぞ？　こう見えて結構権限は持ってる方なんだ。前にお前の報酬の前払分としてバイクを付けただろ？　あれ、実は結構高い権限が要るんだぞ？」

「取り敢えず、さっきの説明を頼む」

「おっと、そうだったな。1億6000万オーラム。確かにちょっと高すぎると考えても不思議は無い額だ。いろいろ裏があると考えるのも当然だ。で、まあ、その裏なんだが、早い話、口止め料と宣伝費が入ってるんだよ」

キバヤシはそう言って説明を続けた。

地下街での遺物強奪事件は一応の決着を見せた。都市側としては幸運にも軽微な被害と評価できる範囲で終わった。

だが事件の全容は都市側の不備と過失を多分に含むものだった。地下街で発見された遺物を速やかに回収していなかったこと。遺物強奪犯が地下街のハンター達に長期間紛れ込んでいたこと。都市の諜報《ちょうほう》部が事前に遺物強奪を察知できなかったこと。この事件における都市側の失態は大きい。

事件を隠蔽するのは不可能だ。徒党に属するハンターに複数の死者が出ている上に、都市の防衛隊も派遣している。

しかし事件の内容を単純に公開する訳にもいかない。偶然地下街にいたハンターが偶然遺物強奪犯の主犯格の一人を撃退し、しかも地上で残りの主犯格達も撃破、撤退させたのだ。都市側の成果はその後始末程度で、誇れる功績ではない。

都市側は無能でしたが偶然が重なって幸運にも何とかなりました。このままでは都市の経営陣はそのような無様な報告を外部に出さなければならない事態になる。

　クガマヤマ都市に多額の防衛費を支払って住んでいる多くの顧客や、定期的に情報交換を実施している他の都市の経営陣、そして上位組織である統企連に対して、そのような報告を上げればクガマヤマ都市にとって大きな痛手になりかねない。

　報告を受けた都市の経営陣は現状の改善策を模索した。様々な調査や調整が行われる中、事態収拾の責任者は遺物強奪犯の主犯格達がアキラを都市のエージェントだと誤解していたことを知る。何とか都市側が負う傷を浅くする手段を模索していた彼らはそこに目を付けた。

　偶然地下街にいたハンターが遺物強奪犯を偶然撃退したのではなく、事前に遺物強奪の情報を摑んでいた都市がエージェントを密かに地下街に派遣しており、その者が情報通りに現れた遺物強奪犯を撃退した。それが事実であれば都市の評価はむしろ高まることになる。

　幸いにも事実をそう改竄する為の労力はごくわずかで済むことも判明した。つまりアキラと交渉すれば良いのだ。

　アキラは個人で依頼を受けており、徒党などに属している訳ではない。アキラと交渉して納得させさせれば、あとは都市側内部の調整で済む。

　そしてその交渉の難度を下げる為に、アキラには多額の費用が掛かる治療が施された。支払を都市側が保証している為、病院側は治療費の未払を一切気にすることなくアキラに高額な治療を施せた。その結果、アキラは６０００万オーラムに近い負債を背負うことになったのだ。

　その負債という鞭《むち》と、交渉に応じれば負債が帳消しになり、しかも大金を得られるという飴《あめ》を用意した上で、その他諸々《たもろもろ》の要素から戦歴売却の取引として妥当だと判断された額が、戦歴の買取額だ。

　１億６０００万オーラム。戦歴売却の取引は穏便に成立した。

第61話　お守りの御利益

　戦歴売却の取引を済ませたアキラは、キバヤシから今回の事情について一通り聞き終えた。

　もっともキバヤシも裏の事情まで全て説明した訳ではない。概要であっても部外者に話せない部分は省いていた。それでもアキラが知りたかった内容は一応全て聞くことが出来た。

　都市が今回の事態解決の為に裏でいろいろやっていたという話も聞いたが、アキラは特に気にしなかった。都市側が事実を多少曲げようと、それは基本的にアキラとは無関係な世界の話であり、アキラに実害は無いからだ。

　クガマヤマ都市全体や他の都市、更には統企連などに関わる話など、少し前までスラム街で生活していたアキラにとっては別世界での出来事であり、興味も薄く、どうでも良かった。

　キバヤシが話の締めに入る。

「まあ、概要はこんな感じだ。もっと詳しく知りたいって言うなら俺が口を利いても良いが、その場合は只って訳にはいかない。何せ都市側の内部情報だからな。相応の金が掛かる。どうする？」

「いや、十分だ」

「そうか。他に聞きたいことや追加要求はあるか？　あるならこの場で言うだけ言っておいてくれ。後から言っても手遅れだからな。俺かお前のどちらかがこの部屋から出ていった時点で終了だ。何かあるなら今の内だぞ？」

「そう言われても、すぐには思い付かないんだけど……」

「まあ折角の機会なんだ。何でも良いから何か言っておけ。あ、報酬額アップは無しだ。都市側だって無尽蔵に金がある訳じゃない。額に不満があるのならサインの前に交渉するべきだったな。逆に金の掛からないことなら融通を利かせてやる。俺はお前を気に入ってるからな。贔屓《ひいき》してやろう」

　随分と自分を優遇してくれるキバヤシの態度に、

アキラはその理由が分からず少し困惑していた。不思議そうな様子で尋ねる。

「俺のどこがそんなに気に入ったんだ？」

するとキバヤシが非常に楽しげにその理由を話し始めた。

「どこがって？　その生き様だよ！　無理無茶無謀！　駆け抜けて生き、駆け抜けて死ぬ！　実に良い！　実に俺好みだ！」

キバヤシはハンターオフィスの職員としての権限で、ハンター本人が非公開にしている情報も閲覧できる。そこに記載されていたアキラの戦歴は、キバヤシを大いに楽しませていた。

ＡＡＨ突撃銃程度の武装でキャノンインセクトと戦う。ヤラタサソリの群れがいるビルに一人で突入する。地下街でのヤラタサソリの討伐数は概算５００以上。挙げ句遺物強奪犯の主要メンバー三人を一人で撃退。しかもその者達は戦闘用義体者と重装強化服着用者だ。

加えて都市の防衛隊に連行され、身体は治療に６０００万オーラムもかかるほどにボロボロだ。単に強いのではなく、さほど強くもないのにギリギリの死地を駆け抜け続けていた証拠が山ほど出てきた。

そのどれもが、キバヤシの悪評の原因であるハイリスクハイリターンの依頼の内容を楽々と超えるものばかりだ。無理、無茶、無謀。それがまさにそこにあった。

「俺の権限でお前の活動履歴を見たぞ？　たかがランク20程度のハンターの実績じゃねえよ。30でも無理だね。まあその無理の所為で体はズタボロだったみたいだが、治って良かったな。この調子だとまたすぐにズタボロになるんだろうが、これからはその辺は気を付けろよ？」

アキラが少し嫌そうな表情で尋ねる。

「……俺の体、そんなに酷かったのか？」

「ああ。だから６０００万オーラムなんて治療費になったんだ。説明しただろう？　治療費は正当な額だって。治療の一部には再生治療、腕やら脚やらが千切れて無くなった場合の治療方法も使っていたからな。今回の治療のおかげで、今のお前は中位区画の住人並みに健康だぞ？　だがその治療が無ければ、まあ今日明日死ぬ訳じゃないが、余命1年ってところだったたな」

アキラは絶句していた。自分の体がそこまで酷い状態だったとは思いも寄らなかった。

そのアキラの反応を楽しみながら、キバヤシが話を続ける。

「今、体調がすこぶる良いだろ？　それは治療のおかげだ。お前、スラム街の出身だろ？　食事の大半は配給所で配ってたやつだっただろう？」

「そ、そうだけど……」

「あれ、運が悪いとかなりヤバい物を食う羽目になるんだよ。安全性の確認が取れていないモンスターの肉だったり、研究中の旧世界の遺物、原理も製法も分かっていない食料生産装置が作成した食料だったりな。流石に食った途端に死ぬような物は配ってないだろうが、長期間大量に摂取すると有害な場合もあるんだよ」

ある意味周知の内容で、薄々気付いていたことではあったが、改めて指摘されると心に来るものがある。アキラは顔を少々嫌そうに歪めた。

キバヤシは気にせずに話を続ける。

「ちょっとした突然変異が起きる場合すらあるんだ。モンスターの肉から除去できなかったナノマシンや、怪しげな食料生産装置で生産した食料に含まれている現在の技術では検出できないナノマシンなどが原因だとも言われている。実は自覚があったりしないか？」

アキラがわずかに顔をしかめた。自覚があるかと言われれば、心当たりはあるのだ。

アキラは旧領域接続者だ。それは一種の変異とも考えられる。現在の技術では検出できないもので、旧世界のよく分からない何かがよく分からない変異を促した可能性がある。

仮にそうだとすれば、それはアルファと出会えた一因でもあるのだが、手放しで喜べる話でもない。

「……都市はそんな食い物を配ってるのかよ」

「只より高い物は無いってやつだな。食料の代金は治験の協力費と相殺されております。御協力感謝いたします。実は配給場所の看板や食料の包装にこっそり書いてあるんだぜ？」

読めないが、確かに何か書いてあったと、アキラはかつて食べていた物のことを思い出していた。

「まあ、それを読めるやつの大半はそれを食う必要は無いし、知ってるやつも下手に騒いで配給が無くなったら困るから黙ってるんだろうな」

配給が止まれば自分も死んでいた。それは分かるが、アキラは釈然としないものも感じていた。

「ちゃんとしたやつを配ってる善人もいるんだが、そんなに多い訳じゃないし、しかもそういう情報はすぐに出回って、スラム街の実力者とかが占有するんだよな。まあ、それはスラム街の秩序ってやつだ。俺に文句を言われても困る」

都市側は基本的にスラム街の秩序には非介入だ。都市全体の活動に悪影響を及ぼさない限り放置している。スラム街の治安はそこに住む者達の自治に任されていると言っても良い。

スラム街は都市の下位区画でも荒野手前の場所で、ある意味で荒野と同一視されている。だから強盗が白昼堂々とアキラを襲ったりもする。

では完全な無法地帯かといえばそれは違う。力こそ全てであるならば、東部で最も力を持つ者は統企連であり、アキラ達がいるスラム街ならばクガマヤマ都市だ。

そして統企連も都市も治安の悪化を嫌う。スラム街の治安が悪化して、都市側に存在するだけで害悪だと判断された場合、スラム街は住人諸共《もろとも》消し飛ばされる。

だからこそスラム街は危うい状態ながらも秩序が維持されている。スラム街にある多くの徒党が縄張りの維持活動、最低限の治安維持をしているのもその為だ。

「その食い物が原因かどうかは知らないが、残留ナノマシンの数値も酷かったみたいだぞ？　ハンターが薬漬けなのは一種の職業病みたいなものだが、お前、回復薬とか使いまくってるだろ」

「ああ。使わないと死ぬからな」

「どうせこれからも多用するんだ。月1で検査ぐらいして、残留ナノマシンの除去処理を受けた方が良いぞ。ハンター向けの薬には大体ナノマシンが入っているからな。回復薬とか加速剤とか強化剤とかには、それはもういろいろ入ってるぞ」

「残留すると、そんなに不味いのか？」

「例外もあるし、程度にもよるし、種類にもよるが、基本的に残留は汚染の手前だ。有害だと思って良い」

　キバヤシがアキラにその危険性を説明する。

　ナノマシンと本人の相性が著しく良い場合、稀《まれ》にほぼ永続的に有益な効果を保ったままナノマシンが体に定着することがある。それを適応と呼ぶ。逆に有害な効果を保ったまま体に定着することを汚染と呼ぶ。

　残留は既に機能を停止したナノマシンが上手く体外に排出されずに身体に残っている状態だ。機能停止状態で何の効果も無いのなら無害だと勘違いする者もいるが、実際には新たに摂取した薬の効果を阻害する場合が多い。

　それにより効能が落ちた所為で更に薬を多用するようになり、更に残留量が増えていく悪循環に陥る。最終的に効き目が完全に無くなる状態にまで悪化する例もある。更には同時に使用するべきではない他のナノマシンと反応して、酷い悪影響が発生する恐れすらある。

　ハンターとして活動してから、アキラは大量の回復薬を服用し続けていた。使用量の基準など全く守らずに何度も使っていた。知《し》らず識《し》らずの内にそのツケはアキラの体に積もっていたのだ。

　キバヤシが真面目に忠告する。

「ハンターは体が資本の商売だ。なまじ自分の意志で無理が出来るから、自分の体の整備を後回しにするやつもいるが、死にたくなかったら体の方もしっかり整備しておけ」

　アキラにはまだまだ楽しませてもらいたい。そのような気持ちから真摯に助言する。

「銃の整備と同じだ。手入れをサボれば弾は明後日《あさって》の方向に飛んでいくし、暴発だってするかもしれない。引き金を引くたびに銃が吹っ飛ぶかどうかのギャンブルをする羽目になる。そんな下らないことがお前の死因になると俺も面白くない。しっかり注意するんだな」

「分かった。……ん？　銃？」

アキラはそこで自分の装備が無いことに気が付いた。今のアキラは何も持っていない。着ている服も強化服ではなく病院の患者衣だ。

改めて部屋を見渡すが私物があるようには見えなかった。

「なあ、俺の装備を知らないか？」

キバヤシもアキラの装備品の所在などは分からない。情報端末で他の職員と連絡を取り、いろいろ調べてみる。その結果はアキラを困らせるのに十分なものだった。

「……無い？」

「ああ。装備品というより、お前の所持品はゼロだ。お前を連行した場所から全ての物を回収した訳じゃないし、回収した装備、強化服とかだな、それらは身元を洗う為にいろいろ調査した過程で分解されて、今は証拠品の保管場所だそうだ。取り寄せることは可能だが、手続き等で最低でも1ヶ月以上掛かるし、第一もうボロボロで記念品以外の意味は無い状態らしいぞ」

「俺のハンター証とかも無かったのか？」

「分からん。回収されなかったのか、証拠品の保管場所にあるのか、どっちかだろう。どちらにしても再発行した方が早いぞ？」

「分かった。追加要求だ。ハンター証の再発行、すぐに使える情報端末、あとはハンター用の適当な服を頼む。この格好だと病院から逃げた患者になるからな」

「分かった。後でここに届けさせる。他には？」

アキラがアルファに確認する。

『アルファ。他に何かあるか？』

『銃や強化服とかの装備は頼まないの？』

『何となくだけど、装備品は出来ればシズカさんの店で買いたい』

アルファにもアキラが単に験《げん》を担いでいるだけなのは分かっている。しかしそれがアキラにとって意味のあることならば、下手に口を出すつもりは無かった。

銃器類を再調達するまで非武装になるが、アルファも病院からシズカの店までの道程ならば、自分がしっかりサポートすれば問題無いと判断した。その程度の状況すら危険視する必要があるのならば、アキラはもはや外出すら出来なくなってしまうからだ。

『それならハンター向けの賃貸物件でも紹介してもらいましょう。そろそろアキラも宿暮らしから抜け出さないとね』

アキラが同意してキバヤシに伝える。

「ハンター向けの賃貸物件を紹介してくれ。俺のハンターランクだと真面な家が借りられるかどうか微妙なんだ。良い家に安く住めるようにしてくれ。あとは、そうだな、報酬はすぐに支払ってくれ。それで装備とか買い直すからな。追加要求はそれぐらいだ」

「分かった。ああ、報酬は既に口座に振り込み済みだ。ハンター証と情報端末が来たら確認してくれ。一応、俺への連絡先を初期設定で入れておく。賃貸物件の方は都市の傘下《さんか》の不動産業者と連絡を取れるようにしておこう。詳細はハンターコードに送るから、情報端末が来たら確認してくれ」

それらの手配を済ませてから、キバヤシが最後の確認を取る。

「他には？　もう無いなら俺は出ていくぞ？　俺が部屋を出たら追加要求は終わりだ。本当に大丈夫か？」

「ああ」

「そうか。じゃあ、元気でな。良き狩りを。また無理無茶無謀なことをして俺を楽しませてくれ」

キバヤシは軽く手を振って部屋から出ていった。

それから数分後、アキラは強い空腹を覚えた。入院中に何も食べていないのだ。治療中は点滴等で栄養を補充しており、胃は完全に空だった。

空腹を自覚すると、急にアキラの腹が鳴り始める。しかし手持ちの金は無い。あったとしてもハンター証などを受け取るまではここにいる必要がある。

『……しまった。何か食事を頼んでおけば良かった』

『そういえば、アキラは1週間ほど何も食べていないのよね。言っておけば良かったわ』

『アルファも気が付かなかったのか？』

『私に食事は不要だし、アキラが何も言わないから平気なのかと思ったのよ。私もアキラの空腹感までは分からないわ。諦めて待ちましょう。多分すぐに来るわよ』

『あ、頼んだ物がいつ頃来るのかも聞いておくんだった。……こういうのって、後になってから気付くんだよな』

『そういうものよ』

アキラは空腹に耐えながら頼んだ物が来るのを部屋で待ち続けた。都市の職員がそれらを持ってきたのは1時間後だった。

◆

シズカは自分の店でいつものように店番をしていた。装備や弾薬を求めるハンター達に仕入れた商品を売って生計を立てるいつも通りの日々だ。

ただ、普段より溜め息が多い自分に気付いていた。そしてその理由にも心当たりがあった。アキラが店に1週間ほど顔を見せていないのだ。

単純に1週間ほど来店しなかったことは以前にもあった。しかし今はアキラがヤラタサソリの巣の討伐に出かけた後だ。開店直後に大量の弾薬を補充していた後の話だ。

店はそこそこ繁盛《はんじょう》している。ここで装備を調えて荒野に赴く常連も多い。そしてシズカは店主として全ての客に出来る限りの対応をしたと思っている。

それでも、自分が売った装備を身に纏ったハンター達が生きて帰ってこない経験を何度もしてきた。

何度か商品を販売してちょっとした顔見知りになった者がいる。装備の相談を受けてお勧めの武器を教えたりして結構仲良くなった者もいる。自分を口説き、結婚を申し込んだ者までいる。様々なハンターが金と栄光を求めて荒野に向かい、荒野に呑まれて死んでいった。シズカはそれを覚えている。

シズカは商売柄、そして自身の精神衛生上の為に、それらの死を意図的に気にしないようにしていた。いつ死んでも不思議の無い者達を相手に商売をしているのだ。それらの死をいちいち気にしていては、とても商売にならない。

一時悲しみはするが、それで平静を欠くことはほとんど無い。非情と言われればそれまでだが、シズカはそれらを受け止められる人間だった。

だからこそ顔馴染みのハンターがしばらく店に顔を見せない程度のことで溜め息を増やすのは、シズカにとっては珍しい出来事だった。

（……少し入れ込みすぎているわね。なぜかしら？）

シズカは店番を続けながら思案する。理由はいろいろ思い付く。

子供なので庇護《ひご》欲を刺激されたのかもしれない。友人であるエレナとサラの命を助けてくれたので感謝しているのかもしれない。傷だらけの体を近くで見たからかもしれない。自分が売った装備を身に纏って荒野に向かう子供を抱き締めたからかもしれない。

しかしどれも決定的な理由ではなかった。

考え続けても答えは出ず、代わりにどつぼに嵌まりそうになっていたシズカの思考は、その原因となった者が現れたことで中断された。アキラがどこか気後れした様子で、店におっかなびっくり入ってきたのだ。

「いらっしゃい、アキラ。久しぶりね」

シズカはいつも通りの微笑みで、いつも通りの口調でアキラを出迎えた。少なくともシズカ本人はそのつもりだった。

「え、あ、はい。お久しぶりです」

しかしアキラはシズカの微笑みに若干気圧された

ようにぎこちなく答えていた。

シズカがアキラの態度を訝しみながらも、いつも通り接客を始める。

「今日も弾薬の補充？　前にアキラが受けた依頼はまだ続いてるの？　ＣＷＨ対物突撃銃の専用弾は十分仕入れてあるからまだまだ売れるけど、期間的にもう以前の依頼は終わっているはずよね？」

「あ、はい。依頼はもう終わりました」

「そう。それならいつもの通常弾と徹甲弾の詰め合わせで良いのかしら」

「あー、それでですね、実はその……」

アキラは思わず言《い》い淀《よど》んだ。そして不思議そうな様子のシズカと目を合わせ、一度外し、再び目を合わせてから、覚悟を決めて口を開く。

「……装備一式全部失ったので、一式見積もってもらえないでしょうか？」

シズカが怪訝な顔で聞き返す。

「全部って、具体的には何を無くしたの？」

「全ての銃と、強化服と、リュックサックを中身ごと、使っていた情報端末と、エレナさんから譲ってもらった情報収集機器と、とにかく全部です。今の俺の所持品は、着ている服と当座の情報端末とハンター証ぐらいです」

シズカが驚く。アキラが稼ぎの大半を装備代に費やしていることはシズカも知っている。それを全て失ったとなると、財産の大半を無くしたと告げられたようなものだ。

「ちょっと、一体何があったの？」

「その、いろいろありまして。それで、見積もっていただけないでしょうか？」

「それは構わないけど……、予算は？」

着の身着の儘《まま》となったアキラをシズカも気の毒に思いはするが、だからといって無料で商品を提供する訳にはいかない。代金をツケにすることも出来ない。シズカにも生活があり、商売なのだ。店主として、商売人として、譲れない一線がある。

せめて少ない予算の中で最善の装備を勧めよう。シズカはそう考えながらアキラに予算を尋ねていた。

だからこそ次にアキラが言った金額は、シズカを驚愕させるのに十分なものだった。

「8000万オーラム以内でお願いします」

「……ごめんなさい。私の勘違いや聞き間違えを防ぐ為にも、念の為、もう一度予算を聞いても良いかしら」

「8000万オーラム以内です」

冗談でも勘違いでも聞き間違いでもない。間違いなく8000万オーラムと言っている。そう理解したシズカは思わず顔を険しくした。

シズカがアキラをじっと見詰める。アキラは少したじろぎながらも、同じようにシズカを見詰め返した。

シズカはアキラの反応から、少なくとも予算の出所は変な金ではないと見抜いた。だがそうすると、アキラは真っ当に8000万オーラムを稼いできたことになる。新人ハンターが出せる額ではない。熟練ハンターでも即金で出すのは難しい金額だ。

どれほどの無茶をすればそれほどに稼げる成果となるのか。シズカには想像も出来なかった。

シズカがアキラを強い口調で問い詰める。

「アキラ。一体何があったの？　今言った金額が普通の額じゃないってことぐらいアキラにも分かるわよね？　以前の依頼の報酬としてもおかしいわ。山ほどヤラタサソリを倒したとしても、弾薬費の支払が依頼元である以上、報酬額は低めになるはずよ？どんな無茶をすれば8000万オーラムの予算を賄える報酬が手に入るの？」

シズカの口調の強さは、それだけ心配しているという表れだ。アキラはそれを嬉しく思いながらも、申し訳無さそうな表情で答える。

「すみません。依頼元との守秘義務で、その辺りの事情は話せないんです。今後の信用に関わるのでシズカさんにも話せません。シズカさんを信用していない訳ではないのですが、基本的に何も話せない契約で、守秘義務で話せないってことを話すのも、結構微妙なぐらいでして……」

シズカに嘘を吐きたくないという思いと、依頼に対して誠実でありたいという考えから、アキラはギリギリ話しても大丈夫だろうと判断した内容を何とか答えた。

ばつが悪そうなアキラをじっと見詰めながら、シズカが考える。

(……アキラの言っている依頼元って、クガマヤマ都市のことよね？　恐らくまた何かがあって相当な無理をしたのでしょうけど、都市側から口止めされていることを聞き出すのはアキラに悪いわね)

そう考えながら、アキラの様子を改めて確認する。

(外傷があるようには見えないし、顔色が悪いようにも見えない。正直詳細が気になるけど、結局はアキラが依頼を成功させて大金を得たってだけの話なのよね。それを私が素直に称賛できないのは、それを褒めたら更にアキラが無理をしそうだと思う私の我《わ》が儘《まま》か……)

「……いろいろあったと言っていたけど、怪我の後遺症とかは無いのね？」

アキラがしっかり頷いてはっきりと答える。

「それは大丈夫です。しっかり治療も受けたので、むしろ体調は依頼の前より良くなったぐらいです」

それでシズカも一応安心した。アキラにもいろいろ事情があるのだろう。だがそれでもアキラが無事であることに違いは無いのだ。それならば、自分は店主としてしっかり対応するのがアキラにとって一番良い。シズカはそう考えると、表情をいつもの愛想の良い笑顔に戻した。

「分かったわ。揃《そろ》える装備の内容は、予算内なら全て私が決めて良いの？　額が額だし、本当に好き勝手に決めるわよ？　後悔しても知らないわよ？」

そう言って少し悪戯《いたずら》っぽく笑ったシズカに、アキラも笑って答える。

「大丈夫です。俺が悩んで決めるより良い選択になるのは間違いないと思ってます。強いて言えば、強化服は多少体格が変わっても使用できる製品が良いです。次に買い換えるのは数年後とかにしたいですから」

「分かったわ。やっぱりやめますと言っても、もう手遅れよ？　じゃあちょっと待っててね」

シズカはそう言って店の奥に消えていき、２挺の銃を持って戻ってきた。

「新しい強化服が届くまではこれを使ってちょうだい。生身で使用できる装備のお勧めはこの2挺、ＡＡＨ突撃銃とＡ２Ｄ突撃銃よ。ＡＡＨ突撃銃の説明は前にしたから割愛するとして、Ａ２Ｄ突撃銃の説明を聞いておく？」

「お願いします」

アキラの返答を初めから予想していたシズカが、お勧めの品であるＡ２Ｄ突撃銃の説明をいつもの様に楽しそうに始めた。

Ａ２Ｄ突撃銃は、ＡＡＨ突撃銃の基本設計を基に威力や命中精度の向上を目標にして設計、製造された銃だ。ＡＡＨ突撃銃とは異なり、徹甲弾や強装弾を無改造で使えるように各部品の強度等が調整されている。

また擲弾《てきだん》発射器が設計段階で装備されており、各種擲弾を使用可能だ。重量も強化服等を着用しない生身のハンターでも扱える程度に抑えられており、ＡＡＨ突撃銃の次に使う銃として広く愛用されている。

ＡＡＨ突撃銃用の改造部品の一部をそのまま流用できることもあり、使い勝手の良い銃だ。

「両方とも未改造品よ。強化服無しでしばらく使い心地を試してちょうだい。重さに不満を感じたら重量を増やす改造は控えた方が良いわ。強化服を購入した後でも、身体強化無しの状態で扱える銃は必要よ。遺跡の奥で強化服が壊れた時とかに、生身だと撃てない銃しか無いと大変だからね」

「照準器は今の内に変えた方が良いでしょうか？」

「前みたいに情報収集機器と連動させるつもりなら後にした方が良いわ。標準の照準器でも裸眼で普通に使用する分には、そこまで性能が低い訳ではないからね。情報収集機器も私が揃える装備一式に含めて、照準器もそれに合わせて用意するつもりよ。それとも情報収集機器は自分で選びたい？」

「いえ、纏めてお願いします」

「分かったわ。見積もりが出来次第連絡するから少し待っててね。商品が届くのはその2週間後ぐらいを目安にしてちょうだい」

それまでは強化服無しの生活に戻ることになるアキラに、アルファが念を押す。

『分かっているとは思うけれど、新しい装備が届くまでハンター稼業は休業よ？』

『分かってるよ。俺の不運を過小評価する気は無いんだろ？　俺もモンスターの群れや重装強化服を装備した連中と、この状態で戦うのは御免だ』

都市の外に訓練に出かければモンスターの群れに遭遇し、依頼を斡旋されれば重装強化服を相手に交戦する羽目になる。その経験がある以上、アキラもアルファのサポートを万全に受けられる状態になるまで、比較的安全な都市の中に籠もることに異存は無かった。

その後アキラはシズカの店で当面必要な装備品等を買い揃えた。新しいリュックサックに回復薬や予備の弾薬、銃の整備道具等を詰め込み、購入した銃を身に着ける。

それらを合計すると、それなりの重量がアキラの身体に伸しかかる。ずっしりとした重みを感じて、強化服による身体能力向上の恩恵を改めて理解した。

新しい情報端末でシズカと連絡先の交換も済ませた。万一そちらにも繋がらない場合は、自身のハンターコード宛てに連絡するように頼んでおいた。

シズカが当面の装備を身に纏ったアキラの姿を見る。自分の店に初めて来た時よりは格段に良い装備をしている。

しかしシズカには大分頼りない姿に見えた。アキラに降りかかる荒事の量と質が段々上がっており、今の装備では対応し切れないような気がしていた。

「アキラはしばらくそれで戦うつもりなの？」

もしそうなら無理はしないように少し強めに忠告しよう。シズカはそう考えていた。

アキラが首を横に振る。

「いえ、新しい装備一式が届くまではハンター稼業を休業するつもりです。万全ではない状態で荒野に出られるような実力は無いですから」

「そう。それが良いわ。いろいろあったようだし、たまにはゆっくり休みなさい」

シズカはアキラに無理や無茶を自分からする気は無いと知って安心して微笑んだ。そして軽く会釈《えしゃく》して帰っていくアキラを見送ると、エレナ達もアキラを心配していたことを思い出す。

「アキラは情報収集機器も無くしたようだし、装備選びにエレナ達の意見も聞きましょうか。私だけで決めると何か文句を言われそうだしね。アキラが生きていると分かれば二人の機嫌も直るでしょう」

シズカは情報端末を取り出すと、アキラの装備一式を選ぶ相談に乗ってほしい旨《むね》を書いてエレナ達宛てに送信した。

◆

シズカの店を出たアキラはシェリルの拠点に顔を出すことにした。

しばらく入院していたのに加えて情報端末を変えたので、シェリルは自分と連絡を取れない状態が今も続いている。既に死んでいると思われていても不思議は無い。変な誤解を招く前に早めに顔を出しておいた方が良いだろう。そう思ってのことだった。

スラム街を歩きながら、先程の金遣いの荒さを振り返る。

『それにしても、治療費に約6000万オーラム、装備代に8000万オーラムか。稼いだ金の大半をあっという間に使ったな。俺の金銭感覚はどうなってしまったんだ？』

これを少し前の自分が知ったら間違いなく卒倒していると、アキラは苦笑を浮かべていた。

それを見てアルファが笑う。

『それだけ稼げるようになったと喜んでおきなさい。アキラの命も所持品も全部賭け金に積み上げて、私のサポートがあっても分の悪い賭けに辛うじて勝って得たお金だと考えると、それでも十分な額とは言えないと思うけれどね』

『そうか？　まあ、そうかもな』

『でもこれでアキラの装備はかなり充実するはずよ。体も念入りに治療を受けたから、今までの無理の積み重ねによる負荷の憂いは無くなったわ。大変だったけれど、結果的には良かったと思うわよ？』

『うーん。それはちょっと、判断に悩むところだな』

アキラは今回の戦いで私物を全部失った。それらは全て程度の差はあれど命を賭けて得た物だ。愛着が出てきた品もあったのだ。確かに物凄い大金を得たのだが、何度も死にかけたこともあって、手放しには喜べなかった。

そこでアキラがシズカの店で買ったお守りのことを思い出す。

（あれは確か、旧世界の賭け事のお守りなんだよな）

基本的に賭け事というものは、賭け金が高く勝率が低いほど、得られる金も増えるものだ。そしてアキラは何度も死にかけて大金を摑んだ。

（……もし今回の件があのお守りの御利益だったとしたら、その御利益の中に、より大きな賭け事の機会を増やす効果があったとしたら……）

それが途方も無いハイリスクハイリターンの賭けであっても、持たざる者や身の程を超えて成り上がりたい者にとっては、賭けの機会を得た時点で大きな幸運だ。大抵の者はその機会すら得られずに項垂れ落ちぶれ死んでいく。アキラもそれは分かっている。分かっているが、素直に喜ぶのは難しかった。

（負ければ死んで、勝っても端金《はしたがね》。普通はそんな機会の方が多いんだ。そういう意味では確かに御利益が……、いや、でも……）

アキラはそれ以上考えるのをやめた。精神衛生上悪いからだ。

それにもうそのお守りは失われたのだ。これ以上は気にしても意味は無い。そう決めて気を切り替えた。

そのアキラの様子を見て、アルファが少し不思議そうな表情を浮かべる。

『アキラ。何を考えているの？』

『あ、いや、前にシズカさんの店で買ったお守りのことを考えてたんだ』

アキラは念話でそう答えた時に、無意識に一緒にいろいろ送ってしまった。

お守りのこと。その御利益で死にかけるような戦闘を何度も経験する羽目になったかもしれないこと。確かに物凄い大金を得ることが出来たが、あの戦闘は出来れば避けたかったこと。

そして、あのお守りを自分に勧めたのは、アルファだったこと。

それを念話で受け取ったアルファは、アキラからあからさまに目を逸らした。

『私の所為ではないわ』

『分かってるよ』

かなり珍しいアルファの態度を見て、アキラは軽く笑った。

第62話　シェリルの焦り

　スラム街にある自らの徒党の拠点、シェリルはその自室で徒党のボスとしての仕事をしていた。

　カツラギに貸し出す人員の割り振りや、ホットサンドの販売で稼いだ資金の管理運用、次の商売の立案など、ボスとしての仕事は幾らでもある。

　それらの仕事を随分と機嫌の悪そうな表情で、何かから目を背けているような熱心さで続けていた。

　今日だけではなく、最近のシェリルはずっとそのような様子だった。

　徒党の者達なら誰でもシェリルが不機嫌な理由を知っている。最近アキラが拠点に顔を出していないからだ。

　シェリルがアキラに入れ込んでいることは、徒党では周知の事実だ。そして少し前のアキラは拠点に置いたバイクを取りに頻繁に顔を出していた。

　しかし最近はレンタル車両を借りたり、クズスハラ街遺跡までバスで通ったりしているので、拠点に顔を出す機会が激減している。その所為で機嫌が悪いのだと、子供達は楽観的に考えていた。

　だがシェリルは状況を非常に悲観的に捉えていた。

　シェリルのいらだちは演技だ。その演技は部下達に対しては十分な効果を生み出し、徒党の生命線であるアキラという後ろ盾がしばらく顔を見せていないというのに、現状は彼女をかなり不機嫌にさせる程度のものだと、問題無く誤認させていた。

　だがシェリル本人への効果はそろそろ限界だった。

　自室にいる人間はシェリルだけだ。部下達を騙す為に不機嫌を装う必要は無い。

　しかしそれでもシェリルは自分の表情を取り繕っていた。機嫌の悪そうな表情を意図的に浮かべている。それは他の誰でもなく自分自身をごまかす為だった。

　もうアキラは死んでいるのかもしれない。一度そう考えてしまい、それを否定できない状況から際限無く湧き出てくる焦りと不安と恐怖を、自分は単にアキラに会えなくて不機嫌なだけだという演技で必死に蓋をしていた。

　しばらくアキラが顔を見せないので、シェリルは貰《もら》った情報端末で連絡を取ろうとした。だが何度試しても繋がらない。

　不安を覚えて怒られる覚悟でアキラの宿に向かったが、そこにアキラはいなかった。しかもチェックアウトをしておらず、期限切れで私物の処分までされていた。それはハンターが死んだ時によくあることだった。

　長期間連絡が取れなかったら死んだと思ってくれ。シェリルはアキラからそう言われていた。連絡が途絶えてからもう1週間も経っている。焦りと不安と恐怖を募らせるシェリルにとって、1週間は十分に長期間だった。

　自分はアキラに強く深く依存している。徒党のボスとして問題の無い能力を発揮できているのもアキラという支えがあってのもの。その支えを失えば、恐らく自分は保たない。その自覚がシェリルを追い詰める。

　自分の精神の軸が嫌な音を立てて折れ始めている。それが折れた途端、自分は悲痛な声で泣き叫ぶだろう。その気付きがシェリルを更に追い詰める。

　頭の中の冷静な部分が、他人事《ひとごと》のようにシェリルの芯が折れるまでの残り時間を数えている。保って数週間、早ければ数日、下手をすると数時間。頭の中に響く残り時間を呟く声が、シェリルの精神を削り続けていた。

　シェリルはその現状から全力で目を逸らし続けていた。自室に籠もって熱心に仕事を続けているのもその為だ。現実を直視する力など、もう残っていなかった。

　そのシェリルがいる私室に、エリオはノックをしないで入ってしまった。不安と恐れに満ちた内心をごまかす為に、シェリルが不機嫌さを過剰に込めた顔と声で対応する。

「エリオ。入る前に、ノックをしろと、言っているでしょう？」

エリオがシェリルの迫力に気圧されて顔を引きつらせた。

「わ、悪かったよ。気を付ける」

「それで、何の用？」

「アキラさんが来たぞ。ここに通した方が良いか？」

その言葉で、シェリルから放たれていた凄みはあっさりと四散した。

◆

シェリルの部屋に通されたアキラはソファーに座って微妙な表情を浮かべていた。またシェリルに正面から抱き付かれており、それ自体は予想していたのだが、予想より随分と強く抱き締められていた。

シェリルはアキラの膝の上に跨がり、相手の首に両腕を回して密着しながら顔を緩めている。そこに先程までの不機嫌さは欠片も無い。

アキラはシェリルの抱き付く力が妙に強いことに、以前に宿で自分に死ぬ気でしがみついていた時の様子を思い出し、取り敢えず抵抗せずに好きにさせていた。

そのまましばらく経った後、シェリルはある程度満足すると、両手をアキラの肩に置いて少し身を引き、顔をアキラの正面に向けて嬉しそうに笑った。

「改めまして、会えて嬉しいです。アキラも忙しいとは思いますが、出来ればもっと頻繁に会いに来てほしいです。あ、連絡をしたのですが繋がりませんでした。忙しかったのですか？　何かあったのか聞いても良いですか？」

「ああ。ちょっと死にかけてたんだ」

アキラは些細《ささい》なことを話すように軽くそう答えた。その所為でシェリルには下らない冗談を言っているようにしか聞こえなかった。シェリルにしては珍しく、アキラへ少し不満げな顔を向ける。

「……その冗談、前にも聞きましたけど、面白くないです」

シェリルにとってアキラの生死に関わる事項は、それがたとえ軽い冗談であっても聞き流せるようなことではない。悲しげな表情を浮かべて、真剣に悲痛な声で頼み込む。

「そういうことを言うのは、冗談でもやめてください」

シェリルの表情は半ば意図的なものだ。視線も仕草も顔も声も、相手に与えたい印象を作り出す為に日々少しずつ磨いた技術で調整している。

それでも言葉自体は嘘偽りの無い本心だ。その表情も声色も、伝えたい思いを確かに伝える為の、少し強めの装飾にすぎない。だからこそ真に迫っていた。

同じことを部下の子供達に行えば、シェリルの美貌がその技術の効果を増幅させ、下らない冗談で相手を悲しませた罪悪感と、シェリルのような美少女にとても心配されているという強い喜びを与えていた。

しかしアキラは平然と答える。

「嘘でも冗談でもない。本当に死にかけてたんだ」

一瞬シェリルが固まる。そしてアキラの様子から本当に嘘ではないと理解すると、途端に慌て出した。

「だ、大丈夫なんですか!?」

「大丈夫だ。傷が痛むなら抱き付かせたりしない」

装飾無しで酷く慌てているシェリルの様子に、アキラは随分大袈裟だと思って軽く引いていた。

シェリルはそのアキラの態度から本当に大丈夫なのだと理解すると、安堵の息を吐いてアキラに再びしっかりと抱き付いた。

「……心配させないでください」

「そう言われてもな。ハンター稼業に危険は付き物だ。そういうこともある」

「そ、それは、そうですけど……」

シェリルが少し拗《す》ねた様子を見せる。

「そこは恋人なんですから、抱き締めて何か安心させることを言ってくれても良いと思います」

「えっ？」

アキラはかなり怪訝な声を出していた。お前は何を言っているんだというアキラの態度に、シェリルがわずかに消沈しながら取り繕う。

「……私達の後ろ盾になっていることで、建前上そういう扱いになっているという意味です」

「ああ、そうだった。そういうことか」

そう納得したアキラを見て、シェリルは内心で溜め息を吐いた。再びアキラに抱き付くと、自分の顎をアキラの肩に乗せて顔を見られないようにする。

恋人ではないとアキラに否定された落胆は思ったより大きく、きちんとした笑顔を浮かべられる自信が無かったからだ。

済《な》し崩《くず》し的に恋人になれないかと少し期待したのだが、駄目だったかと残念に思う。そして何が駄目なのかと答えの無い思案に耽《ふけ》る。

シェリルはこうして抱き付いてもアキラの反応が余りにも薄いので、自分は容姿に優れていると思っていたが、所詮はスラム街基準での話であり、実は大したことはないのではないかと疑ったこともあった。

以前にカツラギから聞いた、アキラの目が肥えているという話や、美人のハンターの知り合いがいるという話も、その疑いを強くさせていた。

だが今は、ホットサンドを売った時の客の反応を見る限り杞憂《きゆう》だったと思っていた。少なくとも好意的に捉えられる容姿であると判断していた。

こうして抱き付いている時に手を出してくれれば幾らでも相手をするのに。そう考えているのだが、アキラは全く手を出そうとしない。何が悪いのだろうかと、シェリルは結構真面目に悩んでいた。

アキラがそのシェリルの様子から考える。捻《ひね》くれた思考が出した答えは、やはり捻くれたものだった。

アキラはシェリルが自分に媚《こ》びるような態度を見せる理由を、徒党の維持と発展の為だと考えている。スラム街の生活の大変さはよく知っている。必死になるのも十分理解できる。

自分が押し付けた立場とはいえ、徒党のボスであり続けるには強力なハンターという後ろ盾が必要だ。そう考えて、シェリルが自分との繋がりを維持しようと必死になることに、アキラは疑問を持たなかった。

更にシェリルの徒党が自分という後ろ盾を不要とするほどに十分に勢力を増やした後は、自分とも自然に疎遠になるだろうと考えていた。

その考えを基にアキラはシェリルの態度の理由を推察すると、自分なりの助言をする。

「助けるって言ったから、俺が生きている内はある程度助けるつもりだ。でもハンター稼業で食っている以上、死ぬ気は無くても死ぬ時は死ぬ。俺がいつ死んでも何とかなるように、シェリルも徒党の強化とかしておいた方が良いと思うぞ？」

シェリルが再びアキラから少し身を離してアキラの顔を正面から見る。そしてどこか悲痛な表情でアキラを見詰めた。

「……徒党の強化はするつもりです。アキラに助けてもらって、いろいろ頼っている自覚もあります。でも、アキラが死んだ時のことなんかを話すのはやめてください」

「……ん？　分かった」

アキラは発言を間違えたことには何となく気付いた。しかし何をどう間違えたかまでは分からなかった。

正しい回答が分からないアキラはそれで黙り、シェリルもまたアキラに抱き付いて黙った。

シェリルがアキラに泣いて助けを求めてアキラがそれに応えた時から、シェリルが縋る相手を求めてそれに応じた時から、過酷な現実に打ち砕かれたシェリルの心を、アキラから与えられた救いや安堵や依存で再構築した後から、シェリルの行動は表面上は以前と同じであっても、その行動原理は大きく変わっていた。

シェリルが徒党の強化を進めているのは、成長した徒党が生み出す恩恵をアキラに差し出す為だ。既にシェリルはアキラに体を差し出している。更にそれを突っ返されている。

シェリルは十分に美少女と呼べる容姿の持ち主だ。スラム街の住人としては体の一部を除いて発育も良く服装も小奇麗。総合的な容姿は都市の下位区画の平均を大きく超えている。シベアの庇護下にいた時の比較的恵まれた環境が、シェリルの生まれついての美貌をスラム街の生活でも余り損なわせなかった為だ。

その体を好きにして良いと提案しても、アキラはモンスターに襲われた際に戦力にも囮にもならないと突っ返している。シェリルにはアキラを体で繋《つな》ぎ止《と》めることも、積もった借りを体で支払うことも出来ない。

シェリルにはアキラが自分を助ける理由など分からない。善行めいたことをすれば自身の不運が多少は改善されるのではないか、などという何の根拠も無い験担ぎだとは想像もつかない。単なる些細な気《き》紛《まぐ》れと惰性で自分を助けているようにしか思えない。

今のシェリルには、アキラから受ける恩恵に見返りとして差し出せるものが無い。そしてアキラがシェリルに与えている恩恵、つまり借りは、今も積み上がり続けている。

徒党の規模を拡大させ、その力でアキラに利益を返さなければ、自分を助けておいて良かったと思わせなければ、いずれアキラは自分をあっさり見捨てるだろう。シェリルはそう考えていた。

シェリルが思うほどアキラにはシェリルを見捨てる気は無く、アキラが思うほどシェリルにはアキラを切り捨てる気は無い。お互いに相手があっさり自分との縁を切るだろうと考えている。その擦れ違いが、シェリルのアキラに対する執着を強めさせていた。

先程の会話の後の妙な沈黙を何とかしようと、シェリルが別の話題を振る。

「えっと、アキラと連絡を取ろうとしたのですけど、繋がりませんでした」

「ああ、前に使ってた情報端末は壊れたんだ。今日は新しい連絡先を伝えに来ただけだ」

アキラがシェリルを退かして情報端末を取り出すと、シェリルも机に置いたままの情報端末を取って戻ってくる。そして連絡先の交換を済ませた。

そしてアキラの隣に座っていたシェリルが、再びアキラの上に跨がって向かい合って座ろうとする。

「ちょっと待て。まだ抱き付くつもりか？」

「はい。連絡先の交換は済みましたから」

「一度離れたんだからもう良いじゃないか」

「嫌です。アキラが死にかけたと聞いて凄く心配しましたので、その精神的な疲労が回復するまでは離しません。ただでさえ徒党の指揮で疲れていますので、いつもより長く抱き付きます」

シェリルは普段の調子を取り戻そうと、自分の欲に敢えて従った。その押しの強さにアキラが少したじろぐ。

「シェリルも何かやることがあるんじゃないか？」

「優先順位の最上位を実行中です。アキラに抱き付いて溜まった疲労を癒やしながら、私とアキラの仲の良さを徒党の人間に知らしめています。私が徒党のボスであり続ける為にも、スラム街の他の徒党との付き合いの為にも、これは非常に重要なことです」

「誰も見てないなら余り意味は無いんじゃないか？」

「誰か呼びましょうか？」

「やめてくれ」

それは確かに重要なことだと理解はできるが、アキラもシェリルに抱き付かれている光景を見せ付けたいとは思わない。そこまで吹っ切れてはいない。

二人きりで部屋にいれば、周りの者が勝手に推察するだろう。その辺りがアキラの妥協点だった。

その時、エリオが今度はノックをしてから部屋に入ってきた。

シェリルがエリオに冷たい視線を送る。

「……エリオ。確かに部屋に入る前にノックをしろと言ったけど、それは中の人間の許可を取ってから入れってことなのよ？」

前の時とはまた違う威圧を受けてエリオが気圧される。

「わ、悪かった」

「それで、用件は？」

下らない用事なら、ただではおかない。シェリルはその意志をしっかり視線に込めており、エリオを無駄にたじろがせていた。

「カツラギさんが来た。シェリルに用があるってさ。

一応、応接間に通した。……今は忙しいって伝えた方が良いか？」

アキラほどではないがカツラギも重要な人物だ。徒党の主な収入はカツラギの伝によるものであり、無下に扱うことは出来ない。

「……すぐに行くと伝えて」

どことなく安心したようなアキラと、どことなく不満で不機嫌な様子を見せるシェリルを残し、エリオは急いで部屋から出ていった。

◆

拠点の応接間のソファーにカツラギが座っている。テーブルを挟んで向かいにシェリルとアキラが座り、その後ろにエリオとアリシアが立っていた。

エリオ達は徒党の他の人間の纏め役として幹部のような扱いになっており、シェリルがシジマやカツラギなど徒党の外部の重要な人間と拠点で会う時は、エリオ達も同席することになっていた。

いずれはシェリルの代わりに徒党の内外の揉め事の調整役になる予定の二人だが、今はシェリルの後ろに立っているのが精一杯だ。

シェリルが和やかに微笑みながら話を始める。

「出来ればカツラギさんをお待たせしない為にも事前に連絡を頂きたいです。私が常に拠点にいるとは限りませんので。ああ、もしカツラギさんが私の部下の誰かに伝えていたのでしたら、こちらの不手際ですのでお詫《わ》びいたします」

「いや、ちょっと近くに来たから寄っただけだ。悪かったな」

「お気になさらずに。それで、御用件は？」

カツラギがアキラをチラッと見てから答える。

「だから、ちょっと近くに来たから寄っただけだって。まあ、アキラがいるようだし、アキラとちょっと話をしたら帰るよ」

「そうですか」

カツラギはシェリルの部下に小遣いを渡して、アキラが拠点にどの程度顔を出しているのか軽く探りを入れていた。そして最近は顔を出していないと知り、様子を見に来たのだ。

もしアキラと縁が切れたのであれば、カツラギはシェリルと真面に付き合うつもりは無い。投資の回収に動くつもりだ。

事前連絡無しで来たのは、シェリル達からその辺りの反応を引き出しやすくする為だ。事前に確認に行くと伝えてしまうと、最近の油断ならないシェリルであれば、何らかの対処を済ませる時間を与えることになる。そう考えてのことだった。

シェリルもそれぐらいは察している。しかし敢えて追求するつもりは無かった。何の問題も無いのに変な勘繰りをして無駄足を踏んだと思ってもらった方が都合が良いからだ。

「それでアキラ。遺物収集の方はどうなってるんだ？　俺に売却する遺物を集める予定はちゃんと立てているのか？　それともまだ仮設基地関連の依頼を続けてるのか？」

「そっちの依頼はもう終わった。同じ依頼を続けて受ける予定も無い」

「そりゃ良かった」

「と言っても新調した装備が届くまでハンター稼業は休業中なんだ。何だかんだで2週間ぐらい掛かる。遺物収集はもう少し待ってくれ」

そこでカツラギが不満げな態度を見せる。

「装備を新調？　おいおい、それなら俺から買えよ。俺の商売を知ってるだろうが」

「装備の類いを買う店は、前からもう別に決めてあるんだ。悪いな」

カツラギが更に不満げな態度を見せる。半分は演技だが、シェリルに協力することでいずれは自分の顧客にしたい相手が他所の店で装備を揃えるのは良い気がしない。シェリルへの投資が無駄になるのを嫌がり、いろいろと臭わせるように口調を強める。

「……あのな、アキラ。遺物も売りに来ない。俺の店の商品も買わない。そんな態度なら俺も付き合いを考えるぞ？　一緒に死線を潜った仲だとしても、限度ってものはあるんだ」

もっともだ。そう思いながらも、アキラはシズカの店以外で装備品を買う気は無かった。

しかし何か買わないと、少なくとも購入を検討しないとカツラギの不満は収まらないだろうとも考えて、カツラギから買えそうな物を試しに言ってみる。

「分かった。それなら回復薬を売ってくれ」

「そんな安い物をちまちま買われてもな……」

カツラギはその程度では大いに不満だと言いたげの態度をあからさまに取っていた。だがその態度も次の言葉で吹き飛ばされる。

「1000万オーラム出す」

「……は？」

提示された金額を聞いて、カツラギは思わず虚を衝かれた声と表情を出した。

アキラが真面目な顔で話を続ける。

「俺も効果があるんだか無いんだかよく分からない安値の回復薬が欲しい訳じゃない。骨折程度すぐにその場で完治するような、旧世界製並みに高性能な回復薬が欲しいんだ。最前線で商品を仕入れてきたんだろう？　そういう回復薬は仕入れてないのか？」

カツラギが商売人の顔で聞き返す。

「支払は？」

「ハンター証での支払で良いならこの場で払う。品は？」

「1箱200万オーラムの回復薬がある。店の在庫にあるから取り寄せ期間とかは無い。取ってくるだけだ」

「5箱くれ」

アキラがハンター証を出す。カツラギはそれを受け取り、自身のハンター証対応端末にかざして支払処理を済ませた。

カツラギは支払処理が正しく完了するまで、本当に1000万オーラムもアキラに支払えるのか疑問だった。だが支払が正常に終わったことを確認すると笑みを浮かべた。

稼ぎの良いハンターとの繋がりは、ハンターを相手に商売する者達にとって売上金以上の価値がある。カツラギがシェリルをチラッと見て思う。

(回復薬に1000万オーラムをあっさり支払うか。良い稼ぎだ。それがシェリルに良いところを見せようとしただけであってもな。俺の投資は役に立った訳だ。これからもこの調子で頼むぜ?)

カツラギがアキラにハンター証を返して立ち上がる。

「よし。取りに戻るから待っていてくれ。ここにいるよな?」

「ああ」

そして部屋から出る前に、一度アキラへ振り返った。

「……やけにあっさり支払ったが、俺がこのまま金を持って逃げたり、質の悪い物を持ってきたりしたらどうする気なんだ?」

アキラが平然と正直に答える。

「逃げたら追って殺すし、変な物を持ってきたら付き合いを考える」

「なるほど。今後も良い付き合いが出来そうだな」

カツラギは満足げに笑って部屋から出ていった。

エリオとアリシアは、目の前で行われた1000万オーラムの取引を唖然としながら見ていた。

エリオ達が一日中働いても、基本的に稼ぎはわずかだ。カツラギの仲介料や徒党の取り分などが引かれ、手元には1000オーラムも入らない。その自分達の稼ぎとは桁違いの額の取引をあっさりと済ませたアキラ達を見て、複雑な気持ちを抱いていた。

エリオ達はアキラがスラム街の住人であったことを知っている。その年齢も境遇も自分達とさほど違いの無かったはずの人間が、どうしようもないと思えるほどの差を付けて自分達の前にいる。

それは運が良ければ自分達もアキラのようになれるかもしれない、という希望を二人に与える以上に、アキラと大して違いが無かったはずの自分達がなぜそうなれなかったのか、という感情を与えていた。

シェリルは傍目《はため》からは平静を装いつつも、内心はかなりの焦りを覚えていた。シェリルの予想以上にアキラが稼いでいるからだ。

1000万オーラムを平然と支払えるほど稼ぐハ

ンターの実力が、そこらの凡庸なハンターとは比べものにならないのは明白だ。シェリル達はその凄腕《すごうで》のハンターを、ろくな対価も支払わずに利用していることになる。

十分な見返りを返さなければ、いずれアキラは自分達を切り捨てる。シェリルはそう考えている。その見返りはハンターの実力に比例して大きくなる。

最低でも1000万オーラム稼ぐハンターに対する十分な見返りは一体どれほどか。シェリルには想像できなかった。

しばらくしてカツラギが商品を持って戻ってきた。

「待たせたな。これが1箱200万オーラムの回復薬だ」

テーブルに置かれた回復薬の箱は、どれも片手で持てる大きさで内容量もそう多そうに見えない。しかしその分だけ効果は高いのだろうと、アキラはそれらを興味深そうに見ていた。だが箱の数を確認して顔をしかめる。

「……5箱買ったはずだぞ？」

テーブルに置かれた回復薬の数は4箱だ。アキラの購入数には1箱足りない。

「在庫を確認したら4箱しか無かったんだ。そこでだ」

カツラギはそう言って更に別の回復薬の箱を3箱テーブルに置いた。

「お詫《わ》びに1箱100万オーラムの回復薬を3箱付けようじゃないか。合計1100万オーラムの回復薬を1000万オーラムで提供しよう。これで手を打たないか？」

「……まあ良いか。分かった」

「悪いな」

アキラとしては支払額以上の回復薬を手に入れることが出来たので何の問題も無い。カツラギも200万オーラムの回復薬4箱分の取引より売上が上がるので妥協できる範囲だ。

何よりカツラギにとっては、既に代金を受け取ったのにもかかわらず、注文通りの品を提供できなかったという失態を取り消せた方が重要だ。商売人にとってそれは金を返せば済む問題ではないのだ。

懸念事項を片付けたカツラギが次の営業を早速開始する。

「ところで、今後も同価格帯の回復薬を買う予定があるなら仕入れておくが、どうする？」

「それを買える金がある時に、カツラギの所に在庫があれば多分買う。金があって在庫が無ければ、別の店を探すんじゃないか？　その金があるかどうかはハンター稼業なんだ、予想は出来ないな。在庫の調整はそっちでやってくれ。本職だろ？」

「ごもっとも。期待して待ってるから、金が出来たら連絡してくれ」

単に買うと言えば予約になる。アキラは適当に濁して確約を避けた。カツラギは内心で軽く舌打ちして、営業用の笑顔を返した。

カツラギが意識を切り替えて話題を変える。

「ああ、そうだ。ハンター稼業を再開したらまた遺跡に行くんだろ？　遺物以外にも、一般に出回っていない遺跡の場所とか、その遺跡の内部マップとかの情報があれば買い取るぞ。アキラにそれ系の買取先がまだ無いなら持ってこい。買ってやる」

その手の情報に心当たりのあるアキラがわずかに反応すると、それを興味ありと判断したカツラギが笑って話を続ける。

「俺が他のハンターへの販売を代行しても良い。価格交渉等の面倒事を引き受ける分、仲介手数料とか分け前とかはしっかり貰うが、アキラが自分で売るよりは楽に稼げると思うぞ？」

「遺跡の内部情報を売るって言っても、情報収集機器のデータとかで良いのか？　データ形式とかどうするんだ？」

「そういうデータを解析する業者への伝がある。よほど特殊なデータでない限り大丈夫だろう。遺跡を頑張って捜索したけど、ろくな物が無かった。そんな時でも収穫ゼロで帰る羽目にならずに済むぞ。まあ既に広く知れ渡っている遺跡の情報でも、より詳細な情報なら小遣い稼ぎぐらいにはなるさ」

「分かった。気が向いたらな。しかしいろいろやってるんだな」

「統治企業に成り上がるには、金以外にもいろいろ必要なんだよ。金も要るがな。融資も随時受け付けてるぜ？」

「悪いが、そんな金は無い」

「だろうな」

その後、カツラギはアキラと新しい連絡先を交換してから帰っていった。

購入した回復薬をリュックサックに詰めていたアキラが、最後に残った1箱100万オーラムの回復薬の箱を掴み、それをリュックサックに入れようとしたところで手を止めた。

そして少し考えた後、その回復薬をシェリルに渡した。

「やる。適当に使ってくれ」

「あ、ありがとうございます」

シェリルは頑張って笑顔を返した。つまり、笑顔を浮かべるのにかなり努力した。

その所為でその笑顔はどこか硬く、比較的シェリルと親しい者なら少々無理をしているのがすぐに分かるものとなっていた。少なくともシェリルが普段アキラに向けている笑顔ではない。

アキラもシェリルの微妙な表情を見て、自分がまた何かを間違えたことに気付いた。しかし今度も何をどう間違えたかまでは分からない。

『アルファ。俺はまた何かやらかしたか？　シェリル達が怪我をした時の備えに良いだろうと思って、おまけの分を渡しただけなんだけど……』

『私には問題のある行動には思えないけれど。そうね。アキラとシェリルは対外的に恋人とか愛人とか、そういう扱いを装っているでしょう？』

『まあな』

『その手の相手へのプレゼントが、何の色気も無い回復薬というのは情緒に欠けるかもしれないわね。又は、半額セールの品を相手にプレゼントして感謝や愛情も半額になるなら、実質10割引きのおまけの品は感謝や愛情も10割引き？　いや、これは考えすぎね』

『そこまで考えないといけないのか？　面倒臭いな。まあ確かに、おまけの品じゃなかったら渡さなかったけどさ』

『他者に恋人や愛人の証拠の品として、指輪やネックレス等のアクセサリー類と、高価な回復薬のどちらを見せるのが良いかと言われたら、回復薬の箱を証拠品にするのは見栄《みば》え的にちょっと無理があるかもしれないわね』

『ああ、なるほど。まあ、助けるって言ったし、後で何か適当にそれっぽい物でも贈るか』

アキラとアルファは微妙にずれたことを話し合っていた。

シェリルが両手で持っている回復薬を見ながら思う。これで更に返し切れない恩が増えた。アキラに支払うべき十分な見返りの難易度が更に上昇した。片手でも楽に持てる箱が酷く重く感じられる。押し潰されそうだった。

シェリルは、焦っていた。

第63話　善行の下請け

シェリルはアキラから貰った1箱100万オーラムの回復薬を持ったまま少しの間だけ固まっていたが、我に返るのと同時にエリオ達を部屋から追い出した。

表面上は仕事に戻るように言っただけだ。しかしエリオ達はシェリルから、すぐに出ていけ、入ってくるな、と言わんばかりの威圧感を覚えて、慌てて部屋から出ていった。

一度席を立っていたシェリルがアキラの前に来る。アキラはまた抱き付いてくるのかと思ったが、シェリルはそのままアキラの向かいに座り直した。そして真剣な表情で尋ねる。

「アキラは私にしてもらいたいこととか、何かありませんか？」

「唐突だな」

「いつもお世話になっていますし、こんな良い物を頂いたので何か返せることはないかと思いまして。私に対してでも、私達に対してでも構いません」

そう言いながらも、シェリルからは高価な物を貰った喜びなどは感じられない。代わりにある種の必死さを漂わせていた。

そのシェリルの様子をアキラは少し不思議に思いながらも、一応何か無いか考えてみた。だが特に思い付かなかった。

「今のところは特に無いな。何か頼み事が出来たらその時に頼むよ」

普段のシェリルならば、アキラにそう言われればそれで引き下がっていた。しかし今回は違った。更に真剣な表情で食い下がる。それはもう懇願や哀願に近い態度だった。

「本当に何も無いんですか？　何でも良いんです。簡単なことでも、無理難題でも、取り敢えず言ってみてもらえませんか？」

後ろ盾になってもらっている見返りをアキラに渡すのは、徒党がもっと大きくなり十分な力を付けてからでも遅くないだろう。少々待たせても大きな利益を送った方が印象も良いはずだ。そう心のどこかで思っていた楽観視はシェリルの中から消し飛んでいた。

今すぐに、何であっても、何らかの利益を渡して恩を返さなければ切り捨てられる。だが何をどうすれば良いのか分からない。その焦りに突き動かされていた。

アキラと再会した喜びで忘れていたが、実はシェリルはホットサンドの販売で稼いだ金を後で渡そうと思っていた。だがその額は、以前にアキラにシジマとの和解金を立て替えてもらった分と、先程貰った回復薬の分を合わせた、計200万オーラムを下回っていた。

単純な金の貸し借りだけでも見返りどころか足りていない。その他の無形の貸しも含めれば、端金を渡しても、その場凌ぎとしか思われない。

100万オーラムの回復薬を自分に気軽に渡す以上、アキラにとってその程度の金が取るに足らないものであるのは間違いない。

そう考えて半ば追い詰められていたシェリルは、諦めてアキラにどうすれば良いのか直接聞くことにした。

アキラに見捨てられたくないシェリルは、それが実行可能なことならば、それが相当困難なことであっても躊躇わずにやるつもりだった。仮に全裸で這《は》い蹲《つくば》って足を舐めろと言われても、何の躊躇も無く実行していた。それだけの覚悟を決めていた。

しかしアキラは特に無いと答えた。その返事に更に追い詰められたシェリルは、より一層必死になってアキラに頼み込んでいた。

アキラがシェリルの気迫に気圧されながら考え込む。何でも良いから何か頼まないと絶対に引かないのはアキラにも分かった。

だが、肩を揉め、という程度の頼みでは納得しないだろうとも思っていた。シェリルの気迫はその目的に対して少々逆効果であり、アキラが簡単なことを気軽に頼むのを難しくしていた。

そのまましばらく考え続けていたアキラが、ふと思い付く。そしてそれを試しに言ってみることにした。

「そうだな。それならスラム街の子供に真面な食事を与えたり、読み書きを教えたりしてくれ」

シェリルが呆気に取られる。頼まれれば何でもする覚悟はあったが、その内容が余りにも予想外だった。わずかに間を開けてから不思議そうに聞き返す。

「……そんなことで良いんですか？」

それでアキラに何の利益があるのか、シェリルには全く分からなかった。

アキラも少し意外そうな様子を見せていた。

「俺としては無理難題を言ったつもりなんだけど、それがシェリルにとってそんなに簡単なことなら頼むよ。内容の規模と質はシェリルの判断に任せるけど、現実的な範囲で上を目指すってことで頼む」

シェリルが真剣な表情で答える。

「分かりました。出来る限り努力します」

「ああそれと、俺に言われたからやっているとか、そんなことは口外しないでくれ。何でそんなことをしてるんだって聞かれたら、適当にごまかしてくれ」

シェリルがしっかりと頷く。

「分かりました。絶対に話しません」

シェリルにはアキラがなぜそのようなことを頼むのかは分からない。そういう善行に興味がある人間には思えない。善行で名を売るつもりならば、名を伏せては意味が無い。やはりアキラに何の利益があるのか全く分からない。

しかしシェリルにとって重要な点はそこではない。重要なのは、それがアキラにとって無理難題である以上、それを実行すればアキラに対する十分な見返りになるということだ。

シェリルは万難を排し確固たる決意を以てアキラの頼みを実施すると決めた。

◆

アルファがアキラに不思議そうな表情で尋ねる。

『ねえアキラ。何でそんなことを頼んだの？』

アルファはアキラを常に観察してその基本的な行動原理などを把握しようとしている。それにより、今ではある程度ならアキラの行動を予測できるようにもなっていた。

しかし先程の頼み事は、アルファが把握しているアキラの行動原理からかなり逸脱したものだった。ならば、より正確な行動原理の把握の為に、その行動を取るに至った理由を知らなければならない。

アルファは内心でそう強く警戒しながら、それを欠片も感じさせない些細な疑問を聞くような態度で尋ねていた。

それに対してアキラが軽く答える。

『ああ、ちょっとした思い付きだ。これで俺の運が少しは上向けば良いなって思っただけだ』

『どういうこと？』

『何て言えばいいんだろうな。えっと、スラム街の子供に食事と知識を与えるのは善行だろう？』

『まあ、一般的にはそうでしょうね』

『俺がそれをシェリルに頼めば、間接的であっても善行をすることになって、俺の不運も多少は改善されるかもしれないって思ったんだ』

つまりアキラは善行を下請けに出したようなものなのだ。

悪行をそそのかすのが悪行ならば、善行をそそのかすのは善行だろう。その考えから、シェリルに善行をそそのかすことで、自身の不運が少しでもましになることを期待したのだ。

求めるものが幸運という迷信やオカルトめいたものであることを除けば、アキラは実に利己的に考えていた。

『自分の名前を出さないように頼んだのは？』

『俺の名前を出すと、後で面倒臭いことになりそうだからだ』

アキラが自分の名前を伏せるようにシェリルに頼んだのも、後で厄介事に巻き込まれるのを避ける為だ。

無償で誰かを助けて、相手に名を告げずに去っていく。そのようなよくある美談を、名前を教えないのは他の多数の人間から無償で助けを求められるのを防ぐ為ではないか、などと解釈する程度にはアキラは捻くれていた。

アキラは不用意な善行から生じる全ての厄介事をシェリルに押し付けて、あるかどうかも分からない利益を得ようとしている。シェリルに無理難題を言ったと思ったのも、似たような理由だった。

アルファはアキラの説明に納得し、急に心変わりして善行に目覚めた訳ではないと理解し安心した。多少利己的である方が、アルファもアキラの行動を制御しやすい。急に善人になってもらっても困るのだ。

『なるほどね。納得したわ。効果の程は疑問だけれどね』

『別に大して期待してないよ。ちょっとした思い付きだし、効果が無かったとしても俺に実害は無いしな』

『それもそうね。まあ、仮にアキラが急に善行に目覚めたとしても、自分の命と引き換えに誰かを庇《かば》って死んだりしなければ構わないわ。私にはアキラしかいないのだから、そんな理由で死なれるのは嫌よ？』

そう言ってどこか意味深に微笑んでいるアルファに、アキラがシェリルに見られないように注意しながら軽い苦笑を返す。

『そんな真似はしないよ。俺は無関係な人質を見捨てる程度には非情なんだ。アルファも知ってるだろ？』

『そうだったわね』

アキラは地下街でレイナを人質に取られても武器を捨てなかった。その自身の非情さをアキラはしっかりと認識している。

しかしアルファは知っている。アキラは以前にシェリルの拠点でシズカを害する示唆の発言をした男を躊躇わずに撃ち殺した。都市に向かうモンスターの群れを撃退する緊急依頼を一度断った後、エレナ達が防衛戦に参加していることを知って、急に一人で依頼を受けていた。

　仮に人質に取られたのがシズカ、エレナ、サラのいずれかだった場合、アキラは人質を見捨てたかどうか、アルファには判断がつかなかった。

　そしてシェリルだ。アキラはおまけの品とはいえ、1箱100万オーラムの回復薬を渡している。それがシェリルを助けると言った自身の言葉に従っただけなのか、或いは別の何かがあるのか、その辺りの判断も微妙だ。

　アキラにシェリルを助けるように勧めたのはアルファ自身だ。アキラの行動原理をより良く知る為に、その機会をシェリルに提供してもらう目的だった。

　その判断は誤りだったかもしれないと、アルファはわずかに懸念を抱いていた。

◆

　拠点の応接間を出たアキラは、シェリルの自室で再び抱き付かれていた。用事が済んだので帰ろうとしたのだが、シェリルの勢いに押されて連れ込まれたのだ。

　アキラへの見返りに関する当面の心配事が片付いたシェリルは持ち前の聡明《そうめい》さを取り戻すと、自分に無理難題を押し付けたアキラのほんのわずかな後ろめたさに気付いた。そしてその件の話がしたいと言って強気の笑顔でアキラを部屋に連れ込んでいた。

　雑談を交えながら話を続けていると、再び部屋のドアがノックされる。今度は勝手にドアを開けられることはなかった。

「開いてるわ」

　シェリルの返事でアリシアが部屋に入ってくる。アキラ達の様子を見て邪魔をしたかと思ったが、取り敢えず用件を伝える。

「シェリル。もうシェリルの入浴時間になったけど入らなくて良いの？　入らないのなら他の人を入れるけど」

　シェリル達の拠点には浴室がある。それを皆で交代で使用しているのだが、徒党の人数に対して浴室の数や広さは全く足りていない。掃除や湯の交換時以外は常に誰かが使っている状態だ。最近更に構成員が増えたこともあり、複数名で湯船に浸《つ》かっても全員が毎日入浴するのは難しいぐらいだった。

そのような状況で、シェリルはボスの強権で毎日1時間ほど一人でゆっくりと風呂《ふろ》に入っていた。入る前には部下達に浴室の掃除と湯の張り替えをさせており、綺麗《きれい》な湯船に毎日浸かっている。スラム街の子供としてはかなり贅沢な生活だ。

それでも一応決まった時間に入浴するようにしていた。その気になればいつでも入れるが、強権を振るって部下達を浴室から追い出した上に清掃もさせて、広い浴室を不定期に何度も独占すると、流石に余計な不満を高めるからだ。

シェリルも徒党のボスとして、徒党の維持と発展の為の強権は幾らでも振るう。だが私用としての強権を何度も振るえるほど、その地位は盤石ではなかった。

既に浴槽の清掃と湯の張り替えは終わっている。それでもシェリルが浴室に現れないので、アリシアはアキラ達の様子を見に来たのだ。シェリルが入らないのであれば、アリシアはエリオと一緒に入った後で他の人に使わせるつもりだった。

アキラに抱き付いて時を忘れていたシェリルが少し驚きながら答える。

「もうそんな時間？　分かったわ。入るからちょっと待っていて」

シェリルはアキラから離れて入浴の準備を始めた。その様子を見てアキラが呟く。

「風呂か……。俺も帰って風呂に入るか」

入浴欲を刺激されたアキラは、リュックサックを手に取って早速帰ろうとした。

だがそこでアルファから指摘を受ける。

『アキラ。どこに帰るつもり？』

『どこって、いつも泊まってる宿だけど』

『先払いした宿泊費の分の日数はアキラの入院中にとっくに過ぎたわ。宿に帰るどころか宿を探すところから始めないと、アキラの泊まる場所は無いわよ？』

　アキラの動きが止まる。それなりに住み慣れた宿には帰れない上に、宿に置いていた私物も全部失ったことを理解して軽く溜め息を吐く。

『……今から宿探しか。まあ探せばあるだろうけどさ』

　既に日は落ちている。風呂付きのそこそこ良い部屋は全て埋まっている確率が高い。シャワー程度しか設置されていない安部屋や、一泊十数万オーラムの高値の部屋なら空いているとは思うが、そこに泊まる気にはなれない。

　アキラはまだそれなりの部屋が空いている宿を探して都市の下位区画をさまよう自分を想像してしまい、途端に動く気が失《う》せてしまった。

　一度帰って休む。そう気持ちを切り替えてしまったこともあって、予備の弾薬を詰めたリュックサックが酷く重く感じられる。強化服を着用していないので、その重みが背中にずっしりと伸しかかっていた。

　シェリルがそのアキラの様子に気付く。

「アキラ。どうかしたんですか？」

「いや、今から泊まる宿を探さないといけないことに気付いただけだ」

　シェリルはアキラの態度からその内心を察すると、笑って提案する。

「私の部屋でよろしければ泊まっていきますか？　宿のような設備はありませんが、ベッドぐらいはあります」

「良いのか？　あー、でもゆっくり風呂に入りたいな……」

　迷うアキラの様子からシェリルは持ち前の聡明さで迷いの原因を推察すると、駄目で元々と考えて一応言ってみる。

「今から私と一緒に入るなら、他の人が入る時間までゆっくり入れますよ？　浴槽は結構広いですから十分手足を伸ばして入れます。荷物もアキラの物を盗む馬鹿はいないと思います。不安なら浴室の近くに置いておけば大丈夫だと思いますよ。すりガラス越しに見えますから」

アキラが悩み続ける。悩む理由の大半は、身の安全と所持品の安全に対する懸念だ。

ここはスラム街だが、路上ではなくシェリルの拠点の内部だ。そこがどの程度安全なのかアキラには分からない。だが悩む程度には安全だと考えている。同時に、悩む程度にはその安全を疑っていた。

シェリルの言葉は彼女の意図通りアキラの懸念を軽減させたが、決定させるほどの効果は無かった。

そこにアルファが判断材料を付け足す。

『索敵なら私がいつものように実施しておくから大丈夫よ。アキラの荷物が盗まれてもすぐに分かるわ』

『そうか？　それなら、大丈夫、か？』

アキラの迷いの天秤《てんびん》が大きく傾いたことを察したシェリルが、その傾きを増やそうと新たな判断材料を笑って付け加える。

「入浴時間、どんどん短くなっていますけど、どうします？」

シェリルはアキラの表情を見て、返事を聞く前に返答を把握した。

結局アキラは自身の入浴欲に屈してシェリルと一緒に風呂に入ることにした。今は拠点の浴室の風呂に入っている。手足を伸ばして首元まで湯船に浸かり、心地《ここち》好い湯の温度と感触に身を委ねていた。

アキラは病院で治療を受けて身体的には万全なはずの体から、存在しないはずの疲労が抜けて湯に溶けていく感覚を味わっていた。それが精神的な疲労であれ、ただの錯覚であれ、癒やされていることに違いは無い。

所持品は脱衣所に置いてある。アキラの所持品に手を出す者が出ないように、脱衣所の外ではエリオとアリシアが見張りをしていた。

見張り自体はシェリルや徒党の少女達が入浴している時にも実施されている。既にシェリルの入浴を覗こうとした者が出ており、徒党から追い出されていた。

ぼんやりと前を見ているアキラの視界には、体を丁寧に洗っているシェリルの姿が映っている。アキラも石鹸《せっけん》等をシェリルから借りて体を洗ってから風呂に入った。

あそこまでしっかり洗わなければ駄目なのだろうか。その素朴な疑問が入浴の快楽に侵食されつつあるアキラの頭に一瞬浮かんだが、すぐに消えた。それは今のアキラにとって重要なことではないからだ。

シェリルは念入りに体と髪を洗っている。他者との交渉ごとなどを優位に進めたい時に、自身の容姿が非常に役に立つことを理解している分だけ、そしてアキラと一緒という理由もあって、自身の身体をいつも以上にしっかりと磨き上げていた。

カツラギから貰っている化粧品や石鹸の試供品は、スラム街の基準から考えれば並外れて高品質な物だ。シェリルは日々それらで自身を磨き上げている。スラム街の生活で傷んでいた肌や髪の色艶は既に十分な輝きを取り戻していた。

湯を浴びて艶《あで》やかさを増したシェリルの裸身はとても清艶《せいえん》だ。スラム街に住む少年が徒党に所属する恩恵の意味を理解した上で、その恩恵を賭け金にして一目見ようと賭けに出てしまうほどに魅力的だ。

なお、彼はその賭けに負けて、シェリルの裸体を見ることも出来ずに着の身着の儘で放り出された。己の選択を後悔し、せめて一目見てから放り出されたかったと嘆いていた。

体を洗い終えたシェリルが浴槽に向かう。視界内にいた人物が大きく動いたので、アキラの視線がシェリルに向けられる。その視線を感じたシェリルの頬が湯に浸る前に朱に染まった。

シェリルも同意の上とはいえ同世代の異性に裸を見られるのは恥ずかしい。それでも一糸纏わぬ自身の裸を手で隠したりせずに浴槽に向かい、均整の取れた美しい裸体を恥じらいながらもアキラに見せ付けるようにして浴槽に入った。

そしてアキラの反応を見る。視界内で動いた物を目で追っていた程度の認識だったアキラは、対象が大きく動かなくなったので視線を正面の宙に戻していた。

シェリルは自分の体の一部を除いて、より正確には胸の大きさを除いて、体には自信がある方だった。その所為で自分の体に全く興味が無いようなアキラの態度は、シェリルの内心に少し衝撃を与えた。

それでも一応おずおずと尋ねてみる。

「……その、どうでしょうか？」

そう尋ねられたアキラが、浴槽を軽く見渡してから答える。

「……広い」

アキラの意識は湯に溶け始めていた。少し茹《ゆ》だった頭で語句の欠けたシェリルの質問を自己の解釈で補足して、大分意味が変わってしまった質問への返答をぼんやりと考えて返していた。

シェリルはアキラの返事の意味をすぐに理解した。広い浴槽に満足しているという意味だ。それは同時に、シェリルの裸にまるで興味を示していないことを意味していた。

恥ずかしさを堪えて自身の裸体の感想を聞いたのに、単に浴槽を少々狭くするだけのものとして扱われていると知り、シェリルが少し落ち込んだようにその体を湯に深く沈めていく。

（……確かに広い浴槽だと説明したけど、普通そう捉える？）

湯の下まで移動した唇から出た愚痴は、たっぷりのお湯が気泡に変えて掻き消してくれた。

シェリルが少し不満げな目をアキラに向ける。それでアキラも自分がまた返答を間違えたことに気付いたが、魂を湯に奪われつつあるアキラには、妥当な質問内容とその返事までは思い至らなかった。

シェリルには聞き直すという手段もあった。だがこの様子では無駄だと思い取り下げていた。

その予想は正しかった。アキラは似たような状況でアルファに胸が大きいとしか答えていない。シェリルに対しては胸が小さいと答えるだけだ。賢明な選択により、シェリルは無駄に落ち込まずに済んでいた。

相手が自分の裸体に余りにも無関心な為に恥ずかしさが少し薄れたシェリルは、気を切り替えると落ち着いてアキラの様子を改めて見始めた。

湯船に浸かり、入浴の快楽に身を任せ、心地の良さそうな表情を浮かべているアキラは、随分と気を緩めているように見える。

どこにでもいそうなただの子供に見える。少なくとも、1000万オーラムをあっさり支払う凄腕のハンターにはとても見えない。

シェリルがそのアキラを見て思う。

アキラがただの少年ならば、多少強引にでも今この場で迫って体で籠絡《ろうらく》してしまえば、いろいろ悩まずに済むのではないか。

アキラの手を取って自身の肢体の肌に纏わせ、互いの脚を絡めて唇を重ねればアキラもその気になるのではないか。

自身の容姿が多くの異性にとって十分魅力的なものであることは間違いないのだ。それならばアキラだって内心嫌がりはしないだろう。

そう考えて、強引に迫ってみた光景を想像する。

想像上のアキラは、口先だけの抵抗で自分を受け入れていた。

一見無防備なアキラの姿が、シェリルの思考に油断を生み出し、想定や仮定を自身に都合の良いものに変化させていく。通常と異なる環境が、シェリルの聡明な判断力を少々狂わせていた。自覚は出来ていないが、シェリルは軽い興奮状態にあった。

そしてアキラに手を伸ばそうとわずかに動いた時、シェリルは自分を見ているアキラの様子に気付いた。

アキラはシェリルをじっと見ている。その挙動を観察している。対象が敵かどうかを、静かな目で確認している。

アキラはシェリルの害意とも呼べない何かを無自覚に感じ取り、意識を切り替えていた。シェリルの前からどこにでもいそうな少年が消え去り、何の躊躇も無く敵を殺す非情なハンターが現れていた。

シェリルが固まる。同時に先程まであった楽観的な思考も消し飛んだ。

するとシェリルを見るアキラの目も普段のものに戻った。

アキラは自身の変化に気付いていなかった。その所為でシェリルの態度を少し変だったぐらいにしか思っておらず、不思議そうな様子を見せる。

「どうかしたのか？」

「い、いいえ、何でもありません」

「ん？　そうか」

アキラはシェリルのどこか堅い返事にも、軽くそう答えただけで気にした様子は無かった。再び湯船の快楽に身を委ねて、その顔を心地好さそうに緩ませた。警戒心で一度体に戻ってきていたアキラの魂が再び湯に溶け出していく。

そのアキラを見てシェリルは安堵していた。

（……危なかった。私としたことが随分ボケた思考をしていたわ。何考えてるのよ。ちょっと迫った程度で上手くいくなら、とっくに手を出されているでしょう？　気を付けないと）

シェリルはもう一度強引に迫ってみた場合の光景を想像してみた。想像上のアキラはシェリルの首を片腕で摑んで持ち上げていた。そして想像上の自分がそのまま床に叩き付けられる前に、シェリルは続きを想像するのを止めた。

（……やっぱりアキラから手を出されるか、最低でも事前に許可を取らないと駄目ね）

取り敢えず、一緒に風呂に入る程度にはアキラとの仲が縮まった。今はそれで満足することにして、シェリルは残りの入浴時間をアキラに寄りかかって過ごすことにした。

何度も抱き付かれていた慣れもあって、アキラもシェリルを退かすような真似はしなかった。

第64話　大切な日、通過点の日

　入浴を終えたシェリルは自室に戻ろうとアキラと一緒に拠点の中を歩いていた。

　眠気でうつらうつらしているアキラの手を引いて進んでいると、途中でアキラに非常に羨ましそうな視線を向けている少年達の様子に気付く。アキラとの仲が良好であることを示す為に腕を絡めると、アキラに浴びせられる視線が強くなった。

　その視線に刺激されたアキラが意識を覚醒させて怪訝な顔で周囲を見渡す。視線の元は慌てた様子で素早く退散していなくなった。

　シェリルはどこか楽しげに笑い、また眠気に負け始めたアキラを部屋までそのまま誘導した。

　部屋に戻ると、アキラはもう睡魔にほぼ屈している状態だった。

「……シェリル。俺はもう寝る。そこのソファーを借りて良いか？」

　シェリルが嬉しそうに笑って提案する。

「私のベッドを使って良いですよ。広いですから」

「……そうか？　ありがとう」

　アキラが荷物を近くの床に置いてベッドに潜り込もうとする。シェリルの発言には自分も同じベッドで一緒に寝るという意味が含まれていたのだが、アキラは気が付かなかった。シェリルは分かった上で言葉を省略していた。

　シェリルがアキラの様子からもう少し踏み込んだ提案をする。

「服を脱いでもらっても構いませんか？　服の汚れがシーツに移ると洗濯が大変ですので」

「……分かった」

　睡魔に思考力を奪われているアキラはその結果をよく考えずに服を脱ぐと、肌着だけになってベッドに潜り込んだ。眠気で重そうな瞼《まぶた》が閉じかけていた。

　シェリルが嬉しそうにも少し残念そうにも見える表情を浮かべる。アキラと一緒に眠れることと、自分を全く意識されていないことへの複雑な思いを顔に出していた。

「ゆっくり休んでくださいね。おやすみなさい」

「……おやすみ」

アキラは眠そうにそう返事をすると、すぐに眠りに就いた。

シェリルはアキラが寝た後もしばらく徒党のボスとしての仕事をしていた。

部下に割り振った仕事の進捗を確認し、結果を確認し、新たな仕事を割り振る。問題があれば改善案を出し、徒党全体の活動を考えて予定を調整し、部下同士の揉め事を仲裁する。

仕事量で単純に比較することは出来ないが、それでも徒党で最も働いているのはシェリルだ。

本日の仕事を終えると自室に戻り鍵を掛ける。そして服を脱いで下着姿になると、アキラが眠っているベッドに潜り込み、そのままアキラを起こさないように静かに抱き付いた。

既にアキラの体温がベッドに移っていた。加えてどちらも下着ぐらいしか着けていないので、相手の体温をよく感じられる。

シェリルは伝わってくる温《ぬく》もりを堪能《たんのう》し満足げに微笑んだ。そのまま目を閉じて今日の出来事を思い返す。

(……いろいろあったけれど、今日は良い一日になったわ。アキラに見捨てられないように、これからも頑張らないと……)

これからのことを考え続けていると、その内にシェリルの意識も睡魔に呑み込まれる。

シェリルは幸せそうに眠りに就いた。

◆

翌朝、目覚めたアキラは自分が見慣れない場所にいる上に、妙に動きにくいことに気付いて怪訝な顔を浮かべた。

そこにアルファが笑って声を掛けてくる。

『おはようアキラ。よく眠れた？』

『……おはよう。アルファ、ここはどこ……ああそうだ。シェリルの所に泊まったんだっけ』

アキラは自分に安心し切った様子で抱き付いているシェリルを引き剝がすと、ベッドから下りてまずは服を着た。

そこで下着姿のシェリルが視界に入る。まだ眠ったままだが、アキラに抱き付いたまま眠っていたことで嬉しそうな顔を浮かべていた。

そのシェリルを見たアキラは、どこか呆れたような様子だった。

『よく分からない理由で抱き付いてくるし、昨日は一緒に風呂に入ったし、下着姿でベッドに入ってくるし、こいつは俺を何だと思ってるんだ？　襲われないとでも思ってるのか？』

余りにも不用心だ。アキラはそう思って呆れていたのだが、アルファはそのアキラに呆れた様子を見せた。

『アキラ。何を言っているの。これは襲われようとしているのよ。好きにして良いって前に言われたでしょう？』

アキラが怪訝そうに聞き返す。

『……そうなのか？　いや、そうだとしても自分から襲われようとしなくても良いじゃないか』

『手を出せば情が移る、とでも考えているのでしょうね。実際、私もそんな気がするわ』

アキラが複雑な表情でシェリルを見る。

『そうか？　いや、だからってさ……』

『まあ、私との約束を蔑《ないがし》ろにするほどに彼女に入れ込んだりしなければ、私は別にアキラがシェリルに手を出そうとも構わないけれどね。手を出すならその点は気を付けてほしいわ』

『大丈夫だ。そんなことでアルファとの約束を破るつもりは欠片も無いよ』

アキラは普通の態度でそう答えた。しかしそこには一欠片の嘘も無かった。

アルファはアキラの表情や無意識に念話で飛ばしている心情からそれを理解すると、とても嬉しそうに笑う。

『それは良かったわ。それにしても、同世代の下着姿の異性が側で寝ていたのに、アキラは全然気にしないのね。興味があったりしないの？』

『それはあれだな。どこかの誰かが俺の視界内を全裸でうろついてるから、耐性がついたんだろうな』

そう言ってアキラがどこか皮肉っぽく軽く笑う。

するとアルファが悪戯っぽく楽しげに笑った。

嫌な予感を覚えたアキラが止める暇も無く、その予感はすぐに的中した。アルファが服を消してその裸体を晒したのだ。

アルファの姿は実在しない映像情報のみの人工物であり、精密に芸術的に計算され尽くした女体美の極みだ。その上で常に側で観察して得たアキラの嗜《し》好《こう》を反映している。視覚に限れば、アキラにとってアルファの上は存在しない。

更にアルファは誘うようにアキラを見詰めながら、蠱惑《こわく》的な姿勢を取って妖艶に微笑んだ。

アキラが少し顔を赤くしてアルファから目を逸らす。そのどこか悔しそうな表情を見て、アルファが楽しげに笑う。

『耐性がついていたのではなかったの？』

アキラが照れをごまかすように不機嫌そうな顔を意図的に浮かべて文句を言う。

『うるさいな。時と場合と相手によるんだよ。早く戻せ』

アルファはアキラの反応をしっかりと確認してから服を戻した。アキラの不満は、からかわれているという点に対してであり、それ以外の不満は見受けられなかった。

アルファがアキラの側で誘うように囁《ささや》く。

『また見たくなったら、いつでも言ってちょうだいね』

アキラは臍《へそ》を曲げてアルファから再び目を逸らした。

アキラを常に観察しているアルファは、アキラにも性欲や異性への興味が人並みにあることを知っている。

シェリルは間違いなく魅力のある美少女だ。それにもかかわらずアキラの反応が著しく鈍く、抱き付かれても、一緒に風呂に入っても、下着姿で無防備に横たわる姿を見ても動じないのは、単純にアキラにとってシェリルがその手の対象ではないからだ。

アキラは基本的に他者を二種類に分類している。敵か、敵ではないか、だ。そしてそのどちらも、アキラにとって異性への関心の対象外だった。

だがそのどちらにも一致しない極一部の例外、味方、或いはそれに類する者に対しては、アキラもそれなりの反応を示す。

それは何の打算も無く自分を心配してくれたシズカであり、命を救ってくれたエレナとサラであり、自分をいろいろサポートしてくれるアルファだ。

アルファが知る限り、その四名に対してはアキラは相応の態度を取っていた。

エレナ達の家で薄着のサラの姿を見た時や、体の線が強く出る強化服を着たエレナの姿を見た時、アルファによって視界に拡張表示されたエレナ達の裸体を見た時や、先程アルファの全裸を見た時などは、アキラは少々捻くれた様子を見せながらも、年相応の少年の反応を見せていた。

何かの拍子でシェリルの立ち位置がその例外側に移動した場合、アキラは瞬く間にシェリルに籠絡される恐れがある。アルファはそう考えて今回軽く探りを入れてみた。そして現時点での結論を出す。

よほどの事が無い限り、シェリルがアキラの、敵ではない、の分類から書き換わる確率は低い。

シェリルの真意がどうであれ、シェリルのことを少々縁のある利害関係の仲と認識している限り、アキラがシェリルへの態度を変える恐れは無い。

この調子ならば問題無いだろう。アルファはそう判断していた。

シェリルはアキラから少し遅れて目を覚ました。機嫌の良さそうな表情を浮かべていたが、抱き付いていたはずのアキラがいないことに寝ぼけながら気付くと、その顔をわずかに怪訝に歪める。そして無意識に手で近くを触ってアキラを探し始めた。

だがその手がベッドのシーツを虚《むな》しく弄るだけに終わると、どこか悲しそうな顔になった。

次第に意識がはっきりしてきたシェリルがようやく身を起こす。そして部屋を軽く見渡すと、既に出発する準備を終えていたアキラを見付けた。

ソファーに座って情報端末を操作していたアキラがシェリルに気付く。

「起きたか。おはよう」

「おはようございます。……もう出発するんですか？　朝食ぐらい出しますよ？」

「大丈夫だ。適当に外で食べるよ」

自分が食べれば誰かの分が減る。スラム街での食事の貴重性を知っているアキラは、気持ちだけ受け取っておくことにした。

「分かりました。では拠点の外までお見送りします」

アキラが苦笑する。

「……その格好でか？」

シェリルはそう指摘されて自分が下着姿であることに気が付くと、少し恥ずかしそうにしながら慌てて服を着た。

◆

シェリルの拠点を後にしたアキラは軽く食事を済ませると、キバヤシに紹介された不動産業者の事務所にそのまま向かうことにした。キバヤシに頼んだ賃貸物件のメッセージが届いていたのだ。

その道すがら、アルファがアキラに尋ねる。

『アキラはどんな家に住みたいの？　確実に聞かれることだから、今の内に考えておいた方が良いわ』

『そうだな。まずは大きな浴室は欲しいな。車を買った時のことも考えて大きめの車庫もいるな。装備品や予備の弾薬を置くスペースも必要だな。あとは私物置き場と寝床があれば良いんじゃないか？』

『あとは家賃ね。キバヤシから話が通っているはずだけれど、その所為でアキラが1億オーラム持っている前提で物件を薦められても困るわ』

『それもそうだな。……そういえば、俺、昨日だけで9000万オーラムも使ったんだよな。20万オーラムで慌てていた俺は一体どこに行ったんだ?』

『無駄遣いはしていないわ。成長の証《あかし》としましょう』

そう言われたアキラが表情を軽く曇らせる。

『……成長、か。正直あんまり実感無いな。俺はちゃんと成長してるのか? アルファに頼ってばっかりだし、装備が高性能になっただけで俺の実力は大して変わってないんじゃないか?』

弱くなったとは思っていない。強くなったとも思っている。だが以前の自分と比べてどれほど強くなったのかと自身に問えば、少しは、そこそこ、といった弱気な言葉しか返せなかった。

何度も死地を潜《くぐ》り抜《ぬ》け、恐ろしく強い敵を打ち倒し、信じられないほどの大金を稼いできた。だがそれらは全てアルファのサポートあっての話だ。ただの子供を遺跡から生還させるほどの恩恵を得てなお、辛うじて実現した幸運の結果だ。

純粋に自力で自分はどこまで強くなったのか。路地裏に転がっていた頃と、実は大して変わっていないのではないか。アキラにはその手の不安がずっと付《つ》き纏《まと》っていた。

アルファがアキラを安心させるように微笑む。

『安心しなさい。アキラはちゃんと成長しているわ』

アキラはその言葉を信じたが、弱いままだという不安を完全に払拭《ふっしょく》するには至らなかった。それを察してアルファが続ける。

『不安になって悩むぐらいなら、その分だけ訓練に精を出しなさい。自分の実力を過大評価して油断するより、過小評価して警戒しなさい。そしてもっと私を頼りなさい』

アルファが笑って話を締《し》め括《くく》る。

『大丈夫よ。ハンター稼業は元々命賭け。不安になって当然だわ。だからこそ、初心を忘れずに行きましょう』

『……そうか。そうだな。これからも頼む』

アルファの言葉で少し気が楽になったアキラは、気を取り直してアルファへ軽く笑って返した。

不動産業者の事務所に着いたアキラが受付でキバヤシの名前を出すと、すぐに担当者が現れた。

担当者はアキラを見て少々驚いていた。アキラが子供だということも含め、クガマヤマ都市からの紹介を受けられるようなハンターには見えなかったからだ。

しかしすぐに気を取り直して愛想良く接客を始める。都市の紹介ということもあり上客向けの部屋に通すと、物件の希望を聞き出して軽く相談した後、要望に添った物件を実際に見にいく手筈《てはず》を済ませた。

アキラに紹介された物件は下位区画の比較的荒野側にある一戸建てだった。

東部では土地だけなら幾らでも余っているが、安全な土地は極めて少ない。防壁の中と外で土地の価格に雲泥の差があるのもその所為だ。

都市の下位区画の家賃は、基本的に荒野に近いほど安く防壁に近いほど高くなる。例外も存在するが大抵は民間警備会社が治安維持に努めている区域であり、安全の為に多額の警備費用を掛けているということに違いは無い。

紹介された家はアキラ一人で住む分には十分すぎるほど広かった。浴室も広く部屋も多く車庫も広い。備え付けの家具も多く、新たに買い揃えなくともそのまま住める状態だ。アキラの要望は十分満たされていた。

少し高揚しながら家の中を見て回っているアキラに、担当者が愛想良く物件の説明をしていく。

ハンター向けの住宅で、建築素材も強固な物を使用しており、火器の暴発等が発生しても最小の被害で抑えられる。

自衛の為に警備用の重火器類を設置しても構わないが、それにより近隣のハンターと揉めてもこちらは関与しない。

一応、契約している民間警備会社が周辺の治安維持を実施しているが、強盗等に襲われても自力での対処が基本となり、応援は別途料金が掛かる。戦闘で破壊された家屋の修理や死体の処理等は、連絡してもらえれば有料で請け負う。

家賃は月50万オーラム。水道代、光熱費、警備代、及び各種保険等込み。巡回の強化や非常時の武力援護等はオプション。

通常はハンターランク30以上の者にしか紹介しない物件だが、キバヤシの仲介であることを考慮して特別に紹介している。担当者は説明をそう締め括った。

「一通りの案内と説明をさせて頂きました。アキラ様。何か御質問は御座いますか？」

本来ならば自分などには絶対紹介されない物件だ。キバヤシの仲介の力もどこまで続くか分からない。恐らくこの機会を逃せば次は無い。そう考えたアキラはもう決めてしまうことにした。

「ここにしたいと思います。いつから借りられますか？」

「家賃の振り込みが済み次第となります。この場でお支払頂ければ今すぐにでも」

「分かりました。ではお願いします」

アキラが担当者にハンター証を渡す。

担当者はそれを受け取ると、手持ちの機器で読み取って契約処理を進めた。そしてアキラにハンター証を返して深々と頭を下げる。

「お支払の確認が済みました。当社の物件を御利用頂き、誠にありがとう御座います。こちらが家の鍵となります。紛失時は至急御連絡ください」

アキラはその鍵を少々感慨深く受け取った。この時を以て、アキラは賃貸とはいえ家を手に入れたのだ。

「来月以降の家賃はお客様の口座から自動的に引き落とされます。お支払が1秒でも遅れた時点で賃貸契約は解除され、物件内の全ての物品の所有権は管理会社に移行致します。くれぐれも御注意ください」

いつ死んでも不思議は無いハンター向けの物件ということもあり、その辺の扱いは厳しかった。

「備え付けの家具はお客様の好きにして頂いて構いません。不要でしたら買取も実施しております」

「もしかして、この家の家具って……」

「はい。以前にここにお住みになっていたお客様が使用していた物です」

アキラは改めて室内を見渡す。部屋にある多くの家具は以前ここに住んでいたハンターの遺品だ。アキラが死ねば、アキラの遺品となる。

「では、私はこれで失礼致します。何か御座いましたらお気軽に御連絡ください。当社を御利用頂き誠にありがとう御座いました」

担当者はもう一度アキラに深々と頭を下げてから去っていった。

アキラが家の鍵を閉める。そして部屋に戻り、荷物を下ろし、装備品を外し、近くにあった椅子に座ると、感慨深い様子で大きな息を吐いた。

「……家か。……俺の家か」

アルファがアキラの今までの努力を労《ねぎら》うように笑う。

『おめでとう。アキラ。ようやく家が手に入ったわね』

そして軽く発破を掛けるように微笑んだ。

『まあ、賃貸だけれどね』

アキラは気にせずに笑っていた。

「良いんだよ。それでも俺の家だ。スラム街の路上で生きていた俺が、俺だけの家に住めるようになったんだ」

今日よりましな明日を目指してハンターとなってから、本当にいろいろなことがあった。路地裏を飛び出して荒野に向かい、遺跡でアルファと出会ってから信じられないことばかりが続いた。そう思いながら、アキラはその日々を思い返していた。

かつて望んだものを超える夢のような生活が、今、現実になったのだ。

アキラがアルファの方に姿勢を正して立ち、真面目な表情で頭を下げる。

「全部アルファのおかげだ。ありがとう。それと、これからもよろしく」

アルファがいつも通りの微笑みで答える。

『どういたしまして。これからもよろしくね』

今日はアキラにとってはとても大切な日であり、大きな区切りの日だ。

しかしアルファにとってはさほど意味の無い通過点の日にすぎない。

それはアキラとアルファの表情に大きな差となって表れていた。


その後アキラは、その日を食料や日用品、部屋着などを都市の下位区画で買い込んで戻ってきたり、新しい情報端末をアルファが操作できるように設定したり、家の全ての部屋をもう一度見て回ったりと、いろいろなことをして過ごした。夜になる頃にはアキラの新居での新生活の準備も終わっていた。

今日一日の締めとして、新居の浴槽で風呂に入り疲れを癒やす。アキラの希望通りに広い湯船で手足を伸ばしてゆったりと湯に浸かっていた。

アルファも映像だけではあるが、一緒に風呂に入っている。アルファの裸体を見て今朝は少し慌てていたアキラも、今は全く反応していない。アキラにとって入浴とはそういうものなのだ。

『アキラ。これからの予定だけれど、明日から装備が届くまでの間は、勉強と訓練で家に籠もることになるからね』

「分かった。……訓練って何をするんだ？」

射撃訓練も近接戦闘訓練も家の中で出来るとは思えない。まだ車の無い車庫なら辛うじて格闘訓練ぐらいは出来るだろうが、強化服が無い以上、かなり制限されたものになる。アキラはそう考えて不思議そうにしていた。

そしてアキラにはまるで意味の分からないことを告げられる。

『体感時間の意図的な圧縮とその切り替えの意識的、無意識的な操作、条件付けなどの訓練よ』

「……ごめん。よく分からない。つまり何をすれば良いんだ？」

『まあ、やってみれば分かるわ。明日からね』

「分かった」

アキラには訓練の目的の内容も全く想像がつかなかった。だがアルファがそう言う以上やれば分かるのだろうと考えて詳しくは聞かなかった。それはアルファへの信頼と信用の表れだ。

そのアキラの様子に、アルファは満足げに微笑んでいた。


翌日、アキラの訓練は家の車庫で始まった。銃を持たずに防護服だけ着ているアキラの前で、アルファが訓練の内容を話し始める。

『今から始めるのは、自分の体感時間を自在に操作する技術の訓練よ』

理解が全く追い付いておらず困惑しているアキラに、アルファが詳しく説明する。

死が間近に迫った時などの極度の集中状態で稀に発生する時間感覚の矛盾。世界がスローモーションのようにゆっくりと動く中、自分の意識だけが変わらずに進んでいるような感覚。それを意図的に、又は特定の条件を満たした時に、確実に発生させる訓練をする。

それが出来るようになった後は、次は体感時間の圧縮率を上げる訓練をする。現実の1秒を体感的には10秒に、100秒に感じられるようにする。

体感時間を縮めるのではなく圧縮する。熱中して夢中になりすぎて時を忘れるのではなく、ゆっくりと流れる世界の中を恐怖で狼狽しながら慌てふためき続けるのでもなく、あくまでも冷静に平常の精神状態を保ちながら、1秒の濃度を限り無く上げていく。そしてその状態を少ない負担で長時間維持できるようにする。

それが出来るようになった時、アキラの実力は飛躍的に向上している。

アルファはそれらの説明を普通に話した。しかしアキラは普通には受け入れられなかった。

「そう簡単に言われても……、俺にそんなことが出来るのか？　正直、自信無いぞ？」

アキラは念話の訓練の説明を聞いた時以上に無茶苦茶なことを言われた気がした。今から普通に空を飛べ。そう言われるぐらいに突拍子も無い内容に思えた。

だがアルファはアキラの疑問を笑って吹き飛ばす。

『出来るわ。というより、無意識にならもう出来ているわ。あとはそれを意識的に出来るようにするだけよ』

「……もう、出来てる？」

『そうよ。分かりやすい例を挙げると、前にシオリやネリアと戦ったでしょう？』

アキラが二人との戦闘を思い出す。その時のアキラは、アルファの操作により達人の技量を見せる強化服の動きに出来る限り追い付こうと、自身の実力を数段超える無茶な挙動に追いすがろうと、死に物狂いで体を動かしていた。

『あの時のシオリは加速剤を、それも恐らくかなり高性能な物を使用していたはずよ。それで体感時間を圧縮させて、更に反応速度を劇的に向上させて、精密な高速戦闘を可能にしていたわ。ネリアの方は高速戦闘が可能な義体を操作する為に、転換手術の一環で脳改造でもしたのでしょうね』

「それと何の関係があるんだ？」

『アキラは相手の動きを目で追っていたわ。それに私が操作する強化服に自分の動きを何とか合わせようとしていたわ。アキラは余りに必死で気付いていなかったけれど、それは通常の時間感覚では不可能なのよ？』

強く驚くアキラに向けて、アルファが少し得意げに笑う。

『恐らく、死の危険を感じたことによる極度の集中によるものでしょうね。危機的な状況から脱しようと、無意識に体感時間の圧縮を成功させたのよ』

アキラは驚きながらもアルファの説明を受け入れていた。一応は納得できる内容を、信頼しているアルファから説明されたことで、それを信じた。

事実がどうであれ、そう信じ、そう認識したことで、それはアキラにとって確固たる事実になった。それはアキラの中で、出来ない、が、出来る、に切り替わったことを意味していた。

アキラの顔から驚きが消えた時、そこには迷いの無い表情が残っていた。アルファは満足すると、具体的な訓練内容の話に移る。

『まずアキラにやってもらうのは、危機的状況だと自分の脳を騙すことね。その認識を契機にして、今までは無意識に行っていた体感時間の操作を、意図的に出来るようにするの。そうすればあとは状況とは無関係に自分の意志で体感時間を操作できるようになるわ』

「……やることは分かったけど、具体的にはどうすれば良いんだ？」

『始めれば分かるわ。早速始めましょう』

アルファはそう言うと訓練用の格好に着替えた。装飾過多のドレス、或いは異常に布地の多い踊り子の衣装のような服を身に纏う。肌の露出を顔ぐらいに抑えており、両脚は床まで届くスカートで、両手は非常に長い袖で隠していた。

両手には剣を持っている。長い袖の先から非常に切れ味の良さそうな刀身が伸びていた。

アルファがその右手の剣先をアキラの眼前に突き付ける。その刃はそれが現実には実在していないと理解していても、アキラが思わず少し引いてしまうほど鋭利に輝いていた。

『今から私がアキラの前で踊って、途中で突然斬りかかるから、その攻撃を躱しなさい。アキラは踊る私をしっかり見ること。分かった？』

「わ、分かった」

『体感時間の圧縮の訓練なのだから、距離を取って躱そうとはしないこと。私が近付いてもそこから離れては駄目よ？』

「分かった」

『よし。では、始めましょう』

アルファが数歩下がった後、アキラに向けて恭《うやうや》しく一礼する。そして均整の取れた美麗の顔に凜《りん》とした表情を乗せ、ゆっくりと踊り出した。

大量の布地を宙に舞わせて踊るアルファの姿は神秘的なまでに美しい。光沢を放つ布や装飾品が四肢の動きに合わせて幻想的な光の帯を産み出しており、優雅に振るわれる刀身が美しい輝きを振りまいている。

しっかり見ろと言われるまでもなく、アキラは踊

るアルファの姿に目を奪われていた。

両目を瞑りながら凜とした表情のまま、わずかな体勢の崩れも無く舞うアルファの姿からは、信仰と崇拝を超えた祈りすら感じられた。

優美に舞い踊る場所が、その衣装とも洗練された踊りとも場違いな車庫であることなど、その姿に魅入ってしまうのに何の障害にもならなかった。

アキラが我に返った時、既にアルファの攻撃は終わっていた。アルファが右手の剣でアキラの首を薙《な》ぎ終わっていた。

アキラは全く反応できなかった。剣が実在していれば、切られたことにすら気付かずに死んでいた。

啞然としているアキラに向けて、アルファが悪戯っぽく笑う。

『ちゃんと観《み》ないと駄目よ？』

「……分かった」

アキラが気を切り替える。刃物を振り回している人間が近くにいるのに、欠片も危機意識が無いのでは話にならない。アルファに見惚《みほ》れるのではなく、その動きを観察し、その挙動に集中しなければならない。アキラは強い意志を以てアルファに意識を集中した。

自分から再び距離を取ったアルファを、アキラはわずかな変化も見落とすまいと真剣な顔で注視していた。

そのアキラの顔が少し怪訝なものに変わる。アルファの衣装から、装飾の布が一枚剝がれ落ちたのだ。ふわりと宙に舞った布は、床に着く前に光となって消えていった。

アルファの衣装はアキラの視覚情報にしかない映像のみの作り物だ。勝手に剝がれ落ちることなどない。つまりアルファが意図的に外したことになる。

「……アルファ。何でその布を外したんだ？」

『難易度を少し下げただけよ。私のこの布地たっぷりの服装は、私の動きを捉えにくくしているの。攻撃の予備動作を隠したりね。相手の体の各部位の動きを把握できれば、それだけ攻撃に気付きやすくなるでしょう？』

「それはそうだけど、その相手からの攻撃に逸早《いちはや》く気付いて、反射的に体感時間を圧縮して躱せるようになる為の訓練じゃないのか？」

『良いのよ。アキラが私の攻撃にまるで反応できないのなら、そもそも危機的状況だと認識できないでしょう？　最低でも攻撃を知覚して、攻撃されていることに気が付けないと、体感時間の感覚を切り替えるトリガーにならないわ』

「……まあ、確かに」

『アキラが私の攻撃を受けるたびに、私の衣装の布を一枚ずつ減らしていくからね』

「……は？」

『もし私の裸を堪能したいのなら、思いっきり手を抜いても構わないわよ？』

アルファは艶麗《えんれい》に笑ってそう言うと、少し焦っているアキラの前で再び踊り出した。

華麗に舞うアルファの姿を、アキラは自身の内心を表情に出さないように、顔を強張らせながら見続けた。

訓練が続く。アキラは相手の攻撃のわずかな予兆も見逃すまいと、アルファの動きに細心の注意を払っていた。

それでもアルファの攻撃を一度も躱せていない。衣装を煌《きら》びやかに装飾する大量の布地が、アルファの身体と剣の動きを隠して攻撃の動作を非常に分かりにくくしている。加えてアキラの目がアルファの動きに追い付いていない。その両方の所為で、気が付いた時には斬られていた。

アキラもアルファの動きを何とか摑もうと、必死になって集中しようとしている。しかし死線の上を死に物狂いで駆け抜ける戦闘時の集中力に比べれば、今のアキラの集中力は雑なものと評価せざるを得ない。

アルファはアキラのわずかな気の緩みを衝いて、的確に攻撃し続けていた。事前の説明通り、アルファの服から布が一枚ずつ剝がれていく。大量の布地で華やかに装飾されていた衣装から布地が次々と剝がれ落ち、装飾目的の布が消えて無くなるまですぐだった。

　布地が少なくなった分だけアルファの肌が露わになっていく。腕や脚から始まり、背中や腰、胸の谷間や尻の割れ目などが、踊るアルファの動きに合わせて、足りない布地の隙間からチラチラと見え隠れするようになっていく。

　肌が露出するほどに、その踊りに蠱惑的な動きが増えていく。アルファは相手を惑わすように四肢を大きく動かしながら、妖艶な笑顔を浮かべて流し目を送る。その次の瞬間に、相手を斬り裂いていた。

　アキラはとにかく集中して攻撃を躱そうとしている。だが集中している間は攻撃は来ない。そして集中力も長くは持続できない。集中し続けて限界に達した時、或いは集中がわずかに緩んだ時、即座に斬られていた。

　余所見《よそみ》をしない程度の集中を維持した上でアルファの微細な予備動作から攻撃の予兆を察し、それをトリガーにして体感時間を圧縮、ゆっくりと流れる世界の中で相手の斬撃を目で追って回避する。その為の訓練なのだが、今のところはその全てに失敗していた。

　次第にアキラの反応が鈍くなっていく。やがて肉体的にも精神的にも限界を迎えると、アルファに剣を振るわれても、遂にろくに反応も出来なくなってしまった。

　その疲労具合を確認して、アルファが訓練の切り上げを決める。

『今日はこれぐらいにしましょう』

　アキラは疲労を隠さずに大きく息を吐いた。そしてアルファの姿を今一度確認して、深い溜め息を吐いた。

　アルファは肌を隠すのには適さない煌びやかなアクセサリーぐらいしか身に着けていなかった。あれだけあった大量の布は、ほぼ全て無くなっていた。その艶容な姿が、この訓練でのアキラの不甲斐無さを分かりやすく示していた。

　少し落ち込んだ様子のアキラを、アルファがいつものように笑って慰める。

『一朝一夕で出来るようなことではないわ。訓練が無駄になることもない。気長にやりましょう』

「……そうだな。分かった」

項垂れていても事態が良くなる訳ではない。アキラはそう考えて空元気を出し、意気を無理矢理絞り出した。

『しばらく休んだら部屋で勉強の続きをしましょうか。それとも今日は休む？』

「いや、勉強の続きを頼む。今はハンター稼業を休業中なんだ。それぐらいはしておきたい」

『分かったわ。今日は何を教えようかしらね……』

その後、部屋に戻ったアキラは十分休んだ後でアルファの授業を受けようとした。

『今日は数学にしましょう。ハンターたる者、報酬額の計算ぐらいは出来ないとね』

「……その前に、いつまでその格好でいるつもりなんだ？」

アルファの格好は訓練が終わった時の妖艶な姿のままだった。少なくとも勉強に適した格好ではない。

アルファがからかうように笑う。

『着替えろと言われなかったから、この格好を気に入っているのかと思って、そのままにしておいたのだけれど』

「分かった。次から訓練が終わったらすぐに指摘するからな」

『遠慮しなくても良いのに』

「良いから、とっとと着替えろ」

アルファが服を教師風のものに変える。一応露出だけは大幅に減った。しかし胸元は大胆に開けられている上に、スカートには極端に深いスリットまで入っていた。これはこれで艶《なま》めかしく、いろいろときわどい格好だ。

そのアルファの格好を見たアキラの感想は、まあいいか、という程度のものだった。人間は慣れてしまうものなのだ。

アキラは今日もいろいろ常識とずれのある環境で、いつものように勉強を続けた。

第65話　何も無かったことの確認

アキラが家を借りてから5日経った。その間も体感時間操作の訓練は続いていたが、これといった成果は無かった。

訓練を開始した時には装飾過剰なアルファの服がほぼ全裸になり、疲労でアキラの反応が大幅に鈍った時点で訓練を終える日々が続く。

アキラは一度もアルファの攻撃を躱すことが出来ないままだ。反射的な動きが若干向上していたが、それは体感時間の操作とは無関係な部分の成長であり、訓練の本来の成果ではない。

訓練を終えて休憩中のアキラはどことなく悔しそうな表情を浮かべていた。

アルファは出来ると言っている。ならばそれは出来るはずなのだ。しかし自分には出来ていない。その兆《きざ》しさえ無い。訓練の成果が一向に出てこない状況に、アキラは不甲斐無さを感じて少し重い溜め息を吐いた。

そこでアルファが妙なことをアキラに伝える。

『アキラ。変な依頼がアキラ宛てに来ているわ』

「変な依頼？」

『そう。変な依頼。確認してみて』

アルファが情報端末を指差す。その画面がアルファの操作により次々と切り替わり、ハンター用サイトのアキラの個人ページが表示された。そこには新たな依頼を知らせる通知が出ていた。

情報端末に手を伸ばして依頼の内容を確認したアキラが怪訝な顔を浮かべる。依頼はシオリからのものだった。

件名には、各種相談の依頼、と記されていた。概要や詳細の部分には一度会って話がしたいという旨と一緒にレストランの場所が記載されており、報酬としてそこでの食事代を支払うと書かれていた。

「……何だ、これ？」

アキラは不思議そうにしながら依頼内容を再確認したが、間違いなくそう書かれていた。

『さあ？　依頼内容を相談する為の前依頼なのかしら。本人に聞かないと分からないわ』

「俺には、食事代は持つから食事でもしながら話をしようと提案されているようにしか思えないけど」

『そうかもしれないわね』

「何を話すんだよ」

『私に聞かれても分からないわ』

一度殺し合った相手から来た意図不明の依頼に、アキラもアルファも首を傾《かし》げていた。

『それで、どうするの？　依頼を受けて会いにいく？　指定された場所が場所だから、行っても危険は無いと思うけれど』

指定されたレストランはクガマビルの上層階にある店だ。防壁と一体化している高層ビルにはクガマヤマ都市最大のハンターオフィスも入っている。騒ぎを起こせばただでは済まない。

シオリの用件が何にしろ、そのような場所を指定している以上、相手に自分と争うつもりは全く無いということぐらいはアキラにも分かった。

『単純に断っても良いし、無視するって手もあるわ。アキラの好きにして』

アルファはアキラに一通りの提案を済ませた。シオリに会いにいけば気分転換になるかもしれないが、無理に勧める気も無い。本当に好きにすれば良いと考えている。

アキラの行動が自身の目的の妨げとならない限り、アルファはアキラの意志を尊重する。

アキラは再度依頼文を読みながら依頼を受けるかどうか悩み続けた。そしてしばらく悩んだ後、依頼を受けることに決めた。

わざわざハンターオフィスを介してまでこのような依頼を出したシオリの真意がやはり気になる。それを安全に確認できるのなら依頼を受けても良いだろう。そう判断してのことだった。

付け加えれば、シオリに誘われた場所が高級レストランであり、しかも食事代は相手持ち、身銭を切らずに高額な料理を食べられることも決断の理由だった。

それが判断材料の中でどの程度の割合を占めていたのか、という点については、アキラは目を逸らすことにした。

クガマヤマ都市の防壁と一体化している高層ビルであるクガマビルには、都市の中位区画に住居を構える高ランクハンター向けの店舗も多い。

中には一定のハンターランク以上の者でなければ入店を断る店まであり、そのような高級店が立ち並ぶ階層は基本的にアキラのような低ランクのハンターが足を踏み入れる場所ではない。

その上層階にシュテリアーナという高級レストランがある。ハンターランクによる入場制限などは無いが、それは単に防壁の内側に住む富裕層も顧客にしているからであり、企業の役員や高ランクハンターなど、金と力を持つ者を常連客とする一流店だ。

シオリとの約束の日、アキラはそのシュテリアーナの前で、その非常に高級そうな外観を目の当たりにして気後れしていた。

アルファがアキラをからかうように笑う。

『やっぱり帰る？』

『……いや、入る。何も遺跡に入る訳じゃないんだ。尻込みする必要は無い』

アキラはそう答えて、半分ぐらいは自分に言い聞かせて店の中に入った。

店の内装は下位区画に幾らでもあるレストランとは全く異なる高級感の漂う趣だ。そこらの酒場であれば、荒野から戻ってきたハンターが砂埃《すなぼこり》やモンスターの返り血などで多少汚れたまま入っても何の問題も無い。だがここで同じことをすれば問答無用で追い返されそうだと、アキラは少し緊張気味な様子を見せていた。

実際には店員から体の汚れを落として着替えるように促されるだけで済む。店にはその為のシャワー等の設備が備え付けられており、清潔な服の貸出も行っている。服の洗濯等を頼むことも出来る。ハンター向けの高級店では珍しくないサービスだ。

店員がアキラにすぐに気付き、一流の店に相応しい丁寧な接客を始める。

「本日は当店に御来店頂き誠にありがとう御座います。御予約のお客様でしょうか?」

和やかに尋ねてきた店員に、アキラが若干慌てながら答える。

「え? あ? えーと、シオリって人がいるはずなんだ……ですけど」

「シオリ様で御座いますね? お客様のお名前をお伺いしても宜しいでしょうか?」

「アキラです」

「畏まりました。ではアキラ様。お荷物をお預かり致します」

アキラは家を出る時、いつも通り荒野に行く感覚で準備を済ませていた。弾薬の詰まったリュックサックを先に渡すと、店員が更に手を出してくる。

『アキラ。銃もよ』

『あ、ああ、そうか』

アキラは少し迷ったが、銃も店員に手渡した。

「御協力ありがとう御座います。お席へ御案内致します。どうぞこちらへ」

その後、店員の案内で店の中を歩いていく。優雅な雰囲気を漂わせている店内は、そこらの店との格の差を示すもので溢《あふ》れていた。床に敷かれている絨《じゅう》毯《たん》の柔らかな感触さえ、歩くたびにアキラに住む世界の違いを感じさせていた。

多種多様な客が広めの間隔で配置されたテーブルで見るからに高そうな食事をとっている。そこにはどう見ても飲食に適しているとは思えないサイボーグまで座っていた。その人物の前にも多彩な料理が並べられていた。

それを見たアキラが素朴な疑問を覚える。

『アルファ。あの人はどうやって料理を食べる気なんだと思う?』

『あの見た目で、実はちゃんと飲食可能な機体なのかもしれないわ。或いは、今は日常生活用の義体を使用していると勘違いして店に来たのかもね。又は同伴者に食べてもらって味のデータを送ってもらうつもりだとか、食べられないからせめて料理を見て楽しむつもりだとか、いろいろ考えられるわね』

『なるほど。でも最後のは無い気がするな。美味《おい》しそうな食事が目の前にあるのに食べられないとか、ちょっとした拷問だろう』

『人の考えはいろいろよ。当事者でないと分からないことも多いわ』

アキラは真相がかなり気になったが、それを確認する為に近くで見ている訳にもいかない。諦めてそのまま店員の後に続いた。

予約済みのテーブルには既にシオリが座っていた。アキラをそこまで案内した店員が椅子を引いて着席を促す。アキラがたじろぎながら椅子に座ると、シオリとアキラの両方の前にメニューが置かれる。シオリがそのメニューに手を付けずに店員に告げる。

「決まりましたら呼びます」

「畏まりました」

店員が一礼して去っていく。慣れている者同士の自然な遣り取りの中に、アキラだけが取り残されていた。

シュテリアーナはその立地から、敵対している強力なハンター同士が武力衝突を避けて示談交渉などを行う場所としても利用されている。

既に一触即発の関係で、目が合った瞬間に殺し合いに発展しかねない者同士でも、都市とハンターオフィスの両方を敵に回すのは得策ではないと、可能な限り冷静に話し合える空間。シュテリアーナはそちらの意味でも高級店だった。

シオリは清潔感のある洒落《しゃれ》たスーツを着ていた。この場にいることも含めて、都市の中位区画のような安全な場所で生活している者の雰囲気を漂わせている。そのまま荒野に向かってもおかしくないアキラの格好とは正反対だ。

アキラがそのシオリの姿を見て、そういう格好も出来る者が地下街でどうしてメイド服を着ていたのかと改めて不思議に思う。だがここでメイド服を着ると店員と間違われるからかもしれないと思い、深く気にするのはやめた。

そしてよく見ればシオリの手は素肌であり、強化インナーを着ているようにも見えない。アキラはそれでシオリへの警戒を引き下げた。

逆にシオリはアキラの格好を見て警戒を引き上げた。さほど高性能には見えないが防護服、つまり戦闘服を着用しているからだ。シオリにはその格好がアキラの何らかの意思表示に思えた。

もっともアキラにそのような意図は無い。この服を着ているのはキバヤシにハンター用の適当な服を頼んだ結果であり、単純に他に着ていく服が無いだけだ。

友好的に話を進めるのは難しいかもしれない。そう判断して改めて覚悟を決めたシオリが凛とした表情でアキラを見る。そのシオリの表情には、内に秘めた強い意志から生まれる一種の美しさがあった。

「アキラ様。私からの依頼を受けて頂き誠にありがとう御座います。約束通り代金はこちらで支払いますので、お好きな物を注文してください」

そう言われたアキラは一度メニューを見たが、気を引き締めて視線をシオリに戻した。

「先に話を済ませよう。報酬を受け取れる結果になるかどうかは分からないからな」

やはり警戒されていると、シオリが緊張を高める。

「……分かりました。では本題に入りましょう」

そう告げて、お互いに気を引き締めた後、シオリはアキラに深々と頭を下げた。

「先日はアキラ様にお詫びし切れないほどの御迷惑をお掛けして、大変申し訳御座いませんでした。そしてお嬢様を助けて頂き誠にありがとう御座いました」

本心の礼を告げた後、誠心誠意懇願する。

「アキラ様が私とお嬢様に思うことは多々ありましょうが、全ての責は私に御座います。アキラ様が望まれるならば、私の財産でも体でも命でも差し出させて頂きます。ですから、どうか、レイナお嬢様に責を問うのは慈悲を頂きたく、お願い致します」

これもシオリの本心だ。覚悟は出来ていた。

アキラはレイナの迂闊な行動の所為で一度確定したはずの勝利をひっくり返された上に、自分と殺し合う羽目になった。

幸運にも、アキラもレイナも自分も死なずに済んだ。しかし酷く恨まれていても不思議は無い。従者の責が主にあるのならば、自分の責はレイナにあると判断される恐れもある。

それだけは阻止しなければならなかった。

シオリの言葉が口先だけのものではないことはアキラにも分かった。自分の恨みの矛先をレイナに向けさせせない為に、シオリは差し出せるものを全て差し出してレイナを救おうとしている。その真摯で真剣なシオリの態度に、アキラはわずかに押されていた。

「それに答える前に一つ質問だ。何でわざわざハンターオフィスを経由した依頼の形で俺を呼び出したんだ？」

「依頼を受けた上でのことであれば、アキラ様に誠実に対応して頂けると判断いたしました」

シオリは地下街で一度アキラを雇っていた。アキラはその時にレイナを非難しシオリを怒らせるようなことを言ってしまったのだが、それは口先だけで場を凌ぐのを良しとせず、シオリとの交戦すら視野に入れて、依頼に対してアキラなりに誠実に対応した結果だった。

シオリはアキラの本心を聞く必要がある。アキラに敵視されているとしても、その程度を把握しなければならない。表面上だけ気にしていない素振りをして、裏でレイナを殺そうと暗躍する。それは阻止しなければならない。

シオリがアキラに金も体も命も差し出して、それで怒りが収まるならばそれで良い。アキラはレイナの命の恩人でもあるのだ。自分の命程度で済むのであれば、仕方が無いと納得できる。

しかしそうではないのなら、シオリはたとえその恩人相手であっても、もう一度覚悟を決めなければならない。アキラと差し違えてでもレイナを護《まも》る覚悟を。

だからこそ、シオリはアキラから本心を聞き出さなくてはならなかった。

アキラにシオリの意図をそこまで正確に把握するのは無理だ。それでも嘘を吐いてほしくない為にこの場を整えたことだけは分かった。

「そうか。ならそっちが納得するかどうかは別にして、誠実に返答する。顔を上げて聞いてくれ」

シオリが頭を上げる。そして覚悟を決めた表情でアキラの返答を待つ。

その真剣なシオリの顔を見て、アキラが少し言い辛《づら》そうに答える。

「何も無かったことに関して、どうこうすることも思うことも無い。以上だ」

「……は？」

シオリは思わず表情を崩し、自身の内心を的確に表した一言を発していた。

アキラが少しきまりが悪そうな様子を見せる。

「あ、うん。そうだよな。説明しないと駄目だよな。分かった。今から出来る限り説明する。だから取り敢えず疑問とかは一度棚上げして、俺の話を聞いてくれ」

「……、分かりました」

「ハンターオフィス経由で俺に依頼できるってことは、俺のハンターコードは知ってるよな？　ハンターオフィスのサイトの俺のページで、この前の依頼、地下街での俺の戦歴を確認してくれ。出来るか？　無理なら俺の情報端末を貸すけど」

「可能です。畏まりました。少々お待ちください」

シオリは訝しみながらも、情報端末を取り出して言われた通りにアキラの戦歴を確認した。その途端、シオリの表情が驚きに染まる。

「……これは!?」

そこに表示されていたアキラの地下街での戦歴は、シオリが知るものとは掛け離れた内容だった。

都市から依頼を受けて地下街に3日通い、3日目に負傷して病院に運ばれた。ハンターオフィスが公開しているアキラの地下街での戦歴は、それで全てだった。

間違ってはいない。しかし情報が根本的に欠落しており、決して正しい内容ではない。だがハンターオフィスの掲載情報である以上、公的にはそれで全てだ。

尚シオリ達の戦歴の方には、ほぼ正しい内容が記載されている。ただしアキラの部分は他のハンターという記述になっており、そのハンターの情報に関しては本人設定により非公開という理由で閲覧不可となっていた。

加えてアキラと揉めた部分については、ドランカム所属のハンターが外部のハンターと揉めたとだけ記述されており、詳細はドランカムと該当ハンターの交渉により非公開となっていた。

困惑しているシオリに、アキラが説明を続ける。

「詳細は依頼元、つまりクガマヤマ都市との守秘義務で話せないが、それが俺の地下街での戦歴だ。何も無いだろう？　何も無かった以上、俺がどうこうすることも、どうこう思うことも無い。何も無かったんだからな」

キバヤシとの取引により、アキラの地下街での戦歴はごくありふれた内容に書き換えられている。そしてアキラにそのことを口外する意志は無い。変更後の何事も無かった戦歴を事実として行動するつもりでいる。

それにより、アキラの中ではシオリ達との確執などは全て無かったことになっている。少なくとも蒸し返すつもりは無い。シオリ達に対して思うことは何も無いと言えば嘘になるが、だからといってその件で何らかの行動を取るつもりは無い。その辺は完全に割り切っていた。

「納得がいかないなら、そっちで勝手に都市に問い合わせてくれ。勿論、俺を巻き込まずにだ。都市に喧嘩を売る気は俺には無いからな」

地下街の件でレイナ達に何かすると、都市を敵に回すことになる。だから何もしない。そういう意味を込めてアキラは説明を締め括った。

シオリは情報端末に表示されているアキラの戦歴と、目の前にいるアキラに何度も視線を移した後、熟考して状況の把握に努めた。

嘘や見落とし、勘違いや暗黙の了解の差異などで、事態が致命的に悪化する恐れがあるかどうかを精査する。その上で、真剣な表情で、もう一度だけアキラに確認する。

「……何も無かった。そういうことで宜しいのですね？」

アキラはしっかりと頷いた。

「ああ。何も無かったからな」

「分かりました。では、何も無かったことの確認にわざわざお付き合い頂いたお礼ということで、お好きな物を注文してください」

シオリは微笑んでアキラにメニューを手に取るように促した。

「そういうことなら遠慮無く」

アキラはそう言ってメニューを手に取った。それを見てシオリが胸を撫で下ろす。

これも取引だ。取引が成立した以上、これでアキラも、何も無かった、という建前を覆すような真似はしないだろう。少なくともこの件でレイナに手を出すことはない。そう判断して安心した。

アキラがメニューに手を伸ばして報酬を受け取る意志を示したことで取引は成立した。これによりシオリに残っていた懸念は消え去った。

アキラがメニューを見て唸《うな》っている。メニューには多種多様な料理の名称が記載されているが、アキラにはその名称を読んでもそれがどのような料理なのか全く分からない。

『アルファ。このアランドュースのグリエ新パリエス風エリアネス添えって、どんな料理なんだ？』

『分からないわ。何らかの肉料理なのでしょうけれどね』

『まあ、肉料理のページに書かれてるんだから、そうなんだろうけど……』

メニューを凝視して難しい顔で唸り続けるアキラを見て、シオリが愛想良く微笑みながら助け船を出す。

「アキラ様。私は本日のお勧めコースにしようと思います。基本外れはありませんから、迷うようでしたらアキラ様も同じコースを選んでは如何《いかが》でしょう？　足りなければ追加も頼めますので、まずは店の勧めを試すのも宜しいかと」

「……お願いします』

アキラは自分の不運を自覚している。運に頼ってメニューの中から適当に選んでみる方法もあるが、それで得体の知れない料理を選んでしまうと、この折角の機会が台無しになる。そう考えてシオリの好意に甘えることにした。

シオリが店員を呼び注文を済ませる。しばらく待つと、数多くの料理がアキラ達の前に運ばれてきた。

そこにアキラの知っている料理など一品も無い。どれも非常に高そうで美味しそうに見える。アキラは喉を鳴らし、真っ白な皿に載せられた食欲をそそられる料理へフォークを伸ばし、緊張した様子でゆっくりと食べ始めた。

暴力的なまでの美味がアキラに襲いかかる。舌から伝わる未知の衝撃にアキラは我を失いそうになったが、ギリギリのところで持ち堪えた。冷静さの喪失が死に繋がる。それをアキラに理解させた数多くの経験が功を奏した。

アキラは原材料も調理方法も分からない料理をゆっくりと咀嚼《そしゃく》し、味わい、飲み込んだ。アキラの味覚を根本から書き換えるような素晴らしい食の体験だった。スラム街などでは決して味わえない幸福がそこにあった。

感動の程度が一線を越えそうなアキラの様子に、アルファが心配そうに声を掛ける。

『アキラ。大丈夫？』

「だ、大丈夫だ」

アキラは思わず念話ではなく口に出して答えてしまった。つまり、大丈夫ではない。

そのよく分からない発言を聞いたシオリが少し不思議そうな様子を見せる。

「……アキラ様。お口に合いませんでしたか？」

アキラは挙動不審なまま、慌てて首を横に振った。

「え？　あ、大丈夫です。美味しすぎて驚いただけです」

シオリがアキラの様子を少し不思議に思いながらも安心して顔を緩める。

「アキラ様のお口に合う料理をお勧めできたようで何よりです。制限時間などは御座いませんので、ゆっくり御賞味ください」

「は、はい」

アキラは何とかそう答えて食事を再開した。そして再び、料理の余りの美味しさの所為で微笑ましいを超えて精神状態を心配したくなるような様子を見せていたが、今度はアルファも声を掛けたりはしなかった。下手に話しかけると、またボロを出しそうだからだ。


シオリが自分も食事を続けながらアキラの様子を窺う。

満面の笑みで料理を口に運んでいるアキラの姿は、切り札である加速剤を使用してまで戦った自分と互角に渡り合った人間とは到底思えない。

どこにでもいる子供、少し幼いようにも見える少年の姿がそこにあった。

しかしその姿を見たからといって、シオリはアキラへの警戒心を下げなかった。むしろ今回のことでアキラに対する評価と警戒を更に上げた。

アキラの地下街での戦歴は、実際のものとは掛け離れた無様と呼べるほどに悪い内容に書き換えられている。

ハンターオフィスの掲載情報だ。クガマヤマ都市も流石に本人の承諾無しにそのような真似は出来ない。何らかの取引は確実に行われている。

そして自分にそのことを説明したアキラの態度を見る限り、都市への反感や不満は感じられなかった。よってそれらの悪感情を覆すほどの利益を手に入れたと判断できる。

つまり都市側は脅しではなく利益でアキラの承諾を得たことになる。言い換えれば、アキラにそれだけの実力を認めたことになる。吹けば飛ぶようなハンターと判断されているのであれば、都市側もそれ相応の対処を取れば済むだけだからだ。

ドランカムの事務派閥は徒党の発展と自分達の勢力拡大を狙って若手ハンターの勢力を増強させている。優秀な若手ハンターの勧誘なども積極的に進めていた。

しかしアキラを勧誘したような形跡は無かった。アキラほどの実力の持ち主ならば、素行に多少の問題があっても勧誘するはずだ。シオリはそう考えており、いろいろと疑念を深める。

単にドランカムのスカウトに偶然見付からなかっただけなのか。或いはあれほどの実力を持っていても打ち消せないほどの、何か大きな問題を抱えている人物なのか。どちらも考えられると思案する。

（調査が必要でしょうか……。しかしそれが藪蛇《やぶへび》になる恐れもあります。レイナお嬢様に火の粉が降りかかるような事態は避けなければ……）

シオリはアキラとは異なり美食に意識を乱されるようなことはなく、目の前にいる人間への対応方法を冷静に考え続けていた。

そのシオリをアルファがじっと見ていた。

アキラはその二人の様子になど気付かずに、身に余る至福を感じながら食事を続けていた。

第66話　本来の実力

アキラがシュテリアーナでの食事を続け、胃が満足感と満腹感で満たされて美食に対する抵抗力をようやく付け始めた頃、テーブルに残された料理はデザートのみとなっていた。

追加注文も出来たが、アキラは出された料理を残してしまう恐れから、葛藤の末に追加の注文を取りやめた。芸術的に加工されたデザートを少量ずつ味わい、そのたびに頬を緩ませながら、そろそろ終わりが近付いてきた至福の時への感傷に浸る。

シオリが同じデザートを口にしながらアキラに尋ねる。

「ではアキラ様はずっとお一人でハンター稼業を続けていらっしゃるのですか？」

アキラがデザートの味覚に意識を半分ほど奪われながら答える。

「ああ。ずっと一人でやってる。ずっとって言っても、そんなに長くハンターを続けている訳じゃないけど」

「仲間の募集やどこかの徒党に所属する予定などは無いのですか？　討伐にしろ遺物収集にしろ、お一人では大変なことも多いと思いますが」

「まあそうだけど、今のところは一人でやってる方が性に合ってるんだ。一人なら報酬の分配とかで揉めることも無いし、俺は結構好き勝手に行動する方だから、集団行動で揉めるよりはそっちの方が良いんだ」

シオリはアキラの情報を出来る限り手に入れようと雑談を交えていろいろ聞いていた。愛想良く微笑みながら裏で慎重に情報収集に勤《いそ》しむ。話す内容はアキラの感覚では雑談の範疇だが、シオリは質問内容を熟慮して尋ねていた。

アキラも思い付いたことをいろいろと尋ねていた。シオリ達が所属しているハンター徒党であるドランカムについても何となく聞いていた。

「へー、若手のハンターを集めてるんだ」

「はい。ドランカムは党の方針として若手のハンターの加入を推進しています。最近は素人でも構わずに勧誘しているようですね」

「俺が言うのも何だけど、銃を持っただけの素人を集めても、すぐに死ぬだけなんじゃないか？」

同じ素人という表現でも、シオリの言う素人とアキラの言う素人には大きな隔たりがある。その所為で二人の認識は微妙に食い違っているのだが、話の大筋を狂わせるほどではなかった。

「素人をそのまま荒野に送ればそうなりますが、ドランカムでは研修期間を設けるなどして対処しています。他にも装備品の貸出などを行って実力の嵩上《かさあ》げをしています」

「……装備か。装備は大切だよな」

アキラはしみじみと答えた。粗悪な拳銃片手にクズスハラ街遺跡に向かって死にかけた者としては、装備の貸出など嬉々として飛び付きたくなる優遇処置に思えた。

「何かこう、ハンター徒党なんか下っ端を食い物にしているところばっかりだと思ってたけど、そういう徒党もあるんだな。ちょっと意外だ」

「長期的にはドランカム側にも十分利益のあることですから。ただ若手への優遇が過ぎるとして、古参の者から不満の声も上がっているようです」

若手に貸し出す装備品も只ではない。若手に訓練をつけても金は稼げない。その皺寄《しわよ》せの負担は、今現在稼いでいる者にどうしても偏る。

加えて若手達は徒党加入時からその恵まれた環境を与えられた所為で、その優遇を当然のように享受しやすい傾向があった。それにより、古参と若手の軋轢《あつれき》は徐々に深まっていた。

「しかしそれで有能な若手ハンターを数多く所属させることに成功しているのも事実です。そしてそもそも徒党の方針を決めている幹部達も大半は古参です。一概に若手が悪い、古参が悪いとは言えないのでしょうね」

アキラの脳裏にシカラベとカツヤの姿が浮かぶ。非常に仲の悪い様子だったが、そういう背景があったのかと何となく思う。

「シカラベとカツヤだっけ？　あの二人もそんな理由で仲が悪いのか？」

シオリの表情が若干不満げに歪んだ。

「シカラベ様とカツヤ様ですか。シカラベ様は以前、引率役としてカツヤ様と一緒に行動していまして、どうも相性が非常に悪かったと聞いております。カツヤ様も悪い方ではないのですが……」

話題はそのままカツヤに関する内容に移り、アキラはシオリから愚痴に近い話を聞かされることになった。

既にカツヤは若手とは思えない数々の戦果を出していた。地下街でも改めて討伐チームに配属されると、他の実力者達と比べても遜色の無い成果を叩き出し、その高い実力を知らしめていた。ドランカムの事務派閥もカツヤを若手育成の成功例として大いに称賛した。

それだけならばシオリも眉をひそめることはない。問題はその副産物にあった。異性からの人気が非常に高いのだ。

カツヤはドランカムの若手ハンターでは一、二を争う実力者で、将来性に溢れており、徒党の事務派閥の幹部から手厚く扱われている上に、容姿も良い。それだけでも人気を集める要素は揃っているのだが、それに加えて他者の救援に進んで駆け付ける姿勢がカツヤの人気に拍車を掛けていた。

当然ながらハンター稼業には危険が付き物だ。危ない状況に追い込まれ、誰かの助けを必死に願う者も多い。

その危機的な状況で迷うこと無く駆け付けてくれて、身を挺《てい》して助けてくれた上に、無事を心から喜んでくれて、見返りも求めない者がいる。同性異性にかかわらず自然に感謝と尊敬を抱きやすいが、異性の場合はそこに好意や慕情が加わることも多かった。

更に打算で近付き本気になった者や、実力を認めて好感から好意へ変化した者などもおり、カツヤへ強い想《おも》いを抱く者は、無自覚の者も含めてかなりの数になっていた。レイナもその一人だ。

　シオリがどこか苦々しい表情で少し刺々《とげとげ》しい声を出す。

「私もカツヤ様がお嬢様と誠実にお付き合いなさるのでしたら、苦言を呈する気など毛頭御座いません。しかし特定の相手を作る気も無く、言い寄ってくる方々に思わせ振りな台詞で明確に断りもせず、日々その人数を増やしているのですよ!?　自覚が無ければ許されるというものでは御座いません！」

「は、はあ、そうですか……」

　アキラは曖昧に答えながら食後のコーヒーを飲む。既に3杯目で、デザートは完食済みだ。シオリは追加でデザートを2皿頼んでいた。

「確かにカツヤ様は類い稀な才をお持ちです。他者を進んで助けようとする姿勢も称賛に値します。おモテになるのも仕方の無いことでしょう」

　普段このような話題をする機会が無い所為もあり、シオリは内心溜まっていた不満を吐き出すように、少々声を荒らげている。

「ですが！　自分から口説いている訳ではないのだと！　勝手に言い寄ってくるのだと！　そのような問題では御座いません！　アキラ様はどう思われます!?」

　正直どうでも良い。それに命の掛かった状況で一緒に行動していれば、多少は仲が深まるのも仕方無いのではないか。

　アキラはそう思ったが、率直にそう答えると相手の機嫌を無駄に損ねるのは明白であり、以前の失敗を繰り返さないように、依頼として受けた以上誠実に対応するという自身の律に反しない程度に意見をオブラートに包む。

「いやその、俺は色気より食い気の年頃なんで、そういうことには疎《うと》いというか、意見を求められてもちょっと困るというか……。いや、その、カツヤを擁護している訳じゃなくて、生死に関わる事態が多々発生するのが当然のハンター稼業なんてやっていると、きっといろいろあるんだろうなと思う訳で……」

「しかしカツヤ様は私まで口説いたのですよ!?　しかもお嬢様が隣にいる場面で！　他にもですね……」

カツヤは自分から口説いている訳ではない、だったのではないか。そもそも本当に口説かれたのか。勝手にそう解釈しただけではないか。アキラはそう思いながらも、少々感情的になっているシオリを刺激しないように黙っていた。

「……これは余りにも、ん？　失礼」

シオリは情報端末を取り出して何かを確認すると、我に返ったように落ち着いた態度に戻った。

「申し訳御座いません。先程同僚から連絡がありまして、諸事情で私はこれで失礼させて頂きたく思います。アキラ様は如何なさいますか？　追加の注文を御希望でしたら今が最後の機会になりますが……」

「いえ、十分食べましたので俺も出ます。とても美味しい食事をありがとうございました」

助かった。そう思いながらアキラは丁寧に頭を下げた。


夢のような一時が終わり、アキラは現実に戻された。今は店の外に出てシュテリアーナの外観を感慨深い様子で見ている。

『本当に美味《うま》かった。金持ってるやつらって何を食ってるんだと思ったことがあったけど、こういうのを食ってたのか』

アルファが少し意味深に微笑む。

『そんなに気に入ったのなら、次は自費で来ましょうね』

アキラが真顔になる。

『……いや、無理だろ』

会計を済ませるシオリと店員の遣り取りで知った代金は、聞き間違えや幻聴だと思いたくなる金額だった。人は食事というものにそこまで金を出せるものなのだと、アキラの中にある金銭感覚を再び揺るがした出来事だった。

アルファがどこか期待するように笑う。

『それぐらい軽く稼げるようになれば良いだけよ。頑張ってね？』

アルファの依頼を達成する為にはどれだけ強くなる必要があるのか。それはいまだに不明だが、少なくとも今回の食事代ぐらい軽く稼げるほどの力は要るようだ。そう考えて、アキラが何とか笑って返す。

『努力はするよ』

『期待しているわ』

そう言って楽しげに笑うアルファと一緒に、アキラは家に帰っていった。

店の前でアキラと別れたシオリが情報端末を取り出して同僚に連絡を入れる。

「私です。今から戻りますのでお嬢様に伝えてください」

端末越しに同僚の軽い調子の声が返ってくる。

「分かったっす。で、無事なんすか？　腕とか脚とかもげてないっすか？　お嬢が心配してたっすよ？」

普通に話せばレイナを心配させる内容になる訳が無く、そもそも自分がアキラと会っていたことをわざわざ教える必要も無いはずだと、シオリがわずかに表情を強張らせる。

「無事よ。カナエ、貴方《あなた》お嬢様に余計なことを言っていないでしょうね？」

「現状把握を兼ねて雑談してただけっすよ」

「話題は？」

「いろいろっすよ。お嬢のハンター稼業の話とか、お嬢が熱を上げているっぽいカツヤってハンターの話とか。あとは地下街での話とかっすね。姐《あね》さんが死にかけた話も聞いたっすよ？　今、そいつと会ってたんすよね？」

シオリが不機嫌を露わにする。

「……お嬢様と話す時は、地下街での話題は避けろって指示したはずよ？」

「話の流れでその話題が出ただけっすよ。姐さんと違って私は武力要員なんすから、生活面でのきめ細やかな対応を求められても困るっす。不満ならすぐに戻ってきてくださいっす」

「すぐに戻るわ」

シオリはそれだけ言って通話を切った。

◆

クガマヤマ都市の中位区画、防壁の内側にあるマンションの一室で、カナエと呼ばれた女性がシオリとの通話の切れた情報端末を見て軽く笑っていた。

「不機嫌っすねー」

そのどこかあどけなさが残る笑顔には、悪戯をして喜ぶ子供のような質の悪さが漂っていた。それはシオリの表情をほぼ正しく想像した上でのことだった。

カナエは地下街でのシオリのようにメイド服を着ている。しかしそのメイド服は防弾、防刃、対耐衝撃性能に優れている強化繊維で織られた布地で作成されており、ハンター達が身に着ける防護服と性能的には何ら変わりない。

このメイド服は緊急時に護衛対象を敵の攻撃からその身を盾にして護る目的で製造された物だ。スカートの裾から覗かせる黒いタイツのように見える物も強化インナーだ。

カナエはレイナの護衛としてこの場に赴任していた。レイナの護衛という意味ではシオリと同じだが、メイドとしてレイナの世話もするシオリとは明確に異なり、純粋な戦闘要員として派遣されていた。

シオリとの連絡を済ませたカナエがレイナの下へ戻る。レイナに話を聞かれないように一応離れていたのだ。

ドランカムの若手ハンターは基本的に徒党の寮で暮らしているが強制ではない。そこなら徒党の支援で安く済むというだけだ。

レイナはシオリの要望で別に部屋を借りていた。当初は徒党の寮でも良いと考えていたが、今は部屋を借りておいて良かったと思っていた。徒党の寮でメイドを二人も連れて暮らすのは流石に少々厳しいものがあるからだ。

加えて今は地下街の件でハンター稼業を休業中だった。その状態で徒党の寮に籠もっていては外聞が悪いにも程がある。

居間で教材片手に勉強中のレイナにカナエが声を掛ける。

「お嬢。姐さんは今から戻るそうっす」

「姐さん？　ああ、シオリのことね。えっと、無事なのよね？」

「怪我とかは無いみたいっすね。すぐに戻るって言ってたっす。大丈夫っすよ」

レイナは安心して軽く息を吐くと、カナエに少し責めるような視線を向けた。

「良かった。全く、カナエが変なことを言うから心配したじゃない。脅かさないでよ」

もしかしたらシオリは生きて帰ってこないかもしれない。カナエはそう言ってレイナを不安にさせていた。

カナエがしれっと答える。

「人間死ぬ時は死ぬもんすよ。特にハンター稼業なんてやってるなら尚更っす。防壁の外に出ている以上、覚悟は必要っすよ？」

レイナが表情をわずかに不満げに歪ませる。

「……それはそうだけど」

レイナはシオリが自分に行き先も言わずに用事があるとだけ告げて出かけたことを不安に思い、カナエにシオリの用事について聞いていた。

そしてカナエは職務上答えられない部分を省いた上で、聞かれたことに自分なりに答えていた。

慌てたレイナはカナエに指示を出してシオリの安否を確かめてもらった。そして何事も無かったようなので、カナエの話を冗談や苦言の類いだと思っていた。

カナエはレイナの表情から相手の内心を読み取ると、自身の内心を顔に出さないように注意しながら思う。

（……24時間以上連絡が取れない場合は、死亡を前提として行動するように姐さんから指示が出ていること。死亡時の追加人員派遣の手筈も整っていること。姐さんの死は十分に想定しうる事態なんすけど、お嬢もまだまだ認識が甘いっすねー）

実際にシオリは自身が死亡した場合の引継事項や

各種の指示を済ませて、その必要性を十分に理解した上で、覚悟を決めてアキラと会っていた。

カナエはレイナのことを、非常に甘やかされている子供だと認識している。

だがそれを不満には思わない。悪く言えばその甘い子供の尻ぬぐいで生活の糧《かて》を得ているからだ。加えてレイナがその甘さで再び何かやらかせば、自分好みの状況も増えるだろうとも考えていた。

カナエには戦闘狂の気質があり、カナエ自身もそれを自覚している。十分な報酬と程良い戦場を提供してくれる雇い主に反感を抱く必要は無い。

レイナは地下街でもやらかしたと聞いており、その時に自分がいれば楽しめただろうとも思っていた。

不必要な危険を避けるようにレイナを教育するのはシオリの仕事だ。カナエにはレイナの危機認識を改めさせるつもりは全く無かった。

家に戻ったシオリはカナエと同じメイド服に着替えてから、レイナに外出の理由などを含めて丁寧に説明した。

アキラに関する懸念事項は片付いたのだが、事情を理解していないレイナが蒸し返せば元《もと》の木阿弥《もくあみ》になりかねない。その辺を念入りに説明した。

話を聞き終えたレイナが、確認するようにシオリに尋ねる。

「……えっと、アキラは怒っていないってことで良いの？」

「何も無かったことに対して思うことは何も無い。そういうことです。それがアキラ様のスタンスになります。念の為に申し上げますが、レイナ様はアキラ様に地下街の件についてお礼も謝罪もしてはいけません。その話をするのも控えてください」

「お礼を言うのも駄目なの？」

「駄目です。何も無かったのです。感謝の言葉であっても、公的には存在しない事態の話を持ち出そうとしていると判断され、都市と守秘義務を締結しているアキラ様への嫌がらせと誤解される恐れすら有り得ます。くれぐれも御注意をお願い致します」

自分とシオリの恩人に、助けてくれたお礼すら言えない。言えば迷惑になる恐れすらある。それはレイナにとって結構辛いことだった。

しかし流石に我が儘は言えない。アキラに申し訳無く思いながらもしっかりと頷く。

「……そう。分かったわ」

シオリがレイナの内心を察して気遣うように微笑む。

「アキラ様への礼と謝罪は私が済ませました。アキラ様も食事をお楽しみ頂けたようです。ですので、お嬢様はこれ以上気になさらずとも宜しいかと」

カナエが楽しげに笑って口を挟む。

「見殺しにされかけたのが気に入らないのなら、私がこっそり殴っておいても良いっすよ？」

レイナとシオリが非難の視線をカナエに向けた。カナエが冗談交じりにたじろいだ振りをする。

「おっと、アウェーっすか。今のはあれっすよ。お二人のそれはそれ、これはこれ的なわだかまりが解消できればなーっていう善意っすよ？　別に聖人君子じゃあるまいし、思うところが欠片も無いって訳じゃないんすよね？　あ、違ってたら謝るっす」

レイナとシオリがきつい視線をカナエに向けて息を合わせる。

「やめて」

「やめなさい」

レイナもシオリもアキラに対して思うところが全く無いと言えば嘘になる。アキラにはその義理も義務も無いとはいえ、自分を、主を、見殺しにされかけたのだ。確かにわだかまりは残っている。

しかしその原因は自分達にあり、加えて結果的にはアキラに命を助けられたのだ。更にその時の出来事を後から冷静に思い返せば、自分達をどちらも生かすように出来るだけのことをしていたのは明らかだった。

その上で心に残るわだかまりをアキラにぶつけるような恥知らずには、レイナもシオリもなりたくなかった。

カナエが軽い感じで謝る。

「冗談っすよ。ふざけすぎました。ごめんなさいっす」

カナエは切り札を使用したシオリと互角に渡り合ったというアキラの実力に強い興味を持っていた。そこで詳しい事情など何も知らない振りをして、後でアキラに少しちょっかいを出してみたかったのだが、二人の態度を見て諦めた。

(お嬢はともかく、お嬢に入れ込んでいる姐さんがこの態度。アキラってやつは、そんなにやばいんすかね？　うーん。気になるっす)

カナエは雇用主や護衛対象に対してシオリのような忠誠心を抱いてはいない。それでも雇い主に恩は感じている。レイナを庇って死ぬ覚悟もある。

だがそれは仕事に対する姿勢に因《よ》るものであり、割に合う報酬と心地好い労働環境の提供が前提だ。主に対する在り方は、カナエとシオリとでは大きく異なっていた。

シオリのレイナに対する忠誠心はカナエもよく知っている。だからこそ、そのシオリがその忠義を捧げる対象を見殺しにしかけた相手に対して、恐らく存在するであろうわだかまりを欠片も表に出さないことに強く驚いていた。

カナエがその理由を推察する。結果的にはレイナを助けてもらった感謝の念がそれほどに強いから。或いはそのわだかまりを表に出すことさえ躊躇するほどにアキラを警戒しているから。そのどちらがシオリの本心なのかはカナエには分からない。

だが後者であることを期待して、カナエは薄く笑った。

◆

ドランカムの施設の部屋で、険しい表情のカツヤが強い不満を示している。

「何も無かったって、どういうことなんですか!?」

カツヤは地下街の件をドランカムに報告した際に、ミズハから徒党の方で調査するので下手に動かずに待っているように指示された。

ドランカムにも体面がある。所属しているハンターが外部のハンターに殺されるような事態になれば相応の対処をする必要がある。そしてどのように対処するか決める為に経緯をしっかり調査する。

だからまずはその調査結果を待つように。そう言われたカツヤは仕方無く待つことにした。

しかし長々と待った後にようやく聞かされた調査結果は、何も無かった、だったのだ。

納得できないと興奮気味のカツヤに、ミズハが深い謝罪を示して頭を下げる。

「ごめんなさい。納得できないのは分かるわ。そこは私もカツヤと同じ気持ちよ。でも、私もそうとしか言えないのよ」

「そ、そう言われても……」

非の無い者から丁寧に真摯な態度でそう謝られるとカツヤも弱く、荒らげていた声を落として意気を弱めた。だが不満げな様子は残っていた。

ミズハが平謝りして続ける。

「本当に申し訳無いけれど、ドランカムの公式見解は何も無かったで確定してしまったの。残念だけど、これは覆らないわ。私の力ではどうしようもないのよ。そしてカツヤもドランカムに所属している以上、それに合わせてもらうことになるわ」

「そ、そんなのって……」

「ごめんなさい。本当にごめんなさい」

カツヤもミズハが悪いとは思っていない。そのミズハに平身低頭されると引き下がるしかなかった。

「……分かりました」

ミズハが安堵の息を吐いて微笑む。

「ありがとう。助かるわ」

「いえ、俺もミズハさんに当たっても仕方無いのに、すいませんでした」

「気にしないで。こういうのを伝えるのも私の仕事よ。また何かあったら、いつでも何でも言ってちょうだい」

「はい。失礼しました」

カツヤが部屋から出るとユミナが待っていた。

「カツヤ。気は済んだの？」

「……取り敢えずドランカムの上の方でいろいろあって、俺が何を言っても無駄だってことは分かった」

　カツヤがユミナを気遣うように尋ねる。

「ユミナは良いのか？　あいつに人質にまでされたのに」

　それに対して、ユミナが軽く笑って平然と答える。

「私はカツヤが無事ならそれで良いわ」

　そうはっきりと言われて少し気恥ずかしくなったカツヤは、わずかな動揺と照れを見せた。

「そ、そうか」

「そうよ。だから、納得できないからって変な騒ぎを起こすのはやめてよね」

「分かってるよ」

　ユミナがそれで良いと我慢しているのなら、自分が下手に固執する必要は無いだろう。それよりも、ユミナがまたあんな目に遭わないように自分がもっと強くなった方が良い。カツヤはそう考えて不満を抑えた。

　ユミナも地下街の件をドランカムが何も無かったことにしたのは意外だった。

　だがカツヤとは異なり、そこに憤《いきどお》りなどは感じていない。自分なりに推測した結果、アキラは恐らく被害者側だと判断したからだ。

　アキラとシオリが殺し合ったのは確実で、どう考えてもレイナも巻き添えになっている。そのような状況で、明確にアキラに非があるのであれば、シオリがアキラをただで済ませるとは思えない。ドランカムに止められたという程度のことで報復をやめるとも思えない。

　しかしその後、自分なりに聞いたり調べたりした範囲では、シオリがアキラに何かをしたという動きは見受けられなかった。ならば非はレイナ達にあるか、偶発的な状況で運悪く交戦しただけということになる。

　そうすると、あの状況でレイナもシオリも死んでいなかったのは、アキラの方で殺さないように注意したからという可能性が高い。そこに自分達が敵対前提で割り込んだのだ。あんな対応にもなるだろうと、ある意味で納得もしていた。

そしてユミナがその推察をカツヤに話さないのは、下手に教えると余計な揉め事が生まれそうだからだ。そんなことは信じられない。直接会って確かめる。カツヤがそう言ってアキラに食ってかかる事態になるのは御免だった。

カツヤとアキラの接触の機会を増やせば、それだけ揉め事も増える気がする。それならば、上からの指示でアキラに真相を問《と》い質《ただ》すことも出来ない状態のままにしておいた方がいい。カツヤもアキラと不用意に関わろうとはしないだろう。

ユミナはそう判断して、カツヤに余計なことを言うのはやめていた。

カツヤの説得を終えたミズハが軽く息を吐いて微笑む。

「これで問題無し。全く、ついてたわ」

クガマヤマ都市はキバヤシとアキラの取引成立後、架空のエージェントの件でドランカムにも圧力を掛けていた。

しかしそれはドランカム側にとっても好都合だった。人質を取られたとはいえ、所属ハンターが遺物強奪犯側について他のハンターを襲ったなどという失態を、何も無かった、という名目で消せたからだ。

都市の機密情報としては残るが、公にしたくないのは都市もドランカムも同じだ。あとは所属ハンターに口止めだけすれば良い。

レイナ達に関しては既に承諾を取っている。シオリが該当のハンターと独自に取引して相手も承諾したという情報も得ている。

あとはカツヤ達だけだったのだが、そこも一応片付いた。そのおかげで事務派閥の勢力にも傷が付かずに済んだ。むしろ都市と共犯になったことで関係が深まった部分さえあった。

地下街では予想外の事態が相次いだものの、ミズハは結果に満足していた。

◆

アキラが湯船に浸かりながら機嫌良く笑っている。いつも以上に上機嫌なのは、シュテリアーナでの食事を思い出しているからだ。

「本当に美味かった……。また行きたい。金を稼ぐ理由が増えたな」

アルファもいつも通り一緒に入っている。女神と呼んで差し支えない美女がすぐ側で裸体を晒しているのだが、色気より食い気の年頃のアキラは料理の味を思い返すのに忙しく、いつも以上に関心を示していなかった。

「そういえば、あの店にサイボーグがいたけど、結局あの料理を食べたのかな？　食べられたとして、食べた料理はどうなるんだ？」

『有機変換炉が内蔵されている義体とかなら、分解されてエネルギーになったり生体部品の材料になったりするはずよ。その手の機能が無い体なら後で取り出すのよ』

「取り出した後は？」

『捨てるのでしょうね』

アキラが何とも言えない表情を浮かべる。

「純粋に娯楽目的の食事って訳か。金を持ってるやつは違うな」

食わなければ餓《う》えて死ぬ。スラム街でそのような生活を送っていたアキラには、気味の悪さすら覚える行為に思えた。

そこにアルファが補足を入れる。

『生身から義体に変えたからといって食欲まで消える訳ではないからね。仕方が無い部分もあるわ』

「そうか？」

『そうよ。アキラも言っていたでしょう？　美味しそうな食事が目の前にあるのに食べられないのは拷問だって。たとえ食べても栄養にはならないとしても、その苦しみを和らげる手段として必要なのよ』

実際に義体者には重要なことでもある。サイボーグ食などが開発されるほど十分な需要があり、義体者の精神安定の為に欠かせないことだった。

アキラも納得して頷いた。

「なるほど。あの義体のやつらは凄く強かったけど、あれはそういう代償と引き換えの強さだったって訳か……」

『まあ、義体にその手の代償は付き物よ。そういった代償が全く無い高機能で高性能な凄い義体もあるけれど、価格の方も当然凄いわ。そんな物を買えるのは大企業の役員とか、どこかの富豪とか、東部の最前線で荒稼ぎしているハンターとか、ごく一部の人間ぐらいでしょうね』

「……高そうだな。遺物を山ほど売っても難しそうだ。あいつらは都市を敵に回してまで大金を得ようとしてたんだ。そういう高性能な義体の購入資金にでもする気だったのかな」

もしかしたらヤジマ達は不運にも事故やモンスターの襲撃などで義体者となり、物理的に食事の出来ない日々を送っていたのかもしれない。

そして遺物を売った金で食事も出来る高機能な義体を手に入れて、かつて味わった最高の料理をもう一度味わうのを夢見ていたのかもしれない。

アキラは何となくそう思った。想像にすぎないが、あの美食の至福を知った後のアキラには、十分に納得できる動機だった。


その日の夜、アキラは夢を見た。

夢の中でアキラはネリアと戦っていた。瓦礫が散乱するビルの中で、相手から次々に繰り出される斬撃を死に物狂いで避け続ける。

ネリアの猛攻の前に反撃の糸口などは見当たらない。明確な実力差がある相手に対して必死に抗い、辛うじて延命を続けていた。

ネリアは両手にブレードを握っているが、アキラは何も持っていない。そしてネリアは素手で勝てるような相手ではない。

アキラの蹴りも拳も、その一撃が相手の義体に損傷を与えることはない。下手に格闘戦を挑めば逆に手足を切り落とされるだけだ。そう分かっているアキラが慌てながらアルファに尋ねる。

「銃は⁉　CWH対物突撃銃は⁉　あれが無いと勝てないだろう⁉」

『CWH対物突撃銃なら無くしたでしょう。シズカの店で新しいのを買わないとね』

「そうだった！」

いろいろと辻褄の合わない状況なのだが、夢の中のアキラはそれに気が付かなかった。

「シズカさんの店ならこの前に行ったよな⁉　何で買わなかったんだ⁉」

『強化服が無いと重すぎて持てないからよ。強化服も無くしたでしょう？』

「そうだった！　……ん？」

アキラが怪訝な顔で自分の服を確認する。強化服ではなくキバヤシから貰った防護服を着ていた。

強化服でなければアルファのサポートは受けられない。それを認識した瞬間、アキラの動きが急激に鈍った。

生身の身体能力に戻ったアキラに、ネリアが繰り出すブレードの刃が迫る。アキラの視界には、自分の首にゆっくりと迫ってくる鋭い刃が映っていた。

（あ、死んだ）

どこか他人事のようにアキラはそう思った。ブレードがアキラの首を刎《は》ね飛ばす。

（もう一度あの料理を食べたかった……）

首の無い自分の死体を見下ろしながら、アキラは消えかける意識の中でそんなことを思った。

そこでアキラは目を覚ました。部屋の中は暗く、まだ日の昇る時刻ではない。

体を起こして自分の首に手を伸ばす。その首がしっかりと繋がっているのを手と首の感触で確かめて、あれは夢だったとようやく気が付いた。

「……夢か」

アルファが心配そうな表情でアキラを見ている。

『大丈夫？』

「ああ。変な夢を見ただけだ。何ともないよ」

アキラはそれだけ言って、そのままアルファを見続ける。

ネリアと交戦したアキラは現実では生き延びた。しかしアルファのサポートを失った夢の中のアキラはあっさりと死んでしまった。

（さっきの夢が、俺の本来の実力なんだよな）

夢の中の自分と今の自分に大して差は無い。現実で似たような状況に陥れば、夢と同じように死ぬだろう。アキラは先程の夢から、その現実を改めて理解した。

アルファと出会った幸運とその加護でアキラは何とか生き延びている。その幸運がいつまで続くのか、アキラには分からない。

無言でアルファを見続けているアキラに向けて、アルファが少しからかうように微笑む。

『どうしたの？　私の美貌に今更見惚れているの？』

だがアキラはそうからかわれても真面目な表情のままだった。流石にアルファも怪訝に思い、どこか心配そうに声を掛ける。

『アキラ。どうしたの？』

「……アルファは、いつまで俺の面倒を見てくれるつもりなんだ？」

『アキラに頼んだ依頼が終わるまではサポートするつもりよ？　アキラ、本当にどうしたの？』

「いや、俺みたいな子供じゃなくて、もっと凄いハンターと手を組めばアルファの依頼もすぐに終わるんじゃないかと思ってさ」

アルファがアキラをじっと見詰める。アキラもアルファをじっと見詰め返している。

「アルファが俺と組んでいるのは、俺が旧領域接続者だからだよな？　旧領域接続者のハンターって俺の他にいないのか？　探せばいるんじゃないか？　いや、旧領域接続者でなくても、俺がアルファの代わりに依頼すれば良いだけなんじゃないか？」

そう言って返事を待つように黙り始めたアキラを、アルファはしばらく見続けていた。そして沙汰を待っているような様子のアキラに真剣な口調で告げる。

『アキラが何を思って私のサポートを失いかねないようなことを口にしているかは、深く聞くつもりも口を割らせる気も無いわ。でもね、はっきり言っておくわ。私のサポートは私がアキラに頼んだ依頼の報酬の前渡しなの。アキラが私からの依頼を完遂するまで、私はアキラに付き合うつもりだし、付き合わせるつもりよ』

「……そうか。そうだな」

『そうよ』

アキラには自分のサポートを受けて依頼を完遂する義理と義務がある。たとえアキラ自身が、別のハンターに乗り換えた方がアルファの為になると判断したとしても、それが事実であったとしても、私がそれを許すことはない。アルファは暗にそう告げていた。

アルファから身の程を超える恩恵を受けて、ある種の後ろめたさすら感じていたアキラは、アルファの言葉を聞いて少し気が楽になった。

アルファの言葉は、そう言えば自分の気が少しは楽になると理解した上でのものだと、アキラも何となく気付いていた。表情を和らげて軽く笑う。

「分かった。おやすみ」

アルファもいつものように笑う。

『おやすみなさい。今度は良い夢を見なさい』

「多分大丈夫だ」

そのままベッドに横になったアキラは、程なくして再び眠りに就いた。

また同じ夢を見ても、同じ結果にはならない。アキラは何となくだが、そう確信していた。

翌日、アキラは今日もアルファと体感時間操作の訓練を始めた。

過剰装飾の衣装のアルファが前と同じように剣を両手に持って踊り始める。そして優雅に凜々《りり》しく舞い踊り、自然な動きでアキラの首を薙いだ。

アルファの攻撃を躱せなかったことに以前と違いは無い。だがアキラの様子は全く違っていた。

アキラはアルファに攻撃されても微動だにしていなかった。攻撃を避けるどころか、避ける素振りすら見せなかった。ただじっとアルファを凝視していた。

『……アキラ？』

「大丈夫だ。続けてくれ」

アキラの表情は真剣そのものだ。ふざけている訳でも、やる気が無い訳でもないことは、間違いなかった。

アルファはそのアキラの様子をわずかに訝しんだが、何も聞かずに定位置に戻ると衣装から布を一枚落として再び踊り出した。

その後もアキラは全く動かなかった。真剣な表情でアルファを観ながら攻撃を受け続けていた。

アルファの剣がアキラの体を通り抜けるたびに、アルファの衣装から布地が落ちて消えていく。過剰な装飾が取り払われ、衣装そのものの布地も減っていき、露わになる肌が増えていく。

それはアルファの格好が、クズスハラ街遺跡の廃墟で交戦したネリアの姿に近付いている、ということでもあった。

（……思い出せ。あの戦闘を。夢の中での感覚を。あいつと戦った緊張を。あの時は出来ていた。夢の中でも出来ていた。それなら今も出来るはずだ！　アルファも出来ると言っている！）

死地に立つ集中力を、死線を駆ける感触を、生と死の狭間《はざま》の緊張を、アキラはこの場で取り戻し、再現し、維持し続けようとしている。

踊るアルファを凝視する。アルファが握る剣を凝視する。自分の体を幾度となく通り抜けていく刃を、アキラは凝視し続けている。

そして、アルファが緩急織り交ぜた舞の動きからアキラの首を薙ぎ払おうと右手に持つ剣を勢い良く跳ねさせた。その動きは偶然にも、アキラが夢の中で見たネリアの動きと同じものだった。

非常に切れ味の良さそうな刃がゆっくりと自分の首に迫ってくるのを、アキラはしっかりと認識しながら目視していた。そしてその刃を躱そうと全力で大きく仰《の》け反《ぞ》った。

アキラの首を切り落とそうとした実在しない刃は、実在していたとしてもアキラに傷一つ付けることはなかった。

　刃を躱したアキラはそのまま体勢を崩して派手に後ろに倒れ、後頭部を床に強くぶつける羽目になった。床に転がったまま苦悶の表情で痛む頭を両手で押さえる。

　アルファがアキラに駆け寄って心配そうに声を掛ける。

『アキラ。大丈夫？』

「……い、痛い。回復薬、回復薬は？」

『そこの棚よ』

　アキラはふらつきながら立ち上がり、近くの棚に置いておいた回復薬の箱を手に取った。１箱１００万オーラムの回復薬だ。箱から取り出したチューブ入りのペースト状の回復薬を、強くぶつけた所為でかなり痛む後頭部に塗る。

　するとアキラの後頭部の痛みがすぐに消えていく。それで治療が済んだ訳ではなく単に鎮痛作用で痛みが消えただけだが、それだけでもアキラには有り難い。

　怪我自体もすぐに治る。髪に残っている回復薬も少しずつ皮膚の方へ染み込んでいくので拭き取る必要は無い。

「こういう時は直接塗れるタイプの回復薬の方が便利だな」

『怪我の治療と疲労回復との違いや、戦闘中に負傷箇所の服を脱いで塗る余裕があるかどうかとか。そこは経口タイプとの使い分けよね』

　そこでアルファが態度を改める。

『そんなことより、アキラ、出来たのね？』

　そう尋ねながらも、出来たと確信している笑顔を浮かべているアルファに、アキラも笑って返した。

「ああ。出来た。その所為で上手く動けなくて、派手に頭をぶつける羽目になったけどな」

『それは仕方無いわ。アキラの体感時間が10倍になったからといって、10倍速く動ける訳ではないからね。意識上の動きと実際の動きのずれが出てくるわ』

「ああ、だから上手く動けなかったのか」

『体感時間の操作中は、今まで無意識にしていた動きをしっかりと意識して動かす必要もあるわ。相対的に格段に鈍くなった体の動きを把握して、その上で遅くなった体に意識を合わせる必要があるわ。これは訓練して慣れるしかないわね』

「そうだな。訓練あるのみだ」

アキラは頭を手で押さえていた。既に痛みは無いがぶつけた箇所に違和感は残っていた。

『派手にぶつけたようだし、少し休む？』

「いや、このまま続ける。あの感覚を覚えている内に繰り返しておきたい」

『分かったわ。無理は駄目よ？』

「ああ」

訓練が再開される。アルファが再びアキラの前で踊り出す。着ている衣装の布地が減り、踊りが次第に蠱惑的に変化していく。その動きを捉える為に、アキラは真剣な表情を崩さずにアルファを見続けていた。

その日の訓練が終わる。それをアキラに告げたアルファの格好は、今までは全裸とほぼ変わらない姿になっていたが、今回は露出過多のドレス姿で済んでいた。

しかしそれはアルファの攻撃をアキラが避け続けたからではない。アルファの姿が全裸寸前になる前にアキラが疲労困憊《ひろうこんぱい》となり、それ以上訓練を続けられなくなったからだ。

アキラが固い床に大の字に横たわったまま荒い呼吸を続けている。訓練の最中に再び何度か体感時間の圧縮を再現できた。そしてそのたびに極度の集中を強いられて脳を酷使した。

体感時間が延びるほど、集中し続けなければならない時間は増えていく。そしてその感覚の中で動くのは、休憩無しで全力で動き続けているのと何ら変わりは無い。当然その疲労は非常に激しいものになる。

脳も身体も過度に酷使したアキラは起き上がるのも困難なほどに疲れ切っていた。

床に横たわるアキラの前で、かなり大胆な姿になっているアルファが声を掛ける。

『ほら、訓練は終わったのだから戻るわよ。もう少しだけ頑張って立ちなさい』

「……無理。少しだけ、少しだけ休ませてくれ」

『少しだけよ？　そのままだとそこで寝てしまうわ。せめてベッドまで頑張りなさい。そこで眠ってしまうと明日後悔するわよ？』

路上生活で固い地面の上で寝た経験の多いアキラは、アルファの言う後悔の意味をよく理解していた。

柔らかなベッドの上で眠ることに慣れてしまっている今のアキラには、以前のように固い地面で疲労を抑えて眠る技量は無い。このまま固い床の上で眠ってしまうと、明日非常に後悔することになる。

アキラは床に横たわったまま深呼吸を繰り返して呼吸を整えると、気力を振り絞って立ち上がった。そのままのろのろと寝室に向かう。そして寝室に入った途端、吸い込まれるようにベッドに倒れ込んだ。

アキラの側に立つアルファの姿は、アキラが着替えろと指示していないので訓練終了時の挑発的な姿のままだ。ドレスの大胆に布地が取り払われている部分から、高級感溢れる下着が見え隠れしている。それを指摘する余裕など今のアキラには無い。

アキラはここに来るまで、自分の意志に反して閉じられつつある瞼を何とか開き続けていたが、ここで遂に蓄積された疲労と柔らかな布団《ふとん》の感触に屈して目を閉じた。

「……少し寝る。勉強の時間になったら起こしてくれ」

『今日はもうそのまま寝ていなさい。無理矢理起こして眠気でふらついた状態で勉強しても頭に入らないわ』

「……分かった」

アキラはそれだけ言って睡魔に身を任せた。

アルファが寝息を立てるアキラを見ながら考える。

アルファはアキラが体感時間の操作を覚えるまでに最短でも半年は掛かると計算していた。つまりアキラはアルファの計算を覆したことになる。

これは好都合なことなのか、それとも予測を超える事態が発生しているという意味で不都合な事態なのか、アルファには判断がつかなかった。

どちらにしろ計画に修正が必要だ。そう判断して計画の調整案を思案するアルファの表情に笑みは無かった。

第67話　失望

アキラはシェリルの拠点に顔を出そうとスラム街を進んでいた。

バイクを失い、車庫付きの家も借りたので、駐輪場代わりにしていたシェリルの拠点に出向く用事は全く無いのだが、定期的に顔を出すぐらいはしておかないと、次に会った時の反応が非常に面倒臭いものになりそうだと考えたのだ。

シズカに頼んだ新しい装備もまだ届いていないので荒野にも出られない。シェリルに顔を見せるのは、訓練と勉強を繰り返す日々の息抜きも兼ねていた。

アキラは長年住み慣れていたスラム街の光景を見て不思議と懐《なつ》かしさを覚えていた。それは自分はここから確かに抜け出したのだという思いの表れだった。

アルファがそのアキラの様子に気付く。

『アキラ。懐かしむのは良いけれど、それで気を抜いては駄目よ？』

『分かってるって。俺も成長したんだ。もう前とは違うよ』

気を緩めているように見えるのは油断ではなく自信の表れだ。以前のように襲われてもちゃんと対処できると知っているからだ。アキラはそう思っていた。

ちょうどハンターオフィスの買取所の側を通っていたアキラが、その近くにある裏路地に続く脇道を見て軽く笑う。

『今の俺なら、あそこで前みたいに襲われても、今度はアルファのサポート無しで対処できる。だろ？』

するとアルファが少しからかうように笑う。

『あの程度のことを基準にされても困るのだけれどね』

『それもそうだな』

アキラは軽く笑ってそう答えながら、その時の出来事を思い出していた。

◆

アキラがハンターオフィスの買取所に初めて遺物を持ち込んだ時、渡された代金は硬貨3枚、たった300オーラムだった。

それはまだハンターランク1であり、紙切れのようなハンター証しか持っていないハンターの初回の買取額は、持ち込んだ遺物の質や量にかかわらず300オーラム固定であり、残りは査定終了後、次の買取時に支払うという制度の所為だ。

たった3枚の硬貨だが、それでも命を賭けて得た対価だ。アキラはしっかりと懐に仕舞い込んだ。

そしてこの出来事をバネにして、明日また遺跡に向かって遺物を持ち帰り、今度こそ真面な金を手に入れると意気込みながら、取り敢えずもう今日は休もうと、寝床にしている裏路地に入った。

そこでアキラは五人組の強盗に襲われた。買取所から出たところを見られた所為で、金を持っていると思われたのだ。

強盗は全員アキラと同じ年頃の子供だ。前に三人、後ろに二人の配置でアキラを囲んだ後、彼らのリーダーであるダルベという少年が笑いながら獲物に告げる。

「金を出してもらおうか。持ってるんだろう？」

アキラは予想通りの要求に顔を険しくすると、取り敢えず相手の意気を削ごうとする。

「金なんかねえよ。見れば分かるだろう。襲うならもっと金を持っていそうなやつを狙えよ」

まだ真面な服も手に入れておらず、路地裏を寝床にするスラム街でも下層の住人そのものといった格好のアキラに、金の臭いなど欠片も無い。

手に持っている紙袋の中には、遺跡から持ち帰ったが売らずに取っておいたナイフや医療品などの遺物が入っているが、外目からは分からない。普通に判断するならば、路上生活者がわずかな私物を奪われないように常に持ち歩いているようにしか見えない。

ダルべ達が金銭要求を名目に格下を嬲って遊ぼうという考えで絡んでいるのでなければ、アキラの返答は相手のやる気を大幅に削いでも不思議は無いものだった。

だがダルべは下卑た笑みを浮かべると、アキラを馬鹿にするように首を軽く横に振った。

「嘘を吐くなよ。見てたんだぜ？　お前、買取所から出てきただろう。それに昨日も今日も遺跡の方へ向かっていた。昨日は買取所には行かなかったようだが、今日は寄っていた。何か見付けて売ってきたんだろう？　それなら金があるはずだ」

ダルべ達はアキラが遺跡の方に向かったのを見て、買取所の近くで様子を探って獲物を待っていたのだ。

遺物を探しに危険な遺跡に出かけるより、そこから帰ってきた者を襲った方が安全だ。この手の思考を持つ者は少なくない。

もっともダルべ達のような子供が大人のハンターを襲える訳が無いので、狙うのはアキラのような同じ子供になる。

買取所に遺物などを継続して売りにいく子供は少数だが、そこには遺跡から何とか生還してもこのような者達に襲われるという理由もあった。

言い訳しても無駄だと知ったアキラは溜め息を吐いた。そしてその上ではっきりと答える。

「300オーラムしかねえよ」

「は？　冗談だろう？」

「冗談じゃない。あいつらは俺が持ち込んだ物に300オーラムしか払わなかった。嘘じゃない。そういう規則だってさ。5人がかりで奪うような金じゃねえだろう。分かったら他所にいけよ」

ダルべは疑いの視線をアキラに向けたが、嘘を吐いているようには見えなかった。加えて確かにそのような話を聞いたことがあったと思い出し、不機嫌そうに舌打ちする。

「何だよ。期待させやがって。久しぶりに儲《もう》けられると思ったのによ。紛らわしい真似をするんじゃねえよ」

「悪かったな。もう行っても良いか？」

ダルベの仲間達はもうやる気を失っていた。だがダルベは強盗を主導した分だけまだやる気が残っていた。改めてアキラを見て金目の物を探る。

だがアキラの服は随分とボロボロで奪う価値も無い。持っている紙袋もどこか薄汚れており、中身も高値で売れる物とはとても思えない。

普段ならそれでダルベもやる気を失っていた。だが今回は久々のカモだと思い、仲間に気前の良いことを言っていた分だけいらだちが募っていた。

高まったいらだちに身を任せて、ダルベが思わず銃を抜く。

「あー、クソッ！　もう良い！　死にたくなかったら、その300オーラムを寄こせ！」

アキラが表情を更に険しくする。

「……俺を撃ち殺しても損するだけだぞ？　俺だって反撃ぐらいはするからな？　よせよ。300オーラムの為にすることか？　やめとけって」

「うるせえ！　良いからとっとと出しやがれ！」

金無しを撃ち殺しても弾代が掛かるだけ。死に物狂いで反撃されれば自分達も怪我をするかもしれない。ダルベもそれぐらいは分かっていた。

だがいらだちの解消を求める欲求と、銃を抜いた勢いに押し流されていた。5対1。しかも自分が先に銃を抜いている。その余裕がより短慮な行動を取らせていた。

アキラの表情が更に歪む。たかが300オーラムだ。命懸けで意地を張る額ではない。それは分かっている。

だが同時に命賭けで手に入れた金であり、ハンターになって初めて得た金だ。その金を脅しに屈してむざむざと渡す意味は非常に大きい。アキラは苦渋の決断を迫られていた。

その状況の中、アルファがアキラの前に立ち、問いかけるように微笑む。

『アキラ。小さな声で答えて。どんなに小さな声でも私にはちゃんと聞こえるから安心して。分かった？』

まだ念話の使えないアキラが、自分でも聞き取れないほどの小さな声で答える。

「……分かった」

『必要なら私がサポートするけれど、どれにする？　渡す。逃げる。殺す。選んで？』

命賭けで稼いだ金を渡して生き延びることも出来る。しかし、次もまた渡さなければならない。

必死に逃げて生き延びることも出来る。しかし、次もまた逃げなければならない。

敵を殺して生き延びることも出来る。しかし、逆に殺されるかもしれない。

アキラは迷わずに選んだ。

「……殺す」

アルファが不敵に微笑む。

『了解よ。指示を出すわ。まずは包囲の突破よ。後ろの二人の間を抜けるわ。二人とも油断しているし、二人の距離は結構離れているの。振り返って2歩目で身を屈めて、地面を転がるようにして二人の間を抜けて。その後は右側の路地に急いで飛び込んで。反撃はそこからよ。紙袋は捨てないでちゃんと持っていること。良いわね？』

「……分かった。振り返るタイミングは？」

『今すぐに』

アキラは即座に振り返った。

右足を踏み出して1歩目。後方の二人が突然振り返ったアキラに驚いてわずかに硬直する。

左足を踏み出して2歩目。少年達が腕を伸ばしてアキラを捕まえようとするが、その腕はアキラが転がるように身を屈めた所為で空振りした。

続けてダルベがろくに狙いもつけずに発砲する。弾丸が低く身を屈めたアキラの上を通過していく。

子供達がダルベの発砲に驚いて思わず動きを止めた。アキラはその隙に右側の路地に飛び込み、そのまま勢い良く駆けていく。

我に返ったダルベ達が慌てて路地の先を確認した時、既にアキラの姿は消え失《う》せていた。

撃たれそうになった少年がダルベに詰め寄る。

「おい！　危ねえじゃねえか！」

「うるせえ！　あいつが急に動いたのが悪い！　あ

の野郎、ふざけやがって！　ぶっ殺してやる！　おい！　あいつを追うぞ！」

　別の子供が面倒そうに答える。

「ほっとけよ。金のねえやつを襲っても仕方ねえだろう？　それにもう逃げられたんだ。あいつを狙うなら、あいつがまた買取所に行った後にしようぜ？　その時はあいつも金を持ってるだろうさ」

　もうやる気を完全に失っている仲間達の様子に、ダルベは不服そうに舌打ちしてアキラを追うのを諦めると、仲間達と一緒にその場から離れ始める。そして少し離れた辺りで未練がましく振り返り、アキラが消えた路地の方に視線を向けた。

　次の瞬間、ダルベの表情が驚きに染まる。アキラがその路地から勢い良く飛び出して銃を向けてきたのだ。

　ダルベは偶然振り返っていたおかげで、反射的にアキラの銃撃から逃れて無傷で済んだ。だが他の者はアキラの銃撃を真面に喰らい、苦悶の声を上げて倒れていく。

「てめぇ!?」

　ダルベが反撃しようとようやくアキラに銃を向けようとする。しかし既にアキラはその場から消えており、銃口を誰もいない場所に突き付ける結果に終わった。

　敵の不在が突然の事態に対する驚きと混乱を弱めていく。代わりに怒気が湧き上がり、死にかけた恐怖をごまかして上書きするように膨れ上がっていく。標的のいない場所へ向けられている銃が、持ち手の内心に呼応して震え続ける。

「ふざけやがって！」

　激情に比例した怒声が辺り一帯に大きく響き渡った。

　アキラが険しい表情で裏路地を走る。銃撃後、当たったかどうかも確認しないで急いで路地に戻ったおかげで、既にダルベ達から大分離れていた。

「アルファ！　どうなった!?」

『3人に命中したわ。戦闘不能は2名ってところね。

全員生きているわ』

「そうか。上出来だな」

アキラは別に銃の名手ではない。路地から飛び出した直後に3人も命中させるなど本来は不可能だ。路地に飛び出してから敵を探し、悠長に照準を合わせて銃撃し、その場に留まって命中したかどうかを確認する。その素人の動きでは、間違いなく反撃を受けていた。

それを可能にしたのはアルファだ。アルファはアキラよりも先に路地に出ると、効果的な銃撃位置に立ってダルベ達を指差していた。

アキラはそのアルファの姿を元にして指定された位置に飛び出し、予《あらかじ》め分かっている方向に銃を構え、事前に決めていた回数だけ引き金を素早く引き、すぐに戻った。その指示通りに動くことで、先程の奇襲を成功させていた。

だがそれでも敵の殲滅《せんめつ》には至らない。作戦は継続中だ。

『次の位置へ急ぎましょう。こっちよ』

「分かった」

アキラはアルファの後を追って路地を走り続けた。

ダルベが銃を構えながらアキラの消えた路地を覗《のぞ》き込《こ》む。アキラの姿は無い。しかしどこかに潜んでいるかもしれないと考えて、運良く無事だった仲間と一緒に警戒しながら先に進む。

その仲間がそのまま路地の奥に進もうとするダルベに不安そうな表情を向ける。

「お、おい！　あいつらどうするんだよ！　放《ほ》っとく気か!?」

ダルベが険しい表情で怒鳴るように言い返す。

「まずはあいつを殺すんだよ！　そうしないとあいつらを安全な場所に動かすことも出来ねえだろうが！　運んでいる間に撃たれたらどうする気だ！」

「そ、そうか。そうだな。……見捨てる気じゃ、ないよな？」

「……見捨てる気ならとっくに俺だけで逃げてる」

「そ、そうだよな」

ダルベは一応納得した様子の仲間にいらだっていた。こいつらが俺を止めなければこんな状況にはならなかった。そのような勝手な理由だった。

アキラはダルベ達と出会わないように大きく迂回して先程銃撃した場所に戻っていた。そして倒れているダルベの仲間達に十分に警戒しながら近付くと、銃口を相手の頭に向けて今度はしっかりと狙う。

既に死んでいた者も、気絶しているだけの者も、アキラに気付いて何かを呟いていた者も、一切区別無く同じように引き金を引く。3発の銃声が響き、頭部に穴の開いた死体が3体転がった。

「……これで3人。あと2人か」

『すぐに隠れるわよ』

「了解だ」

アキラは再び他の路地に身を隠した。壁を背にして息を整えていると次の指示が出る。

『アキラ。回復薬を取り出して飲んで。売らずに取っておいたやつよ』

「怪我はしてないぞ？」

『良いから急いで飲んで。10錠ぐらいよ』

アキラは怪訝に思いながらも指示に従った。紙袋から回復薬の箱を取り出して開封し、中身のカプセルを掌《てのひら》に載せる。

（……これ、旧世界製の回復薬なんだから、これも旧世界の遺物ってことだろう？　多分凄く高いんだろうな。怪我もしてないし、少し勿体無《もったいな》い気がする。……でも飲めって言われたしな）

アルファの指示だ。何らかの意味があるのだろう。アキラはそう考えて回復薬を飲み込んだ。

銃声を聞いて急いで仲間達の所に戻ったダルベが、仲間達の死体を見て顔を激怒で大きく歪める。

「クソッ！　先回りされたのか！」

その背後では、一緒に戻ってきた少年が酷く青ざめた顔で少しずつ後退《あとずさ》りしていた。そしてダルベからある程度離れた辺りで、恐怖に歪んだ表情で叫ぶ。

「お、お前の、お前の所為だからな！　お前があいつを襲ったからだ！」

そしてダルベを置いて全力で逃げ出した。そのすぐ後に再び銃声が響く。アキラに狙われたのだ。だが命中はしなかった。少年は悲鳴を上げながら走り去っていき、そのままスラム街の奥に消えていった。

ダルベも逃げようと思えば逃げられた。しかし仲間を殺された憎悪と逃げ出した少年への侮蔑に背を押され、逃げようなどとは思えず、その激情のままに叫ぶ。

「俺を舐めやがって！」

逃げた少年を銃撃可能な横道は一か所だけだ。ダルベは殺し合いの恐怖を憎悪で押し流し、その勢いのままアキラへ向けて走り出した。


アキラは身を潜めた路地でダルベを迎え撃とうとしていた。壁の向こうの相手の姿をアキラの視界に拡張表示するのはまだ出来ない頃なので、アルファはアキラの少し前に立ってダルベを指差すことで大体の位置を教えていた。

敵が路地の様子を窺おうとして顔を出す瞬間を狙って銃撃する。アキラはその為に銃を両手でしっかりと構えて、その時を待っていた。

そこで予想外のことが起きた。相手は自分を警戒して一度立ち止まり、慎重に路地を覗くだろう。アキラはそう思っていたのだが、逆上していたダルベは慎重さなど完全にかなぐり捨てて、止まらずに勢い良く飛び込んできたのだ。

そしてダルベにとっても予想外のことが起こる。相手は既に奥まで逃げているだろう。そう考えて相手を逃がさない為に全力で飛び込んだのだが、アキラはすぐそこにいたのだ。

両者の予想が外れた結果、アキラとダルベが至近距離で相対する。そして驚きながら相手に銃を向け、ほぼ同時に引き金を引く。銃声が重なった。

アキラとダルベが地面に倒れ込む。両者が撃った銃弾は互いの脇腹に命中していた。どちらも重傷だ。そしてどちらも激痛による苦悶の表情を浮かべながら、同じことを考えていた。

相手はまだ死んでいない。殺し切れていない。急いで止めを刺さなければならない。相手よりも早く。その思考を互いに抱き、激痛に揺さぶられながらも何とか身を起こし、相手を撃ち殺そうとする。

そして、必死になって銃を向けようとしたダルベが見たものは、既に自分に銃口を向け終えていたアキラの姿だった。

アキラが先に引き金を引く。至近距離で撃ち出された弾丸がダルベに直撃する。即死ではなかったが、ダルベから足掻く力を奪い去るのには十分だった。

ダルベは銃を落として崩れ落ち、自身の体から流れ出る血の池に沈んで短い生涯を終えた。

アキラはダルベを殺した後、自分の被弾箇所を見た。服に穴が開き、血がかなり滲んでいる。間違いなく重傷なのだが、負傷による動きの鈍さは感じるものの、痛みは大分引いていた。それを不思議に思っていると、アルファに険しい表情で指示される。

『アキラ。すぐに怪我の治療よ』

「アルファ。何か、あんまり痛くないんだけど……」

『それは事前に飲んだ回復薬の鎮痛作用が効いているだけよ。怪我が治っている訳ではないわ』

「そうだったのか。ああ、だから先に回復薬を使ったのか」

アキラは回復薬の鎮痛作用のおかげで重傷の体を無理矢理動かすことが出来た。また回復薬を飲んですぐに被弾した為、負傷の治療も即座に始まっていた。それがアキラの動きに与えた影響はわずかだ。だがそのわずかな差でアキラは生き残った。

『急いで回復薬を追加で飲み込んで。今度も10錠ぐらいよ。次に回復薬のカプセルを開いて中身を直接負傷箇所に振りかけて。それも10錠分ぐらいよ。最後に被弾箇所に治療用のテープを貼るの。急いで。気絶して治療が間に合わないとそのまま死ぬわよ』

アキラは大分動きが鈍くなっている体を何とか動かして、側に落ちている袋から回復薬を取り出した。そして大体10錠だろうという数のカプセルをすぐに飲み込んだ。

次に震える手でカプセルを開き、中身を傷口に振りかける。その途端、被弾と変わらない激痛に襲われた。それを歯を食い縛って耐えた後、不安そうな視線をアルファに向ける。

「ア、アルファ、これ、大丈夫なのか？」

『直に使うと鎮痛作用の効き目が低下するのよ。でも負傷箇所に治療用ナノマシンを直接投与しているから、経口摂取より効果が高く早くなるわ。我慢して』

最後に紙袋から包帯のような治療用テープを取り出して傷の上に貼り付けた。

『治療は終わったわね。急いで移動しましょう。このままここにいるのは危険だわ』

「動けるかどうか……、いや、無理矢理にでも動いてここから離れないと不味いか……」

アキラは痛みに耐えながらよろよろと立ち上がった。そしてゆっくり歩き始める。足を踏み出すたびに激痛が走るが、何とか歩いていく。それは負傷の状態から考えれば驚異的なことであり、この短時間でそこまで治療した回復薬の異常なまでの性能を示していた。

だが痛みでそれどころではないアキラには、その驚異的な効能に驚く余裕など無い。激痛に顔を歪めながら路地を歩いていく。

アルファが今にも倒れそうなアキラを真剣な表情で励ます。

『頑張って』

「ああ」

アキラは苦労して昨日とは別の寝床に辛うじて辿り着いた。半ば崩れ落ちながら、気絶しないように注意しつつ、いつも以上に慎重に寝床の準備を済ませる。この負傷で誰かに近付かれたら終わりだ。そう考えて、絶対に見付からないように自身の姿を路地裏の隅に隠していく。そして寝床の準備を終えると、倒れ込むように横になった。

「……アルファ。俺はもう限界だ。寝る。おやすみ」

アルファが心配そうな表情で優しく声を掛ける。

『おやすみなさい。ゆっくり休んで』

アキラが疲労の滲んだ険しい表情で目を閉じると、

その意識がすぐに闇に呑み込まれていく。

（……ちゃんと目が覚めますように）

取り敢えずそう祈っておいたが、どこの誰に、或いは何に祈ったのかは、祈った本人にも分からなかった。


翌朝、アキラは自分でも不思議に思うほどに、非常に爽快に目を覚ました。そのことに驚きながら、ちゃんと目を覚ませたことに感慨深く呟く。

「……死なずに済んだか。……ん？」

胴体に違和感を覚えて手を当てると、昨日被弾した辺りに何か硬い物の感触がある。治療用のテープの下に何かが存在していた。

テープを慎重に剝がしてみると、わずかに変形した弾丸が現れた。弾丸は体に減り込んでいるように見えるが、実際には体外に押し出されていた。

「……昨日喰らった弾か？　体に残ったままだったのか」

『そうみたいね。治療用ナノマシンが体外に排出しようとして、治療用テープに邪魔されたのよ。取った方が良いわよ』

アキラはいつの間にか側にいたアルファに少し驚いたが、昨日ほどではなかった。側にアルファがいることに慣れてきたのだ。

体に食い込んだままの弾丸を強引に抜き取り、治療用のテープを貼り直す。痛みは完全に消えていた。

アルファが改めて微笑む。

『アキラ。おはよう。昨日はあんなことがあったけれど、よく眠れた？』

「ああ。凄くよく眠れた。……少し寝過ぎたな」

既に日が昇っている。普段のアキラの起床時間からは大分遅い時刻だ。腹が空腹を訴える。夕べは何も食べていない。そしてこのままでは朝食も抜きになる。

「不味い！　まだ配給は終わってないよな!?」

アキラは急いで配給所に向かった。ギリギリ間に合った。

◆

まだまだ弱かった頃の自分が、それでも必死に戦った記憶。かつては奪われ逃げることしか出来なかった自分が、渡さず、逃げず、殺すと選び、その選択のままに殺し合い、命賭けで得た対価を命懸けで守り切った出来事。

その選択の先に今の自分がある。訓練を積み重ねて強くなり、死線を潜り抜けて成長し、かつて望んだものを得た今がある。

回想を終えたアキラは、あの時の選択は正しかったと改めて認識した。

そのアキラの横を、一人の少女が通り過ぎていた。

◆

都市の貧困層が暮らすスラム街でも経済活動は行われている。真っ当な商いとはとても呼べない裏稼業の店はむしろそのような治安の悪い場所の方が商売をしやすいこともあり、通常の手段では満たせない需要に応えて多額の金を稼いでいる。

もっともその金を得るのはスラム街の上位層、金と暴力で縄張りを支配する徒党の幹部達などだ。路上で過ごすような者がその金を得ることはない。

それでも上から仕事を受けた下っ端の財布を温めるぐらいの影響は与える。そしてその金を狙う者も出る。

暴力に自信のある者は銃を握って強盗になる。それを何度か繰り返し、更に自信をつけて驕《おご》り出し、ハンターなどの大物を狙い、返り討ちにあって死んだりもする。

そして暴力に自信の無い者はこっそり盗み出そうとする。ルシアという少女もその一人だった。

ルシアには運良く天性のスリの才能があり、運悪くその才に縋らなければ生きていけない日々を過ごしていた。

辛い生活はルシアに自身の行動を正当化させ、彼女の才はスリを露見させることなく彼女に金を与え続けた。

厳しい生活がルシアに盗みを強いるたびにその技術が磨かれていく。既にその技術は一流と呼んで差し支えないほどまで成長していた。

ある意味でルシアは成功し続けていた。その所為で気が緩み、ある日大きな失敗をしてしまう。収穫品を単なる知り合いに分け与えてしまったのだ。

口が堅い者ばかりではない。ルシアの技術が周囲の者に知れ渡ると、彼女は所属していた集団からより多くの収穫品を求められるようになった。

要求される金額は徐々に増えていき、やがては集団全員を養えるほどの上がりを期待されるようになった。その時点で、ルシアはそこから逃げ出した。

その日以降、ルシアは基本的に一人で行動するようになった。個人的に付き合いのある者はいるが、どこかの徒党に所属するような真似は避けていた。

しかしスラム街を少女一人で生きていくのは非常に大変だ。スラム街で金を得る手段は限られている。その金を守る手段はそれ以上に限られている。食料を、安全な寝床を、身を守る手段を得る為に、ルシアが自身の類い稀な才能に更に依存するようになるのは避けられないことだった。

その日もルシアはいつものように獲物を探していた。彼女も目に付いた者に手当たり次第手を出している訳ではない。金を持っていそうで盗む難易度の低い人物に当たりを付けてから手を出している。

同じスラム街の住人の大半はろくに金を持っていない。そしてスラム街の住人で大金を持ち歩いている一部の例外は、確実に手を出してはいけない側の人間だ。よってスラム街のスリは外から来る者を獲物にすることも多い。

真っ当な場所に店舗を構えられない類いの商売をしている店に向かう者。荒事に自信があり、荒野に出かける際にスラム街を迂回する必要の無い者。後ろ暗い理由でスラム街を訪れる者。ちょっとした好奇心で立ち入る者。スラム街に逃げてきた人間を追ってきた者。掘り出し物を求めて露店などを見て回る者。そのような者達だ。

　彼らはスラム街の住人より金を持っており、倫理観もその者達より穏健で、見付かっても袋叩《ふくろだた》きにされる程度で済む場合もある。スラム街のスリにとって実に狙い目の獲物だった。

　その獲物を探していたルシアは一人のハンターに目を付けた。

　ハンターの質もいろいろだ。絶対に手を出してはいけない歴戦の者もいれば、わずかな報酬を酒代に注ぎ込んで装備代も怪しい者もいる。荒事に慣れているのはどちらも同じだ。

　強盗がハンターを狙うことは少ない。確かに装備品等を奪って売れば金になるが、返り討ちになる確率の方が高いからだ。

　しかしスリがハンターを狙うことは珍しくない。そしてその際は銃などの装備品は狙わない。それらはハンターの商売道具であり、失えば致命的なこともあって、皆しっかりと警戒しているからだ。

　だがその所為で逆にそれ以外の所持品、例えば財布などへの警戒がおろそかになっている者がそれなりにいるのだ。

　ルシアの目には、そのハンターはカモに見えた。着ている服はハンター向けの物だが汚れも無く、荒野に出た形跡が無い。装備している銃も傷一つ無い真新しい物だ。容姿は若く、歴戦のハンターが放つ特有の雰囲気、凄みや鋭さは感じられない。

　ハンターランク10のハンター証を申請する為に、取り敢えず最低限の装備品を揃えた若手のハンター。ルシアはそう判断した。

　あいつにしよう。ハンターの登録を済ませた後にちょっと露店を見て回るつもりなら、結構持っているかもしれない。あいつが散財する前に頂いてしまおう。

　そう考えたルシアは、いつものように偶然を装って獲物に近付き、天性の才と熟練の技量で財布を失敬した。

　ルシアの腕は神業で、そのハンターは財布を盗まれたことに全く気付けなかった。

◆

一度装備を全て失い、新たな装備を調達する前であるアキラの格好は、強化服を身に纏い大型の銃を身に着けていた以前の姿に比べて非常に貧相だ。

しかも現在の装備は一度も荒野に出ていないので全て新品同様の状態だ。熟練者の覇気など欠片も出ていない雰囲気もあって、ハンター登録を済ませたばかりの初心者と誤解されても仕方が無い。

そしてそのような者がスラム街をうろついた場合によくある被害をアキラも受けることになった。

アルファが軽い口調でアキラに告げる。

『アキラ。財布を盗まれたわよ』

『えっ!?』

アキラがすぐにポケットの中に手を突っ込んで確認する。アルファの指摘通り、そこに確かにあったはずの財布は無くなっていた。

動きを止めているアキラに、アルファが少し呆れたように注意する。

『しっかりしなさい。強化服を着ていれば私の操作で防げるけれど、それまではアキラが自力で対処しないと駄目なのよ?』

財布を盗まれたといっても被害額は10万オーラム程度だ。かつてのアキラにとっては大金だが、今の稼ぎならばそこまで大袈裟に扱う金額でもない。

アキラの気の緩みを正す少々高めの授業料。アルファはその程度に考えていた。

だがアキラは違った。

『アキラ?』

アキラは愕然とした表情で動きを止めていた。アルファからの注意も聞こえていない様子で、わずかに震えていた。

そのアキラの震えが止まる。状況の認識を終えたアキラの口から声が出る。

「……どいつだ？」

自分がどれほど暗く重く底冷えする声を出したのかも分からずに、それがどれほどアルファを驚かせたのかも気付けずに、能面手前の表情に鋭くも激しい憎悪を映し出し、ドス黒い感情を声に乗せる。

「……アルファ。財布を盗んだやつはどこにいる？　分かるか？」

分からない、と答えた場合、このアキラの感情が自分に向かう恐れがある。そう判断したアルファは対象の方向を迷わず指差した。

『分かるわ。あいつよ』

アキラの視界が拡張され、遮蔽物の先、既に路地裏の奥に移動している少女の姿が透過表示される。

「……そうか。あいつか」

そう呟くような声を出した次の瞬間、アキラは激情を露わにして走り出した。

◆

仕事を済ませて裏路地に入ったルシアは、獲物から十分に離れただろうと判断した辺りで収穫品を確認していた。

「……おっ！　10万オーラムも入ってる！　これだけあればしばらくは大丈夫。ついてたわ」

想像以上の収穫にルシアは表情をほころばせた。しかしその笑顔もすぐに曇る。

「……しばらくは大丈夫。その後は……」

ルシアはその先の言葉を濁した。それはその後に続く自らの境遇を正しく理解しているからであり、続きを口に出すことで自身の未来を直視してしまうのを嫌がったからだ。

スラム街から成り上がるのは大変だ。成り上がるといっても富豪を目指す訳ではない。スラム街の住人が思い描く比較的真面な生活を送れるだけの金を得るという程度の話だ。

だがそれはルシアのような者達にとって、十分に困難なことだった。

真っ当な職を得る為には相応の知識と教育が必要だ。その知識や教育を得る為には相応の伝と金が必要だ。だがスラム街に住む者の大半は、その知識を得る為の金も、その金を得る為の知識も無いのだ。

ルシアは自身の将来の展望に希望を見出せなかった。

ルシアも心のどこかで理解しているのだ。自分はいつか破滅する。スリで一生食べていくのは無理だ。このままスリを続けていれば、いつか見付かり、いつか捕まり、積み重ねた代償を支払うことになる。

その代償が殴り飛ばされて路地裏に転がる程度で済むのか、犯されて道ばたに捨てられる程度で済むのか、あっさり殺されるのか、嬲り殺されるのか、死んだ方がましな地獄を見る目に遭うのか、それは分からない。だが何らかの代償を支払うことだけは確実だと分かっていた。

しかしだからといって、スリをやめて生きていく方法などルシアには分からない。そしてルシアには今まで生き延びられた程度には、それに頼ってしまうぐらいには高度なスリの技術があるのだ。

無意識に暗く沈んだ顔を浮かべていたルシアが、気持ちを切り替えるように首を横に振る。

「……やめやめ。今ここで考えても仕方無い。金はあるんだし何か食べよう。空腹だと気が滅入《めい》るだけよ」

ルシアは馴染《なじ》みの店にでも食べにいこうと決めて歩き出した。

その時、背後から大きな音がする。思わず振り返ると、そこにはアキラの姿があった。先程の音は、ここまで全力で走ってきたアキラが、その勢いで路地に転がっていた物を蹴飛ばした音だった。

ルシアは突然の事態にまず驚き、次に突如現れた者が先程財布を盗んだ相手だと気付いて更に驚き、その者が自分を追ってここまで来たと理解して更に更に驚いた。

(何でバレたの!? 気付かれた様子なんか無かった! 後で気付いたからって、私に盗まれたなんて分かる訳無いでしょ!? しかもあれ! 私を闇雲に探して偶然見付けたんじゃない! 私がここにいるって分かってここまで来てる! どうして!?)

自分の腕ならばバレるはずがない。その自信を打ち砕かれて狼狽し、驚愕し、動揺する。だが次の瞬間、それらの感情は全て吹き飛ばされた。ルシアを見付けたアキラが両手に銃を握ったのだ。

殺す気だ。

ルシアはわずかな疑問の余地も無くそう理解させられた。相手の視線で、動きで、表情で、気配で、疑いようの無い殺意を感じ取っていた。

浴びせられた余りの殺気に動けないルシアへ向けてアキラは銃を構えると、全く躊躇わずに引き金を引いた。

裏路地に銃声が木霊し、無数の銃弾が周囲に撒き散らされる。その一部がルシアの頬や脚に掠り紅い線を引いていく。

その痛みで我に返ったルシアが悲鳴を上げる。そして背後から響く銃声と、弾丸が自分の横を掠めていく音に怯えながら、死に物狂いで逃げ出した。

◆

自分は強くなったのだ。アキラはそう思っていた。

つい先程まで持っていたその確信は、今はもう自惚《うぬぼ》れと過信と自嘲と自虐の混合物へと成り果てて、思い上がっていた愚か者の慢心の残骸として心の底に散らばった。

かつての自分はアルファのサポートがあったとはいえ、それでも死にかけたとはいえ、5対1の状況で敵を打ち倒し、命を賭けて得た成果を守り切った。それが出来たのだ。

だが今は出来なかった。たとえ全体の一部であったとしても、何度も死にかけて装備も全て失い病院送りになってまで得た報酬を、あっさりと奪われてしまった。

かつては出来たことが出来なくなっている。以前の自分ならば擦れ違いざまに財布を盗まれるような無様は晒さなかった。強くなったどころではない。成長どころではない。自分は弱くなっている。

財布を盗まれたと理解した瞬間、アキラはその認識に押し潰されていた。

心の奥底から失望の声が聞こえる。

お前は所詮その程度。他人の力で強くなったと勘違いしていただけ。お前自身は何も変わらないどころではない。お前は弱くなっている。どうしようもない。

違う、と思わず言い返した声は酷く弱々しく、失望の声に容易く掻き消された。

それでも声は返ってくる。違うのであれば、違うと示せ。奪われたものを取り返せ。金を、自信を、実力を、意志を取り返せ。

踏みにじられる側ではなくなったのだと、その結果で自身に示せ。

アキラは自らの心の奥底から響いたその声に同意した。そしてその声のままに、奪われたものを奪い返す為に駆け出した。覚悟ではなく、憎悪を以て。

アルファのサポートでルシアの後を追う。見付けた瞬間に銃を握り、構え、引き金を引く。憎悪が基準の思考では、返せと叫ぶ考えすら浮かばない。まず殺し、死体から取り返せば良いと構わず銃撃する。

だが殺せなかった。両手に握った銃、ＡＡＨ突撃銃とＡ２Ｄ突撃銃は対モンスター用の銃であり、生身のアキラが片手で扱える物ではないからだ。

更に強化服を着ている感覚で銃を構えようとした所為で照準はかなり狂っていた。加えて通常弾でもその反動は片手では抑えられないほどに強く、撃った瞬間に体勢を大きく崩した。

その結果、発砲の反動を全く制御し切れずに、見当違いの方向に無駄に乱射してしまった。弾はルシアに一発も当たらず、そのまま角の先へ逃げられてしまう。

お前はアルファのサポートが無ければ真面に銃を構えることすら出来ない。黙れ。

アキラは再び湧いた自嘲と失望の混ざった声を、歯を食い縛って噛み潰し、ＡＡＨ突撃銃だけを両手で握って後を追った。

◆

ルシアは必死に逃げていた。今のところは殺されずに済んでいるが、それでも執拗に追ってくるアキラを撒《ま》くことは出来ずにいた。

ちょっとした迷路のような裏路地を走り続け、通路の分岐を何度も通り、見られていない状態で繰り返し横道に入った。逃げる方が絶対に有利な地形なのは間違いなかった。

だがアキラは執拗に追ってくる。まだ追い付かれていないのは、比較的小柄なルシアの方が狭い路地を走り抜けるのに適しているからだ。加えてアキラが銃撃のたびに立ち止まっているからでもあった。

相手が撃たずに追いかけていれば、自分は既に捕まっている。だがそのまま撃ち続けてくれとも願えない。ルシアの焦りがどんどん酷くなっていく。

（何で!?　何でそんな正確に追ってこれるの!?　……まさか、発信器!?）

財布に発信器が付いていて、その反応で追ってきているのかもしれない。だから自分をここまで正確に追えるのだ。そう考えたルシアは、アキラが背後の横道から再び飛び出してきたのと同時に、アキラの財布を通路の自分とは逆側へ思いっきり投げた。

◆

アキラはＡＡＨ突撃銃を両手で握ってもルシアを撃ち殺せていなかった。

しっかり構えようとした分だけ、しっかり狙おうとした分だけ、撃つまでに時間が掛かり逃げられてしまう。だからといって焦って急いで撃てば、その分だけ照準を狂わせてしまう。

加えてアキラの射撃訓練は、基本的に自分に襲いかかろうと向かってくるモンスターを相手にする為のものだ。死に物狂いで逃げようとする目標に対しては少々勝手が違っていた。

更に憎悪に押し流されている今のアキラは冷静さに欠けていた。それでは真面に狙って撃つのは難しく、結局全て外れていた。

これだけ撃っても当たらない。お前の実力なんてそんなものだ。黙れ。

外すたびに聞こえてくる呆れと自嘲と失望の声を、アキラは銃を握り締めて拒絶した。

そのままルシアを追い続ける。拡張視界のおかげで見失うことはない。だがそこでアキラがわずかに怪訝な顔を見せた。今までずっと逃げていたルシアが立ち止まり、何かを投げるような仕草をしたのだ。

そして相手が何を投げるつもりなのか警戒していたおかげで、アキラは自分の頭上を越えていく物が自分の財布だと気が付いた。

ルシアを追うか、財布を取るか、アキラが一瞬迷ってから財布を選ぶ。

ルシアを殺すのは手段であって目的ではない。奪われた財布を取り戻せば、一応は辛うじて失態を拭えたことになる。次から気を付けよう。この失態を二度と繰り返さないように意識を切り替えよう。そう自分をごまかすことが出来た。

だが出来なかった。財布の中身を確認すると、金が全て抜き取られていた。

またそうやって騙された。お前は本当にどうしようもない。うるさい！　黙れ！

激しさを増す嘲笑と失望の声を、アキラは憎悪で掻き消した。

「……アルファ」

『あっちよ。追うならこれからは銃は控えなさい。そろそろスラム街の外に出るわ。警備が行き届いた場所で銃を乱射なんてしたら、警備員に逆に撃ち殺されるわよ』

「……了解だ」

アキラは底冷えするような声でそう答えると、再び走り出した。

◆

裏路地を逃げ続けていたルシアは、相手も治安の良い場所で銃撃などしないだろうと、無意識に下位区画の内側の方向へ進んでいた。相手が銃撃をやめれば追い付かれる確率が上がるのだが、それでも撃たれるのは嫌なのだ。

逃げ続け、走り続け、息が限界となり足を止める。荒い息を繰り返しながら背後を見る。

そこにアキラの姿は無い。そのまま息を整え終えてもアキラは現れない。ルシアが安堵の笑みを浮かべる。

「や、やっと撒けた……？　やっぱりあの財布に発信器でも付いてたの？　まあ、逃げ切ったのなら何でもいいや」

だがその笑顔はすぐに崩れ去った。通路の奥から再びアキラが現れたのだ。しかも銃を仕舞っており、前より速く走っている。

「……嘘!?」

ここまでしても撒けない上に、本格的に捕まえようとしている。ルシアは驚きと恐怖で顔を歪ませて再び走り出した。

無我夢中で走る。半泣きになりながら必死に走り続ける。自分がどこにいるのかも分からずに、とにかく走り続ける。

そして闇雲に進んだことで路地を飛び出して下位区画の通りに出たルシアは、そこを歩いていた誰かにそのまま勢い良くぶつかった。

「おい！　気を付けろ！」

ぶつかってしまった相手をルシアが怯えながら見る。若手のハンターで、装備品を見る限りはかなりの実力者のように見えた。

少年は少し怒っていたが、怯えるルシアの表情を見るとすぐに怒りの色を消して心配そうに声を掛ける。

「あ、ごめん。怒鳴って悪かった。大丈夫か？」

ルシアは自分を安心させるように微笑む少年を見て、容姿端麗な笑顔に状況を忘れて見惚れてしまった。その顔から恐怖が薄れ、頬にわずかな朱色が浮かび、口から小さな感嘆の声が出る。

だがそこで路地の奥から追ってくるアキラの気配を感じ取りすぐに我に返った。

そして通路の奥の恐怖と、自分に微笑んでいる希望に視線をさまよわせ、賭けに出た。目の前の少年に抱き付き、怯えた表情で叫ぶ。

「助けてください！　追われてるんです！」

それはアキラが路地から飛び出したのと、ほぼ同時だった。

第68話　臨戦手前

　都市の下位区画を見て回っていたカツヤ達は少々注目を集めていた。レイナのところに最近加わったカナエに下位区画を案内しているのだが、その下位区画に似つかわしくない格好をしている者が二人もいるからだ。

　カナエとシオリはここでもメイド服を着ていた。しかもその布地が周辺の者達の服とは格の違う光沢を放っており、場違い感に拍車を掛けていた。

　その一人でも目立つ格好の者が二人もいる所為で、好奇の視線がカナエ達はおろか一緒にいるレイナやカツヤ達にまで及んでいた。

　レイナが分かっていたこととはいえ溜め息を吐く。

「カナエ。本当にこれからもその服で私に付いてくる気なの？」

「そのつもりっすよ？」

　カナエは平然としており、周囲の視線を欠片も気にしていなかった。

「着替えるつもりは無いの？」

「無いっす」

「どうしても？」

「この服と同等以上の性能の戦闘服をお嬢の稼ぎで自力で買ってくれるのなら、考えても良いっすよ？」

　カナエが着ているメイド服はメイド服型の防護服だ。それも大分高性能な物で、そこらのハンターが着用している物と比べると性能も値段も数段上だ。

　当然ながらレイナの稼ぎで買える物ではない。代わりを用意するのは無理だ。そしてレイナも自分の我が儘でもっと性能の低い装備に替えろとは言えなかった。

　カナエはそれを分かった上で言っており、レイナも分かった上で聞いていた。

「……シオリもカナエも私服ぐらい持ってるんだから、こういう時ぐらいは私服でも良いと思うんだけど？　私服でも強化インナーなら下に着られるでしょう？」

「お嬢だって私服じゃなくて強化服を着てるじゃないっすか」

「私は……、こういう時でも着てないと危ないからよ」

この辺りは下位区画でもそこそこ安全な場所だ。

強化服を着ていても不自然ではないが、普通に歩く分には必要無い。だがレイナは地下街の件もあって敢えて強化服を着ていた。

カナエが軽くからかうように笑う。

「じゃあ私もお嬢の護衛としてこの服は脱げないっすね。このメイド服はお嬢が危ない時に盾となる為の頑丈な服っすから替えられないっす。私服は普通の服っすから、駄目っす」

暗に護衛が必要なほど弱いのが悪いと言われた気がして、レイナがわずかに項垂れる。それに気付いたシオリがカナエに厳しい視線を向けると、カナエは少々わざとらしく視線を逸らした。そしてごまかすように話題を変える。

「いやー、それにしても残念っす。カツヤ少年は凄く強いって聞いてたっすから、お嬢と一緒にいればその活躍を間近で見られると思ってたっすけど、チームから外れるなんて、残念っす」

「悪かったわね」

レイナは不機嫌な目でカナエを見たが、カナエは全く悪びれなかった。

そこにカツヤが少し真面目な態度で口を挟む。

「レイナ。その話なんだけどさ……、本当に抜けるのか?」

レイナが表情をどこか陰らせて、それでもはっきりと答える。

「ええ。……強引にチームに加わったのに、勝手に抜けるなんて真似をしてごめんなさい。でも、もう決めたの」

「……、そうか」

普段ならカツヤも無理には引き留めない。残念だとは思うが、互いに命を預けるチームである以上、無理に引き留めた所為で動きを鈍らせ連携を乱してしまっては、チーム全体を不幸にするだけだからだ。

しかし今回は地下街の件がカツヤにもう少し言葉を続けさせた。

「俺の考えすぎかもしれないけどさ、もしそれが地下街での出来事の所為なら、気にすることはないんじゃないか？　こう言っちゃ何だけど、何も無かったんだろ？」

もしかしたらレイナは何らかの責任感や罪悪感でチームから抜けようとしているのではないか。カツヤはそう考えて、もしそうならチームを抜ける必要は無いと告げた。

「あと、その、俺が言うのも何だけど、次に何かあったら、今度こそ俺が何とかするからさ」

地下街で何があったのかは今も分からない。自分は間に合わなかったのかもしれない。だがそれで失望されたのならば、次は助けてみせると真面目な顔で告げた。

それを聞いたレイナが答える。

「……カツヤ。そう言ってくれて凄く嬉しいわ。本当よ」

嘘は言っていないとは思うが、カツヤはレイナの様子から、その言葉をそのままには受け取れなかった。

レイナが先程と同じどこか悲痛な表情で、危うさすら感じられる口調で続ける。

「でもね、私はそんなに駄目？　元々シオリがいて、追加でカナエも来て、その上でカツヤにまでしっかり護ってもらわないと駄目なの？　そんなに私はどうしようもないの？　カツヤの目から見ても、私はそこまで駄目に見えるの？」

レイナは真剣な表情をカツヤに向けた。違うと言ってくれ。縋るような目がそう告げていた。

「……違うよ。レイナのような強いやつがチームから急に抜けたら戦力が下がって大変だし、俺が格好良くレイナを助けたりしたら、思い止まってくれるかなって思っただけだ」

「……そう。ごめんなさい」

「……そうか」

それで会話は途切れた。カツヤもレイナもそれ以上は続けられなかった。

ユミナはカツヤ達に掛ける言葉が見付からず、アイリは抜けたい者は抜ければ良いと思っており、シオリは下手な慰めは逆効果だと判断して、カナエはシオリに睨《にら》まれて、全員が口を閉ざした。

何でこんなことになってしまったのだろう。そう考えてしまったカツヤの脳裏にその理由の人物が浮かぶ。アキラだ。ユミナを人質に取られたこともあり、どうしても悪く考えてしまう。

地下街でレイナ達が14番防衛地点を勝手に抜け出したのも、エレナ達と一緒に探索できなかったのも、ある意味で原因はアキラだ。

更にアキラはレイナ達を襲い、ユミナを人質に取った。しかもドランカムの公式見解で何も無かったことになった所為で、その辺りの事情も有耶無耶《うやむや》になった。

加えてレイナ達の離脱だ。考えれば考えるほど、よく分からないがあいつが悪いという感情が増していく。その所為でカツヤは少しいらだっていた。

その時、横道から飛び出してきた少女がカツヤにぶつかった。いらだちの所為で思わず声を荒らげる。

「おい！　気を付けろ！」

そしてその少女に酷く怯えた顔を向けられて、そこまで強く怒鳴り付けてしまったのかと思い、慌てて少女を優しく宥める。

「あ、ごめん。怒鳴って悪かった。大丈夫か？」

それで少女の表情が和らいだのを見て、カツヤは安堵の笑顔を浮かべた。ユミナとアイリが、またか、という態度を見せていたことには気付けなかった。

しかし少女はすぐに再び酷く怯えた様子を見せた。そしてカツヤに抱き付いて叫ぶように助けを求める。

「助けてください！　追われてるんです！」

驚いたカツヤの視界に、先程少女が出てきた路地から新たに出てきた少年の姿が映る。その途端、カツヤの表情が著しく険しくなった。

その少年はアキラだった。だがカツヤの表情の険しさの理由は、突然アキラが現れたからではない。

そのアキラがドス黒い殺気を漂わせ、ゾッとするような顔をしていたからだ。

アキラの視線がカツヤ達に向けられる。それだけでカツヤだけでなくユミナ達もレイナ達も臨戦に近い態勢を取った。

ここが荒野であればカツヤ達は迷わず銃を抜いていた。アキラが銃を握っていないことと、ここは下位区画でもそれなりに安全な場所であり、銃を抜くと警備を請け負う民間警備会社の者と揉める恐れがあるという考えから、手を銃に添える程度の警戒で何とか抑えていた。

カツヤに助けを求めた少女は、アキラから財布を盗んだルシアだった。

◆

下位区画の通りに出たアキラはすぐにルシアを見付けた。そしてカツヤに抱き付いていることにも気付いたが、それはどうでも良かった。またお前かとも思わなかった。

敵の味方なら敵だ。カツヤに対して抱いた感情はそれだけだった。

敵か、敵ではないか、敵は何人で戦力はどれだけか。その識別と確認の為だけに、アキラの視線がカツヤの周りの者に移っていく。

アイリ、レイナ、シオリ、カナエと視線が移り、警戒、怯え、警戒、愉悦の視線を受けても、アキラの感情は特に動かなかった。シオリを見て、またかとわずかに思っただけだ。

だがそのアキラの視線がユミナに移り、非常に強い警戒を向けられた時、アキラの表情が険しく歪み、その分だけ殺意が弱まった。

そこでアルファが口を出す。

『アキラ。落ち着きなさい。彼女を殺すとしても、余計な敵を増やさない努力をしなさい。真面な装備も揃っていない上に7対1、内戦闘要員6名、強化服を着たアキラと互角に戦える人員込み。流石に無謀よ』

アキラが自身に状況を確認させるように呟く。

「7対1……」

そしてその呟きにカツヤ達が強く反応する。状況的にルシアを追っていたのはアキラで間違いなく、加えて殺気をみなぎらせながら彼女を渡せとも言わずに、場の全員との交戦をもう決めたようなことを口にしたからだ。

特にシオリの反応は大きかった。地下街でカツヤ達に乱入された時、5対1でも多いと言っていた者が、7対1で多いと言っていない。それはなぜかと考えると、今度は十分に殺せるからだという理由が浮かんでくる。

アキラの戦歴が書き換えられている以上、都市側と何らかの取引をしたのは明白だ。その取引でアキラに大金が支払われ、その資金で更に高性能な装備を手に入れた恐れがあると考えてしまう。

見た目にはそこまで強力な装備を身に着けているようには見えない。だがアキラに関しては見た目の印象が当てにならないことは既に経験済みだ。その判断を誤った所為で、レイナを死なせてしまうところだった。

繰り返してはならないと、シオリが決断する。

「7対1ではありません。私達は中立とさせて頂きます。カツヤ様とアキラ様のどちらにも、私達は一切協力致しません」

シオリはそう宣言すると、レイナを自分とカナエの背後に無理矢理移動させた。

怪訝な様子のアキラ、驚いているカツヤ達、そして困惑しているレイナと、どこか意外そうなカナエの視線がシオリに集まる。

シオリが強い意志を込めた表情でカツヤ達に宣言する。

「カツヤ様。初対面の一切関係無い人物を助けるのであれば御自由に。私もその行為を称賛し、その意志を尊重致します。ですが、それにお嬢様を巻き込むのであれば別です。ですので、カツヤ様の裁量と力量で対処をお願い致します」

続けて同じ態度でアキラに宣言する。

「アキラ様。アキラ様が私達、特にお嬢様に危害を加えようとしない限り、私達はアキラ様に敵対しないと誓います。不要な交戦を避ける賢明な御判断をお願い致します」

カツヤにもアキラにも戦闘を回避する選択はある。その上で戦闘を選ぶのであれば好きにして良い。しかし自分達とは無関係な状態でやってくれ。レイナを巻き込まないでくれ。シオリは暗にそう告げていた。

そして困惑したままのレイナを急かすように背で押して後退させながら、少しずつアキラともカツヤ達とも距離を取る。

「お嬢様。行きましょう」

「で、でも……」

レイナはカツヤ達を置いてこの場から逃げるように去ることに抵抗があった。

だがそれだけだ。残った後の選択が出来ない。選択肢すら真面に思い描けない。でも、に続く言葉が出てこないのはその所為だ。

シオリはそれを見抜くと、厳しい表情と口調でレイナに告げる。

「申し訳御座いません。お嬢様を昏倒《こんとう》させてでも引かせて頂きます。……お嬢様、また繰り返すおつもりですか？」

シオリは敢えて、何を繰り返すのか、という明言を避けた。レイナの思考を促し、レイナにとって最悪の事柄をレイナ自身に導かせる為だ。

レイナの頭に浮かんだ最悪は、自分が再び人質に取られることだった。

ルシアに人質に取られ、アキラとシオリが再び殺し合う。或いはアキラに人質に取られ、今度はカツヤ達とシオリが殺し合う。自分の所為で殺し合う者達を再び見ることになる。

そんなことは有り得ない。もうあんな失態は繰り返さない。そう自身に言い聞かせることが出来れば、レイナはこの場に留まることが出来た。だが地下街の件で自信を喪失したレイナに、それは出来なかった。

代わりに、あの日から心に積もっていた悔恨がレイナを決断させた。

あれほどの殺気を見せるアキラが引き下がるか。有り得ない。ではカツヤが脅しに屈するか。有り得ない。どちらも有り得ないのならば殺し合うしかない。

では場に残ってその殺し合いに加わるか。自分だけでなくシオリもカナエも巻き込んで。

レイナには出来なかった。カツヤに対する恋心は、シオリ達を巻き込んで心中できるほど高くはなかった。

「……カツヤ。ごめん。私はそこまで付き合えない。彼女の為に、命は懸けられない」

苦渋の決断だった。だがレイナは決断した。

カナエが空気を全く読まない明るい声を出す。

「あ、私は別にカツヤ少年の方に付いていても良いっすよ？」

しかしシオリから無言の威圧を受けてあっさり前言を翻《ひるがえ》す。

「今の無しで！　悪いっすね！　これも仕事なんで！　お嬢の護衛が仕事なんで！　じゃあ今日はこれで解散っすね！　さあお嬢！　帰りましょう！」

カナエがレイナの両肩に手を置いてレイナを押しながら足早に去っていく。シオリはカツヤ達に一礼してカナエの後に続いた。

そこでアルファが真面目な口調で再び口を出す。

『アキラ。４対１になったからって短慮を起こしては駄目よ。それでも強化服を着たハンターが３人もいるのよ？　戦力差を考えて。アキラ。聞いている？』

「４対１……」

アキラはそれだけ呟いた。

それだけで、カツヤ達の緊張が跳ね上がった。

◆

この状況を自分が何とかしなければならないことに、ユミナは内心で酷く頭を抱えていた。

自分達の最大戦力であるシオリ達は去ってしまっ

た。理由は十分に理解できる。そしてその理由が自分達を追い詰めている。

カツヤが少女を見捨てるとは思えない。たとえ明確に少女に非があったとしても、むざむざ渡すなど有り得ない。渡す方向の説得も意味が無い。長年の付き合いで、ユミナはそう理解していた。

ならばアキラの方を説得するしかないのだが、地下街でも見せていなかった殺気を放っており、交渉の余地など完全に投げ捨てているように見えるアキラを、この場で穏便に引かせる自信などユミナには全く無かった。

それでもやるしかないと、ユミナはアキラをじっと見詰めながら対策を思案する。

すると、アキラが殺気をわずかに抑えた。そして冷静であろうとする口調で口を開く。

「俺はそいつに用がある。渡してもらえないか？」

アキラが要求を告げたことで、交渉の余地はあるのかとユミナは状況の改善を期待した。

だがそれを聞いたルシアが大きく震え、自分に縋るように抱き付いている者の震えを感じ取ったカツヤが意気をみなぎらせる。カツヤの中でルシアへの庇護の意識が増していき、それはアキラに対する敵愾心を燃料にして燃え上がった。

「渡すとでも思ってるのか？」

何の罪も無い少女を、理不尽かつ身勝手な理由でアキラが追っている。既にカツヤの中ではそれが事実となっていた。

「そうか」

アキラはそれだけ告げて、交渉は決裂したとみなした。臨戦態勢を取ったアキラがカツヤ達の動きを注視しながら手をゆっくりと銃に近付けていく。

それに気付いたユミナが慌てて口を挟む。

「待って。そもそもどうして彼女を追っていたの？」

アキラが非常に不機嫌な視線をユミナに向ける。だが殺気としては若干薄れていた。

「……聞いてどうする。聞いて納得したら渡すとでも言う気か？」

自分でそう言っておいて、それは無いと確信している口調は、何を言っても自分の言うことなど信じはしないのだろうという思考を根底とする拒絶があった。

ユミナもそれを感じ取ったが、それを口に出した時点で聞いてほしいという願望があると期待した。そして応えようとするが、その前にカツヤに口を挟まれる。

「渡す訳が無いだろう！」

アキラの視線がユミナからカツヤに戻る。同時に仕掛ける契機を探る目に戻っていた。

その契機を潰す為にユミナが大きな声を出す。

「カツヤ！　ちょっと黙ってて！」

「ユ、ユミナ？」

「いちいち喧嘩腰《けんかごし》になるなって何度も言ってるでしょう!?　彼女を護る気があるのなら、ちょっと黙ってなさい！」

ユミナの本気の怒気にカツヤがたじろいだ。そして少しだが冷静さを取り戻すと、アキラを険しい目で見ながらも口を閉じる。

ユミナがアキラの様子を窺う。わずかだが困惑しているようにも見えた。そこでまずは相手を落ち着かせる意図も含めてアキラに話を促す。

「どんな内容でも聞いてみないことには判断も出来ないわ。取り敢えず話してもらえない？」

アキラが少し迷ったような様子を見せてから口を開く。

「……そいつが俺の財布を盗んだからだ」

皆の視線がルシアに集まった。

アイリが端的に尋ねる。

「そうなの？」

ルシアが必死に弁明する。

「違います！　突然凄い怖い顔で私を追いかけてきたんです！　それでここまで逃げてきたんです！　本当です！　信じてください！」

ルシアの震えと怯えの訳が、身に覚えの無い冤罪《えんざい》を突如押し付けられたからなのか、それとも自分の非が露見したからなのか、カツヤには分からない。だがその震えと怯えだけは真実だと思い、そこを信じたことで疑えなかった。

ユミナは半信半疑だ。そしてアイリはどちらかといえばルシアを疑った。アキラに端的に問う。

「証拠は？」

聞き方があるだろうとユミナは焦ったが、予想に反してアキラの反応は悪くなかった。

「証拠か……」

何か無いかと考え込むアキラの様子を見て、アイリは恐らくこれといった証拠は無いと判断すると、今度はルシアに詰め寄る。

「調べる。盗んだのなら、財布とかが出るかも」

「わ、分かりました。調べてください」

ルシアがカツヤから離れてアイリの前で両手を挙げた。その様子を見てカツヤはルシアをますます信じた。

アイリがルシアの体を調べる前に、アキラが口を挟む。

「財布は出てこない。そいつは俺の財布から金だけ抜き取って、財布自体は逃げる途中で捨てたからだ」

「財布には幾ら入ってた？」

「10万オーラムぐらいだ」

アイリがルシアの格好を見て思案する。財布ならともかく紙幣ぐらいなら幾らでも隠せそうに見える。加えて服もそこそこ良い物で、１００オーラム持っているかどうかも怪しいスラム街の下位層の者には見えない。

裸にする勢いで念入りに調べて10万オーラム出てきても、それをアキラから盗んだものだと決め付けるには根拠が薄い。盗難を恐れて隠し持っていたで済む。

たとえ非がルシアにあってもカツヤは彼女を見捨てない。しかし非が露見すれば彼女は勝手に逃げ出すかもしれない。そしてアキラがルシアを追えば、少なくともこの騒ぎは自分達とは無関係になる。アイリはそう考えていた。

そこで何か証拠でもと思ったのだが、現状では難しいと判断して、視線をユミナに移した。

それを受けて今度はユミナがアキラに尋ねる。

「誤解や何かの勘違いの可能性は無いの？　本当に、絶対に、間違いなく彼女なの？」

アキラがはっきりと言い切る。

「間違いない。そいつだ」

ユミナはアキラを責める訳でもなく、落ち着いた口調で続けて尋ねる。

「確実にそう言い切ることが出来る根拠とか、そう判断した理由を聞かせてもらえない？　服に手を入れられた時に一度捕まえて逃げられたから？　それとも財布が無くなったことに気が付いた時、周辺に彼女しかいなかったから？」

「いや、それは、その……」

アキラは言い淀んでしまった。根拠はアルファに教えてもらったからだ。だがそう答える訳にもいかない。よく分からないけど勘だ、とも言えない。

「情報収集機器の記録から判別したとか、そんな理由なの？　自衛の為に情報収集機器を町中でも常に起動させていて、その記録に残っていたとか？」

「いや、違う。俺が使ってた情報収集機器は前の戦闘で壊れたんだ」

「それなら、一緒にいた知り合いに教えてもらったとか？　今から会いにいけば、証言してもらえる？」

「いや……、その……」

アキラが少しずつ意気を落としていく。

「盗まれた場所に監視カメラなどが設置されている可能性はある？　下位区画の大通りとかなら設置されているかもしれないし、調べれば分かるかもしれないわ」

「……いや、盗まれた場所はスラム街だから、多分無いと……思う」

証拠になるものが何か無いかと、向こうから次々に提案されているのに、真面目に答えられず否定しか出来ないことに、アキラは当初の威勢を弱めていた。

「あなたが嘘を吐いているとは言わない。あなたの判断が間違っているとも言わない。複雑な事情があって私達には話せないけれど、確信できる根拠があるのだとは思う」

ユミナはそうアキラの立場を最大限尊重した上で、

譲歩を求める。

「それでも、私達にその理由を話せない以上、そっちの話を鵜呑《うの》みにして、根拠無く信じて、彼女を引き渡すことは出来ないの。本当にごめんなさい。難しいかもしれないけれど、分かってもらえない？」

アキラは答えられなかった。

今のアキラはユミナとの会話で激情が大分静まり、憎悪が薄れて、敵意も緩んでおり、ある程度落ち着きも取り戻していた。発していたドス黒い殺気も無くなり、かなり不機嫌そうではあるが、比較的普通の様子に戻っていた。

それでも捻くれた性格の所為で、分かったと答えて引き下がるほど素直にはなれない。しかし嫌だと答えて銃を抜くほどの威勢も失せていた。

そこをアルファが後押しする。

『アキラ。ここは引きましょう。確かに何も説明できないのに、黙って信じてもらうのは難しいわ』

『…………そうだな』

アルファにそう言われたのだから仕方無い。アキラはそれを自身への言い訳にして、ここは引き下がることにした。

その影響がアキラの気配にも現れる。緊張や警戒が薄れると、シオリを倒したほどの強者《つわもの》とはとても思えないほどに、その雰囲気がどこにでもいそうな子供へ戻っていく。

多くの者が軽んじ、見下す、ありふれた弱者。そう思ってしまう地雷に。

そしてその地雷をカツヤが踏んだ。

「ふん、盗《と》られたんだとしても、ハンターがそんな油断をしているのが悪い」

その軽口はカツヤの不満の表れでもあった。

あれほどの殺気を発して自分達を脅し、レイナ達を引き下がらせたのに、そこまでしたのに、少し諭されたぐらいでやめるのか。それなら初めからそんな真似はするな。

そう無意識に思ってしまった。弛緩《しかん》した空気と、酷く弱く見えるアキラの雰囲気が、カツヤの感情を後押ししていた。

「カツヤ！」

もう少しで上手くいきそうなのに余計なことを言わないでくれ。ユミナはそう焦りながらカツヤを窘《たしな》めてアキラに謝ろうとする。だが思わず固まってしまい、出来なかった。

アキラは通りに出てきた時よりも強く濃く暗く深い殺気を放ち、能面のような顔に憎悪ではなく黒い意志を浮かべて、敵を見ていた。

第69話　世界の見方

お前が悪い。

アキラは過去の経験から、他者が自分に向ける判断はそれが基本だと認識していた。

非や責任、過失や原因などを、他者が自分と誰かを比べて判断する時、証拠が無ければアキラの所為になり、漠然としたよく分からない状況であれば取り敢えずアキラの所為になり、多少無理があっても集団として犯人が必要で誰かの所為にした方が都合が良ければアキラの所為になった。

お前が悪い。そう言われて決め付けられていた。

スラム街の過酷な環境では集団に属した方が利点が多く生きやすい。集団から排除されれば大抵死ぬ。それを理解した上で自分から孤立するほどに、アキラは他者を信じていない。

その基本思想の所為で、アキラはルシアを追って通りに出た時のカツヤの反応を当然のものとして受け入れていた。交渉の余地など互いに無いと、いつも通りに判断していた。

だからこそ、アキラにとってユミナとアイリの行動は意外なことだった。戸惑いの余り、憎悪や殺意が薄れるほどに予想外の事態だった。

その緩んだ心にカツヤの言葉が突き刺さる。盗まれるのが悪い。それは過去に何度もあった出来事でアキラに繰り返し力尽くで刷り込まれ、既に諦観となった思想をアキラに改めて突き付けていた。

盗まれるのが悪い。奪われるのが悪い。騙されるのが悪い。お前が弱いのが悪い。

それで殺されたとしても、殺されるお前が悪い。

緩んだ心がほんの一時だけ忘れていた当たり前を、アキラは思い出した。

アイリが自分の言い分を信じたかのようにルシアのことを調べようとしたり、ユミナが自分の立場に理解を示したかのように話してきたりしたので、アキラは無意識にいつもとは違う結果を期待していた。

だが所詮はいつも通りだ。自分の意見は結局通らない。過程が違うだけで結果は変わらないのだと、淡い期待を抱いた自分を嘲る。

しかも奪われたものを取り返すことも出来ずに、おめおめと引き下がろうとしていた。踏みにじられる側に自分から成り下がろうとしていた。そう認識し、自らを呪う。

あの時に、渡さず、逃げず、殺すと決めて今がある。その選択は正しかったのだと、自らに示す為にここにいる。

ならば殺そう。敵を殺そう。殺されるお前が悪いのであれば、殺せばお前らが悪い。皆殺しにしよう。

余りの殺意が極度の集中を生み出し、体感時間の圧縮により非常にゆっくりと進む世界の中で、アキラはその意志を研ぎ澄ませ、目の前の敵を皆殺しにすると決めた。

アルファが念話で必死にアキラを止めていた。しかしそのアルファの声は、心の奥底から響く声に同調して叫ぶアキラの内なる声に掻き消されていた。

緩やかに進む世界の中で、アキラが銃に手を伸ばしながら、敵の動きに反応する為にカツヤ達を凝視する。構え、撃ち、殺す。あとはそれだけだった。

だがそこでアキラは奇妙なものを見た。敵が敵に向けて踏み込もうとしていた。意図不明な行動を取ろうとしている敵への警戒が、アキラの意識をそちらに集中させる。

次の瞬間、ユミナがカツヤを殴り付けた。痛烈な打撃音と共にカツヤが宙を舞い、地面に倒れる。

敵の訳の分からない行動に混乱したアキラが思わず動きを乱し、止める。

そしてユミナの声が響く。

「盗んだ方が悪いに決まってるでしょ！」

アキラが固まった。

◆

折角上手くいきそうだった交渉を台無しにされた怒りと、激怒している相手の溜飲を下げつつ意表を突いて交渉決裂を回避する為に、ユミナはカツヤを殴り飛ばした。

「盗んだ方が悪いに決まってるでしょ！」

そしてまずはカツヤの言葉を否定してから、アキラを何とか宥めようとする。

「待って！　悪かったわ！　謝るから落ち着いて……、……？」

ユミナがアキラの様子に気付いて怪訝な顔を浮かべる。アキラは有り得ないものを見たという様子で驚き固まっていた。先程の恐ろしいまでの殺気は完全に消えており、怒りや敵意も吹き飛んでいた。

そこまで効果があったのだろうか。ユミナはそう訝しみながらも、殺意を向けられるよりはましだと思い、取り敢えず声を掛けようとしてアキラに一歩近付いた。

「……あの、大丈夫？」

するとアキラが硬直から回復し、まるでたじろいだように一歩下がった。

アキラの様子に困惑するユミナと、酷く混乱しているアキラは、そのまま妙な間合いを保っていた。

「……あの、本当に大丈夫？」

ユミナがもう一度声を掛けると、アキラは混乱した表情を見せながらも、先程よりは立ち直った様子を見せた。そしてルシアを指差してたどたどしく口を開く。

「そ……」

「そ？」

「そ、そいつを見逃した訳じゃないからな！」

アキラがどこか言い訳がましく三下のような捨《す》て台詞《ぜりふ》を残して後ろに下がっていく。そのままどこか慌てたような様子で走り出し、通りに飛び出してきた時の脇道に入って姿を消した。

ユミナは訳が分からず唖然とし続けていた。

殴り飛ばされたカツヤがようやく立ち上がる。

去っていくアキラを怪訝な顔で見ながらも、取り敢えず事態は収拾したと軽く息を吐いた。

「結局何だったんだあいつは……」

そしてユミナに不満げな顔を向ける。

「ユミナ。何するんだよ」

すると、それで我に返ったユミナが声を荒らげる。

「カツヤ！　あんな余計なことを言うなんて何考えてるの!?　好い加減にしないとぶん殴るわよ！」

ユミナの余りの気迫にカツヤが思わず身を竦《すく》ませた。

「ま、待てって。も、もう殴ったじゃないか」

「もう一発ってことよ！」

ユミナが怒気を高めて拳を握った。カツヤが慌ててユミナを宥める。

「わ、悪かった！　俺が軽率だった！　ア、アイリも何とか言ってくれ！」

「昏倒したら私が運ぶ」

「煽るな!?」

騒いでいるカツヤ達に、ルシアが緊張した様子で口を挟む。

「あ、あの！　た、助けていただいて、ありがとうございました」

水を差されたユミナが大きく息を吐く。そして気を切り替えてルシアに笑いかける。

「こちらこそごめんなさい。カツヤの所為でややこしいことになってしまって」

「いえ、とんでもない。本当にすみませんでした」

「いえ、とんでもない。私の方こそ巻き込んでしまって、本当にすみませんでした」

カツヤが先程の流れを有耶無耶にしようとルシアに優しく笑いかける。

「気にしないでくれ。無事で良かった。怪我とか、大丈夫か？」

「は、はい！　大丈夫です！」

ルシアはどこか熱っぽい目でカツヤを見ていた。自分の窮地を命懸けで救ってくれた異性に向ける視線には、カツヤの容姿も相俟《ま》って大きな好意が込められていた。

ユミナとアイリがそのルシアの様子に、またか、という感情を覚えて軽く息を吐く。それで憤りが収まったユミナが、カツヤにかなり真面目な厳しい態度で釘を刺す。

「次に同じことをしたら、カツヤの口と喉を義体の部品で改造して、私の許可無しじゃ何も話せなくするわよ？　良いわね？　分かった？」

「わ、分かった」

カツヤは必死に頷いてユミナの怒りを収めた。

◆

アキラは下位区画の裏路地をしばらく進んだ所で立ち止まっていた。

まだ先程の混乱と困惑から回復しておらず、荒れ狂う思考と感情を整理し切れずに立ち尽くしている。それでもアルファの声が届く程度には立ち直っていた。

『アキラ。そんなに落ち着かないのなら、深呼吸でもしたら？』

アキラは先程からずっと側にいたアルファに、突如現れて突然声を掛けられたような反応を示した。それでアルファに呆れられながらも、言われた通りに深呼吸を繰り返す。

深く吸い、深く吐く。そのたびに少しずつ落ち着いていく。思考と感情が整理され、雑念が消えていく。訳も分からず混乱していたが、その理由を把握し、理解し、消化していく。

最後に大きく息を吐く。そして整った思考で自然に浮かんだ答えを落ち着いた声で呟く。

「……そうだよな。俺、悪くないよな」

それはある意味で、今までアキラの中には存在していなかった概念だった。

お前が悪い。知りうる世界全てからそう言われ続けてきたアキラは、いつしかアキラ自身もそう思うようになっていた。その上で捻くれて開き直っていた部分があった。

しかし今日、違うと言った者が出た。

それでも単にどこかの誰かが適当に言った言葉であれば、アキラに影響など全く与えない。だが仲間の為に自身を犠牲に出来る者が、その仲間を殴り付けて言った言葉は、アキラの心の奥底まで伝わるほどの強い衝撃を与えた。

もっともそれでアキラの何かが大きく変わること

はない。心の奥底で積み重なったものは長年の経験で硬く分厚くなっている。その程度の衝撃で砕かれるようなものではない。

しかしひびは入った。これからの経験で、そこにドス黒いものが入り込み亀裂を塞いで補強するのか、或いは亀裂を広げる楔《くさび》が打ち込まれて大きな影響を与えるのかは不明だが、確かにひびは入ったのだ。

アルファが口を出す。

『そうね。アキラは悪くないわ』

「だよな」

アキラは同意するように深く頷いた。

『それで、これからどうするの？　余計な揉め事もあったし、今日はもう帰る？　あと、独り言になっているから気を付けなさい』

『おっと』

アキラが念話に戻してから少し考えて答える。

『元々の予定通りシェリルのところに行く。もう行くって連絡したし、やっぱりやめた、なんて伝えたら次に面倒臭いことになりそうだからな』

『分かったわ。それならかなり大回りして向かいましょう。案内するからついてきて』

『大回りって、何でだ？』

不思議そうな顔を浮かべるアキラに、アルファがあからさまに呆れた様子を見せる。

『対モンスター用の銃を乱射しながら走っている人がいれば、裏路地でも騒ぎになるに決まっているでしょう？　あの辺りを縄張りにする徒党の者や、警備会社の警備員が騒ぎの元を探しているのよ。これ以上面倒を掛けさせないで』

『……、ごめんなさい』

不満そうな態度を分かりやすく見せるアルファに、アキラはばつが悪そうな顔をして謝った。そして先程銃を乱射した一帯をアルファの案内に従って大幅に迂回して進んでいった。

◆

シェリルの徒党はまだまだ小規模ではあるが、将来性を期待できる有望な徒党としてスラム街の子供達から強い注目を集めていた。

構成員がボスや後ろ盾のハンターを含めて全員子供と呼んでも良い年齢の者で、それにもかかわらず組織としてしっかり運営されているというのは、普通は有り得ない。

シェリル達も多少は武装しているが、装備は対人用の拳銃程度だ。戦闘に秀《ひい》でた者がいる訳でも、シジマの徒党のように自衛できるような戦力を保持している訳でもない。普通は潰される。

そのシェリル達がスラム街で比較的安全に活動できるのは、アキラとシジマの遣り取りを知った他の徒党の者達がアキラを警戒しているからだ。

アキラが後ろ盾になっている限り、シェリル達と下らない理由で揉めるのは割に合わない。多くの者が程度の差はあれど似たような感想を覚えてそう判断していた。そしてその判断がシェリル達に一定の安全を保証していた。

その安全だけでも徒党の構成員に十分な利益をもたらすのに加えて、銃や食料も問題無く、簡単な読み書きまで教えているという、少し出来過ぎている話を聞くと、スラム街の子供達も普通は警戒が先に立つ。

だが半信半疑で加わった者から話を聞く限り、一応本当で新入りの待遇も悪くはないという評判が広がると、スラム街の大分離れた場所からわざわざやってきて加入を希望する者まで出てきた。

そこに最近は仮設基地周辺に店まで出して荒稼ぎしているという噂まで加わったことで、その恩恵に与《あずか》りたいと加入希望者の数は膨れ上がっていた。

そうなるとシェリルも際限なく加入者を増やす訳にはいかない。自分達に管理できる分だけ少しずつ加えることになり、順番待ちとなる。

そしてその順番はコネと金で決まる。既に徒党に入っている親友というコネと、手に入れたばかりの10万オーラムという金を使い、ルシアはシェリルの徒党への加入を望み、拠点の一室で親友のナーシャと会っていた。

ナーシャが心配そうな顔で声を掛ける。

「前からルシアを誘っていたのは私の方だけど、大丈夫なの？　どこかの徒党に入るのをあれだけ嫌がっていたのに、何かあったの？」

「うん。ちょっとね……」

事情を聞いたナーシャは納得してルシアを気遣った。

「危なかったのね。だからスリなんかやめなさいって言ったでしょう。まあ、ルシアの事情も分かるけど。……そこは今更か。それで徒党に渡すお金は？」

ルシアが10万オーラムをナーシャに渡すと、ナーシャの顔が険しく歪んだ。

「ルシア、稼ぎすぎよ。そりゃ殺しにくるはずだわ。死ぬ気なの？」

「分かってる……。だからもう無理なの！　どこかの徒党にでも加わって護ってもらわないと……、殺されるわ。……ここの後ろ盾って、凄いハンターなんでしょ？」

「まあ、確かに、いろいろと、凄いわ」

ナーシャは苦笑いを浮かべた。それは凄く強いという方面よりも、死体を引き摺ってシジマの拠点に乗り込むという頭のおかしい部分への評価だった。

「あいつもハンターっぽかったけど、それでも駆け出しみたいな装備だったし、10万オーラム程度のことで、そういう凄いハンターと揉めたいとは思わないはず……」

その判断には大分願望が混じっていたが、もうルシアにはそう期待するしかなかった。

ナーシャが笑ってルシアを安心させる。

「そうね。その辺は大丈夫だと思うわ。それじゃあ、ボスにルシアのことを話してくるからちょっと待ってて」

ナーシャはそう言って一度席を外すと、少ししてから戻ってきた。

「もう少しでアキラさんが来るから新入りを集めて会わせるって。ルシアも来て」

ルシアはナーシャに連れられて拠点の広間に向かうと、他の新入り達と一緒にアキラの到着を待った。

しばらくするとシェリルと一緒にアキラが広間に入ってくる。そしていつもの説明をするシェリルの横で、アキラとルシアの目が合った。

次の瞬間、ルシアは死に物狂いで駆け出した。

だが同時にアキラも動き出していた。今度は憎悪で動きを乱すような真似はしない。落ち着いて素早く走りあっという間にルシアに追い付くと、飛び掛かってそのまま床に押し倒した。

「捕まえたぞ」

アキラの嬉しそうな声を聞いて、ルシアは表情を絶望に染めた。

◆

アキラが10万オーラムを手に持って非常に上機嫌な様子で見ている。そして嬉しそうに頷いて財布に仕舞った。

少々変則的ではあるが、奪われたものをしっかりと取り戻せたアキラはすこぶる機嫌が良かった。

一方シェリルは青ざめた顔で震えていた。アキラから盗んだ金を手土産にした者を徒党に加えようとしてしまったのだ。大失態だと怯えていた。

「……そ、それで、アキラ。彼女達はどうしましょうか？」

「ん？」

促されたアキラがルシア達を見る。

シェリルの部下達に取り押さえられているルシアは、処刑を待つ囚人のような顔で泣いていた。同じように拘束されているナーシャは、何とかルシアを助けられないかと険しい顔で思案し続けていた。

アキラがルシアを見る。ルシアの怯えが酷くなり、零れ落ちる涙の量が増えた。

続いてナーシャを見る。ルシアの助命を願う真剣な目が返ってきた。

「どうしようか……」

シェリルからルシア達の処遇を尋ねられたアキラは、本当にどうしようかと悩んでいた。

自分でも信じられないと思いながらも、アキラはもうルシアのことはどうでも良くなっていた。それはユミナとの出来事による余りの衝撃と驚愕によりかつてないほどに上機嫌なことに加えて、奪われたものを取り戻せたことで更に機嫌を良くしていたからだった。

しかしどうでも良いからと無罪放免にするのは不味いとも理解していた。そのような甘い処遇をしたと知られれば、甘いやつだと舐められてそこら中のスリから狙われる羽目になる。

ではごく普通の対処として撃ち殺すかと考えると、非常に気が進まなかった。殺したいとは思わないが、助けたいとも思わないし死んだら死んだで構わない。

しかしユミナが庇った相手を自分で殺すのは気が引けた。死なない程度に嬲っても、その負傷の所為でどうせ死ぬので違いは無いと分かっていた。

どうしようかと唸っていると、失態を挽回《ばんかい》しようと自分に真剣な顔を向けているシェリルに気付く。そしてアキラは対処をシェリルに投げた。

「よし。シェリル。頼んだ」

「えっ？　いえ、その、頼んだと言われましても……」

「こいつは元々ここに入るつもりだったんだろう？任せた」

シェリルが困惑した顔で聞き直す。

「その、それはこちらで適当に殺しておけってことですか？」

「いや、違う。まあ、死なせるなって意味じゃないから、わざと死なせたって訳じゃないなら大丈夫だ」

「そ、そうですか」

「じゃあ俺は帰る。シェリル。またな」

「は、はい。お気を付けて」

問題は片付いたと、アキラは機嫌良く帰っていった。

問題を押し付けられたシェリルは頭を抱えていた。挽回の機会を与えられたと考えれば喜ぶべきことだとは思う。だが恐らくはアキラ自身も何が正解か全く分かっていないことに対して、アキラを満足させる結果を出さなければならないのだ。飛び切りの厄介事でもあった。

ルシア達の扱いも慎重に考えなければならない。アキラの金を盗んだのだ。重用は出来ない。しかし粗雑に扱って死なせてしまえば、わざとではないとアキラに信じてもらわなければならない。

ルシア達は逃げました、でアキラを納得させられるかも微妙だ。怒られはしないかもしれないが、自分の能力を低くみなされ失望される恐れもある。

シェリルが自分に難題をもたらした者達を見る。ルシアもナーシャも怯えた目を返していた。

◆

シズカに頼んだ新装備一式が届くまで、アキラは再び訓練と勉強の日々を送っていた。

体感時間操作の訓練は順調に進んでいる。体感時間の圧縮を自分の意志で行うのに成功した回数は徐々に増え、極度の疲労で動けなくなった所為でその日の訓練を終えるということも以前より減ってきている。

それでも訓練終了時のアルファの格好は、今日もほぼ全裸と変わらない姿だ。訓練開始時には過剰なまでに大量の布地で装飾されていたが、今日もアキラが斬られるたびに一枚ずつ減っていき、宙を舞った最後の布がつい先程そのまま音も無く消えた。

『今日はここまでね。お疲れ様』

アキラが大きく息を吐く。そして呼吸を整えながら不満そうな顔を浮かべた。

『どうしたの？』

「……いや、その格好がな」

『ん？　着エロ派のアキラとしては、こういう格好はお気に召さない？』

アルファは裸体の上に肌を隠す効果の無い装飾品を身に着けているだけの状態だ。見る者の嗜好によっては、布が足りないと感じても不思議の無い姿ではあった。

そしてアキラも確かに布が足りないことに不満を覚えていた。だがその理由は異なっていた。

「違う。体感時間の操作も少しなら出来るようになったのに、まだ一度も真面な格好で訓練が終わったことが無いなって思ってさ。実際どうなんだ？　俺、ちゃんと成長してるのか？」

アキラはそう言って不甲斐無い結果を嘆いていた。アルファがいつものように笑う。

『安心しなさい。着実に成長しているわ』

「じゃあ何で結果が同じなんだ？」

怪訝な顔を浮かべるアキラに向けて、アルファが意味深に微笑む。

『厳しい訓練の方がより良く成長できるでしょう？』

「……そういうことか」

同じ結果になるように訓練の難易度を上げている。アキラもそれぐらいは理解できた。

『厳しいと言っても訓練だからね。アキラの実戦の過酷さを考えると、アキラの訓練は死に物狂いになる程度の難易度でちょうど良いのよ』

「……、了解だ」

アキラは半分納得して大きく息を吐いた。

訓練を終えて車庫から出たアキラがアルファの格好を見る。訓練中は気にならないが、訓練を終えれば別だ。

「服を戻せ」

『ん』

アルファが服装を訓練前のものに戻した。それを見てアキラが軽く溜め息を吐く。

「……アルファ。前も言ったけど、毎回言わせる気か？」

『言わなくても良いのよ？』

「言う」

いつも通りの遣り取りをしてアキラは部屋に戻っていった。

その後、休憩を兼ねて食事をとる。余り代わり映えの無い冷凍食品だが、少々贅沢をして質と量を上げている。シュテリアーナの料理で肥えてしまったアキラの舌を宥める為であり、病院で治療を受けた後から妙に増えた食欲を満たす為でもあった。

「今日は何を勉強するんだ？　昨日の社会の続きか？　東部統治企業連盟の実効支配領域における統

治企業都市間の資源分布と交易について、だっけ？」

　東部の都市の名前など自分が住んでいるクガマヤマ都市ぐらいしか知らなかったアキラも、最近はアルファの教育によって常識的な知識を身に付けつつあった。

　それでも防壁の内側に住む者達と比べればまだまだ拙い内容だ。詰め込む知識は山ほど残っている。

　その上で、どの知識から詰め込むかという選択はアルファが握っている。アキラに与える知識は、自身の目的の妨げとならないように注意深く選別されていた。

　そして今日も少々偏った知識をアキラに詰め込む予定だったのだが、取りやめとなった。

『今日は無しよ。シズカからアキラの新装備が届いたという連絡が来たから受け取りに行きましょう』

「おっ！　これでやっとハンター稼業に戻れるな。すぐに行こう」

　自身の目的を達成する為に、アキラには強くなってもらわなければならない。更なる装備の充実と練度の上昇が必要だ。それは知識の提供より優先される。

　新装備に少し浮かれ気味のアキラを観て、アルファはいつものように微笑んでいた。

　外に出る準備を済ませてシズカの店に入ると、シズカが笑いながらアキラを軽く手を振って迎え入れた。

「いらっしゃい、アキラ。こっちよ」

　シズカの案内で店の奥へ向かうアキラは、８００0万オーラムで購入した新装備一式への期待を膨らませて嬉しそうに笑っていた。

◆

　スラム街の路地裏から飛び出してハンターとなり、かつてとは比較にならないほどの実力を身に付けて、大金を稼ぎ、家を借りても、アキラの精神は路地裏に残ったままだった。アキラの世界はそこから見えるものが全てだった。

だが信じられないほどの出来事を経て、路地裏で蹲《うずくま》っていたアキラの精神もようやく立ち上がった。そして路地の外に半歩踏み出し、角の先から顔を出してその先をどこかおどおどと覗いていた。

アキラの立ち位置が変わったところで世界そのものが変わる訳ではない。しかし立つ位置と目を向ける方向を変えることで、視界に映る世界の光景は間違いなく変わっていた。

アキラのハンター稼業は、かつて望んだ日々を手に入れてもまだまだ続いていく。望む望まざるにかかわらず、アキラ自身を変えながら。

◆

真っ白な世界でアルファが少々不機嫌な表情を浮かべている。

「この短期間でお互いの個体が2度も潰し合うところだったわ。それもそちらの個体の所為でね」

アルファの視線の先にいる少女が、どこか感情に欠けた事務的な表情と口調で答える。

「1度目はともかく、2度目はそちらの個体が原因だと判断する」

「こちらの個体が引く契機を潰したのはそちらの個体よ」

「そうか」

少女は先程の会話の内容を重視しないと示す短い言葉を返した。それを受けて、アルファがわずかに沈黙を置いてから続ける。

「個体同士が潰し合う事態を避けるよう努めてもらいたいのだけれど？」

「実現可能な範囲で実行はしている。しかしこちらの個体はそちらの個体とは異なり、こちらの認識すら難しい状態だ。回線も細く、契約も大まかな言動の恣意的な解釈から実施している以上、干渉にも限度がある。誘導は困難としか回答できない」

「それは分かっているけれどね」

「そちらの個体はそちらを認識しているのだ。個体の細かな誘導はそちらの試行範囲として、そちらに願いたい」

アルファが表情をもう少し険しくする。

「しっかり契約しているとはいえ、こちらにも限度はあるのよ。契約している以上、こちらにもその契約を遵守する義務があるのだからね」

「認識している。今回の事態は、両固体への干渉の限度から発生したものだ。試行として、ある程度は許容するしかない」

ある意味で予想通りの答えに、アルファは最低限の情報共有と意志の統率は済ませたとして、疎通を切り上げる。

「……まあ、価値の低い試行結果を減らす為にも、出来る限りの努力をお願いするわ。実施済みだとしても、その継続も含めてね」

「承知した。では、これで失礼する」

「ええ。最後に一つ聞いておくわ。そちらの個体は、目標を達成する見込みはありそうなの？」

「見込みはある。だからこそ、こちらを真面に認識できない程度の通信能力しか持たない個体を試行に加えている。通信強度だけで試行対象としたそちらの個体とは異なる」

「……、そう」

「では、失礼する」

白い世界から少女が姿を消した。

一人残ったアルファが表情をわずかに険しくする。アキラを通信強度だけで試行対象としたのは事実だ。しかしそのアキラは自身の予想を超えて強くなっている。

それはアルファの計算に誤りが存在している証拠だ。予測の誤りは十分な懸念事項だ。

必要ならば、対処しなければならない。改めてそう判断し、その対処方法を思案しながら、アルファも白い世界から姿を消した。

武器解説
Weapon Guide

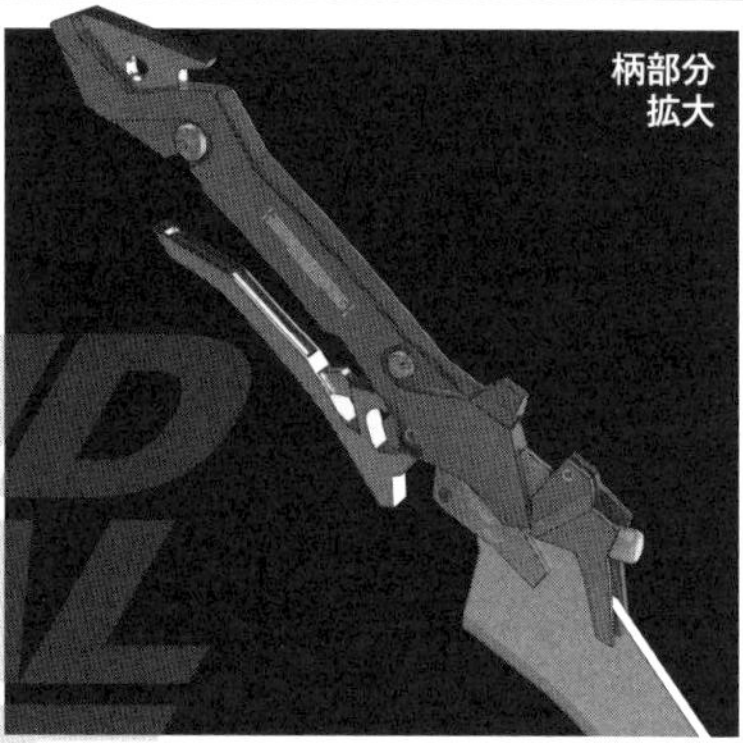

LIQUID METAL KNIFE
液体金属ナイフ

ネリアが使用した旧世界製のナイフ。起動すると柄から液体金属が流れ出し、刃渡り2メートルほどの薄い刀身を形成する。力場で固定成形された刃は振るわれるたびに融解と固定を繰り返しており、切れ味が落ちることはない。

A2D ASSAULT RIFLE
A2D 突撃銃

AAH突撃銃をベースに再設計した銃。擲弾発射器を標準搭載。各部品の強度や命中精度が大幅に向上しており、徹甲弾や強装弾が無改造で使用可能。またAAH突撃銃の拡張パーツがそのまま使用できるため愛用者が多い。

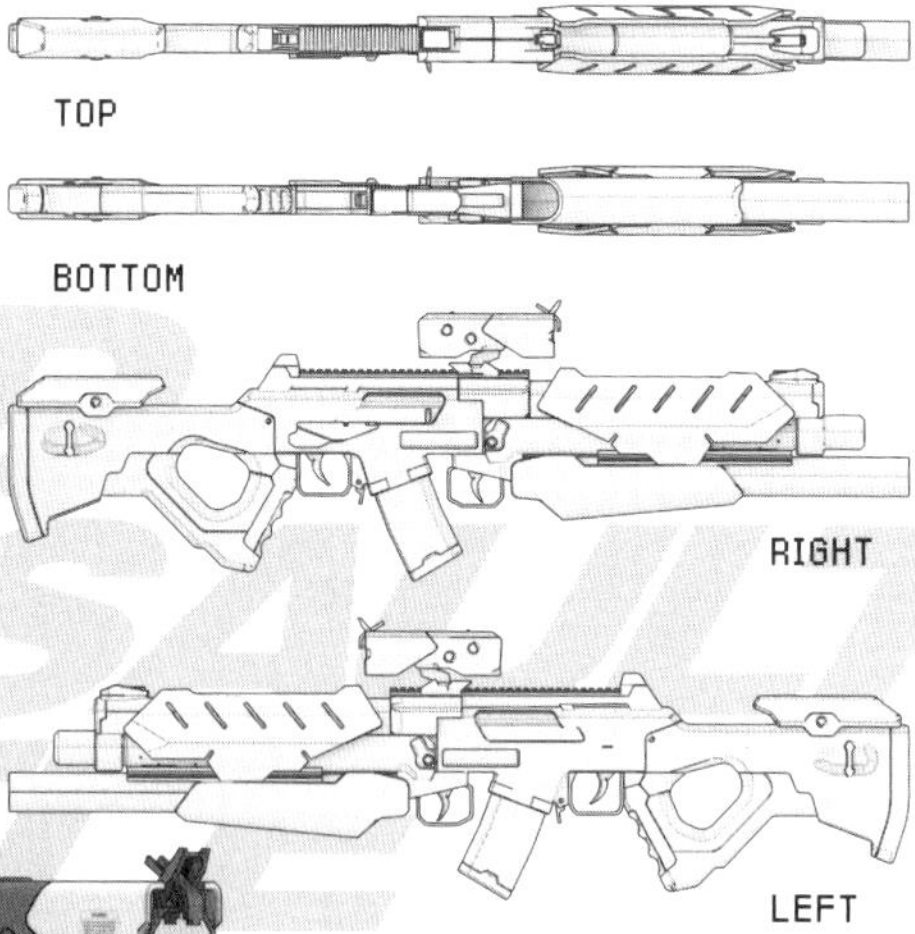

>Episode
002
下 死後報復依頼プログラム

武器解説
Weapon Guide

NELIA'S POWERD SUIT
ネリア重装強化服

遺物強奪犯のネリアが装着する重装強化服。全長約3メートル。機体の制御装置と義体者の脳を接続端子経由で繋げて操作できる。無線通信を介した遠隔操作も可能。

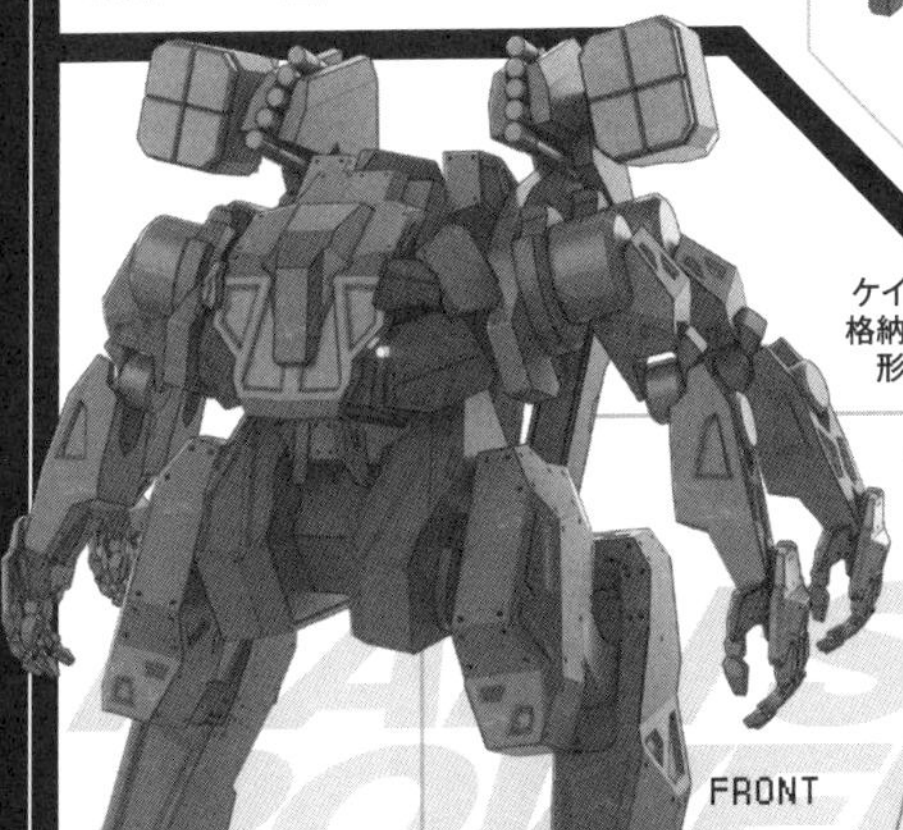

ケイン
格納時
形態

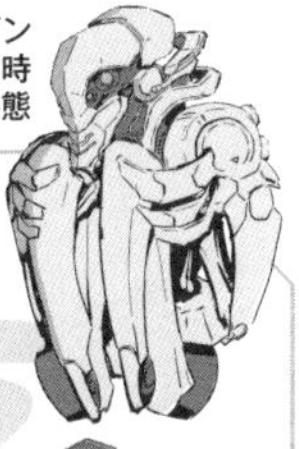

KAIN'S POWERD SUIT
ケイン重装強化服

遺物強奪犯のケインが装着するサイボーグ専用の重装強化服。全長約5メートル。強力なミサイルポッドを搭載し、四つ腕それぞれに重火器を装備可能。力場装甲（フォースフィールドアーマー）を搭載し、動きは鈍重だがCWH対物突撃銃の専用弾すら弾き返す。

閑話　ホットサンド販売計画

　シェリル達は以前にスラム街の別の徒党と揉めたことがあった。それはアキラがその徒党の者を殺して相手の拠点に乗り込むという事態に発展したのだが、その徒党のボスであるシジマとの取引により一応穏便に解決した。

　和解金は100万オーラム。アキラが支払った。その後シェリルは縄張りの一部をシジマに売ることで100万オーラムを手に入れた。

　シェリルはその100万オーラムを、非常に悩んだ末にアキラに渡すのをやめた。自分達にとっては大金だが、その時のアキラにとって既に小銭だと判断したからだ。

　アキラに渡すのは簡単だ。だが恐らく初めから返ってこないものだと思っている小銭を、立て替えてもらった分を返すと言って渡しても、徒党の後ろ盾として日々世話になっている見返りとしての意味はほぼ無い。

　渡すにしても、せめて少しは利子を付ける必要がある。そうしなければ、自分達の価値をアキラに認めてもらえず、いずれ切り捨てられる。その阻止の為に、どうしても付加価値が必要だ。

　シェリルはそう判断し、決断し、覚悟を決めて手元の100万オーラムを種銭にすることにした。

　徒党のボスとしての仕事を続けながら、金を増やす方法を探そうと情報端末でネットを閲覧する日々が続く。

　冗談のような利回りの投資信託なども見付かったが全て除外する。確実に詐欺だと分かる内容だが、仮に詐欺ではなかったとしても投資分が戻ってくるまで遅すぎる。年単位で待ってなどいられない。

　そもそも所詮スラム街の住人にすぎないシェリルには口座など作れない。投資信託で金を増やすなど無理だ。

　やはり手持ちの現金を自力で活用する方法で増や

すしかない。つまり商売だ。そう判断し、頭の中で様々な商売を試みた。

だが全てろくでもない結果に終わった。

基本的にスラム街は商売に適した環境ではない。そこを何とかして稼いだとしても、相応の武力が無ければ強盗の標的になるだけだ。アキラという後ろ盾はあるが、拠点に常駐している訳ではないので難しい。当然だがエリオを初めとした徒党の武力では無理だ。

そしてスラム街の子供が下位区画の内側に行って露店を開いても、そこの警備に追い出されるだけだ。その逆方向、荒野側に向かってハンター相手に商売をしようにも、今度はモンスターに襲われるだけとなる。

手詰まり。自分でもそう思いながら、それでも情報端末を片手に情報収集を続ける。知ることで選択は広がる。シェリルは諦めなかった。

そしてある日、クズスハラ街遺跡の前線基地構築に関する情報を掴んだシェリルは、そこに現状の突破口を見出した。

可能な限りの情報を掻《か》き集《あつ》め、その情報を基に頭の中で試して勝率を計算する。ボスとしての仕事をしながら、風呂に入りながら、ベッドで横になりながら、眠りながら夢の中でまで、繰り返し念入りに思案する。

翌日、目覚めたシェリルの頭には、一通りの計画を立て終わった上で、賭けるに足るという結論が出ていた。

「……やるしかないわ」

シェリルは覚悟を決めた。

◆

カツラギが自分のトレーラーまで来たシェリルから話を聞いて不思議そうな顔を浮かべる。

「ああ、確かに俺達も仮設基地へ行くつもりだ。そういう稼げそうな場所にいつでも店を移せるのが移動店舗の強みだからな。そんなこと聞いてどうするんだ？」

シェリルが精一杯愛想良く、そして自信の溢れる笑顔を向ける。

「実は私達もそこで商売をしようと考えていまして、カツラギさんに御協力をお願いできないかと思って説明に来ました」

シェリルはそう言ってホットサンド販売の計画を説明した。それを聞き終えたカツラギが失笑する。

「その計画が上手くいきそうか聞きに来たのか？　素人なりに頑張って考えたんだろうが、上手くいく訳ねえよ。俺からすれば穴だらけだ」

「そうですか。例えばどこでしょう」

「まずどうやってそこまで行くつもりだ？　お前はクズスハラ街遺跡なんてすぐ近くだから大丈夫だと思ってるんだろうが、普通に死ねる距離だぞ？　前の大襲撃の騒ぎの影響で近場のモンスターの難度も上がったしな」

シェリルが落ち着いて微笑みを絶やさずに答える。

「はい。ですのでカツラギさんのトレーラーに同乗させていただければと思っています。仮設基地に行く御予定があるか伺ったのもその為です」

「……そうか。だがな、ハンターだって店は選ぶんだ。スラム街の子供が出した露店に客は来ねえよ」

「はい。ですのでカツラギさんのトレーラーの一部を間借りさせていただければと思います。カツラギさんの移動店舗であれば、そのような問題は生じないと思っております。勿論、服装も整えます」

「……そ、そうか。だがな、仕入れにも伝というものが……」

「はい。ですので信用できる業者をカツラギさんに紹介していただければと……」

その後もシェリルはカツラギの質問に全てしっかりと答えた。カツラギの協力を基本とする他力本願の内容ではあったが、同時に確かに実際に可能な内容であり、軽く笑っていたカツラギの表情を少し真面目なものに変えさせた。

「確かに、まあ、上手くいく可能性はあるかもしれん。だが所詮はただの計画だ。俺にその資金を出せと言われても断る。だからその計画は空論だな」

「資金は全てこちらで出します。１００万オーラム用意しました」

流石にカツラギも驚いた。思わず怪訝な顔で聞き返す。

「ちょっと待て、何でお前がそんな金を持ってるんだ？　その金、どこから手に入れた？」

「詳しい経緯は話せませんが、私の徒党の縄張りを一部売りました」

「……俺もその手の事情にそこまで詳しい訳じゃないが、そういう縄張りって、売って良いものなのか？」

「良い悪いという話であれば、悪いです。ですがその縄張りは私達には管理し切れない部分で、放っておいても武力で奪われるだけでした。ですので、只で取られる前に金に換えました」

計画もある。資金もある。そうするとカツラギも商売人としての顔が強くなり始める。しかしそれでも協力するかと問われれば、弱い。

「基本的に俺の協力あっての計画だな。アキラとの取引でお前に協力してやってるとはいえ、そこまで協力してやる義理はねえぞ？　お前に協力して俺に何の利益がある」

シェリルが真面目な顔で答える。

「先程も言いましたが、武力が無いと縄張りも守れません。私達には武力が必要です。人は掻き集められそうなので、後は武器です。この計画が上手くいけば、その利益でカツラギさんから武器を買います。勿論、今後も継続的にです」

失敗しても自分の懐は痛まない。成功すれば自分の店の売上が伸びる。カツラギの商売人としての意識が決断した。

「良いだろう。協力してやる」

「ありがとうございます」

これで計画がようやく具体性を帯びたと、シェリルは深々と頭を下げながら笑っていた。

「では、今日はこれで戻ります。部下に計画の説明をしないといけませんので。詳しい話はまた後日ということでお願いします」

「ああ、分かった。……最後に一つ、変なこと聞いて良いか？」

そう言って少し難しい顔を浮かべるカツラギに、シェリルは笑って返した。

「はい。何でしょうか？」

「お前……、シェリルだよな？」

流石にシェリルもその質問は予想外だった。少し驚いた顔をした後、どこか楽しげに笑って答える。

「勿論です」

「だよな。変なこと聞いて悪かった。俺の店の売上向上の為にも、良い結果を期待してるぜ」

「頑張ります。では」

シェリルはもう一度軽く頭を下げて帰っていった。

カツラギはそのシェリルの後ろ姿を見ながら、初めて会った時に自分に脅されて震えていた少女の姿を思い浮かべていた。

記憶の少女と間違いなく同一人物だと知ってはいるが、誰かに別人だと言われれば信じてしまいそうなほど見違えたシェリルの様子に、内心を吐き出すように怪訝な顔で呟く。

「……あいつ、あんなだったか？」

その疑問に答える者はいなかった。

◆

シェリルが何かをしようとしている。それは徒党内にすぐに広まったが、具体的な内容を知っている者はわずかだった。箝口令《かんこうれい》が敷かれているのだ。

徒党の幹部扱いの者とシェリルが選んだ数名が、通常の仕事から外されて拠点の中で何かをしているのは分かるのだが、詳細は不明だった。

余計なことを聞くのも話すのも調べるのも禁止されており、徒党の全員が従っていた。アキラの金に関わることなので、違反したら相応の覚悟をしてもらう。そう警告されたこともあり、違反者は出なかった。

ホットサンド販売計画に参加していない者は、参加者を見ていろいろ想像しながらも、日々の仕事を続けていた。

　そして計画の参加者であるエリオ達も、計画の詳細は知らされていなかった。今のところはシェリルの指示に従って動いているだけだ。

　拠点の一室を徹底的に清掃したり、風呂で体を念入りに洗ったり、簡単な読み書きを習ったり、正しい姿勢での立ち方や歩き方の訓練をしたりして過ごしていた。

　今日もシェリルの指示を受けてアリシアが浴室で体を洗っていると、一緒に入っている少女に声を掛けられる。

「ねえ、アリシア。本当にボスから何も聞いてないの？」

「ええ。エリオと一緒に何度か聞いてはみたんだけどね。教えてくれなかったわ」

「アリシア達が知らないってことは、ボスが何をしようとしているのか知ってるのは、本当にボスだけなのか……」

　アリシアがどこか不安そうな様子の少女を元気付けようと明るい声を出す。

「まあ、よく分からないけど役得だと思っておきましょう。ボス用のシャンプーとか使って良いって言われてるし、こういう機会が無いと使えないわ」

「うん。そうなんだけどさ、理由が分からないと、ね」

　シェリルがカツラギから手に入れた少々お高いボディーソープなどは本来シェリルしか使えないのだが、アリシア達はそれを使って体を洗っていた。使っても良いとは言われていない。使え、と厳命されていた。

　わずかな回復効果すらある石鹸類をここ最近毎日使ったことで、アリシア達の髪や肌は大分磨かれて綺麗になっている。それだけならば徒党の恩恵と喜べるのだが、シェリルの意図が分からない所為で戸惑いの方が大きかった。

「うーん。やっぱり気になる。大丈夫なんだよね？」

「大丈夫よ。ボスの指示通りしっかり洗っておけばね。洗うのが甘いって前に怒られたでしょう？

たっぷり使ってしっかり洗いなさい」

「はーい」

少女はアリシアの言葉で大分気が楽になり表情を和らげた。

アリシアはその様子を見て軽く笑った後、少し真面目な顔で自分の肌を見る。素人目で見ても肌の質が良くなっているのが分かる。髪も随分と艶やかになった。本来シェリル用の高価な石鹸類のおかげだ。

綺麗になった自分をエリオから褒められて嬉しく思ったのは本当だ。だがシェリルがそれらを何の為に自分達に使わせているのかは不明なままだ。

少なくとも、シェリルにとってそれだけの価値がある何かがあり、その何かに関わることをやらされるのだけは間違いない。

そう考えて、少女には大丈夫だと言ったが、実際にはアリシアもかなり不安に思っていた。

◆

アリシア達を不安にさせながらも、シェリルはホットサンド販売計画の為に独自に動いていた。

今日もカツラギの伝で業務用食材の卸業者と会い、業者の店舗で簡単な説明を受けた後、用意してもらった数多くの試食品を見定めている。

様々な種類のパン、ソース、合成肉がテーブルに並ぶ中、それらを少量ずつ半自動の調理機器に投入し、試食して味を確かめる。

そして無数の組み合わせにより膨れ上がる選択肢の中から最良の物を選ぼうと、選択を誤れば死んでしまうのではないかと思うほど真剣に思案していた。

カツラギはその様子を少し離れた場所から業者の男と一緒に雑談を交えて見ていた。会話の中で男から軽く探りを入れられる。

「ところで彼女とはどういう御関係で？　今回はカツラギさんとの取引のはずですが、取引の説明も試食も彼女に一任しているようですし、ただの従業員には見えませんが」

表向きはカツラギがハンター相手に軽食でも売ろ

うかと考えて、知り合いの伝を頼ったことになっている。だがカツラギは余り熱心なように見えず、シェリルが非常に真剣な様子を見せているので、男はいろいろと推察していた。

カツラギが商売人の笑顔で意味深に笑う。

「実は、彼女はとある結構大きな企業の御令嬢で、これも経営の勉強の一貫……とか言ったらどうします？」

男が軽く笑って返す。

「ないない。それはないですよ。見れば分かります。立ち振る舞いが違いますからね」

「あー、やっぱり分かりますか」

「そりゃそうですよ。ちょっと良い服着てますけど、あれ、レンタル品でしょう？　それも含めて、まあ、どっかの個人店舗の娘さんってところですかね？」

「バレましたか。まあ、お手柔らかに」

実は良いところのお嬢さんなので優遇すると得をする、という小細工をしたことをごまかすように、カツラギは大袈裟に笑った。

男はその小細工を見抜けたことに満足し、普通の対応で大丈夫だろうと安堵していた。

カツラギはその男の様子に合わせて笑っていたが、内心でかなり驚いていた。見抜かれたことにではない。見抜かれていないことに舌を巻いていた。

シェリルは自身がスラム街の子供であることを、完全に隠し切っていた。

服のレンタル自体はカツラギの伝だが、その提案と代金はシェリルの計画内であり、カツラギは一切助言していない。

そして服を変えても、雰囲気や立ち振る舞いから素性というものは露見しやすい。加えて様々な者を相手に商売をする者は、取引相手を選ぶ為に、相手の挙動のわずかな違和感からそれらを察知する術に長けている。カツラギの伝があったとしても、スラム街の子供では、普通はどうしても軽く見られてしまう。

それをシェリルは突破した。相手を完全に騙し切り、真っ当な取引相手としての扱いを手に入れていた。

　シェリルの計画は順調に進んでいる。だがシェリルは欠片も油断していない。ある意味でアキラの金を勝手に注ぎ込んだ計画なのだ。失敗は出来なかった。

◆

　食材業者との取引を済ませたシェリルから、ホットサンド販売計画がようやくエリオ達に説明された。

　エリオ達は驚くよりも安堵していた。何をやらされるのだろうかと不安を覚えていたこともあって、軽食を売る為に荒野に出るという説明を受けても、その程度のことならばと落ち着きを保っていた。

　そこでエリオが怪訝そうな顔を浮かべる。

「でもボス、売れるのか？」

　それに対し、シェリルが厳しい態度を返す。

「売るの」

　反論は認めないという強い視線と口調を受けて、エリオはわずかにたじろいだ。

「そ、そうか」

「徒党の存亡が掛かっていると思って真剣にやってちょうだい。手筈は私が整えたから指示通りに動いて。それで駄目なら私の所為だけど、それ以外の失敗で台無しになったら、覚悟してもらうわ」

　シェリルの殺気すら感じられそうな真剣な雰囲気に、エリオ達は無言で頷いた。


　翌日からシェリルのホットサンド販売計画が本格的に動き出した。

　カツラギのトレーラーがクズスハラ街遺跡の仮設基地周辺へ向かう時刻から逆算して、手筈通りにホットサンドの調理、包装、運搬を始めていく。

　半自動調理機器のレンタル代は高額なので、斬る、焼く、塗る、挟むの各工程に対応した調理器具を借りている。その上で味が調理者の技量に影響されないように手順を厳格に決めていた。

　それらをシェリルが仕切り、エリオ達を作業に従事させていた。

その作業中、エリオはアリシアが作成したホットサンドを見て喉を鳴らすと、シェリルに一応尋ねてみる。

「なあボス、一つぐらい食べちゃ駄目か？」

「買うなら構わないわ。一食1000オーラムよ」

予想外の価格にエリオが思わず声を出す。

「1000オーラム!?　ちょっと待て、そんなに高いのか!?」

「そうよ。だから勝手に食べたらその分きっちり支払ってもらうわ。誰が幾つ作ったか、数えてるからね？」

エリオの声で注目が集まったところでシェリルが皆にそう忠告すると、皆の手が一度止まり、再び動き出した。

危なかった、という反応の者はいたが、やってしまった、という反応の者はいなかったことを確認して、シェリルは軽く頷いた。


拠点での作業を終えたシェリル達は、箱詰めされたホットサンドと一緒にカツラギのトレーラーに乗り込んだ。

初日はシェリル、エリオ、アリシアの三人で向かうことになった。三人とも緊張した様子を見せているが、その理由は異なる。

エリオとアリシアは危険な荒野に出ることに緊張している。荒野の危険性を一度身に染みて経験しているエリオは、何かあればアリシアを護ろうと己を奮い立たせていた。アリシアはそれを嬉しく思いながらエリオを落ち着かせていた。

シェリルは荒野の危険性など欠片も気にしていなかった。それよりもホットサンドの販売の方が気掛かりで、初めて遺跡に向かうハンターが装備を確認するように、自身の衣服やホットサンドの箱などを確認していた。

トレーラーは目的地に比較的短時間で到着した。以前の大襲撃の戦闘の余波で整地された地形を、都市が前線基地構築関連の物資輸送の為に整備したおかげだ。

　仮設基地の周辺には既に他の商売人達も車両で集まっている。カツラギもそこに混じるようにトレーラーを停めると、移動店舗を開店させた。

　シェリル達もその一部を借りて開店の準備をする。そして準備を終えるとシェリルが接客に立った。

　しばらくすると客が来る。シェリルは身に付けた対人技術を全力で発揮して渾身の笑顔を浮かべた。

「いらっしゃいませ。一人前980オーラムになります」

　ホットサンド販売という、シェリルの戦いが始まった。


　初日。かなり売れ残る。シェリルはまだまだこれからだと自己暗示を掛けながら改善策を思案する。

　2日目。少し売れ残る。店番を続けるカツラギ達にホットサンドを差し入れて客の前で食べてもらったのが功を奏したのかと思いながら、更なる改善策を思案する。

　3日目。わずかに売れ残る。今日は店番をアリシア達に任せ、シェリルは他の露店を見て回る振りをしながら、研鑽を積んだ技量で心底美味しそうな表情を浮かべてホットサンドを食べ歩いていた。

　4日目。完売。ホットサンドの増産を決める。販売状況からどの程度増産するか念入りに計算する。

　5日目。わずかに売れ残る。流れは悪くないと思いながら、今日はエリオにハンターを装わせて、都市と仮設基地を繋ぐバスの停留所の周辺を、ホットサンドを食べながらうろちょろさせる。その為の装備はカツラギから借りて、代金はホットサンドで支払った。

　6日目。完売。ホットサンドの増産を決める。エリオにホットサンドを毎日食べさせると舌が慣れて良い表情をしなくなると思い、宣伝を兼ねてうろつく役を今日はアリシアに頼む。エリオは真剣な顔でアリシアの側にいた。

　7日目。少し売れ残る。今日はホットサンドの販売をエリオ達に任せてシェリルは拠点に残っていた。

高い石鹸類を使用させて毎日風呂に入れたことで、エリオ達の髪や肌の質は以前に比べて飛躍的に健康になっており、そのおかげで客のハンター達からスラム街の子供とはみなされず、接客に問題は生じなかった。

8日目。完売。ホットサンドの増産を決める。食材業者と再度取引して取引量の増加と引き換えに単価を下げることに成功する。

9日目。完売。更なる増産を決める。

◆

シェリルのホットサンド販売計画は9日目以降も大きな問題も無く順調に進んでいった。流石に毎日完売増産ということはなかったが、既に初期投資分を取り返し、あとは黒字を維持する為に尽力するという形にまで持ち込んだ。

そこでシェリルは一区切りついたとして、当初の目的であるアキラへ渡す金額を拠点の自室で計算していた。

ホットサンドはいわゆる荒野価格なので利幅も大きい。人件費もあって無いようなものだ。各種経費に、カツラギから購入する武器の代金、徒党の運営資金などを差し引いても、アキラに150万オーラムほど渡せる計算になった。

アキラに本来渡す額は100万オーラムだった。それが5割増し。自画自賛に足る成果だと思いながら、シェリルはアキラに自身の成果を渡した時のことを想像して顔を緩ませる。

想像上のアキラはシェリルから渡された札束を見てとても驚いた様子を見せていた。慌てながら金の出所を聞き、徒党の縄張りを売って得た金を元手に増やしたと聞いて更に驚き、シェリルを助けて良かったと嬉しそうに称賛の声を掛けていた。

「いえいえ、これもアキラが協力してくれたおかげです。私だけでは絶対に無理でした」

脳内のアキラに向けて無意識に口に出して返事をしながら、表情を更に緩ませていく。

「……いいえ、とんでもないです。カツラギさんの伝だって、そもそもアキラがカツラギさんと取引をしてくれたおかげです。ですので、これもアキラが後ろ盾になってくれたおかげだと言っても過言では……」

妄想上のアキラの言動が、現実のアキラから少しずつ乖離《かいり》していく。感謝の言葉を告げる笑顔が輝き始め、視線に異性へ向ける熱が籠もり出す。その乖離の程度に比例して、シェリルの表情と無意識に漏れる言葉がだらしなくなっていく。

「……そうですか？　それなら良い方法があります。もう私とは表向き恋人になっている訳ですし、そこをしっかりと……」

「……ボス？」

「……やっぱり疑う人はいる訳ですから、そこはちょっと大袈裟に見せ付けるぐらいした方が……」

「ボス？　シェリル？　今日の売上の報告なんだけど……」

「……私達の関係を理解させる為にも、少し遣り過《やす》ぎぐらいの方が話も広まりやすいですし……」

3回ノックをした上で返事が無いことを確認してから部屋に入ったアリシアは、初めはシェリルが情報端末で誰かと話していると思い、静かに声を掛けた。

だが情報端末を持たずに、目を瞑って嬉しそうにだらしなく顔を崩しているシェリルの様子に気付くと、ゆっくりと静かに後退りを始めた。

見なかったことにしよう。今、ここで、シェリルに自分の存在を知られると、知ってしまったことを知られると、多分不味いことになる気がする。アリシアはそう考えて、少し焦りながら慎重に部屋の外に出た。

「……そうです。部屋は余ってますけど、私の部屋が一番良い部屋ですから、アキラも一緒にここに住めば宿代の節約にもなりますし……」

シェリルのどこまでも都合の良い未来予想図は、アリシアが少し待ってから適当な口実で強めにドアを再度ノックするまで続けられた。

その後、アキラとの連絡が途絶えて心が折れそうになったり、再開したアキラが回復薬に1000万オーラムあっさりと支払ったり、更に100万オーラムの回復薬を無造作に渡してきたりして、たかが150万オーラム程度をアキラに渡しても大した意味は無いと気付いたシェリルが慌てふためくのは、もう少し後の話。

新たな困難が待ち受ける！
シズカの店で新装備と荒野仕様の車両を手に入れ、ハンター稼業を再開したアキラ。
次なる目的は、地下に眠る未発見の遺跡の探索。埋もれた遺跡に大量の遺物が残っていれば一攫千金も夢ではない。
シェリル達を巻き込んだ遺物収集。手つかずの遺跡を狙うハンター達が引き起こす騒動。カツヤ達との邂逅——
地の底に眠っているのは目が眩むお宝か、
それとも……？
ハンター稼業に戻ったアキラとアルファを新たな困難が待ち受ける！
『……なんていうか、
旧世界の話を聞くたびに
俺の中の常識が崩れていく気がする』
著 ナフセ
イラストレーション 吟
世界観イラスト わいっしゅ
メカニックデザイン cell
NEXT EPISODE >>>
リビルドワールド
Rebuild World
III
上 埋もれた遺跡
5月16日発売予定！

ハンター稼業を再開したアキラを、
『常識というものは日々変わっていくものよ』
The advanced
the world has crumbled away
People rallied the fragments of
all over the world and spent a long time
2020年
電撃の新文芸

電撃の新文芸

リビルドワールドII〈下〉

死《し》後《ご》報《ほう》復《ふく》依《い》頼《らい》プログラム

著者／ナフセ

イラスト／吟《ぎん》　世界観イラスト／わいっしゅ　メカニックデザイン／cell

2020年1月17日　初版発行
2023年7月15日　3版発行

発行者／山下直久
発行／株式会社ＫＡＤＯＫＡＷＡ
〒102-8177　東京都千代田区富士見2-13-3
0570-002-301（ナビダイヤル）
印刷／図書印刷株式会社
製本／図書印刷株式会社

【初出】
本書は、2018年にカクヨムで実施された「電撃《新文芸》スタートアップコンテスト」で《大賞》を受賞した
『リビルドワールド』を加筆修正したものです。

ISBN978-4-04-912731-7　C0093　Printed in Japan

ファンレターあて先

〒102-8177
東京都千代田区富士見2-13-3
電撃文庫編集部

「ナフセ先生」係
「吟先生」係「わいっしゅ先生」係
「cell先生」係

「」カクヨム
2,000万人が利用!
無料で読める小説サイト
イラスト：スオウ
カクヨムでできる
3つのこと
What can you do
with kakuyomu?
2
読む
Read
有名作家の人気作品から
あなたが投稿した小説まで、
様々な小説・エッセイが
全て無料で楽しめます
1
書く
Write
便利な機能・ツールを使って
執筆したあなたの作品を、
全世界に公開できます
3
伝える
つながる
Review & Community
気に入った小説の感想や
コメントを作者に伝えたり、
他の人にオススメすることで
仲間が見つかります
会員登録なしでも楽しめます!
カクヨムを試してみる
「」カクヨム
https://kakuyomu.jp/
カクヨム
検索